BZ

suhrkamp taschenbuch 4784

Alex Dueso, alleinerziehende Mutter und hartgesottene Kriminalpolizistin, hat es sich in den Kopf gesetzt, zusammen mit ihrem Ermittlerteam der Gewalt gegen Frauen in ihrer Stadt ein Ende zu setzen. Die völlig uneinsichtigen Täter, mit denen sie es zu tun bekommt, sind ihr mehr als zuwider. Doch plötzlich wird alles anders, als ein männliches Opfer auftaucht, das noch dazu aus Scham nicht über die Nacht des Verbrechens sprechen will. Bald darauf kommt es zu weiteren Überfällen auf Männer, und der Beginn einer unerhörten Gewaltserie stellt Alex und ihren Kollegen Marco auf eine harte Probe: Sie müssen ihr bisheriges Ermittlungsschema über Bord werfen und sich in die Psyche der frauenfeindlichen *Opfer* begeben – und zwar sehr viel tiefer, als ihnen lieb ist.

Louise Mey lebt und arbeitet in Paris. *Das Spiel mit der Angst* ist ihr erster Roman.

Louise Mey

DAS SPIEL MIT DER ANGST

Thriller

Aus dem Französischen von
Thomas Brovot

Suhrkamp

Die Originalausgabe erschien 2016 unter dem Titel
Les Ravagé(e)s
bei Fleuve Éditions, Département d'Univers Poche.

Erste Auflage 2017
suhrkamp taschenbuch 4784
Deutsche Erstausgabe

Umschlagfoto: Jan Stromme / Getty Images
Umschlaggestaltung: zero-media.net
Druck und Bindung: CPI – Ebner & Spiegel, Ulm
Printed in Germany
ISBN 978-3-518-46784-8

DAS SPIEL
MIT DER ANGST

Die in diesem Buch beschriebenen Personen sind fiktiv.
Es gibt in Frankreich keine Sondereinheit für Sexualdelikte.
Das Kommissariat ist frei erfunden, Organisation und Arbeitsweise entsprechen nicht der Wirklichkeit.
Alle genannten Zahlen sind korrekt und im Internet zugänglich.

Echt widerlich, diese Nacht. Orange. Violett. Orangeviolett. Gibt's nicht als Farbe. Ekelhaft. Und klebt. Die Nacht klebt an mir. Zu viel getrunken.

Andréa hatte die beiden Freundinnen weitertanzen lassen. Nur kurz hinübergewinkt, ein wenig ungelenk, um Mélanie, die über die Tanzfläche wirbelte, auf sich aufmerksam zu machen, um ihren Blick einzufangen für ein stummes Gespräch. Es war immer dasselbe, sie konnten es quer durch die Halle mimen: *Alles okay, Schätzchen? Mir reicht's, ich geh nach Hause. Nimmst du ein Taxi? Ja, keine Sorge, ich ruf dich morgen an.*

Worauf Andréa den Club verlassen hatte.

Vielleicht sahen Mélanie und Céline es ja anders, aber das war eine sinnlose Nacht. Völlig umsonst, wieder mal. Sich stylen, die Klamotten, die Haare, und dann ab ins Getümmel an einem dieser Orte, wo alle auf Show machen, um nichts von sich preiszugeben. Eine lächerliche Choreographie, immer dieselbe, und das Ganze in der Hoffnung, zu Hause nicht allein in ein kaltes Bett zu kippen. Einmal hatte Andréa sich schon in Reichweite eines dieser anonymen Körper geglaubt, hatte geglaubt, sie ließen sich überwinden, diese letzten Zentimeter, die den Unterschied ausmachten zwischen der Wärme der anderen Person und dem Eis der Einsamkeit. Zentimeter nur, von ozeanischer Weite. Aber nein, im letzten Moment hatte die Menge sie voneinander getrennt. Die Menge oder das

Pech. Schade. Hinter einer Säule knutschen, gestreichelt werden wie auf der Schule, das wär schon mal was gewesen.

Andréa ging in die Unterführung. Noch zehn Minuten Fußweg bis zur Metro. Tolle Idee, eine Disco am Arsch der Welt aufzumachen.

Von den gekachelten Wänden hallten die Schritte wider. Allzu finster war das Viertel nicht, besonders vornehm aber auch nicht. Was die Frau von der Taxizentrale deutlich zu verstehen gegeben hatte:

»Tjaaaa ... also neee ... hören Sie, um diese Uhrzeit fährt bestimmt noch eine U-Bahn, ich an Ihrer Stelle würde besser gleich ...«

»Schicken Sie mir jetzt einen Wagen?«, hatte Andréa sie unterbrochen.

Natürlich nicht, klar.

Steck dir dein Taxi doch sonst wohin, blöde Kuh. Dann eben zur Metro.

Die Unterführung nahm kein Ende. Im Schädel warf die Migräne ihren Bohrer an, und Andréa hätte gut auf die Kachelwände verzichten können, diese Schritte in dreifacher Ausfertigung.

Ganz stumpf von den Dezibel und dem Alkohol brauchte das Hirn ein paar Sekunden, ehe es realisierte, was drei Schrittgeräusche bedeuteten. Dann waren wohl noch zwei weitere Leute in die Unterführung gekommen. *Boah, musst du betrunken sein.*

Andréa blickte sich um. Die Brille war zu Hause geblieben, pure Eitelkeit, und ohne verschwamm alles schon in zwei Meter Entfernung. Trotzdem waren zwei Gestalten zu erkennen, die untergehakt rasch näher kamen. Andréa ging weiter und versuchte, sich auf das Ende der Unterführung zu konzentrieren. Ein schemenhafter gelber Fleck zeigte an, dass dort hinten der Metroeingang war. *Jetzt bloß nicht kotzen.*

Beim ersten Schritt aus der Unterführung fühlte Andréa sich wie nach einem langen Tauchgang, wenn man wieder an die Oberfläche stößt. *Wäre schneller gegangen, wenn ich nicht so lahm wäre wie eine fußkranke Schnecke. Erst mal eine Pause. Zu laute Musik. Blöde Salsa. Wozu überhaupt. Migräne, Musik. Nein, nicht die Musik: die drei Gläser zu viel. Sechs? Noch mehr? Zu viel getrunken. Nie wieder. Bloß nicht kotzen. Tief einatmen, möglichst geradeaus laufen, bravo, du schaffst es, hast es im Griff, echt heroisch.* Andréa tat einen weiteren Schritt. Die Metrostation war gleich hinter der Kreuzung. *Na endlich.* Und mit einem Gefühl von Gelassenheit, die Lunge gefüllt, spürte Andréa plötzlich einen brutalen Schlag auf den Hinterkopf. Der Körper und mit ihm die Welt sanken auf den Asphalt.

Als Andréa am Ausgang der Unterführung wieder zu Bewusstsein kam, lag der Kopf in einer stinkenden Pfütze. Erbrochenes. Die eigene Kotze vermischt mit der Kotze anderer, mit Pisse und schwarzem Staub, in säuerlichen Schichten auf dem Beton. Verschwommene Gestalten kamen angerannt. Die einzige Information, die Andréas Gehirn noch weiterleitete, war ein unendlicher Schmerz.

I

Montag, 3. September

»Paris ist zauberhaft ...« Seit zehn Minuten war die Kreuzung zu. Eine schwarze Limousine blockierte den Verkehr, Warnblinker an, auf dem Fahrersitz niemand. Dahinter wurde wie wild gehupt, als würde das irgendwas ändern. Die Reihe der Fahrzeuge hatte schon bis zur Kreuzung zurückgereicht, als ein Bus, feinfühlig wie ein Catcher auf Amphetamin, sie partout noch überqueren wollte, jetzt steckte er richtig fest. Die Schlange wurde von Sekunde zu Sekunde länger. Ein einziges Chaos.

Im Rückspiegel sah Alex, wie der Mann im Wagen hinter ihr sein Fenster runterließ und den Kopf hinausstreckte.

»Fährst du jetzt endlich, dumme Pute?«, brüllte er in ihre Richtung.

Alex beugte sich seelenruhig zum Beifahrersitz und nahm das Blaulicht. Dann ließ sie ebenfalls ihr Fenster runter, setzte den magnetischen Sockel aufs Dach und trommelte mit den Fingern an die Tür, die Armbinde POLIZEI gut sichtbar. Als sie den Arm wieder hereinzog und das Fenster hochfuhr, hatte der Mann sich hinter seinem Lenkrad verkrochen.

Alex rief die Zentrale an.

»Sagt mal, habt ihr jemanden vom Verkehr zur Ecke Magenta/Chabrol geschickt? Seit fünf Minuten ist hier alles dicht.«

»Schon unterwegs«, knisterte eine Frauenstimme.

Links von Alex bewegte sich etwas, sie schaute hin. Ein Mann um die zwanzig, der sich offenbar zwischen den stehenden Wagen hindurchgeschlängelt hatte, hämmerte an die Windschutzscheibe einer jungen Frau und masturbierte voller Hingabe.

»Zentrale? Schickt ihr mir noch zwei Beamte zusätzlich?«

»Verstanden. Worum geht's?«

»Ein Typ holt sich am Wagen links neben mir einen runter.«

»Okay, mache ich.«

»Verstanden, danke.«

Alex atmete tief ein, öffnete die Jacke, so dass ihre Dienstwaffe im Holster hervorschaute, und stieg aus.

»Paris ist zauberhaft«, murmelte sie ein weiteres Mal. Der Lärm und der Gestank der Auspuffgase hüllten sie wie in einen dichten Nebel.

»Du bist spät dran«, bemerkte Marco, als Alex schließlich in den Umkleideraum des Kommissariats trat.

»Was du nicht sagst ...« Sie bückte sich und nahm ein Paar Turnschuhe aus ihrem Fach.

Marco betrachtete Alex' Stiefel und sah sie überrascht an. Dann hielt er seiner Kollegin einen Becher Kaffee hin.

»Erzähl.«

»Ich habe einen Kerl erwischt, der sich vor einer Frau in einem stehenden Wagen einen abgewichst hat. Er war so beschäftigt, dass er nicht mal gesehen hat, wie ich das Blaulicht rausgeholt habe.«

Mit angewiderter Miene schnürte sie sich die Stiefel auf.

»Als ich dann um den Wagen rum auf ihn zugegangen bin, hat er die Armbinde bemerkt. Er wollte abhauen … und hat sich mit den Füßen in der Hose verheddert. Er ist mit der Nase voll auf die Motorhaube eines anderen Wagens geknallt. War gleich k. o. Ich hatte schon Verstärkung angefordert, jetzt musste ich noch mal anrufen, für einen Krankenwagen.«

Als sie die Turnschuhe anhatte, säuberte sie ihre Stiefel so gut es ging mit Wasser und Klopapier.

»Und die Frau?«

»Hat mir auf die Galoschen gekotzt. Sie kam aus der Creuse und wollte hier ein Praktikum anfangen. Man hatte ihr schon gesagt, dass die Stadt der Lichter nicht nur Diamanten kennt, aber so deutlich offenbar nicht. Sie war halb im Schockzustand.«

»Und da unten gibt's keine Perversen?«

»›Nicht so welche‹, meinte sie.«

»Und was hast du ihr gesagt?«

»Das Einzige, was mir eingefallen ist: ›Willkommen in Paris.‹« Alex warf den leeren Becher in einen Papierkorb und verzog das Gesicht. »Ich weiß nicht, wieso ich diesen Kaffee überhaupt noch trinke. Ekelhaft.«

»Oh! Wo er mit so viel Liebe gemacht wurde vom wohl ältesten Getränkeautomaten von Paris! Was sage ich, von Frankreich. Vielleicht gar Europa. Du hast keinen Respekt.«

Auf dem Weg zum Besprechungsraum begegneten sie den beiden Beamten, die die Zentrale geschickt hatte, um Alex bei der Festnahme ihres Exhibitionisten zu unterstützen. Sie hatten gerade noch mit ansehen dürfen, wie der junge Mann von feixenden Sanitätern in den Krankenwagen geschoben wurde.

»He, Dueso, du weißt, dass dein kleiner Wichser wieder zu Bewusstsein gekommen ist, ja? Du warst kaum weg.«

»Ach, tatsächlich ...«

Alex ging weiter auf den Besprechungsraum zu.

»Warte, du wirst lachen ...«

Sie stoppte, die Hand auf dem Türgriff, und sah Polaski fragend an.

»Er will Anzeige erstatten. Wegen Polizeigewalt.«

Alex seufzte. Polaski grinste bis zu den Ohren, die Fäuste in die Hüften gestemmt.

»Hast recht, Polaski, ich lach mich tot. Danke für die Info.«

Sie öffnete die Tür. Marco folgte ihr, und beide nahmen Platz, um an der morgendlichen Besprechung teilzunehmen, auf Plastikstühlen, die wahrscheinlich aus dem Paläolithikum stammten.

»Bleibt noch ein Mann in den Vierzigern, angezeigt von der Tochter seiner Lebensgefährtin wegen unsittlicher Berührung«, spulte Kommissar Blondeau die Tageskarte herunter. »Wantz, Martin, das ist was für Sie.«

»Nicht eher für den Jugendschutz?«, fragte Martin, ein kräftiger Dunkelhäutiger.

»Die Frau ist zweiundzwanzig, den Jugendschutz betrifft das nicht.«

»Zweiundzwanzig? Da kann sie sich ja wohl selber wehren, oder?«, meinte ein neu hinzugekommener Inspektor, ein Blonder, dessen Name Alex schon wieder entfallen war.

»Dann denk dran, ihr zu sagen, dass es ihre eigene Schuld ist, wenn du sie siehst«, stichelte Marco.

Blondeau wedelte mit den Händen.

»Nur die Ruhe, und immer schön freundlich zu den Neuen. Daumet, wir sind natürlich sehr froh über Ihre Mitarbeit in unserer Einheit. Ich bin sicher, Sie werden uns kompetent unterstützen, Ihre Personalakte ist ein einziges Lob. Und genauso bin ich der Überzeugung, dass Sie sich rasch in Ihre neue Abteilung einfinden werden. Und nicht vergessen, dass das Opfer eines Übergriffs niemals *schuldig* ist.«

Der Blonde rutschte unbehaglich auf seinem Stuhl hin und her und nickte.

»Nun denn«, fuhr der Kommissar fort, »letzter Punkt der Tagesordnung, unser Alle-Jahre-wieder ... Lassain meldet sich zurück.«

Ringsum gingen die Augenbrauen hoch.

»Jawohl«, nahm Blondeau die in der Luft hängende Frage auf. »In beiden Verfahren wegen sexueller Belästigung ist er davongekommen, man hätte also denken können, er würde sich glücklich schätzen und in irgendeine verlassene Gegend ziehen, Kaninchen züchten oder so ... Aber nein, er ist weiterhin Personalchef in derselben Firma ... der ... Sogecam?« Er warf einen Blick auf seine Notizen. »Ja, hier hab ich's, die Sogecam. Und noch genauso voller Tatendrang. Diesmal waren gleich zwei junge Frauen hier ... Jennifer Semblat, siebenundzwanzig, und Aïssa Ndiaye, sechsundzwanzig. Das übliche Spiel: ›Ich ändere deinen Zeitvertrag in einen unbefristeten, wenn du lieb zu mir bist.‹«

»Sollte man nicht den Geschäftsführer auch vorladen?«, fragte Marco. »Ich meine, wir hatten schon vier Anzeigen, da sind bei ihm doch sicher Dutzende Beschwerden eingegangen.«

Die Besprechung endete mit Blondeaus rituellem »Tun Sie Ihr Bestes«, und alles strebte zur Tür.

»Dueso, könnten Sie bitte in meinem Büro auf mich warten?«, sagte der Kommissar zu Alex. »Daumet, bleiben Sie doch noch einen Moment, wären Sie so nett?«

Blondeau hatte diese Art, Befehle als höfliche Fragen zu formulieren, und als Alex ging, wandte er sich leise an den Neuen.

»Ich weiß, bei der Drogenfahndung gibt es ... einen gewissen Hang zur Schuldvermutung. Hier ist es umgekehrt.«

Alex trat gerade durch die Tür, als Blondeau mit einer Frage endete: »Ist Ihnen die Art und Weise, wie es bei uns läuft, jetzt klar?«

Kurz darauf war Blondeau in seinem Büro bei Alex.

»Was war denn nun mit dem Jungen, den uns das Krankenhaus zurückgeschickt hat? Exhibitionismus im öffentlichen Raum?«

»Sexueller Missbrauch.«

»Inwiefern Missbrauch?«

»Ausgeführt unter Anwendung von Gewalt, Zwang, Drohung oder durch Überrumpelung«, sagte Alex brav auf. »Die junge Frau, die in ihrem Wagen festsaß und bei der er versucht hat, die Tür zu öffnen, sah mehr überrumpelt als begeistert aus.«

»Na schön. Und Sie haben ihn angefasst, diesen Bengel?«

»Abgesehen vom Zugriff nicht. Haben Sie ihn gesehen?«

»Nein, ich war in der Besprechung, man hat mich nur über die Anzeige informiert.«

Blondeau legte sein Handy auf dem überquellenden Schreibtisch ab.

»Bei allem Respekt, ich denke, wir sollten es vermeiden, von ihm als einem ›Bengel‹ zu sprechen, auch nicht unter uns. Es geht um einen Volljährigen, der meint, er müsste fünfzehn Zentimeter vor einer im Stau steckenden Frau masturbieren. Und sie dabei durchs Fenster bedrohen. Die Sanitäter hatten was zu lachen. Und Polaski, klar. Die Frau weniger.«

Der Kommissar schaute sie an, eine unendliche Müdigkeit lag in seinem Blick.

»Da sind wir uns einig. Aber da er fest entschlossen scheint, Opfer polizeilicher Gewalt geworden zu sein, und da dies, damit sage ich Ihnen nichts Neues, eindeutig zu den Dingen gehört, auf die dieses Kommissariat sehr gut verzichten kann, ergreifen wir hier die Initiative. Sie schreiben mir einen Bericht, dann wenden wir uns an die Gewerkschaft.«

»Und die Vernehmung wegen der sexuellen Belästigung? Lassain?«

»Das übernimmt Cantera. Sie stoßen dazu, sobald der Bericht geschrieben ist. Den möchte ich vor Mittag noch auf meinem Schreibtisch haben. Setzen Sie sich dran, Dueso. Dann haben Sie es hinter sich, und wir können alle wieder an die Arbeit gehen.«

»Ist notiert.«

Marco wartete auf dem Flur.

»Fang schon mal ohne mich an. Scheint von höchster Dringlichkeit zu sein, dass ich in zwölf Ausfertigungen erkläre, wie jemand sich auf einer Motorhaube im Alleingang die Fresse einschlägt. Wichtiger, als dass ich diesen Kotzbrocken von Lassain dazu bringe, zuzugeben, dass er das Recht der ersten Nacht für eine Zierde des einundzwanzigsten Jahrhunderts hält.«

»Hättest du deinem Exhibitionisten mal ein Bein gestellt, dann hätte sich der Vormittag für dich wenigstens gelohnt.«

Alex ging in ihr Büro, nahm zwei Aspirin und machte sich an ihrem vorsintflutlichen Computer an die eigene Version des Vorfalls vom Morgen.

Um elf Uhr druckte sie das Dokument aus und legte es auf Blondeaus Schreibtisch in die entsprechende Ablage. Jetzt war sie frei, hungrig und wütend – in bester Verfassung also für die Vernehmung. Und so trat sie durch die Tür des Raums, in dem Marco immer noch mit Lassain saß.

Als Lucinda um kurz nach acht den Schlüssel im Schloss hörte, sammelte sie in dem kleinen Wohnzimmer ihre Sachen vom Couchtisch ein und steckte alles in ihre Umhängetasche. Noch ehe Alex aus dem Dunkel der Diele trat, war das Kindermädchen bereits fertig zum Gehen.

»Alles gut gelaufen?«

»Mit zwanzig Jahren und einem Universitätsabschluss muss ich dir sagen, dass ich mich beim Teilen mit Rest vertan habe. Und deine Tochter hat mich korrigiert. Aber abgesehen davon alles bestens«, antwortete Lucinda und lächelte.

»Ich will versuchen, morgen nicht so spät zu kommen. Soll ich dich gegen 18 Uhr anrufen? Dann kann ich dir sagen, ob es sich lohnt, dass sie mit dem Essen auf mich wartet, oder ...«

»Keine Sorge.«

Lucinda ging ins Treppenhaus und öffnete die Tür nebenan. Sie winkte Alex kurz zu, ehe sie in ihrer Wohnung verschwand. Das zuverlässige Kindermädchen, immer zur Stelle, und wohnt auch noch auf derselben Etage: ein echter Glücksfall.

In Anas Zimmer verbreitete das Nachtlicht einen orangefarbenen Schein. An der Wand bemerkte Alex, so wie jeden Abend, die alten Filzstiftspuren, die ihre Tochter dort mal hinterlassen hatte, und so wie jeden Abend sagte sie sich, dass sie die Wand streichen müsste. Sie trat ans Bett und legte ihre Hand ganz sanft auf das Deckenknäuel. Versteckt in den Falten schlief ihre Tochter. Sie hob die Decke an und zog sie behutsam von dem Gesicht der Kleinen. Dann beugte sie sich hinab und gab ihr einen Kuss auf die Wange. Unter den Lippen war die Haut unendlich zart. Sie sog den Geruch ein, der aus diesem Nest aufstieg, eine Mischung aus feinem Schweiß, Gebäck und Metall, und ihr Bauch verknotete sich.

Das sagte einem niemand. Immer war bloß die Rede von diesem Quatsch von wegen strahlender Schwangerschaft (die ersten sechs Monate hatte sie nur gekotzt und die drei folgenden auf dem Rücken verbracht, hatte sich gefühlt wie ein gestrandeter Wal mit Blähbauch); von dem unglaublichen Erlebnis der Geburt (ein echtes Gemetzel, vierzehn Stunden Höllenqualen); von den Freuden des Stillens (ein Leidensweg, auf dem ihre Kleine mit Engelsmiene unterschiedslos Muttermilch, Blut und Eiter aus ihren geschundenen Brüsten gefuttert hatte).

Aber dann. Dieses tiefe Bedürfnis, das Kind an sich zu drücken, es zu beschnuppern, zu lecken, zu beißen, wie ein dahergelaufener Köter; es festzuhalten, bei sich, im Warmen, so nah wie möglich. Nein, davon sprach niemand. Bei den Elternversammlungen ließen sich die anderen Schulmütter darüber aus, wie wichtig es sei, die Kinder nicht zu fest an sich zu binden, und welche Herausforderung es bedeute, sie zur Unabhängigkeit zu erziehen, in einer ausgeglichenen Beziehung zur Mutter. Das mochte einfacher sein, wenn man das Mäuschen jeden Abend um sechs Uhr abholte und nicht nur jede zweite Woche, obendrein zu den unmöglichsten Zeiten. Mochte einfacher sein, wenn man Zeit hatte, sich solche Fragen zu stellen. Wenn man nicht wusste, was draußen passierte, in dieser anderen Welt, die jeden Morgen ihren Müll auf die Straße spuckte: zerfetzte Nutten, junge Drogentote, zusammengeschlagene Transvestiten.

Alex schloss leise das Zimmer und ging in die Küche. Sie zog die Kühlschranktür auf, noch in Gedanken, ließ sie wieder zuklappen. Sie trank nie, wenn Ana da war – aber was hätte sie jetzt gegeben für ein kühles Bier! Sie kochte sich einen Tee.

Auch das gehörte zum Mutterdasein: sich einen vergnüglichen Abend zu machen, indem man heißes Wasser mit Kräutern schlürft.

Alex wälzte sich im Bett. Ihr war zu heiß, zu kalt. Und vor allem hatte sie Lust, rauszugehen, sich in ihren Wagen zu schmeißen und bei Lassain aufzukreuzen, um ihm sein perverses Lächeln in den Rachen zu stopfen. Gerne mit Fußtritten.

Lassain, der nicht eingeknickt war. Lassain, der so geduldig wie selbstzufrieden auf ihre Fragen geantwortet hatte. Und als Alex und Marco dann die Namen von Jennifer und Aïssa nannten, hatte er die Augen geschlossen, wie um genüsslich die Bilder der jungen Frauen hinter seinen Lidern aufzurufen. Sein unerträgliches Lächeln kehrte in ihren Gedanken immer wieder. Dreckiges Schwein.

Inmitten der zerwühlten Laken verspürte Alex eine Leere, eine hungrige Leere, voller Verlangen, Verlangen nach Schlaf, nach Frieden, nach einem Bier, nach einer Tätlichkeit, die ihr Gehirn ausschaltete und ihr erlaubte, endlich einzuschlafen.

Sie entsperrte das Handy. Schaute fünf Sekunden aufs Display. Nein ... nicht. Dann stand sie auf und legte das Ding entschlossen auf die Kommode, so weit weg, dass sie nicht drankam.

II

Dienstag, 4. September

Der Morgen roch noch nach Sommer. Mit gebräunter Haut und gespannter Miene versuchten die Ermittler einigermaßen wach zu erscheinen und sich auf den unbequemen Sitzen gerade zu halten.

Als Kommissar Blondeau hereinkam, legte er Alex einen Umschlag auf die Knie und ging zu seinem üblichen Platz bei der alten Tafel am Ende des Raums, von wo aus er die Aufgaben zuteilte.

Gleich in der Frühe hatte er ihr eine Nachricht geschickt. Alex öffnete den Umschlag. Sie wusste schon, dass darin die Aufforderung war, bei der Generalinspektion der Nationalpolizei zu erscheinen.

Sie überflog das offizielle Schreiben, gab Marco einen Stups mit dem Ellenbogen und deutete auf das Datum.

»Heute?«, fragte Marco leise.

»Um 15 Uhr«, tuschelte Alex zurück.

Dann richtete sie ihre Aufmerksamkeit wieder auf Blondeau. Der Kommissar trug gerade die Amtsnuss des Tages vor: In der Nacht war eine Streife eingeschritten, um einen Übergriff zu beenden. Der vorläufig festgenommene junge Mann war erst siebzehn. Als er zwanzig Minuten später aufs Revier kam und einer der Beamten ihn in die Zelle schob, um den Richter zu rufen, war er schon achtzehn.

»Reizende Art, seinen Geburtstag zu feiern«, meinte Wantz.

»Die Kollegen wussten nun nicht, ob sie den Jugendrichter rufen oder das übliche Verfahren durchziehen sollten. Also haben sie … nichts gemacht. Unser Festgenommener befindet sich zurzeit in einer unserer Zellen und in einem rechtlichen Vakuum.«

»Zeugma«, bemerkte reflexartig Eliès, der Literat des Hauses.

»Wie bitte, was?«, fragte Martin.

»Ein Zeugma«, erklärte Alex. »Wenn du dasselbe Verb oder Adjektiv nimmst, um zwei Gedanken miteinander zu verbinden, die kaum etwas miteinander zu tun haben.«

»Na ja, ein bisschen komplizierter ist es schon«, hob Eliès an.

»So etwas wie: ›Ich war mit dem Auto und meiner Mutter einkaufen‹?«, wagte Martin einen Versuch.

»›Die Augen und die bittende Hand erhebend‹, das ist klassischer«, schlug Eliès mit einem Vergil-Zitat vor.

»Und hat nicht den geringsten Bezug zu unserem Thema«, ging Blondeau dazwischen.

»Wenn wir uns über Fußball in die Haare kriegen, unterbrechen Sie uns nicht«, sagte Martin.

»Von wegen, dann erst recht«, erinnerte ihn Blondeau. »Ich bevorzuge Rugby. Also, der frischgebackene Volljährige in seiner Zelle … Eliès, wo Sie so einen inspirierten Eindruck machen …«

»Ich leiste dem Befehl Folge und Daumet mir dabei Gesellschaft«, antwortete Eliès.

»Zeugma?«, fragte Martin.

»Zeugma«, bestätigte Blondeau. »Kommen wir zum Rest.«

Um Punkt 13 Uhr stieß Marco das Knurren eines Löwenjungen aus und streckte sich auf seinem Stuhl. Das Hemd rutschte ihm bis über den Bauchnabel.

»Angriff auf die sexuelle Selbstbestimmung«, konstatierte Alex.

Marco zog das Hemd herunter.

»Ich wusste nicht, dass es so wenig bedarf, um dich zu schockieren. Gehen wir essen?«

Alex schaute auf die Uhr.

»Heute Mittag gehe ich mit Chloé. Sie wartet bestimmt schon auf mich. Das hatte ich dir gesagt, oder?«

»Macht nichts, dann esse ich eben ein Sandwich mit Mo und, äh ... Daumet?«

Marco winkte Eliès und seinem neuen Partner zu.

»Das wäre allzu grausam. Wir sind mitten im Ramadan. Geh du mit dem Neuen, dann muss Mo nicht mit Stielaugen zusehen, wie er isst.«

Chloé wartete vor dem Kommissariat.

»Tut mir leid«, entschuldigte sich Alex, »du hättest ruhig zu mir reinkommen können. Bist du schon lange hier?«

»Kein Problem, es ist schön draußen. Außerdem spare ich mir die Besuche auf den Kommissariaten für meine Arbeitszeit auf. Jetzt ist Pause.«

Sie beugte sich hinunter, um ihre Wange an die von Alex zu halten und die Luft zu küssen, erst auf der einen Seite, dann auf der anderen, ein genauestens festgelegtes Pariser Ritual.

»Außerdem mag ich keine Polizisten.« Chloé zwinkerte.

»Dabei wollte ich dich in unsere Drei-Sterne-Kantine entführen ...«

»Japanisch?«

Chloé preschte los, so stabil auf ihren Lackpumps wie Alex allenfalls in ihren Kampfstiefeln.

»Ich werde nie verstehen, wie du es auf diesen Dingern schaffst, den ganzen Tag das Gleichgewicht zu halten«, sagte Alex zum hundertsten Mal und musste das Tempo anziehen, um auf ihrer Höhe zu bleiben.

»Gewohnheitssache. Außerdem gewinne ich so acht Zentimeter gegenüber der Welt, das ist von unschätzbarem Vorteil. Ich sehe die Gefahr kommen.«

Ob mit Absätzen oder ohne, Chloé war größer als eins achtzig, lief schnell und sprach laut. Sie war schön, von einer eindrucksvollen, drallen Schönheit, die vielen Männern im Kommissariat offenbar unheimlich war. Alex versuchte sich auf das Gespräch zu konzentrieren. Alles Mutmaßungen.

Sie wusste nicht, ob Chloé den Männern wirklich Angst machte oder ob sie bloß allein war. Die beiden so ungleichen Frauen, die eine übersprudelnd und die andere zurückhaltend, hatten sich bei einer ihrer ersten Ermittlungen kennengelernt und einander gleich sympathisch gefunden. Ein, zwei Mal im Monat gingen sie zusammen essen, sprachen von der Arbeit, erinnerten sich an Fälle, teilten Wut und Resignation. Privates kam praktisch nie auf den Tisch, und die einzigen halbwegs intimen Themen zwischen ihnen bezogen sich, da beide alleinerziehende Mütter waren, auf ihre Kinder. Alex stellte Chloé keine indiskreten Fragen, und die tat ihr denselben Gefallen. Gefahrlose, angenehme Momente.

Sie stürzten ins Restaurant. Kaum hatten sie sich gesetzt, stand eine Bedienung am Tisch, legte zwei Speisekarten hin und griff zum Block, um die Bestellung aufzunehmen. Chloé warf ihr einen Blick zu und sagte höflich, aber bestimmt:

»Wir sind gerade erst gekommen. Lassen Sie uns erst in die Karte schauen.«

Die junge Frau drehte um und kümmerte sich um einen anderen Tisch.

»Wir nehmen doch beide immer dasselbe«, meinte Alex.

»Stimmt. Dann nehme ich heute mal was anderes. Sushi mit Thunfisch statt mit Lachs.«

»Eine Revolution, Chloé! Ich weiß nicht, ob ich bereit wäre für einen solch radikalen Schritt.«

»Das sieht dir ähnlich.«

Chloé winkte, und die junge Frau kam wieder zu ihnen. Alex wusste aus Erfahrung, dass Chloé überall sofort bedient wurde, und dieses »überall« schloss Orte ein, wo sie, Alex, zwei Stunden lang wie wild mit den Armen hätte fuchteln können, ohne dass sich irgendwer herbeibequemte. Nicht dass Alex jemand war, der zwei Stunden auf etwas wartete. Sie sparte sich ihre Energie für Dinge auf, die ihr der Mühe wert schienen, und das waren nicht viele.

Als sie bestellt hatten, hob Chloé den Finger, während sie mit der anderen Hand in ihrer Jackentasche kramte:

»Warte. Bevor du etwas sagst, muss ich dir was zeigen.«

»Ich fürchte das Schlimmste.«

»Der Mann meines Lebens«, sagte Chloé.

Sie hielt Alex ihr Handy vor die Nase. Das Display zeigte ein Foto von Bastien, ihrem Sohn.

»Sieht der nicht bescheuert aus?«

Auf dem Bild zog ein blauäugiger blonder Jugendlicher, der gut in den massentauglichsten Werbespot für Vollmilch oder Ökowandern gepasst hätte, eine Flappe. Der Kopf war links und rechts rasiert, und ein Hahnenkamm, zu kurz, zu lang, kippte vom Scheitel sanft zur Seite.

»Ach du Scheiße«, entfuhr es Alex.

»Tja, so ist er am Sonntagmorgen nach Hause gekommen.« Chloé sprach in lockerem Ton, aber ihre Augen blitzten wütend. »Er war die ganze Nacht unterwegs, ich war so erleichtert, dass er heil nach Hause gekommen ist, dass ich es erst nach ein paar Minuten begriffen habe.«

»Ist das jetzt Mode?«, fragte Alex ein wenig neugierig. Sie selber trug, so lange sie denken konnte, denselben auf die Schnelle festgesteckten Haarknoten.

»Seit wann ist das eine Entschuldigung?« Chloé wurde laut, doch dann seufzte sie. »Tut mir leid, seit achtundvierzig Stunden kriege ich mich nicht mehr ein, aber ich nehme an, es gibt Schlimmeres. Und du?«

»Ich darf meinen Nachmittag bei der Dienstaufsicht verbringen«, sagte Alex.

»Ach du Scheiße. Erzähl.«

Das Taxi hielt vor dem Gebäude der Generalinspektion. Chloé schenkte ihr ein letztes aufmunterndes Lächeln und schlug die Wagentür zu. Es war Viertel vor drei, und Alex schwirrte der Kopf. Chloé hatte sie mit einem ununterbrochenen Schwall von Fragen gelöchert, um sie zu »präparieren«. Und präpariert war sie nun.

Im Übrigen fragte sie sich, ob sie jemals im Leben für etwas so gut »präpariert« gewesen war. Wäre Chloé in all den kritischen Momenten mit ihrem Coaching zur Stelle gewesen, hätte sie jetzt bestimmt schon eine Privatinsel im Pazifik. Sie tröstete sich mit dem Gedanken, dass sie keinen Sand mochte, und erklomm die wenigen Stufen zum Empfang.

War es Chloés Vorbereitung zu verdanken, oder war sie bloß auf einen Innendienstler getroffen, der sich mit den Vollzugsbeamten solidarisch zeigte? Das Gespräch kam ihr jedenfalls entspannt und fast freundschaftlich vor – ein Eindruck, vor dem Chloé sie ebenfalls gewarnt hatte, ihre letzte Empfehlung, als sie die Taxitür zuwarf: »Und denk dran, ihr Job ist es, das Haar in der Suppe zu finden. Vertrau ihnen nicht. Ich muss jetzt los, beim Geschworenengericht eine Anklage verlesen.«

Das Gespräch ging rasch über die Bühne. Alex beschränkte sich darauf, noch einmal zu erzählen, was sie bereits in dreifacher Ausfertigung zu Papier gebracht hatte, und enthielt sich jeder Bemerkung über einen angemessenen Umgang mit der Arbeitszeit der Kriminalbeamten.

Um Viertel nach vier stand sie wieder auf dem Bürgersteig und wollte schon Lucinda anrufen, um ihr zu sagen, dass sie rechtzeitig zu Hause sei, sie könne Ana das Abendessen selber zubereiten. Doch zu ihrer Überraschung wartete Marco auf der anderen Straßenseite auf sie. Er hatte unmöglich geparkt, als Entschuldigung ledig-lich ein ausgeschaltetes Blaulicht und seine guten Absichten.

»Was machst du denn hier?«

»Die Freude ist ganz meinerseits.«

»Nett, dass du vorbeikommst, wirklich, aber hatten wir nicht ausgemacht, dass ich keinen Fahrer brauche?«

»Ich bin nicht dein Fahrer, ich bin dein Kollege, und dein Kollege hat sich gesagt, dass du nach diesem traumhaften Tag bestimmt Lust hast, was trinken zu gehen.«

»Ich schaffe gerade mal einen Pausensnack.«

»Dann eben ein Bier und ein Pain au chocolat.«

»Aber ... ich wollte heute mal früher zu Hause sein. Und ich muss vorher noch beim Kommissariat vorbei, meine Karte holen.«

»Auf einen Sprung? Ich fahre dich hin, du holst deinen Wagen, und dann gehen wir ins Balto?«

»Einverstanden, aber wirklich nur auf einen Sprung.«

Das Balto lag ein paar Schritte vom Kommissariat entfernt und zählte zu seiner Kundschaft vor allem Polizisten: Verkehr, Drogen, Kripo, Sitte, Wachbeamte und Ermittler, die ganze Palette. Manchmal auch ein paar Studenten, wenn die Kneipe nebenan, wo sich ein jüngeres Publikum tummelte, zu voll war. Dass die Polizeikräfte dem Wirt Schutzgeld und Bankrott ersparten, dankte er ihnen, indem er ein recht passables Menü zu acht Euro anbot und das preisgünstigste Bier im Viertel.

Alex fielen zwei Tische ganz hinten auf, wo ein paar Studis über einem Gruppenreferat oder Ähnlichem saßen. Ihr Blick begegnete dem einer kleinen Blonden. Alex hatte nicht die Angewohnheit, die Augen abzuwenden. Die kleine Blonde erinnerte sie daran, wie sie an der Uni für die Klausuren gebüffelt hatte, eine Zeit, die ihr weit weg und zugleich ganz nah zu sein schien. Sie lächelte der jungen Frau unauffällig zu. Die errötete und vertiefte sich wieder in ihre Notizen.

Alex setzte sich an den Resopaltisch und nahm ihr Handy, um Lucinda eine Nachricht zu schicken. Sie warnte Marco:

»In zwanzig Minuten bin ich hier raus.«

»Klar«, sagte Marco zerstreut und gab dann mit lauter Stimme seine Bestellung durch:

»Ein kleines Bier. Nein, ein großes!«, korrigierte er sich.

»Ein Glas Rotwein«, sagte Alex.

Alex mochte keinen Rotwein, aber die rubinene Flüssigkeit stimulierte ihren analytischen Geist. Selbst wenn der Wein schlecht war. Erst recht, wenn der Wein schlecht war. Und der Rote aus dem unteren Preissegment im Balto war sehr schlecht. Indem sie ein solches Gesöff bestellte, erwies Alex dem unverzichtbaren Ritual des Aperitifs unter Kollegen die Ehre und riskierte dennoch kein Zuviel an Alkohol. Im Kelch fanden sich genügend Fragen, um mit annehmbarer Geschwindigkeit zu trinken. Die Bestimmung der Aromen, der Versuch einer Antwort auf die Rätsel, die der kleinste Schluck aufgab, bot die Gewähr für einen mehr als vernünftigen Konsum. Verfaulte Banane, altes Marshmallow, ein bisschen Natron vielleicht? Die Papillen sendeten ihr unmöglich zu definierende Geschmacksnoten.

Der Bierkrug stand kaum auf dem Tisch, als Marco schon einen grimmigen Schluck getrunken hatte. Alex drehte den Stiel ihres Glases zwischen den Fingern. Sie blickte zu ihrem Teampartner auf.

»Ich komme hier von der Dienstaufsicht, und du machst so ein Gesicht?«

Auf der Fahrt zum Kommissariat hatte Alex alles getan, um Marcos Seufzer zu ignorieren, ihr Arbeitstag war schließlich zu Ende. Einer jener Tage, die sie ohne zu zögern in die Kategorie »lausig« einordnete. Aber der Kollege hatte etwas auf dem Herzen, und er schien fest entschlossen, mit ihr darüber zu reden.

»Ich habe heute Nachmittag den Geschäftsführer der

Sogecam angerufen. Er ist letztlich für Lassain verantwortlich. Jean-Charles Dumont.«

»Aha. Und?«

»Er hat das alles völlig locker genommen. Er war am Flughafen und meinte, er hätte erst in ein paar Wochen Zeit, aufs Kommissariat zu kommen. Er hat irgendeine Messe in den USA, ›Ju-Äss-Äi‹, wie er sagte, und dann schließt er gleich seinen Urlaub an.«

»›Locker‹? Sein Personalchef wird angezeigt wegen sexueller Belästigung, und er nimmt das ›völlig locker‹? Übertreibst du nicht ein bisschen?«

»Er hat gelacht, Alex. Sich halb totgelacht. So ein komisches Lachen, wie diese reichen Säcke, du weißt schon, so ein süffisantes ›Höhö‹.«

Marco trank einen weiteren Schluck von seinem Bier, einen großen.

»Jetzt mal langsam, Marco. Bloß weil jemand sich am Telefon bekringelt, musst du dich noch lange nicht besaufen.«

»Er hat gelacht! Ist das nicht unglaublich? Da erfährt jemand, dass zwei junge Frauen bedroht werden, sexuell belästigt, in seinem eigenen Laden, und er findet das lustig?«

Marco sprach jetzt immer lauter, immer schneller.

»Ich verstehe das nicht, werde es nie verstehen. Wie kann man eine Frau sehen und, statt mit ihr zu sprechen, statt sie zum Lachen zu bringen, statt ihr Lust auf einen zu machen, wie kann man sich da sagen, hey, die nehme ich mir, ist doch egal, was sie will ... Nein, das verstehe ich nicht. Ich verstehe nicht, wie man ›Nein‹ hören kann und ›Ja‹ verstehen, wie man meint, man könnte jemanden zwingen, sich einem hinzugeben, wo es doch letztlich darum geht, dass man ...«

Unter Alex' Blick verstummte er plötzlich, sprach dann aber weiter, errötete:

»... begehrt wird.«

Alex schaute zur Seite und ließ Marco ein paar Sekunden Zeit, seine normale Farbe wiederzugewinnen. Erneut begegnete sie dem Blick der Studentin, die sich eine Haarsträhne hinters Ohr schob und gleich wieder über die Bücher beugte.

»Ich verstehe, was du sagen willst, Marco. Aber vergiss nicht, das alles hat nichts zu tun mit ... Verführung. Das weißt du doch. Es geht um Macht, einzig um Macht. Das ist etwas anderes. Hör zu. Du darfst dich nicht auffressen lassen von dieser Sache. Wie lange hast du den Kerl am Telefon gehabt, zehn Minuten?«

»Fünf. Zwei. Ich weiß nicht mehr. Nicht lange.«

»Wenn du schon jetzt so reagierst, wirst du, sobald wir ihn vorgeladen haben, sofort ausrasten. Und das bringt gar nichts. Also tief durchatmen. Wir sprechen mit dem zuständigen Staatsanwalt, dann sehen wir, was es braucht, um aus der sexuellen Belästigung eine versuchte Vergewaltigung zu machen. Und reden noch mal mit den beiden Frauen und gehen die Dinge im Einzelnen durch.«

Sie trank einen Schluck Wein und rümpfte die Nase. Ekelhaft, was sonst. Austrinken kam nicht infrage.

Marco brummte etwas vor sich hin.

»Ich gehe jetzt«, sagte Alex. »Und du regst dich ab.«

Er zeigte ein kleines Lächeln:

»Ach, ich mag es, wenn du dir Sorgen um mich machst.«

»Im Ernst. Spiel eine Runde Flipper, geh spazieren, egal was. Du hast einen halben Liter in weniger als drei

Minuten runtergekippt. Bis du hinterm Steuer sitzt, hast du die Grenze schon überschritten.«

»Ach komm, das Gesetz bin ich.«

»Ich spreche nicht von einem Knöllchen, sondern von dem Mast, gegen den du fährst.«

Sie nahm ihre Tasche.

»Du gehst wirklich schon?«

»Es ist Dienstag.«

»Ach ja, Dienstag. Okay, dann an den Flipper. Keine Sorge. Bis morgen?«

»Ich fürchte, ja.«

Um halb sieben trat Alex durch die Wohnungstür, bei dem Berufsverkehr wie durch ein Wunder noch rechtzeitig.

»Mama!«

Bevor sie auch nur die Tür schließen konnte, stürzte Ana sich in die Arme ihrer Mutter, die Haare noch nass und schon im Nachthemd.

»Mein Spatz!«

Sie hob das Mädchen hoch und gab ihr einen dicken Kuss auf den Kopf. Ana drückte Alex ihrerseits Küsschen auf die Wange. Lucinda erschien in der Diele.

»Auf die Minute.«

»Ja«, sagte Alex mit einem Lächeln.

»Sie kommt gerade aus der Dusche.«

»Und die Hausaufgaben?«

»Fertig!«, meldete Ana stolz.

»Super. Dann können wir mit der Vorführung beginnen, ich zieh mich nur eben um und mach das Tablett fertig. Suchst du den Film aus?«

»Klar!«

Ana ließ sich auf die Füße gleiten und flitzte ins Wohnzimmer.

»He, Augenblick«, rief Alex. »Und Lucinda?«

Ana legte ein kontrolliertes Schleudern hin, kam zurück und wartete mit gerecktem Kopf auf den Tschüsskuss des Kindermädchens.

»Danke, Lucinda, auf Wiedersehen, bis morgen!«

»Bis morgen.« Lucinda gab Ana einen Kuss auf die Wange, und schon war die Kleine wieder weg. »Kaum bist du da, gibt es mich nicht mehr«, meinte sie zu Alex.

»Du weißt genau, wie gern sie dich hat«, sagte Alex. »Ohne dich würden wir es nicht schaffen. Was habt ihr vor für morgen?«

»Es ist noch schönes Wetter, ich dachte an den Park oder den Zoo.«

»Zoo? Ich glaube, darauf steht sie nicht mehr. Die ganzen Tiere im Käfig ... Meine Mutter hat mal so was erwähnt, wenn ich mich recht erinnere. Aber du wirst schon sehen. Ich lasse euch Geld auf dem Tisch.«

Alex machte sich in der Küche zu schaffen. Dienstags gab sie sich alle Mühe, früh nach Hause zu kommen, und es folgte das immergleiche Ritual: Sie sahen sich gemeinsam einen Film an. Oft einen alten Klassiker, manchmal sogar in Schwarz-Weiß. Ana liebte Filme, egal welche, und Alex war mächtig stolz auf ihre neugierige Tochter, ausgerechnet, schließlich hatte sie sich als Jugendliche, zum Leidwesen ihrer Eltern, nur die dämlichsten amerikanischen Blockbuster reingezogen.

Aufs Sofa gekuschelt knabberten sie dann Gemüsestäbchen, Käse, löffelten Suppe aus einer Schale. Zu zweit in ihrem Kokon.

Als der Abspann begann, nickte Ana gleich weg.

»Mama, trägst du mich?«

»Ja, mein Schatz, ich trage dich.«

Alex legte Ana in ihr Bett. Die Kleine schlief schon fast.

»Gutnacht ...«

»Gute Nacht.«

Alex ging ebenfalls ins Bett, bei offenem Fenster, es war eine der letzten Sommernächte, und während sie eindämmerte, hörte sie die Geräusche der Stadt.

III

Montag, 22. Oktober

Jean-Charles Dumont, Geschäftsführer von Sogecam, zog ins Kommissariat ein wie ein Kaiser in erobertes Land. Bei seinem Anblick hätte man meinen können, er sei gekommen, um seine Truppen zu inspizieren, nicht aufgrund einer Vorladung wegen seines perversen Personalleiters und mehrfacher sexueller Belästigung, Anschuldigungen, die Lassain sammelte wie andere Briefmarken.

Marco konnte ihn auf Anhieb nicht ausstehen, klar. Alex bemerkte es und führte das Gespräch lieber selbst, um ihrem Kollegen eine direkte Konfrontation zu ersparen. Doch Dumont schien eine andere Taktik gewählt zu haben. Er gab sich betont lässig, erweckte den Eindruck, als säße er überaus bequem auf einem dieser bekanntermaßen unbequemen Stühle im Vernehmungsraum, und auch wenn er auf Alex' Fragen antwortete, schaute er dabei zu Marco. Er gab bereitwillig seine Personalien an und in welcher Beziehung er zu Lassain stand, der, wenn man ihn reden hörte, eine tragende Säule des Unternehmens war, eingestellt vor bereits fünfundzwanzig Jahren vom Herrn Dumont senior.

»Ach bitte«, kommentierte er gut gelaunt die belastenden Aussagen gegen seinen Personalchef, »Lassain kenne ich schon lange. Er macht seine Arbeit gut. Eine hervorragende Kraft. Aber ändern werden wir ihn nicht. Er ist nun mal ein Charmeur.«

Alex merkte, wie Marcos Anspannung wuchs, als dieser gereifte Dandy im Markenanzug ihm mit dem Kopf so etwas bedeutete wie: »Tja, die Frauen, wir kennen sie ja.« Worauf sie noch mal einen Blick in die Akte warf, die sie vor sich auf den Tisch gelegt hatte. Sie musste sich zwingen, tief durchzuatmen.

»Ein Charmeur?«

»Na ja, so in der Art. Ein Spielchen. Jennifer und Aïssa sind attraktiv, im besten Sinne des Wortes. Verführerisch schön, und das wissen sie genau, was soll daran schlimm sein? Geschichten über solche Sachen am Arbeitsplatz sind doch nichts Ungewöhnliches. Ob Sie es glauben oder nicht, aber ich selber habe meine Sekretärin geheiratet! Später geschieden.«

»Was wollen Sie damit sagen, ›und das wissen sie genau‹?«

»Ist doch klar, sie setzen es ein.« Erneut wandte er sich an Marco. »Sie bücken sich, um das Papierfach des Kopierers zu öffnen, wackeln mit den Hüften, wenn sie im kurzen Rock über die Flure gehen ...«

»Die beiden haben ausgesagt, Sie würden eine bestimmte Kleidung am Arbeitsplatz vorschreiben. Den Frauen. Rock und hohe Absätze.«

»Ooooh, für die über vierzig nicht!«

Erneutes Augenzwinkern in Richtung Marco. Selbst ohne ihn direkt anzusehen spürte Alex, wie ihr Kollege kochte.

»Herr Dumont, die Anschuldigungen gegen Ihren Mitarbeiter wiegen schwer. Ich wäre Ihnen dankbar, wenn Sie auf meine Fragen antworten würden und uns unnötige Bemerkungen ersparen.«

Dumont nahm das übergeschlagene Bein herunter und stützte die Ellenbogen auf den Tisch, das Kinn auf den gefalteten Händen.

»Hören Sie, Lassain ist ein Schürzenjäger, hübschen Frauen kann er nicht widerstehen. Aber wir haben es hier mit erwachsenen Menschen zu tun. Ich sehe wirklich nicht, was das die Polizei angeht.«

»Zwei junge Frauen haben Anzeige erstattet. Das geht die Polizei allerdings etwas an. Beide haben ausgesagt, er habe sie jeweils in sein Büro gerufen, habe die Tür geschlossen, so dass sie nicht mehr hinauskonnten, und ihnen dann sehr deutlich eine unbefristete Stelle angeboten für ein, ich zitiere, ›Nümmerchen von hinten‹.«

»Von hinten, tatsächlich? Der Kurs für eine Festanstellung steigt«, gluckste Dumont.

Marco sprang hoch und war mit einem Satz am Tisch, ein Arm in Richtung Dumont ausgestreckt.

»Cantera!«, rief Alex, stand ebenfalls auf und packte Marco an der Schulter.

Ihre Blicke trafen sich, sie hielt seine muskulöse Schulter fest umklammert und lockerte ihre Finger erst, als sie Marco auf dem Grund seiner haselnussbraunen Augen wiedererkannte. Der drehte um und ging türeschlagend hinaus.

Dumont schien enttäuscht über Marcos Abgang. Wohl oder übel wandte er sich Alex zu.

»Das war doch nur Spaß!«, rief er und musterte sie unverhohlen. »Sie sind eine hübsche Frau, Sie auch, aber da sage ich Ihnen nichts Neues. Also kommen Sie. Lassain hat nichts Ungehöriges getan, das sind absurde Unterstellungen. Verführung? Sicherlich. Aber Sie wissen ja, wie das ist. Man flirtet ... und dabei bleibt es. Als würde ich zu Ihnen sagen, dass Sie ... sehr schöne Augen haben.«

Alex verzog keine Miene. Sie notierte lediglich Dumonts Äußerungen und ignorierte demonstrativ die anzüglichen Bemerkungen dieses Fünfzigers mit dem kunstvoll verwuschelten weißen Haar und dem Playboygehabe. Dumont schien einen Moment zu glauben, Alex wäre empfänglich für sein kokettes Zwinkern, doch bei aller Selbstverliebtheit konnte er sich nicht länger etwas vormachen. Er begann sich also zu langweilen, wurde unleidlich, machte ein beleidigtes Gesicht und erklärte schließlich, er habe nichts weiter hinzuzufügen.

Alex ließ sich Zeit mit dem Tippen der Aussage, während Dumont seufzend auf die Uhr sah. Dann bat sie ihn um seine Unterschrift und legte den Kuli auf den Tisch, nicht dass sie mit seinen manikürten und viel zu kleinen Pummelhänden in Berührung kam.

Dumont las sich die wenigen Seiten unerwartet konzentriert durch. Argwöhnisch, wie Alex bemerkte. Egal was seinen Mitarbeiterinnen passierte, es tangierte ihn nicht. Schlimmer noch, er fand es amüsant. Aber wenn es darum ging, sich zu schützen, war er auf der Hut.

Alex begleitete Dumont zum Ausgang.

»Wir melden uns bei Ihnen. Geben Sie uns Bescheid, wenn Sie wieder die Absicht haben, das Land zu verlassen.«

»Ist das alles?«

Aus seinem Ton sprach tiefe Verachtung.

»Nein. Das wird nicht alles sein«, antwortete Alex seelenruhig. Sie wusste genau, so achtlos, wie sie es dahinsagte, kam es einer Beleidigung gleich.

Marco saß grummelnd an seinem Schreibtisch und tippte einen Bericht. Alex sah auf die Uhr. Um sieben ging sie mit Chloé ins Kino, jetzt war es fünf. Marco hatte die Vernehmung Dumonts vor über einer Stunde verlassen, und noch immer schäumte er.

»Soll ich mit dir ins Balto gehen?«

Marco blickte auf:

»Du willst mich dazu bringen, meine Wut im Alkohol zu ertränken?«

»Genau.«

Marco hörte auf zu tippen und strich sich übers Gesicht, von unten nach oben, mit der ganzen Handfläche, als wollte er sich verstecken.

»Marco, du weißt, dass ich dich trotzdem sehe?« Er musste lächeln.

»Ich kopiere das eben für die Akte, dann gehen wir«, entschied Alex.

»Ich hasse diesen Tag«, sagte Marco, als Alex an den Tisch zurückkam und ihm ein Bier hinstellte.

Sie setzte das Weinglas an die Lippen und musste die Lider senken, als ihr der Alkoholdunst in die Augen stieg (wenn es denn Alkohol war und kein Lösungsmittel, schwer zu sagen). Sie setzte das Glas wieder ab.

»Dieser Drecksack von Lassain stand schon zweimal wegen sexueller Belästigung vor Gericht. Zwei Mal! Die beiden Mädels haben im September Anzeige erstattet. Und jetzt ist Ende Oktober. Ist dir klar, dass Jennifer und Aïssa die ganze Zeit zur Arbeit gehen, fünf Tage die Woche, zehn Stunden am Tag? Und dass sie dieses Arschloch genauso lange ertragen müssen? So wie es aussieht, steht dieser Dumont ihm in nichts nach. Mal ehrlich, kannst du dir das vorstellen? Jeden Tag? Jeden Tag musst du mit einem Typen arbeiten, den du angezeigt hast, und darauf warten, dass die Maschinerie sich in Gang setzt. Nur warten, sonst nichts. Weil du die Geschichten ja kennst, von wegen der Dings hat gesagt, und der Sowieso … Eigentlich hätten sie längst eine interne Untersuchung veranlassen sollen, aber wenn das von Dumont abhängt, können sie gleich einpacken, Aïssa und Jennifer. Scheiße!«

Alex drehte den Stiel des Glases zwischen ihren Fingern.

»Nerv ich dich?«, fragte Marco.

»Nein, gar nicht. Aber was soll ich dazu sagen? Ja, er ist ein Arschloch. Ja, die beiden machen die Hölle durch. Ihr einziger Schutz ist erst mal, dass wir ermitteln. Aber wenn es für eine strafrechtliche Anklage nicht reicht und die Sache allenfalls arbeitsrechtlich zu verfolgen ist, werden die beiden auf der Stelle gefeuert.«

Alex zuckte mit der Schulter.

»Und das soll alles sein? Weil es ist, wie es ist?«, fragte Marco.

»Ich tue, was ich kann, du tust, was du kannst, wir kommen voran, wir bleiben dran.«

»Ich verstehe nicht, wie du es schaffst, solche Dinge nicht an dich rankommen zu lassen.«

»Ich bestelle schlechten Wein.«

»Jetzt mach mal einen Punkt, Alex. Manchmal habe ich den Eindruck, dir ist alles egal.«

»Red keinen Quatsch. Ich brauche Distanz, ja. Und?«

Marco hob zwei Finger in Richtung Theke. Alex bedeutete dem Wirt, dass sie eine Runde aussetzte. Der nickte, einer der letzten Wirte in Paris mit waschechtem Schnurrbart und ebensolcher Herkunft aus der Auvergne.

»Was ist bloß los mit diesen Typen? Was läuft da schief, dass für sie die Frauen auf einmal nur noch ein Stück Fleisch sind?«

»Ich denke, sie haben es einfach nicht gelernt, Frauen anders zu sehen, Marco. Ob mit oder ohne Krawatte, sie sind nicht besser als diese Bande kleiner Pisser, von der wir im Juni die schwedische Studentin erlöst haben. Ich nehme mir, was ich will, und wenn sie schreit, wenn sie sich wehrt, wird's sportlich, das ist alles. Weil, klar, ›Nein‹ heißt natürlich ›Ja‹, und ›Komm mir nicht zu nah‹ heißt ›Schlag mir die Fresse ein und vergewaltige mich an der Mülltonne, deine Kumpels können ruhig zugucken‹. Willst du das hören?«

Marco starrte sie aus seinen goldbraunen Augen an, mit fast dümmlicher Miene. Alex wollte schon seine Hand nehmen und ihn trösten, warf ihm dann aber lieber eine Erdnuss ins Gesicht. Was letztlich aufs Gleiche hinauskam.

»Komm schon, Marco, lass dich nicht runterziehen.«

»Aber das muss doch möglich sein. Dass man zusammenlebt, oder? Würde man normal miteinander sprechen, müssten die Frauen nicht schon als Kind lernen, dauernd aufzupassen, und die Männer würden sich wie Männer benehmen und nicht wie das Missing Link zwischen dem Neandertaler und dem Waldmenschen ...«

»Tja, und ich würde dann auf dem Rücken eines Einhorns arbeiten. Wie dem auch sei, wenn du fertig bist mit deiner Litanei, dreh dich mal diskret um. Die kleine Blonde ist wieder da und schielt die ganze Zeit nach dir.«

Marco klappte den Mund auf, dann schaute er sich kurz um und errötete.

»Unsinn ...« Er strich sich über den Nacken. »Möchtest du noch ein Glas?«

»Nett von dir, aber angesichts der Qualität des Weins denke ich, das wäre das sofortige Magengeschwür. Ich schaffe schon kaum das Glas hier. Außerdem muss ich los.«

»Ich kann dich fahren«, schlug er vor.

»Danke, aber ich habe eine Verabredung.«

»Aha?«

»Ja«, sagte sie lächelnd, keine weiteren Fragen erlaubt. Sie stand auf.

»Du solltest zu ihr hingehen«, meinte sie noch und deutete mit dem Kopf zum Tisch am Ende des Raums.

»Was? Nein. Ich gehe zu Mercier«, sagte er und zeigte auf einen anderen Polizisten am Tresen. »Wir müssen uns organisieren, die Mannschaft wieder aufstellen, die Trainingszeiten ... Die Spielzeit fängt bald an.«

»Doch, Marco. Sei nicht so schüchtern. Sprich sie an. Über Freistöße und den Gestank alter Socken unterhaltet ihr euch ein andermal.«

»Ich lasse dich nie wieder den Film aussuchen, dass du es weißt«, sagte Alex.

»Wie bitte?« Chloé band sich ihren roten Seidenschal um. »Er hat dir nicht gefallen?«

»So ein Käse. Die schaffen ihre Ermittlungen in einer Stunde zwanzig. Und sind alle Hellseher. Das Bauchgefühl, der sechste Sinn der Polizisten ... Man könnte meinen, den bekommen sie zusammen mit ihrer Dienstmarke und der Knarre am ersten Tag ausgehändigt: ›Die Knarre, die Marke, und ach ja, hier ist Ihr sechster Sinn, verlieren Sie ihn bitte nicht!‹ Lächerlich. ›Ich wusste instinktiv, wenn Toby, der blinde Hund, MacGraddy nicht angebellt hat, diesen verschrobenen Metzger, der Kataloge für die Jagd mit dem Messer bestellt, dann weil der den Bruder von John umgebracht hat, der Pamela umgebracht hat, um an das Geld aus dem Kokaingeschäft zu kommen.‹ Also ehrlich ... Wenn einer die Beförderung und das Mädchen verdient hat, dann der Hund.«

»Das große Los, klar, du löst den Fall und bekommst das Mädchen.«

»Pff.«

»Ach hör schon auf, Alex. Mich amüsieren solche Filme. Es tut mir gut, wenn ich sehe, wie die Netten gewinnen und die Bösen verlieren. Dass man weiß, wer wer ist ... Dass es keinen Zweifel gibt.«

»Harte Woche?«, fragte Alex.

»Ja.«

»Willst du darüber sprechen?«

»Nicht unbedingt.«

»Hm ... Dann gehen wir was essen und beklagen uns über unsere Kinder?«

***

Drei Uhr morgens. Wenn normale Menschen schlafen.

Aber nicht ich. Wie bestellt und nicht abgeholt sitze ich hier und warte darauf, dass ein Idiot endlich seine Arbeit tut.

Die Halle lag im Dunkeln, der Parkplatz fast leer. Das Gittertor unter dem Schild JardiBonheur war verschlossen. Zehn Minuten Lichthupe hatten nichts gebracht. Camille gab auf und zog den Schlüssel ab, stieg aus und schlug die Tür des Lieferwagens zu. Das Rauschen des Autobahnrings war zu hören, gedämpft durch all die Schuppen im Gewerbegebiet. Sonst war der Nachtwächter immer da, warf Camille Blicke zu, lächelte – blöder Sack. Aber jetzt war in der Bude niemand.

Camille ging vor dem Wachhäuschen auf und ab, zündete sich eine Zigarette an und stieß wütend den Rauch aus. Die Gegend war wie ausgestorben. Nur das Licht in der Bude deutete darauf hin, dass jemand vor kurzem dort gewesen war, aber sie war leer. *Scheiße, wo ist der Kerl bloß wieder hin? Dieser Penner.* Jetzt war sein ganzer Lieferplan umgeworfen, und das gehörte zu den Dingen, auf die Camille sehr gut verzichten konnte.

Camille ließ die Kippe auf den Boden fallen und ging zurück zum Wagen, setzte sich hinters Lenkrad, beugte sich zum Handschuhfach und kramte nach den Unterlagen mit der Nummer des Ansprechpartners bei Jardi-Bonheur. Bloß nicht dieser andere Trottel. Camille würde anrufen und Bescheid sagen. Wenn die Lieferung zu spät kam, war das allein die Schuld des Nachtwächters von Jardi-kann-mich-mal.

Als die Beifahrertür aufging, machte Camille ein so überraschtes Gesicht, dass es schon komische Züge annahm. Wie in einem Trickfilm, mit offenem Mund und die Augen weit aufgerissen, die Finger noch im Handschuhfach und ohne zu reagieren, saß Camille ein paar Sekunden da und schien erst wieder zur Besinnung zu kommen, als ein Knüppel herabsauste. Camille blinzelte, Nebel im Blick. Das Metallrohr schlug noch einmal zu.

Als Camille im Laderaum aufwachte, war das erste Gefühl die Kälte, dann kam der Schmerz. Nackt dazuliegen, diese Gewissheit nahm im Kopf allen Raum ein. Als der Körper eine Sekunde später alle sonstigen verfügbaren Informationen weitergeleitet hatte, war nur noch Kraft für einen Schrei.

Montag, 5. November

Alex brauchte eine Stunde und vierzig Minuten bis nach Hause, nicht ein einziges Mal konnte sie in den dritten Gang schalten. Was für ein beschissener Tag, sagte sie sich, als sie schließlich parkte und ihr einfiel, dass es in der Wohnung absolut nichts zu essen gab. Eine Woche ohne Ana, eine doofe Woche.

Sie stieg aus und hängte sich die Tasche um. Im Schein der Straßenlaterne schloss sie den Wagen ab und hetzte los zu ihrem Leuchtturm im Sturm, ihrem Licht in den tiefsten Tiefen der Not: dem kleinen Lebensmittelladen an der Ecke. Bier, Ravioli. Ihr Survival Kit.

Vor dem Gittertor der Wohnanlage standen ein paar Jungs und traten von einem Fuß auf den anderen, um sich warm zu halten. Dabei ließen sie eine Flasche aufgepimpte Limo rumgehen, die schon auf fünf Metern nach Alkohol roch. Als sie Alex' rasche Schritte hörten, war die Gruppe auf einmal wie unter Hochspannung, und alle drehten sich nach ihr um. Ein »He, du ...« wehte herüber, ehe sie sie erkannten. Die von den Bullen. Alex war vom Opfer zum Henker geworden. Die Anmache verlor sich in der Nacht, die Clique beschäftigte sich wieder mit sich selbst.

Sie ignorierte sie, gab den Code ein. Ein leises »Bsss« war zu hören, sie drückte das Tor auf und stieg die wenigen Stufen zum Vorplatz hinauf.

Hinter ihr, auf der Straße, verhallten noch ein paar Beleidigungen, dieselben wie immer. Ob Bulle oder Nichtbulle, Alex würde es alleine nicht riskieren, sich mit sechs zugedröhnten Jungs anzulegen, die alle größer waren als eins achtzig. Trotzdem warteten diese stolzen Vertreter der Jugend lieber erst ab, bis sie verschwunden war, ehe sie ihr »Dreckige Nutte« losließen.

Zehn Meter, dann eine zweite Tür, ein zweites elektrisches Türschloss, ein Aufzug, eine verstärkte Tür. Alex ließ die Welt draußen.

Sie hatte die Wohnungstür kaum hinter sich zugezogen, als die Plastiktüten rissen. Konserven und Dosen fielen heraus und rollten in alle Richtungen.

»Grrr, so eine Scheiße, das kann doch nicht wahr sein!«

Alex schloss für einen Moment die Augen, dann legte sie ihren Mantel ab, ihren Schal und die Handschuhe und sammelte alles Stück für Stück auf.

Die Bierdosen räumte sie gleich in den Kühlschrank, bis auf eine, die sie ohne nachzudenken öffnete. Die Dose gab ein sprudelndes Zischen von sich, und eine schäumende Flüssigkeit lief ihr über die Hände, die Hose, die Füße, auf den Küchenboden. Wütend stellte sie die Dose ins Spülbecken.

»Klar. Musste ja so kommen. Natürlich. Scheiße.«

Als sie sich eine alte Jogginghose und dicke Strümpfe angezogen hatte, holte sie ihre Tasche aus der Diele und ging in Anas Zimmer.

Sie verschob das Bett, legte den Boden mit Zeitungspapier aus und nahm aus der alten Ledertasche einen kleinen Topf Farbe. Dann malte sie akkurat ein großes Rechteck auf die Wand, dort, wo Ana mit Filzstiften geschmiert hatte. Mit kleinen Pinselstrichen verteilte sie das hellblaue Farbgemisch und löste auf diese Weise ihren

Tag in Vergessen auf. Die Pleite im Fall Lassain. Die Auseinandersetzung mit dem frustrierten Marco, der meinte, er müsste sich an einem Exhibitionisten abreagieren, den sie vor einem Gymnasium geschnappt hatten. Und den zerkochten Chicorée in der Kantine.

Mein kleiner Schatz will Blau, mein kleiner Schatz kriegt Blau. Alex lächelte. Wenigstens das hatte sie geschafft an diesem Tag.

Sie holte das Bier aus dem Spülbecken und trank es in langsamen Schlucken, versunken in den Anblick der Wandfläche, die nun ein Sommerhimmel war.

IV

Dienstag, 6. November

Jennifer Semblat und Aïssa Ndiaye standen am Wachtresen und hielten sich kerzengerade, so erschöpft sie auch aussahen. Das Angebot der beiden Inspektoren, ihnen einen Kaffee zu spendieren, nahmen sie höflich an. Als die Maschine dann eine braune Flüssigkeit mit dem Duft von verbranntem Gummi ausgespuckt hatte, nahmen alle vier um Marcos Schreibtisch herum Platz.

Alex tat ihr Bestes, die Neuigkeit scheibchenweise mitzuteilen: Der Verfassungsrat hatte soeben das Gesetz zum Schutz vor sexueller Belästigung kassiert. Was de facto die laufenden Verfahren für nicht rechtmäßig erklärte und Dutzende von Opfern hilflos dastehen ließ. Darunter Jennifer und Aïssa. Blondeau hatte seine Leute anweisen müssen, die Akte Lassain zu schließen. Das Gesetz war zu unbestimmt formuliert gewesen, verfassungswidrig – ein anderes musste her.

»Und bis dahin?«, fragte Aïssa.

Den Sachverhalt freundlich rüberzubringen war unmöglich. Dann lieber gleich deutlich.

»Bis dahin sind alle laufenden Verfahren eingestellt, und wir haben kein Gesetz mehr, um die Beschuldigten zu verfolgen.«

Alex machte eine Pause.

»Man wird Ihnen zweifellos empfehlen, mit einer Anzeige wegen Mobbing weiterzumachen. Das kann vors Arbeitsgericht gehen, aber das ist ein anderes Verfahren.

Die Taten sind dann keine mehr, die nach dem Strafrecht zu verurteilen wären, verstehen Sie? Unser Dezernat ist damit aus dem Spiel, wir sind nicht mehr zuständig ...«

»Und bei Mobbing müssen wir beweisen, dass wir Opfer sind, und nicht er, dass er unschuldig ist, meinen Sie das?«, wollte Aïssa wissen.

»Dann steht Ihr Wort gegen das von Lassain«, bestätigte Marco, wenn auch widerstrebend.

Alex musterte die beiden jungen Frauen. Sie waren sehr schön, hatten perfekte Haut und feste Brüste, was kaum zu übersehen war, trotz ihrer strengen schwarzen Pullis. Natürlich schaute Alex sich die Körper um sie herum an. Da war die Lust, denn die schönen Dinge, genau wie die schönen Menschen, machen einem Lust, sie zu berühren, sie sich zu nehmen, sie zu besitzen. Nur behielt Alex, im Unterschied zu Lassain, ihre Gedanken für sich und ihre Hände flach auf dem Tisch – Beweis dafür, dass es möglich war.

»Die Tatsache, dass er schon mal angeklagt war, könnte für Sie von Vorteil sein.«

Sie hoffte, ihr Tonfall war beruhigend.

Jennifer atmete tief ein und blies die Luft langsam wieder aus, sie zitterte. Aïssa blickte auf ihre gefalteten Hände im Schoß.

»Er wird sie als Zeugen benennen.«

»Wen, sie?«, fragte Alex.

»Die anderen«, sagte Aïssa. »Das ganze Management. Sie sind zu sechst, alle über fünfzig, sie spielen zusammen Golf, stoßen jeden Mittag in der Brasserie miteinander an. Sie werden für ihn aussagen. Für Lassain.«

»Sie meinen, alle sind auf seiner Seite?«, fragte Marco.

»Ob ich das glaube?« Aïssas Stimme klang müde. »Ich

weiß es. Sie halten zusammen. Völlig undenkbar, dass sie auf einmal gegen Lassain sind, er ist einer von ihnen.«

»Warten Sie«, sagte er, »nur damit wir uns nicht missverstehen: Ich sage nicht, dass ich Ihr Wort in Zweifel ziehe. Aber wir sprechen hier von einem kleinen mittelständischen Unternehmen, das Druckerpatronen importiert und vertreibt, ich bitte Sie. Wenn man Sie hört, könnte man meinen, wir sind in *Der Pate*. Also, welche Macht sollten diese Männer haben?«

Jennifer ging scharf dazwischen:

»Wenn ich ein Mann wäre und ihnen abends in der Bar mal eins auf die Fresse geben wollte? Keine. Aber sie sind unsere Chefs. Wir verbringen zehn Stunden am Tag mit ihnen unter einem Dach. Und unsere Gehaltsabrechnung wird von ihnen abgezeichnet. Natürlich haben sie Macht.«

»Haben Sie mal daran gedacht, sich etwas anderes zu suchen?«, nahm Marco einen weiteren Anlauf.

»Ich habe nach meinem Studium achtzehn Monate gebraucht, um diese Arbeit zu finden«, schnaubte Aïssa.

»Es muss andere Stellen geben ... garantiert ...«

»Verdammt noch mal!«, fuhr Jennifer auf. »Warum sollte ich gehen? Ich habe ein abgeschlossenes Studium, bin Assistentin der Geschäftsführung, dreisprachig, ich will bloß arbeiten können, ohne dass so ein Idiot kommt und droht, mir seinen Schwanz in den Arsch zu stecken. Und stattdessen soll ich abhauen?«

Aïssa legte Jennifer beruhigend die Hand auf den Arm.

»Fünfundzwanzigjährige Frauen, die nicht allzu blöd sind und einen Job suchen, gibt es haufenweise. Finanziell kann ich es mir nicht leisten, die Stelle zu verlieren.«

»Sie bekämen Arbeitslosengeld ... bis Sie etwas anderes haben, meine ich«, versuchte Marco es noch mal in Richtung Aïssa und ließ Jennifer Zeit, sich wieder zu fangen.

»Nach sechs Monaten mit Zeitvertrag reicht das nicht mal für die Miete. Und wenn ich auch nur irgendwelche Schritte unternehme, um wegzugehen, entlassen sie mich gleich wegen groben Fehlverhaltens. Ohne Abfindung. Die Arbeitsagentur? Ein Witz. Die haben Angebote vom letzten März. Wenn ich denen sage, dass ich Fachfrau bin für Logistik, Lagerung und Vertrieb von Hardware, bieten sie mir einen Job als Servicekraft in einer Schulkantine, von wegen, dazu gehöre ja auch das Handling von Tabletts. Verstehen Sie? In meiner Branche rufen die Leute noch den letzten Arbeitgeber an und wollen eine Empfehlung hören. Bei der Hälfte der Betriebe in der Île-de-France wären wir unten durch.«

»Aber in dem Fall könnten Sie immer noch ...«

»Anzeige erstatten? Dann sind wir wieder zurück auf Los und dürfen ein kompliziertes und teures Verfahren anfangen, ohne Entschädigung und ohne Job. Aussichtslos. Und bis dahin gehen wir jeden Morgen zur Arbeit und sitzen stundenlang neben einem Typen, der denkt, ihm einen zu blasen stehe in unserer Stellenbeschreibung.«

»Das ist ...«, begann Alex.

»Genau so«, schloss Jennifer.

Es wurde still. Jennifer räusperte sich.

»Entschuldigen Sie. Ich weiß, Sie suchen nach einer Lösung für uns, aber wir hatten auf Sie gezählt. Damit Sie das ... regeln. Uns helfen. Das ist doch nicht normal, dass wir in dieser Stadt, in diesem Land so etwas mitmachen müssen, wo wir bloß arbeiten wollen. Und dass wir hier sitzen und Sie uns sagen, dass Sie nichts tun können ...«

Marco und Alex schauten sich ohnmächtig an.

»Hören Sie«, sagte Alex. »Ich bin keine Spezialistin für Arbeitsrecht, aber ich bin sicher, dass es eine Lösung gibt. Ich erkundige mich mal bei einem Bekannten, der Ihnen vielleicht helfen kann.«

Alex begleitete Aïssa und Jennifer zurück zum Eingang. Die beiden jungen Frauen verließen das Kommissariat Arm in Arm, niedergeschlagen. Vor der Tür stand ein Beamter, der zum Rauchen hinausgegangen war. Als sie an ihm vorbeikamen, lächelte er sie an und stieß einen Pfiff aus. Alex sah, wie die beiden zusammenzuckten, und sie glaubte auch zu sehen, wie sich ihre Schultern unter der zusätzlichen Anspannung noch weiter verkrampften und ihre Köpfe noch tiefer sanken. Aber sie drehten sich nicht um und liefen weiter.

Alex wandte sich zum Tresen. Dahinter stand Laetitia, eine große Dunkelhaarige, die sie sehr mochte. Sie bedachte den pfeifenden Kollegen mit einem verächtlichen Blick.

»Gibt es noch irgendwas Unangenehmes zu tun, Laetitia? So was richtig Ätzendes?«

»Hm ... wir haben drei Kerle in der Ausnüchterung. Die Mahlzeiten für sie sind eben gekommen.«

»Betrunken?«

»Hackevoll. Vor ein paar Minuten habe ich einen kotzen gehört.«

»Super. Sag dem Knallkopf da draußen, er soll ihnen das Essen bringen und aufwischen.«

»Mit Vergnügen.«

V

Mittwoch, 7. November

Eine kleine grauhaarige Dame in den Sechzigern wartete im Eingangsbereich. Alex und Marco kamen gerade ins Kommissariat, Laetitia wies die Frau auf sie hin.

»Dort sind die beiden Inspektoren, sie werden sich Ihrer annehmen.«

Alex und Marco traten zu Laetitia, die reichte ihnen eine Mappe.

»Die Dame ist gekommen, um einen Missbrauch zu melden«, erklärte sie. »Cieutat hat ihre Aussage aufgenommen, Blondeau sagte, sie soll auf euch warten.«

Marco dankte ihr, öffnete die Mappe und überflog rasch das einzige Blatt, das darin steckte. Er gab es Alex und wandte sich der Frau zu, die schüchtern aufgestanden war.

»Guten Tag«, begrüßte Marco sie. »Ich bin Inspektor Cantera. Wenn Sie bitte mitkommen wollen.« Er deutete auf den Gang, der zu den Vernehmungsräumen führte.

Die Frau folgte ihnen schweigend. Sie traten in einen spartanisch eingerichteten Raum, wo es nach kaltem Kaffee roch. Marco fuhr den Computer hoch. Das System brauchte seine Zeit, bis es betriebsbereit war.

»Also«, begann Marco schon mal, »Sie sind gekommen, um einen Fall von sexuellem Missbrauch zu melden ... Camille? Ist das Ihre Tochter? Wie ich lese, ist sie noch im Krankenhaus?«

»Nein.«

»Sie hat das Krankenhaus verlassen?«

»Nein«, wiederholte die Frau schüchtern. »Camille ist mein Sohn.«

»Ah, entschuldigen Sie.«, sagte Marco überrascht. »Dann also ... Ihr Sohn Camille. Erzählen Sie.«

»Er ist Auslieferungsfahrer ... Blumenerde, für die Floristen, irgend so ein teures Zeug für die Pflanzen ... Er arbeitet nachts, gegen sechs Uhr kommt er zurück, danach schläft er, dann isst er mit mir zu Mittag ...«

Die Stimme erstarb. Alex versuchte sich auf die Frau zu konzentrieren, auch wenn sie selber auf einmal wie benommen war. Sie hatte am Abend zu viel getrunken und einen Brummschädel, der Schmerz bohrte sich ihr in die Schläfen. Sie schüttelte sich.

»Ist ihm etwas zugestoßen?«, fragte sie. »Bei der Auslieferung?«

»Ja, vor zwei Tagen, da ist er morgens schrecklich zugerichtet nach Hause gekommen ... Er wollte mir nicht sagen, was passiert ist. Und gestern Mittag, als er runterkam, um seinen Milchkaffee zu trinken, da ist er dann gestürzt und hat sich nicht mehr bewegt ... Ich habe gleich die Feuerwehr gerufen.«

Erneutes Schweigen.

»Das haben Sie richtig gemacht«, sagte Alex, es sollte ermutigend klingen. »Und danach?«

»Danach haben ihn die Feuerwehrleute dann ins Krankenhaus gefahren, und sie haben mir gesagt, die Wunden, die wären von einem Missbrauch, sie müssten die Polizei verständigen, und es wäre gut, wenn ich persönlich aufs Revier gehe. Aber sie haben ihn operiert, und da bin ich lieber im Krankenhaus geblieben, und danach haben sie mir gesagt, er würde jetzt schlafen, ich soll mir keine Sorgen machen, da bin ich dann gekommen.«

Der Computer gab das Geräusch eines Flugzeugs von sich, das mit Mühe abhebt – es konnte losgehen. Marco öffnete das Programm und legte ein neues Formular an.

»Sagen Sie mir bitte Ihren Namen?«

Die Frau nannte einen Namen, der slawisch klang. Marco zögerte einen Moment, die Finger ein paar Zentimeter über den Tasten:

»Könnten Sie ihn buchstabieren?«

»W-R-E-S-K-A-N-S-K-Y.«

»Danke.«

»In welchem Krankenhaus ist er?«, fragte Alex und griff nach der Mappe mit Cieutats Notizen.

»Im Lariboisière«, erinnerte sie Marco.

»Ich rufe mal in der Wache an und spreche mit jemandem von der Mannschaft, die bei Ihnen war, Madame, und dann setze ich mich mit dem Krankenhaus in Verbindung und versuche den zuständigen Doktor zu erreichen.«

Alex ging zur Tür, während Marco, die Finger wieder über den Tasten, zu Frau Wreskansky sagte:

»Fahren wir fort ... Könnten Sie es mir der Reihe nach erzählen? Macht er diese Arbeit schon lange? Wissen Sie, wohin er zuletzt ausgeliefert hat? Lassen Sie sich Zeit, wir wollen es so gut wie möglich festhalten.«

Marco hatte die Dame wieder zum Ausgang des Kommissariats gebracht, als Alex zu ihm zurückkam.

»Und? Was sagt die Feuerwehr, das Krankenhaus?«, fragte er.

»Die Frau hat gut daran getan, den Rettungswagen zu rufen, ihr Sohn war kurz vor einer Blutvergiftung. Ich hatte den Chirurgen am Telefon, aber er will keine Angaben zu einem Patienten machen, wenn er uns nicht persönlich vor sich hat, wir fahren also hin. In zwei Stunden, meinte er, dürfte Camille wieder wach sein, wir sollten unbedingt mit ihm sprechen.«

Worauf Alex mit einer Mappe unter Marcos Nase wedelte:

»Ich fahre, du hast was zu lesen.«

»Was ist das?«

»Überraschung!«

»Okay, können wir vorher noch ein Sandwich holen? Ich verhungere. Hatte keine Zeit fürs Frühstück ...«

Als sie die Straße überquerten, fragte Alex:

»Hast du mir nicht gestern Abend gesagt, du wolltest nur mal kurz zu Mercier?«

»Na ja, eigentlich nicht. Das heißt, doch, ich war bei Mercier, aber danach sind wir wieder ins Balto, noch ein bisschen abhängen.«

»Mit der kleinen Blonden, der wir da ständig begegnen? Die dich die ganze Zeit anschmachtet?«

»Sie heißt Pauline.«

»Na dann, wenn sie Pauline heißt ... Im Ernst, du hast sie abgeschleppt?«

Marco zuckte die Achseln, und da sie gerade zur Bäckerei kamen, konnte er sich mit seinen puterroten Wangen in der Schlange der Kunden verstecken und auf die Sandwichauswahl konzentrieren. Als er herauskam, schmunzelte Alex noch immer. Sie schlugen die Gegenrichtung ein und gingen zum Parkplatz des Kommissariats.

»Was ist nun mit Pauline?«

»Och bitte, ich esse gerade«, sagte Marco und schlug seine Zähne energisch in den Frühstücksersatz.

»Komm schon, du müsstest dich mal sehen ... Aber nicht rot werden, ja? Bist doch schon groß«, neckte Alex ihn und schloss das Zivilfahrzeug auf. »Du kannst machen, was du willst.«

»Willst du dich nicht hinters Steuer setzen, statt dich über mich lustig zu machen?«

»Steig ein, Don Juan.«

Marco kaute weiter sein Sandwich. Als er es halb aufgegessen hatte, sagte er, noch mit vollem Mund:

»Ohne Quatsch, ›Camille‹, dasch wird für ihn kein Vergnügen geweschen schein ...«

»Na ja, ein vergnügliches Kerlchen ist unser Camille auch nicht gerade ... Hier, kleines Geschenk.« Alex nahm die Akte, die sie sich auf den Schoß gelegt hatte, und reichte sie Marco, den Blick auf die Straße gerichtet.

»Ah, dasch wollteschit du mir tscheigen?«

»Sein Vorstrafenregister. Du wirst sehen, da hat man nur mäßig was zu lachen.«

Marco kaute weiter und fing an zu lesen.

»Was hast du genommen?«, fragte Alex zerstreut.

»Schinken-Käse.«

»Frühstück für Helden«, frotzelte Alex, die sich ohne Ana garantiert ausschließlich von Bier und Dosenravioli ernährt hätte.

Marco antwortete nichts und ging die miserablen Ausdrucke durch.

»Okay«, sagte er nach ein paar Minuten. »Ganz nach meinem Geschmack, der Junge.«

»Kann man wohl sagen. Sechs Monate auf Bewährung, und das ist wenig, wenn man bedenkt, was er sich alles geleistet hat. Ein halbes Dutzend Tätlichkeiten, drei Anzeigen wegen Beleidigung und Bedrohung, zwei wegen sexueller Gewalt … allesamt von Frauen. Keine Kneipenschlägerei, nichts. Der Herr spart sich das Beste seiner selbst für das schöne Geschlecht auf. Offenbar kann er sich zurückhalten und wird erst zu einem widerlichen Arsch, wenn ihn seine Freundinnen zu sich nach Hause einladen. Zu ihm kommen sie nicht, denn Camille, der Gentleman, lebt noch im Hotel Mama. Echt Glück gehabt, die Dame, schließlich hat auch sie ein Anrecht auf die Fürsorglichkeiten ihres Sohnemanns. Meine Lieblingspassage ist die, wo er sie verdrischt und die Nachbarn von über ihnen klingeln, weil sie denken, er würde sie umbringen, und dann besteht die Mutter darauf, dass sie gehen, denn, ich zitiere: ›Wir essen gleich.‹«

»Ah, die Stelle hatte ich überlesen. Ist das noch einmal vorgekommen?« Marco blätterte die Seiten erneut durch.

»Eine Woche arbeitsunfähig. Keine Ahnung. Er war gerade mal achtzehn. Danach sind sie in ein Einfamilienhäuschen gezogen. Das ist der Vorteil, wenn man im Grünen wohnt, niemand hört dich schreien …«

»Du hättest Immobilienmaklerin werden sollen.«

»Um meine Umschulung kümmerst du dich später, erst mal sprechen wir mit dem Chirurgen, der ihn operiert hat.«

Professor Rognard kam ihnen auf dem Flur entgegen, umgeben von einem Schwarm Studenten, die eifrig Notizen machten zu einer perfekt ausgeführten Kolostomie. Marco wusste nicht, was das war, eine Kolostomie. Alex wusste es, und als sie notgedrungen Einzelheiten der Operation mitbekam, bedauerte sie es ein wenig.

Der Mann winkte sie in sein Büro herein, und noch mit derselben Handbewegung knallte er den Studenten die Tür vor der Nase zu.

Rognard sprach schnell und auf den Punkt, schneidend wie ein Skalpell. Alex fragte sich, ob es die Persönlichkeit war, die den Beruf bestimmte, oder ob der Beruf die Persönlichkeit formte. Der Chirurg schlug eine Akte auf und überflog sie:

»Ich habe in der letzten Nacht vier Personen operiert, ich möchte sicher sein, Ihnen nichts Falsches zu sagen, es geht um Wre... Wrek...?«

»Wreskansky, Camille«, half Marco.

»Richtig. Wie gesagt, ich lehne es ab, von den Fällen am Telefon zu sprechen, und wenn Sie sich schon herbegeben, will ich Ihnen nicht von jemand anderem erzählen. Man hat ihn mir an der Grenze zur Blutvergiftung gebracht. Musste gesäubert und zugenäht werden.«

Professor Rognard schnitt selbst seine Sätze klein.

»Was genau hatte er?«

»Ihm wurde ein stumpfer Gegenstand rektal eingeführt.«

»Was heißt das, ein stumpfer Gegenstand?«, fragte Alex. »Ein Dildo?«

»Nein. Es sei denn, es wäre ein hölzerner gewesen. Ich habe Holzsplitter in den Wunden gefunden, würde also eher sagen, ein Knüppel, oder der Stiel eines Werkzeugs. Zumindest glaube ich, dass es Holz war, beschwören könnte ich es nicht. Wenn es bei einvernehmlichem Analverkehr schon ein wenig brutal zugehen kann, mit Mikroläsionen rund um den Anus und an den Wänden des Rektums, dann ist das, wovon wir hier sprechen, außerordentlich brutal.«

»Nicht einvernehmlicher Analverkehr ... Sie wollen damit sagen, er wurde vergewaltigt?«

»Das wäre eine Schlussfolgerung, und die fällt in Ihren Bereich. Meine Arbeit ist es, die Leute wiederherzustellen und Dinge anzusprechen. Ich habe den jungen Mann operiert, und ihm wurde offenbar etwas rektal eingeführt, möglicherweise ein hölzerner Gegenstand. Da die Leute von der Feuerwehr uns gegenüber den Verdacht auf eine Gewalttat äußerten, haben wir die OP-Abfälle für eine Untersuchung aufgehoben, aber das klären Sie bitte mit dem medizinischen Sekretariat.«

»Und die Blutvergiftung«, fragte Alex. »Das ist seltsam, nicht?«

»So etwas passiert, wenn man nichts dagegen tut. Am häufigsten haben wir das in Frankreich bei einer verschleppten Appendizitis. Erst eine Bauchfellentzündung, dann eine Blutvergiftung. Wenn nicht behandelt wird. Das kommt mir immer wieder unter. Hier waren die Stöße so heftig, dass der Gegenstand die Wand des Rektums durchbohrt hat und bis in den Dünndarm und die Sigmaschlinge gedrungen ist.«

Alex rümpfte die Nase. Marco hob die Hände, er verstand gar nichts.

Rognard deutete auf ein anatomisches Modell, das auf dem Schreibtisch stand, und tippte auf zwei Stellen im Unterleib.

»Hier. Und da. Im Verdauungstrakt. Mit anderen Worten, der Kot hat sich im Bauch verteilt. Außerhalb der üblichen Bahnen. Und der Gegenstand, der ihm eingeführt wurde, war alles andere als steril. Da hat man gleich Bakterien, eine Infektion, hohes Fieber. Ich habe die Angabe der Feuerwehr in der Akte. Er hatte 41,2 Grad, als sie ihn abholten.«

»Ich dachte, bei über 40 Grad stirbt man?« Alex kramte verwundert in ihren Erinnerungen an den Biounterricht in der Schule.

»Jedes hohe Fieber, höher als 39 oder 39,5, kann gefährlich sein. Flüssigkeitsmangel, Infarktrisiko. Aber das kommt auf die Person an. Zu hohes Fieber und nicht behandelt, und wir haben eine Azidose.«

»Azidose?«

»Azidose heißt«, erklärte Rognard: »Der pH-Wert Ihres Blutes ändert sich. Ihr Blut wird zu sauer, um es einfach zu sagen. Schwindelanfall, Koma, Tod.«

»Haben Sie so etwas schon mal gesehen? Eine solche Verletzung?«

Rognard ließ sich in seinen Stuhl sinken, sehr viel weniger steif nun, setzte die Ellenbogen auf die Lehnen und trommelte mit den Fingerspitzen ein stummes Lied auf seinen Schenkeln.

»Ich mache nicht wenig Darmkrebs. Auch viel Blinddarm. Und dann die ganzen Leute, die sich, natürlich versehentlich, auf Flaschen setzen, auf Gemüse, auf ihren Duschkopf ...« Er lächelte. »Bitte verstehen Sie, ich maße mir kein Urteil an. Aber wenn Sie wüssten, was ich da schon rausgeholt habe ... Wenn dann der Gegenstand zu zerbrechen oder die Wand zu reißen droht, kann die Notaufnahme nicht weiterhelfen. Sie brauchen eine Anästhesie, und sei es, um die Muskeln zu entspannen, außerdem einen Fachchirurgen, und dann schicken sie sie zu mir. Ich habe schon erhebliche Verletzungen des Rektums gesehen, bei männlichen Prostituierten zum Beispiel, die an üble Freier geraten sind, Typ Sadomaso, wo die Sache kippt. Oder, schlimmer noch, wenn die Stricher ins Revier der Mädchen vordringen und die Zuhälter ausrasten und meinen, sie müssten ihnen einen Denkzettel verpassen. Das kommt gar nicht so selten vor. Die Männer haben im Allgemeinen keinen Zuhälter. Ist das hier der Fall? Geht er auf den Strich?«

»Nach den Informationen, über die wir bislang verfügen, nicht. Aber wir stehen noch am Anfang der Ermittlungen, und mit seiner Mutter haben wir darüber noch nicht sprechen können.«

Alex musterte den Chirurgen. Sie hatte ihn für einen dieser Spezialisten gehalten, die auf ihrem geradlinigen Karriereweg so effizient arbeiten und so gut bezahlt sind, dass ihnen alles andere irgendwann egal ist.

»Ihre Frage ... Ich habe wenige Chirurgen getroffen, die sich für ihre Patienten gewissermaßen ›als Ganzes‹ interessieren.«

Rognard lächelte ein wenig matt.

»Ich bin auf den Verdauungsapparat spezialisiert. Ob Sie ein Bankier sind und in Ihrer Luxuslimousine ankommen, damit ich Sie von Ihrem Analstöpsel befreie, oder ein Arbeiter mit dem Gedärm voller Metallstaub, für mich ist es gleich, ich operiere Sie.« Er zuckte mit den Schultern, als schüttelte er die letzten Fassadenreste ab. »Um es ganz direkt zu sagen, es geht nichts über Scheiße, um alle auf dieselbe Stufe zu stellen. Ich kenne Kollegen, die den Patienten nicht mehr sehen, nur die Stücke, die herauszuschneiden sind. Dass man eine so vielfältige und komplexe Menschheit auf so wenig reduzieren kann, berührt mich tatsächlich noch immer.«

»Und die OP-Abfälle?«, fragte Marco.

Rognard nickte, nahm den Telefonhörer und wählte eine Nummer. Er stellte ein paar Fragen, bat Alex und Marco, ihm noch einmal ihre Namen zu sagen, und gab sie weiter.

»Man hat sie Ihnen in einen tragbaren Spezialbehälter getan«, sagte Rognard, nachdem er aufgelegt hatte. »Wenn Sie im Sekretariat der Chirurgie Ihre Ausweise zeigen, wird man sie Ihnen geben. Versiegelt. Sie müssen einen Empfangsschein unterschreiben. Ich nehme an, Sie wissen, wie das abläuft.«

Alex und Marco bedankten sich und gingen zum Zimmer von Camille.

Camille war einer von jener Sorte, die andere Männer gerne um sich sahen, denn neben ihm wirkte jeder noch so tumbe Trottel verführerisch. Camille trug einen Mädchennamen. Camille hasste seinen Vornamen. Camille hasste die ganze Welt. Camille war hitzig und aggressiv. Camille fühlte sich nicht wohl in der Welt, und gegenüber Frauen schon gar nicht. Seine Armmuskulatur war überentwickelt, sein Blick fahrig und ausweichend – Alex musste ihn nur ein paar Sekunden beobachten, und sie wusste, dass es keine leichte Unterhaltung würde.

Das kann ja heiter werden, gab sie ihrem Kollegen mit einem Hochziehen der Augenbrauen zu verstehen.

»Camille ... Wreskansky?«, fragte Alex.

»*Wreschannski*«, korrigierte der barsch.

»Ah, tut mir leid. Herr ... Wreskansky, wir sind hier wegen der Gewalttat, der Sie zum Opfer gefallen sind vor ... zwei Tagen?«

Alex machte bewusst eine Pause, um zu sehen, ob der junge Mann die Absicht hatte zu antworten. Offenbar nicht.

»Wir würden gerne zusammen mit Ihnen das Vorgefallene nachvollziehen und Ihnen ein paar Fragen ...«

»Nein«, unterbrach sie der Mann.

Alex schaute zu Marco. Marco zu Alex. Die wieder zu Camille.

»Wir sind hier, um Ihnen zu helfen und die Person ausfindig zu machen, die ...«

Camille richtete sich brüsk in seinem Krankenhausbett auf:

»Nein! Verpisst euch!«

»Herr ...«, setzte Alex noch einmal an.

»Halt's Maul! Maul halten, verdammte Scheiße! Haut ab! Alle beide!«

»Herr ...«, machte auch Marco einen beschwichtigenden Versuch.

Camille schlug mit den Fäusten auf die Matratze und schaute ihm in die Augen:

»Nimm deine Nutte mit! Nimm sie mit und verschwinde!«

Alex taxierte Camille, drehte sich um und ging. Marco ging ebenfalls hinaus, schloss die Tür und holte seine Kollegin ein.

»Ich bewundere deine Selbstbeherrschung.«

»Pff. Soll er sich erst beruhigen. Aber wir brauchen seine Aussage. Dann kommen wir eben morgen noch mal und hoffen, dass wir etwas aus ihm herausbekommen.«

»Ich kann's kaum erwarten.«

Sie gingen beim Sekretariat vorbei, und gegen eine Unterschrift gelangten sie in den Besitz von etwas, was aussah wie eine Camping-Kühlbox, nur dass sie weder Bratwurst noch Fruchtsaft enthielt, sondern die OP-Abfälle einschließlich Verbandmull aus dem Körper von Camille Wreskansky.

»Wie lange hält das?«, erkundigte sich Marco bei der Krankenschwester, die sie den Empfang quittieren ließ.

»Gekühlt maximal fünf Stunden.«

»Danke. Alex, dann haben wir noch Zeit, direkt bei der Mutter vorbeizufahren, ja?«

Camilles Mutter wohnte mit ihrem Sohn in einem dieser alten Einfamilienhäuser, die es an den Grenzen von Paris noch gab, dort, wo die Stadt nicht mehr wirklich sie selbst war, jedenfalls nicht in der Version, die man den Touristen verkaufte. Weder Stadt noch Vorstadt. In dieser unbestimmten Landschaft zogen die Häuser nun an ihnen vorbei, eins neben dem anderen, unscheinbar oder erstaunlich schick. Hier und da hatte ein mehr oder weniger sinnvolles städtebauliches Projekt ein modernes Gebäude aus dem Boden wachsen lassen, schlicht eingefügt in die Landschaft oder bewusst daraus hervorstechend. Eine bunte Mischung. Alex fuhr vorsichtig durch dieses Gewirr unbekannter Straßen.

»Wie schätzt du die Sache ein?«, fragte Marco.

»Ich schätze, dass ich nicht allzu genau weiß, wie ich sie einschätzen soll. Ich habe schon einen Fall von sexuellem Missbrauch gegenüber einem Mann gehabt, aber das war ein Transvestit ... Statistisch sind nur 1 Prozent der Vergewaltigungsopfer Männer. Und da sind die im Gefängnis schon dabei, auch die Homosexuellen und Transsexuellen, das sind die bevorzugten Ziele. Wenn du die Minderjährigen über fünfzehn mitzählst, kannst du von ungefähr 3 Prozent ausgehen.«

»Du und deine Statistiken.«

»Meine Statistiken sagen mir, dass ich nicht weiß, wie ich die Sache einschätzen soll. Eine bessere Antwort habe ich nicht.«

»Und die Statistiken mal weggelassen?«

»Da schätze ich, wenn ich ein Mann wäre und ein Problem mit Camille hätte, würde ich es mit den Fäusten regeln, nicht mit so ausgefallenem Sexspielzeug. Er macht mir nicht den Eindruck, als würde er heimlich ein schwules Sadomasoleben führen. Oder Holzdildos im Louis-quinze-Stil sammeln.«

»Unter Ludwig XV. hatten sie Holzdildos?«

»Aus Holz, aus Stein, aus Leder. Vor ein paar Jahren haben Archäologen welche in einer Höhle gefunden, die stammten aus der Zeit von 30 000 vor Christus.«

»Aha. Dann ist meine nächste Frage: Woher weißt du das?«

»Ich habe abends mal eine Reportage gesehen. Ich bilde mich.«

»Klar doch.«

»Auf einem Dokukanal, wenn du es genau wissen willst. Sollen wir lieber von deinen Dokumentarfilmen sprechen?«

»Von welchen Doku... Ah.« Marco stockte, und Alex lachte. »Ich gucke doch nicht ... niemals!«, versuchte er sich zu verteidigen.

»Mensch, Marco, alle gucken Pornos. Wieso reagierst du immer noch auf Knopfdruck? Nach all der Zeit.«

»Weil ich nie weiß, wie ich mich dir gegenüber verhalten soll, Alex, du bist ...«

»Hier ist es, oder? Was sagt das Navi? Soll ich parken?«

Alex hielt vor einem Einfamilienhaus mit Rauputz. Es war sehr klein, von einer irgendwie braunen Farbe, und die Treppe war so steil, dass sie unmöglich von jemandem ohne böse Absicht entworfen sein konnte.

»Das hab ich noch nie verstanden, wieso man einen Menschen, der bloß zu seinem Hauseingang kommen will, fünfzehn gnadenlose Stufen hinaufschickt«, meinte Alex.

Sie klingelte. Hinter der Tür ertönte eine Stimme:

»Wer ist da?«

»Dueso, Kriminalpolizei, und mein Kollege Cantera. Frau Wreskansky, Sie waren heute Morgen bei uns auf dem Kommissariat, wegen Ihres Sohns …«

Die Tür öffnete sich ein Stück. Eine spitze Nase erschien im Spalt, darüber ein Paar misstrauische Augen, die Alex von Kopf bis Fuß musterten. Nach eingehender Prüfung erkannte die Nase sie schließlich und schien zufrieden zu sein. Die Tür ging auf. Kommen Sie herein, kommen Sie, danke, Madame.

Die Diele war düster und deprimierend. Das Wohnzimmer war düster und deprimierend. Die Sessel, die Zierdeckchen, der Couchtisch waren düster und deprimierend. Kein guter Tag, dachte Alex, immer schön ruhig bleiben.

»Eine Tasse Kaffee?«, fragte die Frau, und Alex fragte sich, wie die Leute bei allem seelischen Schmerz, bei aller Not und allem Unglück tief in sich die Kraft fanden, den Gästen weiterhin mit Herzlichkeit und Anstand zu begegnen. Um Distanz herzustellen? Sich zu schützen? Sie musste daran denken, wie sie selber ihren Nachbarn ein Lächeln schenkte, wenn sie ihnen morgens, in einer Woche-ohne-Ana, mit Müllbeuteln voller leerer Bierdosen und Konservenbüchsen in der Hand begegnete.

Von Camilles Mutter erfuhren sie nur wenig, um nicht zu sagen nichts.

Camille hangelte sich von Gelegenheitsjob zu Gelegenheitsjob, arbeitete als Rausschmeißer, auch schon mal bei einem Sicherheitsdienst. Es ging nie lange gut.

»Ich verstehe nicht, warum. Er macht doch einen so guten Eindruck«, schloss seine Mutter mit einem Seufzer.

Alex enthielt sich eines Kommentars. Ihr wäre es lieber gewesen, wenn Camilles Wutausbruch im Krankenhaus eine Ausnahme gewesen wäre, doch die Akte, die sie am Morgen gelesen hatte, und die Fotos der Frauen, an denen er sich ausgetobt hatte, besagten das Gegenteil. Wer hatte schon Interesse an einem Wachmann, der seinen Hass auf die Welt nicht ablegen konnte?

»Camilles Zimmer ist oben? Dürfen wir einen Blick hineinwerfen?«

»Jaja, das dürfen Sie. Ich zeige es Ihnen.«

Auf der Schwelle des Zimmers ließ Madame sie allein.

»Camille mag es nicht, dass ich hineingehe«, erklärte sie. »Ich warte dann unten auf Sie, ja?«

»Wir werden versuchen, möglichst nichts in Unordnung zu bringen«, beruhigte sie Marco.

Das Zimmer war kaum zehn Quadratmeter groß. Als Alex die Tür schloss, sah sie, dass die Innenseite mit Tapete bezogen war, es war dasselbe feine Blumenmuster, das auch die Wände des Zimmers schmückte. Sie hob verwundert eine Augenbraue.

»Sag nichts«, meinte Marco, als er sie bei diesem Blick ertappte. »Ich hatte die gleiche in meinem Zimmer.«

»Hübsch.«

»Meine Mutter hatte sie ausgesucht.«

Die Decke des Zimmers war hoch, es war feucht und

kalt. Das Fenster ging auf ein Gärtchen hinaus, das nur noch aus einer kahlen Rasenfläche bestand.

Marco deutete auf die zahlreichen Poster an den Wänden:

»Ich habe es dann genauso gemacht wie er. Ich habe Poster aufgehängt.«

Bei Camille waren es so viele, dass die Blumentapete kaum noch hervorschaute, nur am oberen Rand der Wand. Wrestler, Free Fighter oder Thaiboxer, die Alex alle nicht kannte. Marco erkannte die meisten.

»Den auch nicht? Du weißt nicht, wer das ist?«, fragte er und zeigte auf eins der Fotos.

»Nein, tut mir leid.«

»Das ist Carlos Monzón. Einer der besten Boxer aller Zeiten.«

»Hör zu, ich kenne mich aus mit Dildos aus dem achtzehnten Jahrhundert, du kennst dich aus mit den besten Boxern aller Zeiten, jedem sein Ding. Ist vielleicht eine etwas klischeehafte Aufteilung, aber ich kann damit leben. Was hat er denn gewonnen?«

»Er war sieben Jahre Weltmeister im Mittelgewicht, in den Siebzigern. In vierzehn Kämpfen hintereinander hat er seinen Gürtel verteidigt.«

»Sagt mir immer noch nichts.«

»Er saß im Gefängnis, weil er seine zweite Frau aus dem Fenster geworfen hat.«

»Reizend.« Alex zog sich die Latexhandschuhe über.

»Eines Sonntags hatte er Ausgang, um seine Kinder zu besuchen, und auf der Rückfahrt ist er bei einem Unfall ums Leben gekommen ... Er war ein großer Boxer.«

»Der seine Frau aus dem Fenster geworfen hat.«

Das Mobiliar im Zimmer war aufs Einfachste reduziert:

ein Schrank, ein Schreibtisch, auf dem sich Kampfsportmagazine stapelten, Regalbretter, hauptsächlich für sorgfältig in Schuss gehaltene Boxhandschuhe und Eiweißpulver. In einer Ecke lagen eine Sporttasche und Turnschuhe. Das schmale Bett ähnelte einem Kinderbett, und als Alex genauer hinsah, bemerkte sie, dass die Bezüge mit grünen Häschen bedruckt waren.

Unter dem Schreibtisch fand Marco Ordner mit gesammelten Belegen: Gehaltsabrechnungen, Beitragsquittungen von Sportvereinen ... und Pornohefte.

Alex blätterte sie durch und machte mit ihrem Handy ein paar Fotos, während Marco erst die Matratze, dann den Lattenrost anhob.

»Ist da irgendwas drunter?«, fragte sie, und als Marco den Kopf schüttelte, schloss sie: »Gut. Das heißt, wenn er nichts woanders versteckt hat. Seiner Lieblingslektüre nach zu urteilen ist er jedenfalls nicht schwul.«

Sie hielt Marco eins der Hefte aufgeschlagen hin, damit er sehen konnte, dass es sich eindeutig um Frauen handelte. Meist gefesselt.

»Soft Bondage, nicht allzu aufregend. Ehrlich gesagt, wenn man sich den Kerl ansieht, könnte man Härteres erwarten.«

Marco kramte in der Sporttasche. Er zog einen Jogginganzug hervor, eine Flasche mit einem Vitamingetränk von einer absurd blauen Farbe, die Magnetstreifenkarte eines »Club Fight Pro« auf den Namen Kirko Wreskansky und die Öffnungszeiten, ausgedruckt auf einem A4-Blatt.

»Ich habe davon gehört, das ist ein Studio im Zentrum von Paris.« Marco gab Alex die Öffnungszeiten. »Eine richtige Trainingshalle«, präzisierte er, »nicht bloß eine Bude, wo du zwei Kniebeugen machst und fünf Minuten auf dem Laufband trabst, bevor du ein paar Stunden mit deinen Kumpels quatschst. Wir gehen da mal vorbei. Aber wenn man sich die Muskelpakete ansieht ... verteidigen kann er sich. Also wusste der Kerl, der ihn angegriffen hat, was er tat. Selbst unter Berücksichtigung des Überraschungseffekts, bei einem Typen von Camilles Format siehst du dich lieber vor.«

Camilles Mutter wartete im Wohnzimmer auf sie. Sie hatte Kaffee nachgeschenkt und hielt ein Fotoalbum in den Händen. Auf den Bildern hatte der kleine Camille lange blonde Locken, sie fielen ihm bis auf die Schultern.

»Schauen Sie sich ihn an«, sagte sie gerührt, »er war so süß als Kind, mit seinen tollen Haaren ... Ich wollte sie ihm nicht abschneiden, sie waren so schön. Er hat sie lang getragen, bis er acht war.«

»Entschuldigen Sie«, sagte Marco und riss sie aus ihrer Nostalgie. »Ich wollte Sie fragen ... Camille, das ist selten für einen ... ich meine, das ist nicht sehr verbreitet. Warum haben Sie Ihrem Sohn diesen Vornamen gegeben?«

»Ach, mein Vater hieß so.«

»Sie hatten ihn sehr gern.«

»Meinen Vater? Oh, nein, er hat uns ständig geschlagen.«

Frau Wreskansky schüttelte vielsagend den Kopf, als spräche aus ihrer Antwort eine zwingende Logik. Dann versank sie wieder im Album. Alex seufzte, zum bestimmt zwanzigsten Mal an diesem Tag, und schaute mit leerem Blick zu ihrem Kollegen. Die Menschheit, das große Mysterium.

Marco und Alex überließen Camilles Mutter ihren Fotos und fuhren zurück zum Kommissariat, wo sie in die Tiefen des Gebäudes hinabstiegen, um den Behälter mit den OP-Abfällen bei den Kriminaltechnikern abzugeben. Hätten sie die Kühlbox nur Vivian aushändigen und den Papierkram ausfüllen müssen, hätte es sie höchstens eine halbe Stunde gekostet, aber es waren vier Ermittlungsbeamte vor ihnen da. Vivian sah Alex und winkte ihr zu. Die Verantwortliche für die kriminaltechnische Abteilung machte einen erschöpften Eindruck. Vivian war gut organisiert und effizient, aber die Anfragen nach Tests und allen möglichen Analysen waren in den letzten Jahren explodiert, während die Mittel, die man ihrem Dienst bewilligte, einer gegenläufigen Tendenz folgten. Wenn sie sich abends, was selten vorkam, mal ein wenig Zeit gönnte und mit ins Balto kam, schimpfte sie auf die amerikanischen Krimiserien.

»Wenn ich die mal in die Finger kriege, all diese amerikanischen Drehbuchschreiber und Produzenten«, wetterte sie auch jetzt, als Alex und Marco an der Reihe waren, die zu analysierenden Objekte gegen eine vorschriftsmäßig unterschriebene Quittung in drei Ausfertigungen abzugeben. »Und die Präsidenten der Rundfunkaufsichtsbehörde, die Programmverantwortlichen, diese ganzen Idioten, die sich mit Wiederholungen vollstopfen, statt vor die Tür zu gehen und zu joggen, sonst würden sie nicht ein Dutzend DNA-Tests und 3-D-Grafiken verlangen, wenn sie mal zum Geschworenen bestellt werden und ihrer Bürgerpflicht nachkommen sollen!«

»Harter Tag?«, fragte Marco.

»Ja. Aber euch meine ich gar nicht«, sagte sie noch und massierte sich die Schläfen. »Nur heißt es jetzt beim kleinsten Überfall, bitte die Fingerabdrücke von achthundert Kunden analysieren und die DNA von allen Arschhaaren, die man auf den Klos gefunden hat. Als hätten die was damit zu tun.«

Vivian nahm eine schwere Akte und eine Plastikwanne mit etikettierten Beuteln von ihrem Schreibtisch und deponierte das Ganze auf einem Rollwagen. Nachdem sie eine weitere Wanne aus dem Regal gezogen hatte, diesmal leer, kam sie zu Marco und Alex zurück.

»Und, was haben wir heute Schönes?«

Als Marco und Alex aus dem Aufzug traten, gingen sie gleich zu Blondeaus Büro und klopften an den Rahmen der offenen Tür. Der Kommissar hörte sich aufmerksam das wenige an, was seine Ermittler hatten zusammentragen können.

»Er ist Auslieferungsfahrer, ja? Sie müssen mit seinem Chef sprechen. Er hat bestimmt den Zeitplan für die fragliche Nacht. Das Wichtigste ist erst mal, den Tatort zu finden, wenn wir irgendwelche Spuren sicherstellen wollen. Am besten brauchbares Material, sonst kriegen wir von Vivian einen Anpfiff ... Er will uns wirklich nicht sagen, was passiert ist?«

»Ich denke nicht, dass es etwas Einvernehmliches war, was außer Kontrolle geraten ist. Die Pornohefte, die wir bei ihm gefunden haben, sind für Heteros. Aber wer weiß, vielleicht heißt das ja nichts«, sagte Alex.

»Und Sie, Cantera? Was denken Sie?«

»Ich denke, dass er viel trainiert, Bodybuilding und Kampfsport, und dass er einer von der Sorte ist, die sich für unbesiegbar hält. Und jetzt wurde er mal vorgeführt. Meiner Meinung nach fühlt er sich gedemütigt.«

»So gedemütigt, dass er sich weigert, uns bei der Identifizierung des Täters zu helfen?«

»Herr Kommissar, ich denke, er hat beschlossen, dass nichts passiert ist. Solange er uns nichts sagt, hat es die Sache nie gegeben.«

Blondeau nickte.

»Finden Sie den Tatort. Und was ist mit der Trainingshalle, von der Sie eben gesprochen haben?«

»Mittwochs geschlossen. Morgen früh um acht machen sie wieder auf. Bis dahin versuchen wir, mit Camilles Arbeitgeber zu sprechen und die Route abzustecken, die er in der Nacht gefahren ist.«

Alex recherchierte im Netz, um mehr über Camille zu erfahren, während Marco nach den Kontaktdaten der verantwortlichen Person bei Nature Express suchte, der Firma, die ihn beschäftigte.

Die Gehaltsabrechnungen waren mit einem unleserlichen Schnörkel unterschrieben, die Website lieferte Marco immerhin einen Namen: Étienne Brunier.

Viel mehr Glück hatten Alex und Marco nicht. Camille tauchte hier und da auf, in den sozialen Netzwerken tummelte er sich offenbar wenig. Auf der Seite des Studios war er auf ein paar Bildern im Hintergrund zu sehen, aufgenommen bei Amateurkämpfen oder Trainingsstunden. Er war rot im Gesicht und machte einen angespannten Eindruck.

Der bei Nature Express Verantwortliche war für den Tag in die Provinz gefahren – eine dringende familiäre Angelegenheit, noch dazu in einem der letzten Winkel Frankreichs, wo es keinen Empfang gab. Seine Tante sei verstorben, erklärte die Buchhalterin Marco am Telefon.

»Ist er morgen da?«

»Oh ja. Wir fangen hier früh an. Ab sieben Uhr, wenn Sie möchten.«

»Könnten Sie ihn bitten, mich anzurufen, sobald er wieder erreichbar ist? Ich lasse Ihnen meine Nummer da, haben Sie was zum Schreiben?«

VI

»Und bei dir?«, fragte Marco und streckte sich auf seinem Stuhl.

»Nicht viel.«

»Puh. Dann Schluss für heute?«

Alex massierte sich den Nacken. Sie überlegte, was sie noch tun könnten. Aber um voranzukommen, brauchten sie Camilles Aussage, und angesichts seiner Reaktion war abzuwarten die bei weitem beste Option.

»Möchtest du ins Balto?«

Marco sah auf die Uhr.

»Viel Zeit habe ich nicht.«

»Niemand zwingt uns.«

»Okay, von mir aus gehen wir. Auf einen Sprung. Man könnte meinen, wir gehören schon zum Inventar.«

»Ich habe meine Woche-ohne-Ana, insofern ... Außerdem, seit wann stört dich das?«

Als sie sich an dem kleinen Bistrotisch mit gusseisernem Fuß gegenübersaßen, schaute Marco sie an:

»Warum hast du das eigentlich gemacht, Alex?«

»Was gemacht?«

»Mir Camilles Vorstrafenregister gezeigt, als wir zu ihm ins Krankenhaus gefahren sind.«

»Keine Ahnung. Damit du weißt, mit wem wir es zu tun haben.«

Marco sagte weiter nichts, er hob nur den Arm in Richtung Theke und wartete schweigend auf sein Bier.

»Hey, was ist los, Marco? Gehn wir lieber einen Kaffee trinken, wenn du gleich so ein Gesicht ziehst.«

»Ich finde es etwas merkwürdig, dass du mir die Akte von jemandem rüberschiebst, der sich vielleicht als Vergewaltigungsopfer herausstellt. Seit wann tust du das? Seit wann stellst du eine sexuelle Gewalttat gleich in einen bestimmten Zusammenhang, als hätte das Opfer es sich selber zuzuschreiben?«

»Was genau wirfst du mir vor? Wir gehen zu einem Typen, der wegen solcher Taten schon mehrmals verhaftet wurde, und du meinst, ich soll dich nicht darüber informieren?«

»Ich meine die Art, wie du es gemacht hast ... Hör zu, niemand ist vollkommen. Du kannst nicht von einem Opfer verlangen, dass es deinen Kriterien entspricht. Ich habe auch so meine Schwierigkeiten mit diesen Typen, die der eigenen Mutter den Kiefer brechen, zwei Mal ... Aber jetzt ist der Mann das Opfer, Alex. Erinnerst du dich, was Blondeau noch vor ein paar Wochen gesagt hat? Dass die Leute, denen wir helfen sollen, nicht dazu da sind, dass wir über sie urteilen. Dass niemand Opfer und Beschuldigter zugleich sein kann.«

»Hier haben wir den Gegenbeweis.«

»In dem Punkt verstehe ich dich wirklich nicht. Normalerweise gehst du auf Distanz, du bist Profi ... zu sehr Profi vielleicht, manchmal frage ich mich, ob du überhaupt etwas empfindest für die Leute um dich herum ...«

Marco verstummte, kippte einen Schluck Bier hinunter.

Alex saß auf einmal kerzengerade:

»Wovon sprechen wir eigentlich?«

Marco schaute zum Tresen, zum Flipperautomaten, auf die Untertasse mit den titanharten Pistazien, an denen Alex sich die Finger zerkratzte, ohne sie aufzukriegen, dann wieder zu ihr.

»Wir sprechen von dir, weil du es ablehnst, ein Opfer zu befragen, als würde das, was der Mann zu sagen hat, dich nicht interessieren. Von dir und deiner feindseligen Haltung gegenüber einer Person, der man einen Hackenstiel in den Arsch gesteckt hat, verdammt noch mal.«

»Auszeit«, bat Alex. Sie atmete dreimal tief durch, ganz langsam. »Okay, Marco. Einverstanden. Ich gebe zu, dass es mir schwerfällt, Mitleid oder was auch immer mit diesem Kerl zu empfinden. Hast du die Fotos von seiner Mutter gesehen? Als er ihr die Zähne ausgeschlagen hat? Weißt du, wie fest man zuschlagen muss, um jemandem die Knochen zu brechen? Was es bedeutet, zehn Tage komplett arbeitsunfähig zu sein? Wenn mich etwas berührt, dann diese Frau. In ihrem muffigen Häuschen, mit ihrem traurigen Blick und dieser ängstlichen Miene, als sie uns die Tür aufgemacht hat. Wie sie verzweifelt versucht hat, eine gute Gastgeberin zu sein. Wie sie uns unbedingt die Fotos ihres lieben Jungen zeigen wollte, als er noch genau das war, ein lieber kleiner Junge. Um uns was zu beweisen? Dass sie wenigstens das geschafft hat? Dieses Kind? Wo wir alle drei wissen, dass der kleine Liebling mit den blonden Locken ein blödes Arschloch ist? Ja, das hat mich berührt. Aber nicht auf eine Art, dass es mir ein Anreiz wäre, mich um Camille Wreskansky zu bemühen. Du hast recht, das ist nicht gerade professionell, normalerweise bin ich nicht so.« Sie schluckte und streckte die Hand nach der ihres Kollegen aus. »Marco, du hast kein Kind, ich aber ...«

Alex sah, wie ein Schatten über den Tisch fiel, und sofort hielt sie inne.

»Hallo.«

Marco blickte auf. Er schien eine Sekunde zu brauchen, ehe er Pauline erkannte.

»Stör ich?«, fragte die junge Frau.

Sie trug Schlaghose, einen eng anliegenden Pulli, einen kunstvoll um den Hals geschlungenen Schal und eine Jacke, die für November reichlich dünn war, wie Alex fand.

»Ähm ... nein«, antwortete Marco. »Wenn ich dir Alex vorstellen darf ... ihr habt euch schon gesehen, ja? Alex, Pauline.«

»Guten Tag«, sagte Alex mit einem Lächeln.

»Freut mich sehr.« Pauline gab ihr die Hand.

Alex drückte sie.

»Willst du dich nicht setzen?«

»Ich weiß nicht, Marco, bleiben wir noch ein bisschen? Wolltest du nicht etwas essen gehen oder so?«

»Klar, aber ... vielleicht trinken wir zuerst noch einen Aperitif, was meinst du?«

»Wenn das keine rhetorische Frage ist«, bemerkte Pauline fröhlich und deutete auf die beiden Gläser vor ihnen: Marcos Krug, schon fast leer, und Alex' noch unberührtes Weinglas. »Du bist nicht ans Handy gegangen, da habe ich mir gedacht, ich schau mal hier vorbei.«

Marco sah auf die Uhr:

»Ah, Mist, tut mir leid. Wir mussten noch kurz einen Fall besprechen, ich hab das Klingeln nicht gehört.«

»Kein Problem.« Pauline zuckte die Achseln. »Mir war kalt, das ist alles.«

Kein Wunder bei der Leinenjacke, dachte Alex.

»Tut mir leid«, sagte Marco noch einmal. »Was möchtest du trinken?«

»Ein Bier.«

»Alex, möchtest du auch was?« Marco stand schon auf, um zum Tresen zu gehen.

»Nett von dir, aber nein. Wenn ihr essen gehen wollt, tut das.«

»Aber ... ich hoffe, ich verscheuche Sie nicht?«, sagte Pauline, während Alex schon ihren Mantel überzog.

Alex hatte gleich ein drolliges Bild vor Augen: Pauline, wie sie dastand und händewedelnd »Pschsch! Pschsch!« rief, wie zu einer unerwünschten Katze. Sie schlang sich ihren Wollschal um den Hals:

»Gar nicht. Dann machen wir uns ein andermal näher miteinander bekannt, würde mich freuen. Mir ist jetzt wirklich danach, mich mit einem guten Buch ins Bett zu legen.« Sie hängte sich ihre Tasche um, Pauline starrte sie mit ihren großen hellen Augen an. »Diese Woche ist meine Tochter nicht bei mir, da gönne ich mir mal einen ruhigen Abend.«

Alex wusste selber nicht, warum sie das gesagt hatte. Vielleicht weil Pauline sie auf so natürliche Weise siezte. Im ersten Moment hatte sie es gar nicht bemerkt, aber als sie dann im Wochenendverkehr steckte, fragte sie sich, ob sie tatsächlich schon so alt war. Der müde Blick, dem sie im Rückspiegel begegnete, deprimierte sie.

»Zumindest laufe ich nicht bei acht Grad im T-Shirt rum«, sagte sie laut, um sich zu trösten.

Die Stille in ihrer Wohnung war beklemmend. Wieso hatte sie gesagt, Anas Abwesenheit käme ihr gelegen? Im Grunde füllte sie die Wochen ohne Ana nur irgendwie aus. Sie wanderte herum, sammelte unter dem Tisch eine Socke auf, sagte sich, dass ein heißes Bad himmlisch wäre, erinnerte sich, dass sie nur eine Dusche hatte, rief: »Ein Königreich für eine Badewanne!« Vor lauter Verzweiflung entschloss sie sich zu etwas, was sie schon länger aufgeschoben hatte. Sie setzte sich aufs Sofa und rief ihre Mutter an.

»Ich habe mir schon Sorgen gemacht«, erklärte die vertraute Stimme gleich.

»Ebenfalls guten Abend.«

»Ich hatte dir doch eine Nachricht hinterlassen. Vor mindestens zehn Tagen.«

»Jetzt rufe ich ja zurück, Mama. Was gibt's?«

»Es ist wegen Weihnachten ...«

»Mama, wir haben Anfang November!«

Alex knibbelte an dem abgewetzten Knie ihrer Jeans.

»Überall hängt schon der Schmuck! Wenn du deine Arbeit mal kurz vergessen würdest, wäre es dir aufgefallen. Du weißt ja, als Ana das letzte Mal bei uns war, hat sie gesagt, sie wünscht sich eine Autowerkstatt. Sie ist nicht in der Nähe, hoffe ich?«

»Bei ihrem Vater.«

»Ach so, ja, bitte entschuldige«, tat Alex' Mutter zerknirscht. »Aber das passt gut, dann können wir darüber sprechen. Ich habe mich schon mal umgeschaut und zwei Sachen gesehen, die wären gar nicht so schlecht: einmal eine Werkstatt und dann so einen Baukasten, mit dem man sich selber Modelle ausdenken und zusammenstecken kann, mit Metallstiften und Schrauben und allem ...«

»Warte, ich schau mal kurz rein. Ist das in dem Katalog, den Ana in den Herbstferien das ganze Wochenende mit sich rumgeschleppt hat?«

Alex stand auf und wühlte zwischen den Kinderzeitschriften, die sich unter dem Couchtisch stapelten.

»Ja, in dem Teil für Jungs natürlich. Ich habe ihnen dieses Jahr wieder einen Brief geschrieben.«

»Mama, als ob die deine Briefe lesen würden.«

Sie blätterte, das Telefon zwischen Kopf und Schulter geklemmt.

»Doch, und zu einer Antwort verpflichtet sind sie auch, ausdrücklich per Brief. Von wegen Kundenzufriedenheit und so. Die werden sich das hinter die Ohren schreiben.«

»Da sind die unschuldigen Bäume aber froh, dass sie tot sind und du in Ruhe deine unnützen Briefe schreiben kannst. Pure Zeitverschwendung.«

Alex überblätterte den bonbonrosa Teil und begab sich in den blauen mit dem Spielzeug für kleine Jungs, wo die Welt mannhaft erobert wurde. Sie fand die Werkstatt und ein paar Seiten weiter den Bausatz.

»Von wegen! Ich falle den Spielzeugherstellern so lange auf den Wecker, bis sie aufhören, meiner kleinen Enkelin weiszumachen, sie dürfe sich nur Puppen wünschen oder falsche Staubsauger, um Mama zu spielen.«

Alex konnte sich ein Lächeln nicht verkneifen. Im Grunde war sie manchmal froh, dass sie diese Sturheit geerbt hatte.

»Das ist aber teuer.«

»Alle Spielzeuge für Kinder sind teuer.«

»Dann nimm nur eins. Lass das Bausatzding für Ben. Du weißt genau, dass er uns am 24. morgens panisch anruft und meint, er hätte nicht gewusst, dass Weihnachten dieses Jahr auf diesen Tag fällt und dass er unbedingt eine Geschenkidee für seine Nichte braucht. Wie geht's ihm eigentlich, gut?«

»Deinem Bruder geht es bestens.«

»Freut mich.«

Alex stand auf, das Telefon weiter am Ohr, und schaute sich im Spiegel an, von nahem. Viel zu nah, sagte sie sich und glättete mit der Hand die Stirn.

»Was ist mit dir, Alexandra? Du hörst dich müde an.«

»Das bin ich auch, aber es geht. Gibst du mir Papa?«

»Er arbeitet noch.«

»Gib ihm einen Kuss von mir.«

»Ruh dich aus, Liebes.«

Der Anruf hatte dieselbe Wirkung wie eine Batterie Bierdosen. Es war gerade mal zehn Uhr, und Alex sank auf ihrem Bett in einen traumlosen Schlaf.

VII

Donnerstag, 8. November

»Habt ihr sie noch alle …«

Favier und Audain schenkten Polaski kaum einen Blick, als der sich die zerknitterte, zusammengestrichene Zeitung von einem Tisch nahm.

Die beiden machten sich einen Spaß daraus, die Nachrichten in der Rubrik Vermischtes zu korrigieren. Manchmal nur die Überschriften: Die Verbrechen »aus Leidenschaft« wurden wieder zu Morden, die »Eifersuchtsdramen« zu Totschlag, und aus dem »Familienstreit« wurde Gewalt in der Ehe. »Zwei Jahre ohne Bewährung für den betrogenen Mann: Als sein Verstand aussetzte, stieß er die Ehebrecherin aus dem Fenster.« »Nur zwei Jahre wegen Totschlags«, verbesserte Favier mit großen runden Buchstaben. »Er war sehr verliebt und anspruchsvoll, bestand auf häufigeren Verkehr, doch erschöpft von den Kindern und dem Alltag, schlug sie es ihm immer öfter aus.« »Vergewaltigung in der Ehe«, ersetzte Audain es einfach.

Natürlich waren diese miserablen Artikel am Ende unleserlich, niedergewalzt von den Kulistrichen. Die Tinte ruinierte auch die folgenden Seiten, das dünne Papier wich bis zum Horoskop und zum Wetter des Tages. Manchmal setzte Favier noch Blümchen auf die i-Punkte, wie als Entschädigung dafür, dass das Gemeingut zerstört war.

Polaski, der nur sein tägliches Sudoku spielen wollte, war der Verzweiflung nahe. Er hatte Blondeau zum Zeugen genommen, hatte mit der Zeitung vor seinen Augen gewedelt, und der Kommissar hatte wie immer aufmerksam zugehört. Doch an diesem Tag hätte ein wachsames Auge dort auch seine eigene, ein wenig altbackene Schrift erkennen können. Er beließ es bei einem »Hm, hm«, und Polaski durfte sich weiter aufregen über seine zerfetzten Sudokus.

Als Alex das gemeinsame Büro betrat, rief Marco gerade Étienne Brunier zurück. Die Buchhalterin von Nature Express hatte nicht gelogen: Ihr Chef kam in aller Frühe, um zehn vor acht hatte er eine Nachricht hinterlassen.

Alex schlürfte ihren Kaffee und hörte zu. Schließlich legte Marco auf:

»Er kommt um 13 Uhr her. Wir können also heute Vormittag noch zu Wreskanskys Studio gehen und vielleicht mit jemandem sprechen.«

Alex nickte, doch im selben Moment erschien Blondeaus Kopf im Türspalt seines Büros:

»Dueso, haben Sie fünf Minuten für mich?«

Als Alex hineinging, saß Blondeau schon wieder auf seinem Stuhl.

»Soll ich zumachen?« Alex deutete auf die Tür.

»Nein, nichts Ernstes. Ich wollte Sie nur vorwarnen ... Debreuil kommt vorbei. Der Polizeipräfekt höchstpersönlich hat einigen von uns eine Mitteilung zu machen. Aus unserer Einheit, meine ich. Was haben Sie heute Morgen vor?«

»Erinnern Sie sich an die Mitgliedskarte, die Marco in Wreskanskys Sachen gefunden hat? Für einen Sportclub im Zentrum von Paris? Wir wollen uns dort mal umhören, womöglich hat er jemanden provoziert.«

»Ich habe die Kopie des Antragsformulars für die Laboranalyse gesehen, die Sie mir ins Fach gelegt haben. Demnach haben Sie Abfälle von der Operation des Opfers mitgebracht. Der Mann wurde anal penetriert, mit Gewalt?«

»Ja. Aber was genau passiert ist, wissen wir nicht, er hat sich geweigert, mit uns zu sprechen. Das Labor ist noch dran.«

»Missbrauch also?«

»Wir wissen es nicht.«

Blondeau fuhr sich mit der Hand durchs zerzauste Haar.

»Seien Sie um zwölf Uhr da, Dueso, einverstanden?«

Als sie in die Halle traten, wehte ihnen, getränkt von Schweißgerüchen, ein Schwall warmer Luft entgegen, der Alex fast den Atem nahm.

»Puhh«, schnaufte sie, bevor sie fachmännisch feststellte: »Das riecht nach Socken.«

»Der Duft der Anstrengung, Madame«, sagte Marco. »Deiner Reaktion entnehme ich, dass du seit Ewigkeiten keinen Fuß mehr in eine Sporthalle gesetzt hast.«

Das stimmte. Und ohne zu antworten tauchte Alex ein in die stickige Atmosphäre, hin zu der Empfangstheke ein paar Meter weiter.

Hinter dem hohen, kunststoffbeschichteten Möbel stand ein junger Mitarbeiter: dunkles Haar, hellbraune Haut, Jogginghose und weites T-Shirt, bestimmt noch keine dreißig. Seine Gesichtszüge wirkten asiatisch, er hatte Mandelaugen und trug das Haar kurz geschoren. Auf den ersten Blick war er nicht sehr imponierend, nicht so wie Camille mit seinen überdimensionierten Schultern, doch als er ein paar auf der Theke verstreute Blätter zu einem Stapel häufte, sah Alex die perfekte Zeichnung seiner Armmuskeln, die Präzision jeder einzelnen Bewegung. Sie fand ihn nicht nur gutaussehend, sie wusste auch gleich, dass er potenziell sehr viel gefährlicher war als ein mit Proteinen vollgestopftes Rind wie Camille. Noch während sie an die Theke herantrat, warf sie einen Blick in den Trainingsraum, der sich hinter einer langen Glaswand erstreckte. Trotz der frühen Stunde trainierten dort schon sechs Männer und zwei Frauen, mit dem Springseil oder am Boxsack, alle hoch konzentriert. Genau wie der Mann am Empfang trugen sie weite T-Shirts und Sporthosen.

Alex und Marco wiesen sich aus und stellten sich vor. Der junge Mann sagte, er heiße Yacine Helini und sei einer der Geschäftsführer des Studios, vor drei Jahren habe er es mit zwei Freunden übernommen. Auf Alex' Bitte holte er seinen Personalausweis aus einem Rucksack, der in einem Schubfach steckte, und legte ihn auf die Theke. Als Marco ihm Fotos zeigte, sagte er, er kenne keinen Camille.

»Die Fotos wurden hier aufgenommen. Er ist darauf zu sehen«, betonte Alex und verteilte sie auf der Theke.

Yacine legte seine perfekt definierten Arme auf die Platte aus falschem Holz, beugte sich vor und betrachtete interessiert die Ausdrucke, auf denen Camille hier und da zu erkennen war, unter den Zuschauern bei einem Kampf oder im Hintergrund beim Training.

»Doch, klar! Den kenne ich. Das ist Kirko.«

»Kirko.«

Alex erinnerte sich, der Name hatte auf Camilles Clubkarte gestanden.

»Was ist denn mit ihm?«

»Er ist im Krankenhaus.«

»Irgendwas Schlimmes?«

»Als wir ihn gestern besucht haben, war er recht munter«, wich Alex aus. »Wir würden gerne ein wenig mehr über ihn erfahren.«

Yacine überlegte kurz.

»Er kommt zum Training her, ich habe ihm selber ein paar Stunden gegeben, er steht auf MMA, aber das war nicht wirklich überzeugend.«

»MMA?« Alex hoffte, dass sie nicht das gesamte Gespräch damit zubringen müsste, wie der letzte Depp irgendwelche Wörter zu wiederholen.

»Mixed Martial Arts«, erklärte Marco. »Man nennt es auch Free Fight. Wieso nicht überzeugend?«, fragte er Yacine.

»Er bewegt sich nicht richtig. Und da er die ganze Zeit Bodybuilding macht ...«

Er lächelte, als bedürfte dies keiner weiteren Erläuterung.

»Wie lange kommt er schon in Ihr Studio?«, fragte Alex.

»Warten Sie, das kann ich Ihnen gleich sagen.« Yacine griff nach der Maus auf der Tischplatte hinter der Theke und ging am Computer die Kundenlisten durch. »Sie können problemlos kämpfen und Schwergewicht sein, klar. Das ist nicht unvereinbar, fragen Sie Alexander Volkov, der wog 105 bei seinem Sieg.« Alex verzichtete auf die Frage, um wen es ging. »Aber die besten sind die, die mit ihren Kräften haushalten können, die ausweichen, ihren Gegner ermüden und ihm ihren Rhythmus aufzwingen. Andere nehmen zu ihrem Training sogar noch einen Tanzkurs dazu, auch wenn das zu den bestgehüteten Geheimnissen der Branche gehört. Kirko aber, der schlägt einfach drauflos. Ah, da haben wir's. Seit acht Monaten. Jetzt erinnere ich mich, er wollte unbedingt, dass seine Mitgliedskarte auf den Namen Kirko ausgestellt wird und nicht auf Camille. Mir war das so was von egal. Aber ihm schien es wichtig zu sein, also ...«

»Und bisher ist immer alles gutgegangen? Keine Konflikte mit anderen hier?«

»Es gibt Hallen, wo man ein bisschen unter Kumpels rumhängt, da machst du mal zwei Einheiten, triffst Bekannte, lässt eine Bemerkung los über die Frauen dort ... Genau deshalb haben wir dieses Studio aufgemacht, wir hatten die Nase voll von solchen Orten. Hier wird hart gearbeitet. Das ist kein geschriebenes Gesetz oder so, das ist allein die Umgebung. Wir trainieren ein paar der besten Free Fighter in Frankreich. Sehen Sie die Blonde da drüben?« Yacine deutete mit dem Kopf zur Halle hinüber, wo eine noch sehr junge Frau mit einer beängstigenden Frequenz gegen eine Pratze schlug, die ihr ein großer Schwarzer mit konzentrierter Miene hinhielt. »Sie ist Belgierin, trainiert hier jeden Tag. Sie hat ein paar kleinere Jobs, um trainieren zu können und weiterzukommen. Wenn man sie unterbricht, sollte man einen guten Grund haben.«

»Camille hat sie unterbrochen?«

»Einmal, ja. Am Anfang. Kirko, Ihr Camille, meine ich, das ist so einer, der denkt, Frauen würden nur darauf warten, dass man sie aufreißt. Sie hat ihm erklärt, sie hätte keine Zeit für so einen Quatsch, aber er hat nicht lockergelassen, und damit das aufhörte, hat sie ihm einen Kampf vorgeschlagen. Er hat zugesagt, und sie hat ihn plattgemacht in ... na, sagen wir in zehn Sekunden, wenn es hoch kommt.«

»War das alles?«

»Nein. Er ist hartnäckig. Und es hat ihm wirklich gestunken, dass ihn so ein Blondchen von eins achtundfünfzig auf die Matte haut. Er hat am Ausgang auf sie gewartet, für eine Revanche oder um ihr an den Hintern zu grapschen, das haben wir nie richtig erfahren, Amandine erzählt nicht viel. Kurz, er hat sich in einer Toreinfahrt versteckt und auf sie gewartet. Für sie war es ein Überfall, sie hat sich gewehrt. Und wie. Sie hat ihn ausgeknockt.«

»Ausgeknockt?«

»Buchstäblich. Und er hat Schwein gehabt, dass es nicht schlimmer gekommen ist. Drei Monate hat er sich nicht mehr blicken lassen ... Ich weiß nicht, wieso mir das entfallen war. Wohl wegen des Vornamens, Camille, der hat mir wirklich nichts gesagt. Aber dann ist er wieder aufgekreuzt. Offenbar geht es ihm vor allem ums Raufen. Nur ist das eben nicht alles ... Ich habe ihm ein paar Stunden gegeben, aber er meint, er muss unbedingt noch Muskeln zulegen, hängt ständig an den Geräten, nichts mit Laufen oder Auflockern. Er kommt auch zu allen Kämpfen. Der hier«, er deutete auf einen von Alex' Ausdrucken, »war vor ungefähr sechs Monaten.«

»Hatten Sie keine Angst, dass er sich rächt? Sie haben ihn wieder reingelassen?«

»Er ist Kunde, und ich habe ein Geschäft, das muss laufen. Amandine verteidigt sich schon selber. Als Kirko, ich meine Camille, ich kann mich einfach nicht daran gewöhnen, als er wieder aufgetaucht ist, habe ich gleich Amandine angerufen. Sie hat sich nicht mal an ihn erinnert und mir nur gesagt, dass es sie nicht stört, wenn er da ist. Damit war die Sache für mich erledigt.«

»Amandine wie weiter? Alle nennen sich beim Vornamen?«

»Amandine Toussaint. Wir haben eine Stammkundschaft hier. Mit gemeinsamen Interessen. Wir tauschen uns aus, geben Ratschläge … Ja, es gibt einen recht großen Zusammenhalt, zwischen meinen Partnern und mir und auch unseren treuen Kunden.«

»Ist es denkbar, dass einer dieser treuen Kunden sich nach dem versuchten Überfall auf Amandine vielleicht Kirko vorgenommen hat? Oder dass er ihn davon abhalten wollte, noch mal wiederzukommen?«

»Sie ist mit Mourad zusammen, der kommt auch hierher. Aber als das damals passiert ist, lief da, glaube ich, noch nichts.«

»Wir hätten dann gerne noch den Nachnamen von Mourad. Ist er gerade da?«, fragte Alex.

»Nein. Er arbeitet in La Défense, in einer Bank, soweit ich weiß, Finanzbranche, irgend so was. Ich suche Ihnen seine Daten raus.«

Alex ließ ihren Blick über Yacines Kopf hinwegschweifen. Große Plakate bedeckten die Wand, Ankündigungen von MMA-Kämpfen.

»Sind Sie das?«, fragte sie und zeigte auf eins der Plakate.

»Ja«, sagte Yacine mit einem stolzen, fast kindlichen Lächeln, es passte gar nicht zu der ernsten Miene seines Hochglanzdoubles: die Arme gekreuzt, das Gesicht verschlossen, nackter Oberkörper.

Alex musste sich zusammenreißen, um nicht jeden einzelnen Bauchmuskel zu begutachten. Sie wandte sich ab, als die 3-D-Version von Yacine ihr ein Blatt Papier reichte.

»Mourads Kontaktdaten. Aber er wird Ihnen dasselbe sagen wie ich: Amandine braucht niemanden, der sie verteidigt.«

»Ach ja, ihr müssen wir natürlich auch ein paar Fragen stellen!«, sagte Marco und schlug mit der flachen Hand auf die Theke.

Alex hob die Schulter und folgte ihm in die Halle.

Amandine Toussaint war fertig mit ihrem Training an der Pratze. Sie stand mit dem Rücken zu Alex und Marco und wickelte sich die Bandagen von den Händen. Den linken Fuß auf eine Bank gestellt, dehnte sie das Bein, während sie sich mit ihrem Trainer unterhielt. Aus der Ferne war sie eine noch sehr junge blonde Frau, verloren in einer XXL-Jogginghose und einem riesigen dunklen T-Shirt. Doch als die beiden Inspektoren näher kamen – ihr Gesprächspartner hatte ihr nicht den kleinsten Wink gegeben –, wirbelte Amandine zu ihnen herum. Alex fragte sich, wie Camille oder wer auch immer je auf den Gedanken kommen konnte, sie wäre zu überrumpeln. Von nahem sah Alex, dass Amandines T-Shirt verwaschen war, eher dunkelgrau als schwarz, aber vom Schweiß so durchnässt, dass es fast seine ursprüngliche Farbe wiedergewonnen hatte. Der Stoff klebte an ihrem Bauch, und selbst durch die Baumwolle hindurch sah Alex, wie Amandines schräge Bauchmuskeln im Rhythmus ihrer Atmung zuckten. Die ist aus Titan, dachte sie, und sie musste sich eingestehen, dass ihre eigene Clubkarte tatsächlich schon seit geraumer Zeit nicht mehr in Gebrauch war.

»Amandine Toussaint?«

»Ja?«

»Dueso, Kriminalpolizei, mein Kollege Cantera. Wir würden Ihnen gerne ein paar Fragen stellen.«

»Worum geht's?« Die junge Frau wischte sich das Gesicht und den Hals mit einem Handtuch ab.

»Camille Wreskansky.«

»Wer?«

»Ich glaube, Sie kennen ihn unter dem Namen Kirko.«

»Ach, der. Ich kenne ihn. Er kommt hierher.«

»Sie hatten mal eine Auseinandersetzung?«

»Nein, würde ich so nicht sagen.« Amandine schwieg, doch dann schien sie zu begreifen, dass das nicht genügte. »Wir hatten keine Auseinandersetzung. Es war ein freundschaftlicher Kampf, und ich habe gewonnen. Hier in der Trainingshalle, drüben im Ring. Danach hat er mir auf der Straße aufgelauert, aus einer Toreinfahrt heraus, er hat mir mit der Hand an die Brüste gefasst und mit der anderen an den Po. Und hat zugepackt.«

Amandine sprach in einem gleichbleibenden Rhythmus und schien ihre Worte sorgfältig zu wählen, nicht weil sie zögerte, sondern um Kräfte zu sparen. Präzise, entschieden. Sie hatte einen leichten Akzent, in Alex' Ohren näher am Italienischen als am belgischen Französisch.

»Er hatte eine Kapuze auf, und es war dunkel, ich weiß nicht mehr genau, wann das war. Vielleicht November oder März. Einer dieser Monate, wo es nicht so kalt ist, aber früh dunkel wird. Ich habe ihn nicht erkannt. Ich habe mich verteidigt. Er ist gestürzt und mit dem Kopf gegen die Wand geschlagen. Er war bewusstlos. Ich bin gleich zurück und habe Yacine gebeten, die Feuerwehr zu rufen. Ich weiß nicht mehr, wieso ... ach ja, doch, mein Handy war leer. Dann bin ich nach Hause gegangen. Ich habe Yacine gesagt, er soll ihnen meine Nummer geben, wenn die Feuerwehr oder die Polizei danach fragt, für den Fall, dass Kirko Anzeige erstattet. Zu Hause habe ich dann mein Handy aufgeladen, aber keiner hat angerufen. Am nächsten Tag hat mir Yacine gesagt, Kirko wäre aufgewacht, als sie ihn in den Rettungswagen geschoben haben, er hätte benommen geguckt, aber … sagen wir, nicht mehr oder weniger dumm als vorher. Ein paar Monate hat er sich nicht mehr blicken lassen.«

»Und genauer können Sie nicht sagen, wann das war?«

»Nein, ich weiß es nicht mehr. Ich nehme an, Yacine hat irgendwas dazu in den Unterlagen, in diesen Dingen ist er sehr penibel. Vielleicht fragen Sie auch die Feuerwehr, die registrieren doch die Anrufe, oder?«

»Sie werden überfallen und erinnern sich nicht, wann das war?«

Alex versuchte, die Ungläubigkeit in ihrer Stimme zu verbergen.

»Hm.« Amandine schwieg einen Moment. »Ich komme aus Belgien. Ich weiß, für die Franzosen sind wir nur ein kleines Land, wo die Leute einen komischen Akzent haben und die ganze Zeit Fritten essen. Aber auch da gibt es Gegenden, die für eine Frau nicht gerade sicher sind. Und in einer solchen Gegend bin ich aufgewachsen.«

Amandine sah Alex fest an, und sie musste eine wirklich verwunderte Miene gemacht haben, denn als die junge Frau weitersprach, wählte sie ihre Worte offenbar noch sorgfältiger.

»Lassen Sie es mich anders erklären: Für mich sind das keine Überfälle, das sind Kämpfe. Und ich habe gewonnen. Ich nehme an, er hätte Anzeige erstatten können, aber dann hätte er erklären müssen, warum ich ihm eine geknallt habe, und da wäre dann allerdings die Rede von einem Überfall gewesen. Wer gegenüber wem, das ist die Frage. Irgendwann ist er wiedergekommen, aber er hat sich mir nicht mehr genähert, Ende der Geschichte.«

»Das ist alles?«

»Das ist alles. Wenn ich jedes Mal einen Zirkus machen würde, wenn mir in Paris jemand an den Po fasst, hätte ich kaum noch Zeit für anderes. Ich bin hier, um zu trainieren. Die Qualifikationen für die Weltmeisterschaft im letzten Jahr habe ich um ein Haar verpasst. Ich mache kleinere Jobs, dann habe ich Zeit, dreimal am Tag zu trainieren, für den Stoffwechsel ist das besser. Ich kann meine Zeit nicht mit solchen Leuten vertun.«

»Wo arbeiten Sie?«

»Ich kümmere mich um eine alte Dame, bei ihr zu Hause, von Montag bis Freitag zwischen halb zehn und halb eins. Dann gehe ich von halb drei bis halb fünf zwei Stunden putzen. Und von halb fünf bis um sechs gehe ich babysitten, nicht weit von hier. Ich gebe mir noch ein Jahr für den Einstieg ins Profilager, sonst muss ich aufhören und wieder auf die Schule gehen. Oder einen Ausbildungsplatz finden, um nicht mein ganzes Leben als Babysitterin zu arbeiten. Ich habe meine Prioritäten. Ich verschwende meine Energie nicht auf so einen Baraki.«

»Einen was?«

»Das sagen wir bei uns. Einen Spacko. Ich weiß nicht, worauf Sie hinauswollen, aber ich glaube nicht, dass ich Ihnen weiterhelfen kann.«

Alex wartete ein paar Sekunden, dass Marco etwas sagte, aber der hielt den Mund. Seine Laune schien am Boden zu sein.

»Kirko ist im Krankenhaus. Wir versuchen zu verstehen, was passiert ist.«

»Im Krankenhaus?«

»Ja. Man hat uns gesagt, Sie seien mit einem anderen Kunden des Clubs liiert.« Alex warf einen Blick auf das ausgedruckte Blatt, das Yacine ihr gegeben hatte. »Mourad Elfassi?«

Amandine nickte.

»Er kennt Kirko?«

»Wir waren damals noch nicht zusammen. Er weiß von der Sache, weil jemand mal einen Witz gemacht hat, bei einem Abendessen für die Leute hier aus der Halle, und ich musste es ihm erklären. Aber Mourad hat mir gesagt, er hätte mehr Mitleid als sonst was mit ihm.«

»Wo waren Sie in der Nacht von Montag auf Dienstag?«

»Bei Mourad. Abends trainieren wir bis um halb zehn. Danach gehen wir nach Hause, oft zu ihm, weil ich nur eine kleine Einzimmerwohnung habe, und er sagt, das macht ihn klaustrophobisch. Außerdem wohnt er nicht weit von hier. Ich stehe um fünf Uhr auf und gehe nur selten nach halb elf ins Bett. Das ist alles.«

»06 87 83 22 72, ist das die Nummer von Herrn Elfassi?«, fragte Alex mit einem Blick auf das Anmeldeformular.

»Ja.«

»Gut. Ich danke Ihnen. Achten Sie darauf, dass Ihr Handy-Akku voll ist, wir werden Sie bestimmt noch einmal anrufen müssen.«

»Kein Problem. Ich bin hier jeden Tag von sieben bis neun, dann von Viertel vor eins bis zwei und noch mal ab Viertel nach sechs. Falls Sie mich brauchen. Außer mittwochs, da ist hier geschlossen und ich gehe laufen.«

Alex dankte Amandine und verließ mit Marco die Halle. Bevor sie wieder an die Empfangstheke kamen, drehte sie sich noch einmal verstohlen um. Amandine hatte die Jogginghose und das T-Shirt ausgezogen und stand nun in langer Radlerhose und Sport-BH da. Sie setzte sich auf ein kompliziertes Gerät und legte die Hände um zwei Griffe mit Gummiüberzug. Alex bewunderte erneut die Entschlossenheit ihrer Bewegungen, den geschmeidigen

Mechanismus ihres Körpers, und sie nahm sich fest vor, gleich am nächsten Wochenende ins Fitnessstudio zu gehen.

Yacine winkte und lächelte Alex zu.

»Möchten Sie meine Handynummer? Falls Sie noch Fragen haben?«

»Ich habe die Adresse des Studios auf dem Blatt mit Elfassis Daten. Vielen Dank, einen schönen Tag noch.«

Alex hielt Marco die schwere Glastür auf und wartete, bis sie sich hinter ihnen geschlossen hatte. Dann fragte sie ihn:

»Was ist los mit dir? Vermutest du irgendwas?«

»Nein, aber der Typ geht mir auf die Nerven, so scheißfreundlich. Und dieses Gesülze: ›Möchten Sie meine Nummer? Falls Fragen? Für den Fall, dass?‹«

»Wo die Leute uns endlich mal helfen.«

»Tu nicht so, als hättest du es nicht bemerkt.«

»Was?«

»Der macht dich an!«

»Mal langsam, wir sprechen hier von dem Kerl am Empfang, Yacine, ja?«

»Ja, ich fand das echt daneben.«

»Mensch, Marco, der ist gerade mal volljährig!«

»Das nächste Mal sagst du ihm dann, dass ihr euch trefft, damit er dir eins von seinen Postern gibt, mit Autogramm.«

»Meinst du das ernst, oder willst du mich verarschen?«

»Pff.«

»Du verarschst mich. Na los, du darfst fahren. Punkt zwölf sollen wir zurück im Kommissariat sein, der Präfekt präsentiert uns seine Show.«

»Aha?«

»Du bist nicht eingeladen?«

»Nein.«

»Das wundert mich. Egal, das ändert nichts, um zwölf muss ich da sein, also los, Chauffeur.«

»Vielleicht sollte ich die Zeit nutzen und noch mal bei Camille vorbeischauen. Ich meine, seine Motivation, mit dir zu sprechen, schien nicht allzu ausgeprägt ...«

Alex verstand sofort, wieso Marco zu der außerordentlichen Versammlung nicht geladen war – nur Frauen waren im Raum. Als Laetitia sich neben sie setzte, fragte Alex sie, worum es ging. Laetitia wusste über fast alles im Haus Bescheid.

»Bin mir nicht sicher, aber ich glaube, die schicken uns ein Reporterteam auf den Hals. Eine Doku über das Kommissariat oder so.«

Alex' Magen knurrte, sie hatte Hunger. Sie versuchte die Krämpfe zu lindern, indem sie an die Bauchmuskeln von Amandine und, rein assoziativ, an die von Yacine dachte, und sie ertappte sich dabei, wie ihr Mund Speichel produzierte. Als der Präfekt eintrat, war Alex schlagartig wieder bei der Sache. Man konnte dem Mann viel vorwerfen, aber gewiss nicht, dass er Appetit weckte.

»Meine Damen!«, grüßte der Präfekt, er sprühte vor Begeisterung.

Nach ihm kamen zwei Männer und zwei Frauen in den Raum und stellten sich vor die altehrwürdige Schiefertafel an der hinteren Wand. Blondeau erschien als Letzter, schloss die Tür hinter sich und nahm in der ersten Reihe Platz. Allein beim Anblick seines Rückens war sich Alex sicher, dass auch er jetzt lieber woanders gewesen wäre.

»›Meine Damen‹, hast du gehört?«, tuschelte Laetitia und schaute interessiert.

»Tja.« Alex verschränkte die Arme. »Von mir aus kann er mich Roger nennen, Hauptsache, sein Vortrag dauert nicht länger als zehn Minuten.«

Er brauchte fünfunddreißig. Der Präfekt hatte eine Schwäche für Reden, vor allem für seine eigenen. Ein paar Sitzplätze weiter sah Alex, wie zwei Kolleginnen vom Verkehr etwas notierten und kicherten. Mit zusammengekniffenen Augen konnte sie erkennen, dass die beiden eine Tabelle in ein Notizbuch gezeichnet hatten und, je länger sich der Vortrag des Präfekten hinzog, bestimmte Kästchen ankreuzten.

»Heute kriegen wir die geballte Ladung«, seufzte Laetitia.

Als Alex aus ihrem Dämmerzustand wieder auftauchte, kamen ihr manche Sätze mehr als bekannt vor. Vielleicht die, die die beiden Kolleginnen abhaken wollten?

»Sie sind das Fundament, das unabdingbare Fundament für den Zusammenhalt der französischen Gesellschaft ...«

Alex sah, wie die beiden Frauen sich über das Notizbuch beugten und eine von ihnen ein Kästchen ankreuzte. »Ich habe es Ihnen bestimmt noch nie gesagt, aber begonnen habe ich meine Laufbahn im Lyoner ...« Häkchen. »Das ist wie eine Rakete, die wir gemeinsam antreiben, mit unserer Arbeit und unserer ...« Häkchen. Es folgte ein komplizierter Satz, und Alex war, als dauerte er mehrere Tage. Irgendwo in der Mitte glaubte sie die Kolleginnen flüstern zu hören: »Bingo!«

Schließlich rieb sich der Präfekt die Hände, wahrscheinlich vor Zufriedenheit, dass er es geschafft hatte, zwei Dutzend relativ junge und fitte Frauen in weniger als vierzig Minuten in einen Zustand zu versenken, der dem Koma nahekam. Dann deutete er auf die vier Personen hinter ihm: mittlerweile an die Tafel gelehnt, vorgebeugt, kurz vorm Umkippen. Debreuils Geste schien den ganzen Raum aus der Erstarrung zu reißen, und alles richtete sich auf.

»... und im Rahmen ebendieser neuen Sichtbarkeit Ihrer Arbeit, der Arbeit einer jeder von Ihnen, die Sie Familienleben, Weiblichkeit und den Polizeiberuf miteinander vereinbaren, wird das Team Sie im Alltag beobachten und Ihre Reaktionen aufzeichnen. So liegt das Bild der Polizei, ihre zutiefst menschliche Natur – denn es sind Menschen, die die Polizei ausmachen, oder sollte ich besser sagen: Menschinnen? –, nun also in Ihren Händen.«

Er machte einem der Männer hinter ihm ein Zeichen.

»Guten Tag allerseits. Ich bin Christian de Bernard, verantwortlich für die Abteilung Reportage. Freut mich sehr, Ihre Bekanntschaft zu machen. Ich stelle Ihnen jetzt das Team vor, mit dem Sie in den nächsten Wochen täglich in Kontakt sein werden, ich hoffe, Sie verstehen sich gut mit ihnen!« Laetitia und Alex wechselten einen Blick: nicht zu fassen, als hätten sie einen Erzieher vor sich, der den Kindern empfiehlt, auf der Klassenfahrt nett zueinander zu sein. »Cyril Vigne, er ist Journalist und hat dieses Reportageprojekt an uns herangetragen. Magali, sie kümmert sich um den Ton, und Caroline, Kamera.«

»Eine Kameradin!«, gluckste Debreuil, als wäre dies ein überaus geistreicher Scherz.

»Haben die denn keinen Nachnamen?«, flüsterte Laetitia.

»Ich habe einen solchen Hunger, ich glaube, ich verdaue mich schon selbst«, schnaufte Alex, während Debreuil zum Schluss kam:

»Bereiten Sie ihnen einen guten Empfang, und machen Sie der Nationalpolizei alle Ehre!«

Er beklatschte sich selbst, und die anwesenden Beamtinnen stimmten reflexartig ein.

Als Alex sich dann durch die Reihen hinter Laetitia in Richtung Tür schlängelte, warf sie noch einen Blick zur Bühne. Blondeau, hinter dem Präfekten, schaute diskret auf seine Uhr. De Bernard und Debreuil schüttelten sich herzlich die Hände. Neben ihnen stand besagter Cyril Vigne, er hörte zu und lachte lauthals mit. Die beiden jungen Frauen blieben im Hintergrund und unterhielten sich.

Alex verließ den Raum und wünschte Laetitia noch einen schönen Tag.

Sie ging ihre Jacke holen und fand auf ihrem Schreibtisch eine Flasche Wasser und eine pralle Tüte. Von seinem Tisch aus winkte Marco ihr zu.

»Du bist wie eine Mutter, Marco!«, rief sie und schwenkte das Hähnchen-Rohkost-Sandwich wie eine Standarte.

Als Alex sich, noch am letzten Bissen kauend, den Mund abwischte, stand Marco auf:

»Brunier kommt gleich, der Chef von Wreskansky. Soll ich uns einen Kaffee holen? Uns bleiben zehn Minuten.«

»Vielen Dank, ja. Ich geh nur rasch zu Blondeau.«

»Herr Kommissar?«

Alex klopfte vorsichtig an die Tür.

»Jaja«, antwortete Blondeau zerstreut und winkte sie herein, ohne von seiner Akte aufzusehen.

»Entschuldigen Sie, kann es sein, dass ... also: Warum bin ich auf der Liste?«

»Welche Liste?« Blondeau sah sie verwirrt an.

»Die Liste. Für die Reportage. Der Präfekt?«

»Ach die. Einer der staatlichen Sender hat eine Reportageserie über Frauen bei der Polizei gekauft.« Er nahm die Brille ab und wischte sich übers Gesicht. »Die Dreharbeiten gehen ein paar Monate, nicht die ganze Zeit natürlich, aber wie sich herausstellt, hat dieses Kommissariat und insbesondere unsere Einheit den höchsten Frauenanteil in Frankreich, 46 Prozent Inspektorinnen im Gegensatz zu 18 im Durchschnitt, wenn ich mich recht erinnere. Wir waren also gleich im Fokus, nehme ich an.«

»Mag sein, aber wieso ich?«

»Sie sind sehr kompetent, Dueso. Hätte ich die Liste selber aufstellen müssen, wären Sie auch dabei gewesen. Aber ich denke, der Präfekt hat vor allem Personen ausgewählt, die einen guten Eindruck machen. Das Bild.«

»Er kennt mich doch gar nicht ...«

»Seien Sie nicht so naiv, Dueso, er wird irgendeinen Assistenten gebeten haben, anhand der Fotos eine Vorauswahl zu treffen.«

»Wollen Sie damit sagen, dass die Personen, die gefilmt werden, nicht die Frauen dieses Kommissariats sind, sondern die Frauen, die in diesem Kommissariat ›einen guten Eindruck machen‹?«

»Ja.«

Blondeaus Offenheit. Eine schätzenswerte Qualität. Mit einer manchmal bitteren Kehrseite.

»Wenn ich mir erlauben dürfte ...«

»Nur zu.«

»Das ist dumm.«

»Ganz meiner Meinung. Aber da ist der Präfekt, der öffentliche Rundfunk. Es geht um … politische Dynamiken.«

»Verstehe. Danke, dass Sie meine Frage beantwortet haben.«

Alex machte kehrt.

»Dueso!«

Alex drehte um, trat wieder auf den Kommissar zu.

»Dümmer geht's nicht, schon klar. Aber die gute Nachricht ist, dass Sie einen so hervorragenden Eindruck machen und der Präfekt so untadelige Profile in seiner schönen Reportage haben will, dass die Generalinspektion in Ihrem Fall, was die Anzeigen wegen polizeilicher Gewalt betrifft, in Rekordzeit zu einem Schluss gekommen ist. Amtlicherseits ist Ihre Akte … blütenweiß.«

»Soll das ein Witz sein?«

»Nein. Machen Sie nicht so ein Gesicht. Wir wussten beide, dass Sie sich nichts vorzuwerfen haben. Es ist nur schneller als sonst amtlich festgestellt worden, das ist alles.«

»…«

»Freuen wir uns über die kleinen Glücksmomente im Alltag.«

Ein Ausklang, der nicht ohne Ironie war, denn Blondeau schaute noch verzweifelter drein als sonst: hängende Schultern, Hundeblick.

VIII

Étienne Brunier war ein eher kleiner Mann jenseits der fünfzig, mit braunen Haarbüscheln auf dem Kopf und einem kunstledernen Aktenkoffer, den er sich an die Brust drückte. Marco führte ihn gerade herein, als Alex aus Blondeaus Tür kam.

Kaum trat sie hinzu, wurde ihr klar, dass das, was sie zunächst für Nervosität gehalten hatte, in Wahrheit große Eile war. Wie ein leicht derangierter Kolibri hatte Étienne Brunier sein eigenes Tempo: schnell. Für Alex, die noch verdaute: zu schnell.

»Ja, Anne-Lise hat mir gesagt, dass Sie angerufen haben, und da habe ich dann zurückgerufen, tut mir leid, dass ich nicht eher dazu gekommen bin, aber ich war in der Provinz, meine Tante ist gestorben, ich hatte keinen Empfang, aber als ich wieder zurück war, habe ich Sie gleich angerufen, ich weiß nicht genau, welche Fragen Sie haben, aber vorsichtshalber habe ich verschiedene Unterlagen mitgebracht, falls es um die Auslieferung geht, die Rückverfolgung, ich weiß ja, dass unsere Mitbewerber zu verstehen geben, wir würden nicht wirklich mit Strom fahren, trotz Grüne-Flotte-Siegel, die Nachweise habe ich natürlich mitgebracht, aber auch die Unterlagen der Angestellten, weil Anne-Lise sagte, Camille sei seit zwei Tagen nicht zur Arbeit erschienen, und da habe ich mir gesagt, vielleicht ist ihm ja etwas zugestoßen, und da habe ich alles mitgenommen, ich dachte, es wird sich schon zeigen, was die Leute brauchen, lieber alles zur Hand haben …«

Alex wurde schwummrig. Bei diesem Tempo würde sie nicht mithalten können.

»Ihre Tante ist gestorben?«

Derart unterbrochen, zögerte Étienne Brunier eine Zehntelsekunde.

»Ja, aber sie war schon alt, kann man wohl sagen, sehr alt, die Schwester meines Vaters, eine bewundernswerte Frau.«

»Unser aufrichtiges Beileid«, sagte Alex bedächtig, sie hoffte, Brunier würde sich anpassen und das Tempo drosseln. Tatsächlich wurden seine Handbewegungen etwas langsamer, als er dann aus seinem Aktenkoffer verschiedene Mappen hervorholte – die Etiketten beschrieben mit »Kontenübersicht 4. Quartal«, »Bescheinigungen Grüne Flotte Fuhrpark 1 und 2«, »Mitarbeiter« – und darauf wartete, dass Alex ihm sagte, worum es ging.

»Wir wollten Sie sprechen … und wir sind Ihnen wirklich dankbar, dass Sie sich herbegeben haben … wegen Camille Wreskansky, das haben Sie völlig richtig erkannt.«

Étienne Brunier zeigte ein etwas beruhigteres Lächeln und beförderte die Mappe »Mitarbeiter« oben auf den Stapel.

»Fragen Sie mich, ich habe alles, notiere alles, ich bin bestens organisiert, fragen Sie Anne-Lise, ich bin kein misstrauischer Arbeitgeber, aber organisiert muss man schon sein, klar, und solange alles festgehalten ist, ist das für mich in Ordnung, sonst nicht, aber he, jeder macht mal einen Fehler, nur, ob etwas ein Fehler ist, das muss man nachweisen!«

»Ist Anne-Lise die Person, mit der ich gestern am

Telefon gesprochen habe? Die Buchhalterin?«, fragte Marco.

»Ja, sie ist noch jung, aber sie ist vernünftig und tut, was zu tun ist, auch wenn ich mal nicht da bin, ich habe vollstes Vertrauen zu ihr, da läuft der Laden, und Sie wissen ja, bei allem, was man da im Griff haben muss, wirklich, ich bewundere sie ...«

»Herr Brunier!«, unterbrach ihn Alex, wieder waren die Pferde mit ihm durchgegangen. »Herr Brunier! Ich will Ihnen erklären, weshalb wir Sie benötigen, okay? Haben Sie wichtige Termine heute Nachmittag?«

Der Mann verneinte, ein rasches Kopfschütteln.

»Schön. Dann werden wir Ihnen ein paar Fragen stellen, in aller Ruhe, und bitte vergessen Sie nicht, dass mein Kollege und ich alles, was Sie sagen, aufschreiben müssen. Also bitte, seien Sie so gut und versuchen Sie, nicht zu schnell zu sprechen, einverstanden?«

»Ja, das höre ich oft, dass ich zu schnell spreche, aber ich habe tausend Dinge zu tun und, ach, das kennen Sie ja bestimmt.«

»Allerdings. Aber nehmen wir uns Zeit. Zunächst einmal: Es liegt nichts gegen Sie vor, und wir haben auch nicht die Absicht, Ihre Ökonachweise in Zweifel zu ziehen, wir haben lediglich ein paar Fragen zu Camille Wreskansky. Machen wir es so?«

Étienne Bruniers Unterlagen waren nachvollziehbar und auf dem aktuellen Stand. Alex und Marco fanden darin Camilles Zeit- und Routenpläne der letzten sechs Monate. Der Mann seufzte und tat sein Bestes, um ruhig zu sprechen:

»Camille ist nicht gerade ein organisierter Mensch.« Der Stimme glaubte Alex zu entnehmen, dass dies für Étienne Brunier das Schlimmste war, was man jemandem nachsagen konnte. »Er liefert nicht immer in der richtigen Reihenfolge aus, er sagt, das sei nicht wichtig, aber ich gehe Verpflichtungen ein, verstehen Sie? Er benutzt auch die Chipkarte nicht immer, ich habe versucht, mit ihm darüber zu reden, aber es ist nicht leicht, mit Camille zu sprechen, Anne-Lise hat es auch versucht, aber er hat sehr unhöflich reagiert, ich habe ihm gesagt, dass ich ihm gerne helfen würde, aber er muss die Sachen schon richtig machen.«

»Was war das genau mit Anne-Lise? Und was wollen Sie sagen mit ›Camille helfen‹?«

»Anne-Lise war aufgefallen, dass Camille öfter zu spät kam, dass er unwillig war, und sie wusste ja, dass ich mit ihm gesprochen hatte, ich glaube, sie wollte es auch noch mal probieren, so in lockerem Ton, unter Kollegen, vielleicht hatte er ja Sorgen, klar, wenn man Sorgen hat, da fällt einem die Arbeit manchmal schwer, aber er hat sehr grob reagiert.«

»Was hat er zu ihr gesagt?«

»Das war im Pausenraum, ich war nicht dabei«, sagte Brunier ein wenig schroff.

Es wurde kurz still.

»Wie viele Personen arbeiten bei Nature Express?«

»Acht.«

»Herr Brunier«, sagte Marco mit einem jovialen Lächeln, »hier bei uns arbeiten siebenundvierzig, allein auf der Etage. Und ich weiß die Hälfte von dem, was am Kaffeeautomaten gesprochen wird. Selbst von Leuten, die ich nur vom Sehen kenne, ich kenne nicht mal ihre Vornamen. Oder umgekehrt. Ich bin sicher, dass man es Ihnen weitererzählt hat.«

»Es war sehr grob.« Brunier schnaufte und wich Alex' Blick aus.

»Sagen Sie es leise.«

Er beugte sich vor und flüsterte Marco zu:

»Camille hat ihr gesagt, sie soll sich einen dicken Schwanz in den Arsch stecken lassen, statt in der Scheiße zu wühlen, sie soll sich da raushalten.«

Brunier war hochrot geworden.

»Und Anne-Lise?«

»Sie hat gelacht. Anne-Lise hat keine Angst vor ihm. Aber dann hat José davon gehört und ...«

»Wer ist José?«

»Der Lagerleiter. Er ist ein bisschen in Anne-Lise verliebt und mag Camille nicht besonders. Das war vielleicht ein Theater.«

Alex schmunzelte innerlich und wartete darauf, dass Étienne Brunier erklärte, die Menschen seien nicht allzu gut organisiert. Aber Camilles Rüpelei schien Brunier tatsächlich zu schockieren, und sie warf sich vor, die Dinge zu sehr auf die leichte Schulter zu nehmen. Sie fragte:

»Was haben Sie dann gemacht?«

»Ich habe Camille zu mir gerufen und ihm gesagt, warum ich ihn angestellt habe, obwohl er vorbestraft war, das mache ich nämlich immer, ich gebe denen, die arbeiten wollen, eine Chance, aber so konnte das nicht weitergehen, also habe ich ihm gesagt, er soll sich zusammenreißen. Er meinte, es tut ihm leid, und ist wieder gegangen, das war kurz bevor ich den Anruf bekam, dass meine Tante gestorben ist.«

»Das heißt, Sie wussten von seiner Verurteilung wegen Tätlichkeiten und sexueller Gewalt?«, fragte Marco.

»Oh ja. Als ich noch jung war, habe ich auch Dummheiten gemacht, aber dann habe ich ein Darlehn aufnehmen können und einen Betrieb übernommen, ich mache keinem mehr Ärger, wissen Sie, man ändert sich, aber ich ertrage es nicht, wenn jemand grob zu Frauen ist, ich finde das ganz fürchterlich, und nach der Geschichte mit Anne-Lise habe ich Camille gesagt, das ist die letzte Verwarnung. Anne-Lise selbst meinte dann, ich soll ihm noch eine Chance geben, sie hätte keine Angst vor ihm.«

Marco schrieb eifrig in seinen Block, während Alex Camilles Akte überflog. Sie nahm ein Blatt heraus und fragte:

»Ist das Camilles Tourenplan für diese Woche?«

»Ja, ja.«

»Für die Nacht von Montag auf Dienstag stehen acht Namen auf der Liste, sind das die Kunden auf seiner Strecke?«

»Ja.«

»Hätten Sie vielleicht die Adressen?«

Étienne Brunier zeigte wieder ein zufriedenes Lächeln, und für einen Moment schienen alle Sorgen beiseitegeschoben, die toten Tanten und die ganze unorganisierte Welt. Er zog eine weitere Mappe aus seinem Koffer, »Rechnungen Kunden 1. Quartal«, und gab sie Alex.

»Sie machen das nicht auf dem Computer?«, fragte Alex und griff nach der Mappe.

»Oh doch, sicher, aber ich bewahre gerne echte Kopien auf, die können Sie auch gleich für sich kopieren und behalten, das ist praktischer, wissen Sie, immer ist die Rede von Digitalisierung, vom papierlosen Büro, aber ich habe es auf Papier viel lieber, Papier ist Papier, zumindest was die Organisation betrifft, da sieht man sofort, wie es läuft.«

»Bin gleich wieder da«, sagte Alex, stand auf und musste an sich halten, um nicht loszuprusten.

Als Marco, der Brunier zum Ausgang begleitet hatte, wieder zurückkam, teilte Alex gerade die Rechnungen mit den Adressen der Kunden von Nature Express in zwei Stapel auf.

Marco schaute zu, wie sie sich mit den Rechnungskopien herumschlug, mit Tourenplänen und sonstigen Unterlagen, die Brunier ihr unbedingt hatte dalassen wollen.

»Allzu gut organisiert bist du ja nicht«, spöttelte er.

»Du hältst den Rand, okay? Oder ich vergesse mich. Hier, dein Teil.« Sie hielt ihm einen Packen hin.

Marco nahm ihn und setzte sich an seinen Tisch.

»Weiß du, was Brunier gemacht hat, als er noch jung war? Er hat es mir erzählt, besser gesagt zugeflüstert, als du zum Kopieren draußen warst.«

»Er hat die Straße neben dem Zebrastreifen überquert?«

»Er hat siebzehn Ladenlokale verwüstet und in Brand gesteckt, und er hat seinen Onkel umgebracht.«

»Wie bitte?«

»Den Mann seiner Tante, die jetzt gestorben ist. Die beiden haben ihn aufgezogen, seine Eltern waren ein paar Monate nach der Geburt bei einem Autounfall ums Leben gekommen. Sein Onkel muss ein Kotzbrocken gewesen sein, er hat sie beide geschlagen, aber so richtig. Als Jugendlicher hat Brunier dann nur noch rumgehangen und sich an jedem abreagiert, der ihm über den Weg lief, und er hat Lebensmittelgeschäfte angezündet. Als er einmal abends nach Hause kam, wollte sein Onkel sich gerade wieder auf seine Tante stürzen. Er hat den Anblick nicht mehr ertragen und mit einer Kette zugeschlagen. Einer dicken Kette.«

»Brunier? Der Brunier von eben, mit seinen höchstens eins achtundsechzig, einfach so?«

»Du weißt, dass das nichts zu sagen hat. Du musst nur richtig wütend sein, selbst mit schlappen vierzig Kilo ...«

»Und?«

»Er ist als Minderjähriger verurteilt worden, seine Tante hat für ihn ausgesagt, zwei Jahre Heim, damals hieß das noch Besserungsanstalt. Die Frau hat ihm geholfen, sein Abitur zu machen und Betriebswirtschaft zu studieren. Unser Brunier.«

»Kein Wunder, dass er so gut organisiert ist. Wenn er bei zu großem Durcheinander gleich Leute umbringt, würde ich an seiner Stelle auch alles in Aktenordner packen, in alphabetischer Reihenfolge.«

»Willst du wissen, was er mir noch gesagt hat?«

»Nur zu.«

»Dass er nie heiraten wollte, er hätte zu große Angst gehabt, das Muster zu wiederholen. Er hätte Studien dazu gelesen, und die Wahrscheinlichkeit, dass ihm das passieren würde, sei zu hoch.«

Alex schluckte.

»Ach du Schande.«

»Kann man Respekt haben, was?«

Und auch traurig werden. Bruniers Leben kam Alex auf einmal vor wie eine lange, einsame Reise, und die einzige Erfüllung bestand darin, die Welt in Plastikhüllen zu räumen und anderen zu helfen, auch wenn sie es nicht immer verdient hatten.

Sie ging die Liste der Auslieferungen durch, die in

der fraglichen Nacht für Camille vorgesehen waren, und wählte die erste Nummer.

Sie war bei der dritten, als Marco mit einem Wink auf sich aufmerksam machte. Alex unterbrach, beugte sich vor und lauschte dem Gespräch.

»Ganz bestimmt, Alarm gegeben wurde ja in einem anderen Abschnitt ... Aber sicher, wir kommen so schnell wie möglich.«

Er legte auf.

»Stell dir vor, bei JardiBonheur ist in der Nacht des Überfalls auf Camille nicht nur nichts geliefert worden, der Wachmann ist auch verschwunden.«

»Das haben sie gemeldet?«

»Ja, und deswegen habe ich jetzt einen Anschiss bekommen. Sie haben am Dienstag angerufen, als sie gemerkt haben, dass er nicht da war. Die Mitarbeiterin, die morgens aufmacht, hat gleich um acht den Chef benachrichtigt, und der hat ihr gesagt, sie soll die Polizei anrufen. Uns eben. Aber das ist oben im Garonor, den Anruf haben die Kollegen aus Blanc-Mesnil erhalten.«

»Und?«

»Alle Hände voll zu tun, die kommen nicht hinterher. Der Gewerbepark liegt genau zwischen zwei Gemeinden, also haben sie gesagt, sie geben es an die Kollegen in Aulnay-sous-Bois weiter. Bei JardiBonheur hat sich keiner mehr gemeldet.«

»Verstehe. Dann mal los.«

Der Chef von JardiBonheur erwartete sie mit verschränkten Armen und nicht gerade liebenswürdiger Miene am Wachhäuschen.

»Wollen wir wetten, dass wir jetzt das Lied zu hören kriegen von wegen, die Polizei tut mal wieder nichts, wenn es darum geht, den ehrlichen Steuerzahlern zu helfen?«, fragte Alex, als sie ihr Handygespräch beendet hatte. Marco parkte an einem grünen Metallzaun.

»Lieber nicht, er hat es ja schon am Telefon angestimmt. Was erzählen denn die Kollegen aus Aulnay?«

»Dass man von ihnen genau wie von uns Zahlen verlangt, spektakuläre Verhaftungen mit Kameras und Journalisten. Da steht ein mehrfach wegen Besitz von Cannabis festgenommener Dreißigjähriger, der irgendeinen miesen Job am hintersten Ende eines Gewerbegebiets hat und nachts abhaut, nicht gerade oben auf der Prioritätenliste.«

»Na dann, auf geht's. Sprechen wir mit Herrn Olivet und zeigen wir uns auf der Höhe der Erwartungen eines ehrlichen Steuerzahlers und Bürgers.«

»Die Vorstellung überlasse ich dir«, sagte Alex und stieg aus.

Olivet war ein blonder Mann um die vierzig, mit Brille, einem Rollkragenpullover aus grober Wolle, der teuer gewesen sein musste, und einem gehörigen Drang, seinem Unmut Ausdruck zu verleihen: über die kommunalen Abgaben, die unzuverlässige Post, die Polizei, die mal wieder nichts tat, um den Steuerzahlern zu helfen, dafür aber Cowboy spielte – Alex bedauerte, nicht gewettet zu haben –, und vor allem über seinen Nachtwächter, der ihn versetzt hatte. Vincent Olivet schien nicht zu wissen, ob er wütend oder beunruhigt sein sollte, und diese Ungewissheit schürte offenbar noch seine Besorgnis und seine Wut. Alex bat um Entschuldigung und erklärte das Übliche: wie schwer es sei, die sämtlich überlasteten Dienststellen zu koordinieren. Zum Schluss versicherte sie dem ehrlichen Steuerzahler, dass Marco und sie gekommen seien, um ihm zu helfen. Die Anspannung schien ein wenig von ihm abzufallen.

»Also, dienstags schließt Emma auf. Normalerweise geht Jonathan erst, wenn sie morgens kommt. Aber an dem Tag war er nicht auf seinem Posten. Keine Lieferung, kein Sicherheitsmann!«

»Herr Olivet«, schaltete Marco sich ein, »Sie erinnern sich, ich hatte angerufen, weil ich wissen wollte, ob Sie in der Nacht von Montag auf Dienstag die Lieferung von Nature Express erhalten haben. Der Ausfahrer, der auf seiner Tour auch Ihre Firma beliefert, ist überfallen worden, wir wissen nur nicht ... wir wissen nicht, *wo*.«

Olivet schien allmählich klar zu werden, dass ein Überfall schlimmer war als eine verspätete Lieferung.

»Meine Güte, in welchem Zustand ist er denn, dass er es Ihnen nicht selber sagen kann?«

»Er lebt, kommt wieder auf die Beine«, antwortete Alex. »Wir hatten Sie zunächst zwar nicht wegen Ihrer Vermisstenmeldung kontaktiert, aber könnten Sie uns trotzdem mehr erzählen über den Mann, der an diesem Dienstag, dem 6., nicht mehr auf seinem Posten war, als ihre Mitarbeiterin kam? Emma ...?«

»Emma Kizonzi. Sie schließt jede zweite Woche auf. Ich bin am Montagabend um acht gegangen, Jonathan war da auf seinem Posten. Jonathan Creuset. Er ist seit einem Jahr bei uns. Nein, seit zehn Monaten. Er arbeitet von acht Uhr abends bis acht Uhr morgens. Das ist lang, aber gut bezahlt und ein ruhiger Job.«

»Und mit Herrn Creuset hatten Sie … nie Schwierigkeiten?«, preschte Alex ein wenig vor.

»Am Anfang war er nicht der Eifrigste, er kam oft zu spät. Ich nehme an, es ist nicht einfach, sich an solche Nachtschichten zu gewöhnen. Aber danach: vorbildlich. Er ist sehr verantwortungsvoll. Er hat einen kleinen Jungen bekommen, vor acht Monaten, glaube ich.«

»Trägt er eine Waffe?«

»Um Gottes willen, nein! Nur einen Schlagstock und einen Elektroschocker. Die Anwesenheit eines Wachmanns dürfte ausreichen, um unerwünschte Besucher abzuschrecken. Und unser Standort ist eher von Vorteil. Da, da und da«, erklärte er und deutete auf die Gebäude rings um JardiBonheur, »dort lagern Werkzeuge, Pelze, importierte Alkoholika und Elektrogeräte. Billigprodukte, aber trotzdem. Wenn schon ein Einbruch, dann ist unsere Halle nicht eben das erste Ziel.«

»Ich sehe nirgendwo einen Eingang.«

»Ach ja, das ist der einzige Nachteil. In die anderen Gebäude gelangt man von der gegenüberliegenden Seite, das Wachhäuschen liegt also recht abgeschieden. Aber es hat nie das geringste Problem gegeben, wirklich nicht. Außerdem hat Jonathan ein Telefon und eine direkte Verbindung mit einer Sicherheitsfirma, die im Notfall eingreift.«

Da Olivets letzter Anruf bei der Polizei nichts weiter gebracht hatte, als dass zwei Tage später zwei andere Beamte wegen einer anderen Sache aufkreuzten, verkniff Alex sich die Frage, wieso er auf einen privaten Sicherheitsdienst zurückgriff.

»Hat Jonathan eine Chipkarte oder Ähnliches, womit er seine Arbeit dokumentiert? So dass Sie genau wissen, um wie viel Uhr er seinen Posten verlassen hat?«, fragte Alex.

Marco trat in das Häuschen und sah sich rasch um. Als er wieder herauskam, gab er Alex ein Zeichen: nichts Außergewöhnliches.

»Einmal pro Stunde muss er den Zaun abgehen, das hält ihn auch wach. Seine letzte Runde hat er am Dienstag um drei Uhr morgens gemacht.«

»Haben Sie Kameras?«

»Ja, eine Auflage der Versicherung. Ich habe mir die Aufnahmen natürlich angesehen, deshalb habe ich ja die Polizei gerufen. Ein Kombiwagen hat um 2 Uhr 50 neben dem Wachhäuschen geparkt, während Jonathan seine Runde drehte.«

»Können wir mal sehen?«

»Kommen Sie mit.«

Alex und Marco folgten dem Mann in die Halle von JardiBonheur. Auf dem Weg zu den Büros kamen sie an endlosen Regalen mit Gartengeräten und Säcken voll Blumenerde vorbei. Alex warf einen zerstreuten Blick auf die Preisschilder und wäre fast umgefallen. Sie zog Marco am Ärmel.

»Guck mal hier«, flüsterte sie.

Vincent Olivet blieb stehen und drehte sich um:

»Sie interessieren sich ... ah, ja, das ist unser Vorzeigeprodukt!«

Er legte die Hand auf einen 25-Liter-Sack »Blumenerde Fair Trade Ethisch Nachhaltig Multikulturen Guano Venezuela« und tätschelte ihn, stolz wie ein Bauer auf seine leistungsstärkste Kuh im Stall.

»Tut mir leid, aber ich habe mir, äh ... den Preis angesehen. Sind da Goldklumpen drin?«

Olivet verzog den Mund zu einem herablassenden kleinen Lächeln.

»Sie haben einen Garten?«

»Nein.«

»Dann liegt das wohl daran.«

Und übergangslos durfte sich Alex das komplette Verkaufsargument anhören:

»Unsere Kunden versuchen immer mehr, Natur und Kultur in Einklang zu bringen, Ethik und Gärtnerei. Diese Erde ist tatsächlich kein Einstiegsprodukt, aber sehr ergiebig. Der Guano wird von venezolanischen Arbeitern mit der Hand gesammelt, in Fledermaushöhlen des Nationalparks Aguaro-Guariquito, und er ist das einzige Produkt im ganzen Park, das einer Vermarktung zugeführt wird, hergestellt in einem garantierten, hundert Prozent nachhaltigen und eine solidarische Entwicklung fördernden Kreislauf. Im Übrigen ist er vollkommen bio, und mit einem Teil des Verkaufspreises werden Schulen gebaut«, schloss Vincent Olivet seinen Monolog und lächelte zufrieden.

Bestimmt wunderschöne Schulen, dachte Alex kopfschüttelnd. Sie ließ die dreistelligen Preisschilder hinter sich und folgte Olivet und Marco ins Büro.

»Da, sehen Sie?«, sagte Olivet und deutete auf den Bildschirm.

Dummerweise sah Alex, und genau das war das Problem, nicht allzu viel. Sie beugte sich auf ihrem Stuhl vor, um näher an den Bildschirm heranzukommen, aber umsonst. Zwar war zu erkennen, wie Jonathan aus dem Wachhäuschen heraustrat, die Tür zuschloss und sich mit einem Radio in der Hand auf seine Tour am Zaun entlang begab. Auch ein geparkter Wagen war zu sehen, aber nur das Dach, den Rest verdeckte die Bude. Jonathan kam von seiner Runde zurück, ging auf den Wagen zu. Er war sichtlich überrascht, zeigte aber keine Panik. In das Häuschen ging er nicht, entfernte sich aber auch nicht von dem Auto, man konnte also annehmen, dass er in das Fahrzeug gestiegen war. Kaum zwei Minuten später kam ein Lieferwagen an das Gittertor herangefahren, am Steuer erkennbar ein Mann. Acht Minuten lang betätigte er immer wieder die Lichthupe, und zweimal drückte er auf etwas, vielleicht die Hupe. Die Fahrertür ging auf. Camille Wreskansky stieg aus, trat auf das Häuschen zu, in dem sich aber niemand befand. Er lehnte sich an die Motorhaube seines Wagens, rauchte eine Zigarette. Setzte sich wieder hinters Lenkrad, beugte sich zum Handschuhfach. Alex und Marco glaubten zu sehen, wie Camilles Körper erstarrte, während eine dunkle Gestalt die Beifahrertür öffnete.

»Warte, woher ist der denn gekommen? Könnten Sie noch mal zurückgehen?«

Vincent Olivet kam der Bitte nach. Im Schatten trat die dunkle Gestalt an die Beifahrertür. Der Mann musste um das Heck von Camilles Lieferwagen herumgegangen sein, doch trotz der passablen Qualität des Videos war es zu dunkel, um irgendwas zu erkennen.

Danach zeigte die Aufnahme, wie ein Arm, bewaffnet mit einem Rohr oder Ähnlichem, in den Wagen eindrang. Camille Wreskansky schien vor Überraschung wie gelähmt. Er erhielt einen Schlag auf den Kopf. Aber er hatte einen harten Schädel, saß weiter aufrecht da, wenn auch benommen. Der Knüppel sauste noch einmal herab. Camille brach zusammen. Der Arm verschwand. Dann drangen zwei Arme in das Fahrzeug ein und zogen den jungen Mann heraus, immer noch von der Beifahrerseite aus.

»Und das Rohr? Hat er es fallen lassen?«

»Ich weiß nicht mehr als du.«

Die hinteren Türen gingen auf und schlossen sich. Camille war im Erfassungsbereich der Kamera nicht mehr zu sehen. Lange Minuten vergingen. Die Türen gingen wieder auf.

Das erste Auto fuhr im Rückwärtsgang los und verschwand aus dem Bild.

»Hast du die Nummer erkannt?«, fragte Alex Marco.

»Nein. Sieht aus, als wäre das Schild mit irgendwas überklebt.«

Schweigend sahen sie sich das Video weiter an. Das Einzige, was sich bewegte, war der Timecode am unteren Rand.

»Na bitte!«, sagte Vincent Olivet triumphierend. »Wie ich Ihnen gesagt habe, auf einmal ist er weg.«

Er nahm die Fernbedienung und wollte das Video anhalten.

»Warten Sie. Machen Sie mal den Schnellvorlauf«, sagte Alex.

Olivet tat es.

Die Ziffern rasten. Vierzig Minuten seit Ankunft des ersten Wagens. Fünfzig. Eine Stunde. Eine Stunde fünf. Zehn. Zwölf. Die hinteren Türen des Lieferwagens gingen auf.

»Stopp!«, rief Marco, und Olivet zuckte zusammen. Auf dem Bildschirm war es 4 Uhr 08. Camille ging um den Lieferwagen herum, zwischen der Karosserie und dem

Wachhäuschen, und stieg vorne an der Fahrerseite wieder ein.

»Aber was ist denn das ...«, entfuhr es Vincent Olivet. »Himmel! So weit hatte ich es mir nicht angesehen. Als das Auto wegfuhr, habe ich aufgehört ... und Ihre Kollegen angerufen ...«

»Er ist nackt«, bemerkte Alex. »Herr Olivet, könnten Sie uns für einen Moment allein lassen?«

Camille war nicht nur nackt. Sein Körper war deutlich von Schlägen gezeichnet, das Blut lief ihm über die Augenbraue und an den Beinen herunter. Er zitterte am ganzen Leib.

Alex und Marco sahen, wie er die Fahrertür zuzog und minutenlang weinte. Dann kam er ein wenig zu sich, stieg erneut aus und suchte nach etwas auf dem Boden, sicherlich seine Kleidung. Er ging langsam und ruckartig. Alex erinnerte sich, was Professor Rognard gesagt hatte. Die Wände des Rektums durchstoßen. Marco schien ebenfalls daran zu denken. Alex sah, wie er ein Schaudern unterdrückte.

Camille zog sich an, so gut er konnte – Jeans, Turnschuhe, ein Kapuzen-Sweatshirt –, setzte sich wieder ans Steuer und fuhr los. Alex drückte den Schnellvorlauf, aber es passierte nichts mehr, bis um 7 Uhr 57 eine junge Frau ins Bild kam.

»Okay«, überlegte Alex laut. »Erst mal haben wir Jonathan Creuset, der auf einmal verschwunden ist, und verschwunden sein konnte er nach dem, was auf dem Video zu sehen ist, nur in das Auto, von dem wir kein Kennzeichen haben. Wir sehen, wie er auf das Fahrzeug zugeht, ohne dass er irgendwie panisch oder aggressiv wirkt, eher überrascht. Er hat einen Schlagstock am Gürtel, aber den lässt er stecken. Wir dürfen also annehmen, dass er sich in dem Moment nicht in Gefahr sah. Siehst du das auch so?«

»Ja«, sagte Marco.

»Dann, gegen drei Uhr, erscheint Camille Wreskansky. Nach Bruniers Unterlagen planmäßig. Er erhält mindestens zwei Schläge auf den Kopf, mit einem Rohr oder einem Knüppel, er ist bewusstlos und wird von seinem Angreifer aus dem Wagen gezogen, und ab da sieht man fast nichts mehr. Wir wissen lediglich, dass Camille aus dem Video verschwindet, dass die hinteren Türen des Lieferwagens aufgemacht, zugemacht und dann, etwa vierzig Minuten später, wieder geöffnet werden. Und wir sehen ihn ungefähr in dem Zustand, in dem Rognard ihn in der Notaufnahme vorgefunden haben muss. Er zieht sich wieder an und fährt weg. Was hältst du davon?«

»Ich wünschte, ich könnte die Aufnahme einem dieser Typen aus den Fernsehserien anvertrauen, die es schaffen, den Widerschein im Auge einer Fliege tausendmal zu vergrößern und zu entpixeln. Uns fehlt die Hälfte des Bildes, und offenbar passiert alles genau dort.«

»Hm. Und sonst?«

»Ich denke, wir sollten Vivian anrufen und sie bitten, uns ein Team zu schicken, damit sie die Spuren von was auch immer sichern.«

»Ruf erst Blondeau an. Er meinte vorhin, wenn es uns gerechtfertigt erscheint, sorgt er dafür, dass die Anfrage vorrangig behandelt wird.«

Alex und Marco warteten beim Wachhäuschen auf das Team, das Vivian gleich losgeschickt hatte.

Es dämmerte bereits. Als Leguelvel und Diallo aus ihrem Fahrzeug stiegen und ihre Schutzanzüge und die Handschuhe überzogen, war es schon fast dunkel. Alex ging zu einem Automaten, den sie in der Bude entdeckt hatte, und holte ein paar Becher Kaffee.

»Du bist ein Schatz, Dueso«, sagte Leguelvel, und Diallo nickte ebenfalls dankbar.

»Mal sehen, ob du das in einer Viertelstunde immer noch denkst. Kommt ihr vom Kommissariat?«

»Nein, von einem Raubüberfall in der Rue de Crimée. War böse ausgegangen.«

»Wie böse?«

»Sehr böse. Aber erzähl, warum sollte ich dich in einer Viertelstunde hassen?«

»Erst mal«, sagte Marco, »hätten die Spuren vor mehr als achtundvierzig Stunden gesichert werden müssen. Wir wissen auch nicht, welchen Bereich es genau betrifft, das Tor war jedenfalls verschlossen. Ach so, ja, und dann haben wir noch ein unbekanntes Fahrzeug, also suchen wir auch nach Reifenspuren, ausgetretenem Öl. Trugspuren wird es jede Menge geben, darunter ...« Marco schaute auf seine Notizen: »Blumenerde Fair Trade Ethisch Nachhaltig Multikulturen Guano Venezuela. Apropos, das wollte ich eigentlich gefragt haben: Was ist noch mal Guano?«

»Vogelkot«, antwortete Alex.

»Ah, verstehe. Und zu guter Letzt: Wir sind nur zufällig darauf aufmerksam geworden. Eigentlich wollten wir bloß die Fahrtstrecke eines Opfers rekonstruieren, und auf einmal haben wir den Ort eines Überfalls und vielleicht noch eine Entführung. So sieht's aus. Jetzt könnt ihr uns hassen.«

Marco gab Diallo Ausdrucke der Bilder von der Überwachungskamera. Der schaute sie sich an und reichte sie Blatt für Blatt an Leguelvel weiter.

»Marco«, sagte Alex, »wir müssen unbedingt den Lieferwagen finden, Wreskansky wurde darin überfallen. Ich rufe Brunier an.« Sie entfernte sich ein paar Schritte.

Diallo schaute von den Screenshots auf:

»Soll das heißen, das Kuddelmuddel, das du mir da beschreibst, ist nicht mal alles?«

Marco hob entschuldigend die Hände.

»Was soll ich sagen, ja, so ist es. Offenbar haben wir was gegen euch.«

Étienne Brunier hatte angenommen, der Lieferwagen stehe noch bei Camille vorm Haus, und als respektvoller Mensch legte er Wert darauf, einen Verletzten nicht zu behelligen.

»Ich schicke ein paar Leute hin, damit sie den Wagen abholen, falls er tatsächlich noch dort steht«, sagte Alex am Telefon. »Dann schleppen wir ihn ab und untersuchen ihn, einverstanden? Ich faxe Ihnen gleich morgen die offizielle Bescheinigung, und so bald wie möglich bekommen Sie ihn zurück.«

»Sehr gut, Frau Inspektorin.«

Alex wollte schon auflegen, sagte dann aber noch:

»Herr Brunier? Sie haben uns sehr kompetent geholfen. Vielen Dank für Ihre Unterstützung.«

Sie ging zurück zu den drei Kollegen.

»Wenn alles gutgeht, haben wir den Wagen bald.«

Leguelvel seufzte, Diallo ebenfalls. Der Bretone und der Afrikaner – der eine so breit wie der andere lang – nahmen Planen und gelbe Absperrbänder aus ihren Kisten und gingen an die Arbeit, ohne sich jemals ins Gehege zu kommen. Die beiden arbeiteten seit zehn Jahren zusammen, und niemand brachte es übers Herz, sie zu trennen, auch wenn es bei den Kriminaltechnikern im Haus offiziell keine festen Zweierteams gab.

Als sie den Bereich abgesteckt hatten, genau in den Grenzen, die das Video nahelegte, unterbrach Diallo seinen stillen Tanz und warf Marco und Alex einen überraschten Blick zu.

»Wollt ihr da stehen bleiben und zugucken? Habt ihr niemanden zu vernehmen? Nichts zu tun hier?«

»Doch, wir haben ja schon die Angestellte befragt, die morgens als Erste herkommt, und den Chef. Und wir haben die Aufnahmen von der Überwachungskamera auf einen USB-Stick kopiert …«

Leguelvel lächelte spöttisch, aber nicht böse.

»Das war keine Leistungskontrolle, Cantera. Wir können uns denken, dass ihr eure Arbeit getan habt. Aber jetzt sind wir dran, okay? Wir mögen euch, aber bevor ihr uns die nächsten vier Stunden auf der Pelle hockt, fahrt ihr besser zurück zum Kommissariat.«

»Klar, ja.« Marco war ein wenig verwirrt.

»Nehmt die Behälter mit, die im Kofferraum stehen, und gebt sie gleich bei Vivian ab. Und dann sagt Blondeau Bescheid, dass wir gerne noch ein paar Überstunden machen.« Diallo strahlte sie an.

Leguelvel ließ sich von Alex die Entgegennahme bescheinigen und warf einen Blick auf die drei Behälter mit den zu analysierenden Proben.

»Vivian wird begeistert sein. Zusammen mit dem Zeug, das wir von hier mitbringen, haben wir für Tage zu tun.«

Er bückte sich und stellte ein kleines Radio an, aus dem ein Bossa Nova erklang.

»Das ist aber nicht gerade bretonisch«, bemerkte Alex und nahm die erste Kiste.

»Der venezolanische Guano auch nicht, also genau die richtige Musik.«

Marco war kaum losgefahren, als Alex' Handy klingelte.

»Wir haben Blut gefunden«, sagte Diallo. »In der Wachbude. Aufgewischt, aber auf den ersten Blick nur mit Wasser und einem Lappen.«

»Wir kommen zurück.«

»Wieso, wollt ihr jetzt unsere Arbeit machen? Fahrt weiter, Kinder, bringt das Zeug zu Vivian und stellt euch an den Flipper, macht Liebe oder Saltos am Trapez, was weiß ich.«

Vivian war allerdings begeistert. So begeistert, dass sie einen langen, nicht endenden Seufzer ausstieß und unter der Last buchstäblich ins Wanken geriet.

»Warte, ich helfe dir.«

»Bleib auf deiner Seite, Dueso. Ist nett von dir, aber weiter darfst du nicht reinkommen. Verunreinigung der Proben und blablabla.«

»Aber wir haben sie dir doch gebracht! Leguelvel und Diallo ...«

»Ich weiß. Ihre einzige Entschuldigung ist, dass sie dort noch vier oder fünf Stunden zu tun haben. Wenn nicht acht, wo sie jetzt Blut gefunden haben. Schlimmer wäre es, wenn die Proben von zwei unterschiedlichen Fällen durcheinandergeraten. Hast du die Bescheinigung?«

Vivian schrieb ihren Vermerk auf das Formular, unterzeichnete und ging mit einem angedeuteten »Bis später« zurück in ihren geschützten Bereich.

»Die sieht echt erschöpft aus«, meinte Marco zu Alex, als sie in den Aufzug traten.

Kaum schloss sich die Tür, drang Vivians gedämpfte Stimme zu ihnen: »Ich habe euch gehört!«

»Sie können sich ruhig setzen«, sagte Blondeau und stand auf. »Ich habe den ganzen Tag auf diesem Stuhl gesessen, ich muss mal stehen..«

Alex und Marco setzten sich.

»Also?«, fragte Blondeau.

»Also«, begann Alex, »wir haben vielleicht den Ort, wo Camille Wreskansky überfallen wurde, außerdem die Aufnahme einer Überwachungskamera mit Hinweisen zum Tathergang. Aber ... wir müssen noch den Lieferwagen von Nature Express finden, den Wreskansky in der fraglichen Nacht gefahren hat. Und wir benötigen eine Ausschreibung zur Fahndung, es geht um einen gewissen Jonathan Creuset, Nachtwächter, offenbar ist er verschwunden, Diallo und Leguelvel haben Blutspuren in seinem Wachhäuschen gefunden. Genauso müssen wir die Fahndung nach einem Pkw einleiten, sobald wir ermittelt haben, um welche Marke es sich handelt, es könnte das Fahrzeug sein, mit dem Jonathan Creuset entführt wurde. Wenn er denn entführt wurde. Und ich persönlich«, schloss Alex und massierte sich die Schläfen, »brauche einen Tag, der mehr Antworten als Fragen bringt.«

»Kann man erkennen, wer Camille Wreskansky überfallen hat?«

»Man sieht, dass er überfallen wurde. Mehr sieht man nicht, auch nicht, wer es gewesen sein könnte.«

»Verstehe. Mit anderen Worten, Sie gehen los, um einen Fall aufzuklären, und kommen mit einem neuen Fall zurück. Besser gesagt, mit einem komplexeren, denn ich glaube kaum, dass das Zufall ist. Was denken Sie, Cantera?«

»Dass Wreskansky vielleicht zur falschen Zeit am falschen Ort war, falls man es tatsächlich auf Jonathan Creuset abgesehen hatte. Aber nach dem, was sein Chef und die Kollegen aus Aulnay sagen, ist der Gedanke an eine Entführung ziemlich albern. Grob gesagt: junger Familienvater, der eine nicht gerade tolle, aber auch nicht allzu schlecht bezahlte Arbeit hat und mit der Geburt seines Sohns solide wird. Als Jugendlicher war er mit Cannabis geschnappt worden. Wir wissen zwar, dass er sich ab und zu welches besorgt, aber nur für den Eigenbedarf, als Dealer ist er nicht aufgefallen, auch nicht als Kleindealer. Wir müssten ihn noch genauer unter die Lupe nehmen. In dem Wachhäuschen gab es ein paar Bücher über Ökologie und Betriebswirtschaft, vielleicht studiert er, oder er hat das Studium wieder aufgenommen.«

»Sollte er wirklich entführt worden sein, heißt das, die Sache ist vor mehr als achtundvierzig Stunden passiert«, merkte Blondeau an. »Ihre Meinung, Dueso? Wie sehen Sie das?«

»Beim gegenwärtigen Stand der Ermittlungen sehe ich gar nichts, Herr Kommissar. Ich glaube nicht an Zufälle, und ich denke nicht, dass jemand aus Versehen um drei Uhr nachts irgendwo im hintersten Winkel eines Gewerbegebiets landet, nicht mal mit einem miserablen Navi. Aber wer, was, wo ... da muss ich passen. Sicher weiß ich nur, dass Jonathan Creuset auf den Bildern der Überwachungskamera nicht so aussieht, als hätte er Angst gehabt.«

»Zeigen Sie sie mir.«

Blondeau schaute sich die Aufnahme schweigend an.

»Ich nehme an, dass sein Chef …«

»Vincent Olivet«, erklärte Marco.

»… dass Olivet Ihnen Creusets Adresse gegeben hat?«

»Ja. Er wohnt in Aulnay. Darüber wollten wir mit Ihnen sprechen.«

»Wir schicken jemanden hin, dann sind wir schlauer. Wenn er wirklich in einer Beziehung lebt und Vater eines kleinen Kindes ist, wird seine Lebensgefährtin wissen, wo er ist, oder sie ist beunruhigt und hat die Polizei benachrichtigt. Rufen Sie zuerst die Kollegen in Aulnay an, vielleicht haben die schon etwas auf dem Tisch. Was die Fahndungen betrifft, bereiten Sie den Papierkram vor, ich kümmere mich noch heute Abend darum. Sie sind nicht bei Creuset vorbeigefahren, als sie aus dem Gewerbegebiet kamen?«

»Nein, wir wollten uns nicht im Bereich der Kollegen tummeln, ohne vorher Bescheid zu sagen. Wir haben versucht, Sie anzurufen, aber Sie sind nicht drangegangen, und da wir Beweismaterial bei Vivian abzugeben hatten …«

»Ja, das stimmt, der Präfekt hat heute Nachmittag nicht wenig Zeit hier verbracht. Sie wissen, wie schwer es ist, ihn zu unterbrechen.« Allein bei der Erwähnung Debreuils überkam Blondeau die völlige Erschöpfung, und er sprach wie zu sich selbst: »Der Mann ist so geschwätzig, ich dachte, er hört nie auf.«

Er sah auf die Uhr.

»Ich kenne den Kommissar in Aulnay, Virzon. Er ist ein miserabler Boule-Spieler, aber in allem anderen verstehen wir uns recht gut. Ich bitte ihn, ein paar seiner Leute zu Creuset zu schicken.«

»Wir hätten hinfahren sollen, als wir von JardiBonheur kamen.«

»Und den Kollegen ins Gehege kommen? Nein, Sie haben es richtig eingeschätzt, es ist nicht Ihre Schuld, wenn Debreuil ausgerechnet heute kommt und seine Show abzieht.«

»Und was ist mit Amandine Toussaint und Mourad Elfassi? Wir wollten sie für eine etwas förmlichere Vernehmung vorladen, wegen Wreskansky. Das war eine interessante Fährte …«

»Warten wir ab, bis wir klarer sehen. Aber dafür müssen wir erst wissen, ob Jonathan Creuset Camille Wreskansky überfallen hat oder ob er entführt wurde. Oder ob er statt Wreskansky entführt wurde und ob er etwas mit Rauschgifthandel zu tun hat. Ich habe gehört, was Sie gesagt haben, Cantera, aber vorerst schließen wir das Thema Drogen nicht aus.«

»Was sollen wir also tun?«

»Wreskansky weigert sich nach wie vor, uns irgendwas zu sagen?«

»Ich habe kein Wort aus ihm rausgekriegt in der halben Stunde, die ich heute Mittag bei ihm war«, bestätigte Marco.

»Gehen Sie nach Hause, erholen Sie sich und seien Sie morgen früh um acht einsatzbereit.«

IX

Freitag, 9. November

Marco trat aus der Tür seines Wohnhauses, überquerte den Bürgersteig und warf sich in den Wagen.

Sein Blick fiel auf die Rückbank, wo die Akten Lassain und Wreskansky lagen. Er sagte keinen Ton.

»Man könnte meinen, du hättest nicht eine Minute geschlafen«, konstatierte Alex.

Marco musterte sie seinerseits:

»Und du guckst wie ein Alien.«

»Ich mag es, wenn der Tag mit Freundlichkeiten beginnt.«

Alex stellte den Wagen auf dem Parkplatz des Kommissariats ab. Als sie ausstieg, fröstelte sie. Die feuchte Kälte war nicht gerade ein Geschenk um sieben Uhr morgens, trotz zusätzlichem Pullover, den sie sich unter der Lederjacke angezogen hatte.

Die Eingangstür war noch nicht hinter ihnen zugefallen, als Laetitia sie zu sich winkte.

»Ihr sollt zum Kommissar kommen.«

»Noch vor der Morgenbesprechung?«, wunderte sich Marco.

»Noch vor der Morgenbesprechung.«

»Schlafen sie ab und zu?«, erlaubte sich Alex zu fragen.

Blondeau schien noch tiefer in seinem Schacht versunken zu sein als sonst.

»Selten.«

»Was haben Ihnen die Kollegen aus Aulnay gesagt?«

»Sie seien überlastet und würden es uns nicht übelnehmen, wenn wir selber bei Jonathan Creuset vorbeischauen.«

»Im Ernst?«, fragte Marco.

»Im Ernst. Ob Sie es glauben oder nicht, aber gestern Abend hat ein Präsidentschaftskandidat in spe beschlossen, Aulnay mit seiner prominenten Anwesenheit zu beehren. Er war mit mehreren Drehteams vor Ort, um sich ein Bild zu machen über den Zustand mancher Wohnblocks in der Nähe der Autobahn.«

»Präsidentschaft? Aber die Wahlen sind in vier Jahren ...«, murmelte Marco.

»Tja, wie auch immer«, sprach Blondeau weiter. »Er hat sich ausgelassen über die Viertel, die die aktuelle Regierung seiner Meinung nach verkommen lässt, und die Dealer, die dort Angst und Schrecken verbreiten, die ›kleinen Wilden‹, so hat er sie wohl genannt, und dabei hat er mit dem Finger auf ein paar vorbeikommende Jugendliche gezeigt. Nur war das keine Dealerbande, sondern Teil einer Bürgerinitiative, organisiert von Sonderpädagogen, Lehrern und Schuleltern. Sie hatten gerade einen Park saubergemacht und ein Grillfest veranstaltet und darüber diskutiert, wie man die Volljährigen ohne Schulabschluss am besten in die Gesellschaft integriert ... Das ist natürlich nach hinten losgegangen. Ich war selber überrascht, dass ich jemanden ans Telefon bekommen habe, zu der Zeit waren alle im Einsatz, um die Ruhe wiederherzustellen. Der zukünftige Kandidat hat sich mit seinen Leibwächtern und seinem gepanzerten SUV gleich verdrückt.«

»Wow.«

»Ja. Wie es aussieht, können die Volljährigen ohne Schulabschluss auch mal empfindlich reagieren.«

»Muss ja ordentlich was los gewesen sein in Aulnay.«

»Als ich Kommissar Virzon am Apparat hatte, machte er mich, nachdem wir uns ausgetauscht hatten, auf einen Fall aufmerksam, der uns interessieren könnte. Schon vor ein paar Wochen hat er von einem Überfall in Saint-Denis gehört, direkt bei einer Metrostation. Spätnachts, auf dem Rückweg von einem Club oder einer Disco, ich habe nicht genau verstanden, wo das Opfer den Abend verbracht hat. Vergewaltigung. Drei Wochen Krankenhaus, seither arbeitsunfähig. Die Ermittlungen laufen, Anzeige gegen unbekannt, wegen Vergewaltigung mit besonderer Grausamkeit. Dem Opfer wurde auch mit der Rasierklinge in die Genitalien geschnitten, den Rücken, die Beine. Virzon hat mir die Adresse besorgt, ich denke, Sie sollten mal hinfahren.«

»Aber ... Wreskansky ...«, sagte Marco.

»Dafür schicke ich Wantz und Martin zu Creuset. Sie schauen bei dem Opfer dieses Überfalls vorbei, das ist mir wichtig.«

»Gibt es schon einen Bericht?«

Der Kommissar schob eine Mappe über den Schreibtisch.

»Feuerwehr, Krankenhaus, Zeugenaussagen von zwei Männern, die das Opfer aufgefunden und den Rettungswagen gerufen haben, erste Vernehmungen durch die Kollegen in Saint-Denis.«

Alex schlug die Akte auf und las.

»Sie wohnt im 11. Arrondissement.«

»Er«, korrigierte der Kommissar.

»Und wer wohnt dann im 11.?«, fragte Marco.

»Andréa Carrout. Einunddreißig Jahre. Das ist ein Mann.«

»Andréa Carrout ist das Vergewaltigungsopfer, ja?«, hakte Marco nach.

»Statistisch gesehen ...«, hob Alex an.

Aber sie beendete ihren Satz erst gar nicht. Blondeau schüttelte den Kopf, die Augen im Leeren.

»Ich glaube, die Statistiken lassen wir mal beiseite, Dueso.«

Eine brünette junge Frau öffnete die Tür.

»Sind wir hier richtig bei Andréa Carrout?«, fragte Alex.

Die Frau bejahte, und nachdem Alex und Marco sich vorgestellt hatten, ging sie durch die kleine Diele voraus ins Wohnzimmer.

Es war eine recht bescheidene Zweizimmerwohnung, ziemlich dunkel auch. Etwas freundlicher wirkte sie durch die zahlreichen Grünpflanzen und bunten Jazzposter, die hier und da an den cremefarbenen Wänden hingen. Aber es herrschte eine unangenehme Stille. Auf einem roten Sofa lag ein junger Mann, Anfang dreißig, auf der Seite. Er machte Anstalten aufzustehen, verzog aber gleich vor Schmerz das Gesicht.

»Bleiben Sie liegen«, sagte Alex. »Herr Carrout? Andréa Carrout?«

»Ja.«

Andréa Carrout. Männlich. Braune Haarfarbe. Hätte

Alex eine Personenbeschreibung geben müssen, wäre es das Einzige gewesen, was sie mit Sicherheit hätte angeben können, denn obwohl seit dem Überfall neun Wochen vergangen waren, verunstalteten die Spuren noch immer Andréas Gesicht. Stiche zeichneten eine Linie über seinem linken Brauenbogen, das rechte Auge war blutunterlaufen, ein so schweres Hämatom, dass die Ärzte zunächst befürchtet hatten, es könnte ihn das Sehvermögen kosten. Über dem gebrochenen Wangenknochen war noch alles geschwollen und grünlich. Und das war nur das Gesicht, dachte Alex. Sie hatte die ausführliche Beschreibung der Wunden gelesen, die man bei seiner Einlieferung in der Notaufnahme protokolliert hatte.

Die Frau, die die Polizisten hereingelassen hatte, legte Andréa liebevoll die Hand auf die Schulter:

»Ich mach dann mal Kaffee, ja?«

Der junge Mann schenkte ihr ein schmerzhaftes Lächeln. Sie ging hinaus.

Marco trat ans Sofa heran.

»Ist das Ihre Ehefrau?«

»Mélanie? Nein, eine Freundin.«

Er konnte nur mühsam sprechen.

»Herr Carrout, wir kommen wegen des Überfalls. Ich weiß, es muss schrecklich sein, und Sie haben den Kollegen aus Saint-Denis ja schon erzählt, woran Sie sich erinnern. Aber für uns ist es wichtig, dass Sie es noch einmal tun. Nehmen Sie sich alle Zeit der Welt, nennen Sie uns so viele Einzelheiten wie möglich.«

»Einzelheiten?«

»Ja. Wir hören Ihnen zu.«

Der junge Mann schwieg erst, dann sagte er leise:

»Kann er rausgehen?«

Alex warf Marco einen fragenden Blick zu. Der schaute Andréa an, lächelte.

»Ich helfe Ihrer Freundin Kaffee kochen. Die Küche ist … da lang?«

Er verließ das Wohnzimmer und schloss leise die Tür. Alex zog einen Stuhl heran und setzte sich neben das Sofa.

»Dann erzählen Sie mir, was passiert ist.«

»Ich war ausgegangen, ein Club oben in Saint-Denis, gleich am Stadtrand. Meine Freundinnen wollten ihn mal testen, da gab es einen Salsa-Abend, wir besuchen zusammen einen Tanzkurs … Kurz vor zwei bin ich gegangen.«

»Ich wusste nicht, dass es so was in der Gegend gibt.«

»Ein richtiger Club ist es nicht, eher eine Halle … für Veranstaltungen, Sie kennen das sicher, so ein saniertes Lagerhaus, wo Workshops angeboten werden, Ausstellungen … Ich war ein paar Wochen vorher schon mal da gewesen, tagsüber, um mir eine Ausstellung anzusehen über … über Street Art in New York, Graffitikunst, solche Sachen.«

»Okay.«

»Meine Freundinnen haben Leute getroffen, ich wollte ihnen nicht im Weg stehen. Mir war langweilig, und ich hatte ein bisschen zu viel getrunken … viel zu viel, um ehrlich zu sein. Es waren mehr Männer als Frauen da, ich hatte niemanden, mit dem ich tanzen konnte. Und dann, ich weiß nicht, ich war irgendwie angeschlagen … ich wollte nach Hause.«

»Sie sind also gegangen.«

»Ich habe Mélanie und Céline Bescheid gesagt … den Freundinnen, mit denen ich dort war. Sie haben sich amüsiert und wollten später mit dem Taxi nach Hause fahren, und dann bin ich gegangen, ja.«

Alex ermunterte ihn, fortzufahren.

»Normalerweise begleite ich sie zurück. Ich passe auf, dass sie gut nach Hause kommen, ich mag es nicht, wenn ...«, seine Stimme riss ab, »wenn sie allein auf der Straße sind, so spät.«

»Dafür sind sie Ihnen bestimmt dankbar.«

»Mélanie ist vor ein paar Jahren überfallen worden. Nicht ...«

Eine Träne lief ihm über die Wange, er schwieg. Alex wartete ein paar Sekunden ab.

»Nicht was?«

»Nicht vergewaltigt, weil ein Polizeiwagen vorbeikam, der Typ ist weggerannt, aber es war knapp. Jeder weiß, dass es nachts für Frauen nicht sicher ist.« Wieder lachte er schmerzhaft auf. »Tja, den Bodyguard hätte diesmal ich gebraucht. Scheiße ...«

Die Tränen liefen ihm jetzt übers ganze Gesicht, fielen auf das rote Sofa. Alex hätte ihm am liebsten die Hand auf die Schulter gelegt und suchte schon nach einer Stelle, wo sie ihn hätte berühren können, ohne ihm wehzutun. Aber dann nahm sie Abstand.

»Ich würde Sie gerne etwas fragen. Sie müssen mir nicht antworten.«

Andréa schniefte heftig, nickte.

»Sind Sie homosexuell?«

»Nein. Wieso fragen Sie mich das?«

»Bei Männern, die Opfer einer sexuellen Gewalttat werden, ist das häufig der Fall.«

»Nein. Mit Frauen verstehe ich mich sehr viel besser, und ich besuche einen Salsakurs, weil man mir gesagt hat, das wäre eine gute Möglichkeit, dort welche kennenzulernen. Frauen!« Andréa wurde immer lauter. »Ich hatte nicht vor, mir den Arsch aufreißen zu lassen!«

»Selbst wenn Sie homosexuell wären, wäre das keine Rechtfertigung für eine Gewalttat«, sagte Alex so beschwichtigend wie möglich. »Ich will Sie nicht in Verlegenheit bringen, ich will nur verstehen, was passiert ist. Statistisch gesehen ist Ihr Fall nicht eben alltäglich. Ich wollte keineswegs andeuten, Sie hätten womöglich danach ›gesucht‹.«

Der junge Mann schniefte erneut und holte tief Luft: »Schon gut.«

»Sie sind also gegangen. Um wie viel Uhr?«

»Das sagte ich Ihnen bereits, um kurz vor zwei, ich wollte ein Taxi rufen, aber die Frau von der Zentrale sagte, sie hätten keinen Wagen frei. Also bin ich zu Fuß gegangen, ich hätte noch die letzte Metro kriegen können, die Station war zehn Minuten entfernt.«

»Wissen Sie, ob Ihnen jemand gefolgt ist, als Sie den Club verlassen haben, oder die Disco, egal, den Ort, wo die Sache stattgefunden hat? Eine Lagerhalle, richtig?«

»Ja. Aber ganz ehrlich, ich weiß es nicht. Ich war randvoll. Ich weiß nur, dass da ein paar Typen waren, als ich rausgegangen bin. Und in der Unterführung habe ich dann ein paar Gestalten gesehen, Frauen, glaube ich, aber ich hatte meine Brille nicht auf.«

»Sie tragen keine Kontaktlinsen?«

»Die vertrage ich nicht. Und Mélanie sagt, mit Brille sehe ich verklemmt aus, also setze ich sie draußen nicht auf. Das heißt, nur im Kino. Ich hatte sie zu Hause gelassen, damit ich nicht aussehe wie ... Und, wie sehe ich jetzt aus ...?«

»Erinnern Sie sich, ob die Männer am Ausgang der Disco in dieselbe Richtung gegangen sind wie Sie? Hätten sie Ihnen folgen können?«

»Das weiß ich nicht. Nein, ich glaube nicht.«

»Und dann?«

»Ich bin zur Metro gegangen. Da war eine Unterführung unter dem Périphérique durch, unter der Autobahn und allem, das ist echt ätzend, zu Fuß die Einfallstraßen nach Paris zu unterqueren. Aber was sollte ich tun, ich bin hineingegangen, hatte es fast geschafft, ich konnte schon die gelben Lampen sehen ... Und als ich rauskam, plötzlich nichts mehr. Irgendwann bin ich aufgewacht, Leute kamen auf mich zugelaufen, da war ein Krankenwagen.«

»Ja, zwei Männer haben Sie gefunden und die Feuerwehr gerufen. Die haben die Polizei benachrichtigt. Haben Sie überprüft, ob man Ihnen etwas gestohlen hat?«

»Mein Handy und mein Portemonnaie hatte ich noch. Die Klamotten haben sie, glaube ich, den Polizisten gegeben. Ist mir egal, ich wollte sie nicht mehr sehen. Sie waren ... das Blut ... Mélanie hat mir andere gebracht, als ich wieder nach Hause konnte.«

»Das Krankenhaus hat sie den Kollegen aus Saint-Denis übergeben, für die Analysen«, sagte Alex. »Die sind leider noch nicht abgeschlossen, ich hoffe, Sie verstehen das.«

»Ja, schon klar.«

»Ist das alles, woran Sie sich erinnern?«

»Ja.«

»Gibt es jemanden, der es auf Sie abgesehen haben könnte? Irgendwelchen Ärger mit den Nachbarn? Mit Kollegen?«

»Das heißt, Sie fragen mich, ob ich jemanden so provoziert haben könnte, dass er mich vergewaltigen will? Ob ich mich nicht selber in die Scheiße geritten habe?«

»Nein, keineswegs.«

»Mélanie hatte mich gewarnt.«

»Wovor gewarnt?«

»Dass die Polizei mich fragen würde, ob ich es nicht vielleicht selber verschuldet habe. Sie durfte sich denselben Mist anhören, als sie nach ihrem Überfall Anzeige erstattet hat. Ob sie den Kerl angemacht hat, wieso sie nachts allein auf der Straße ist …«

»Herr Carrout, vielleicht habe ich mich missverständlich ausgedrückt, das will ich absolut nicht damit sagen. Es gibt ein Opfer, und es gibt einen Schuldigen. Ich weiß das sehr wohl zu unterscheiden. Und es tut mir leid, was Ihre Freundin sich anhören musste.«

»Mir zumindest wird man nicht vorwerfen können, ich hätte einen zu kurzen Rock getragen.«

Andréas aufgequollenes Gesicht verzog sich zu einem angedeuteten Lächeln, doch die Tränen liefen immer noch aufs rote Sofa. Jedes Wort war schmerzhaft für ihn, und Alex hatte keine Fragen mehr.

»Der ärztliche Bericht ist ermutigend, was Ihr Auge betrifft. Haben Sie Geduld«, sagte Alex. »Wird schon wieder.«

»Ach ja? Sie meinen, ich könnte wieder aufs Klo gehen, ohne Blut zu scheißen? Würde vergessen, dass man mir was in den Arsch gerammt hat? Mir die Eier mit einer Rasierklinge aufgeschnitten? Ich könnte wieder auf die Straße gehen? Mich frei bewegen? Mir nicht länger vor Angst in die Hose pinkeln?«

Alex stand auf. Und mit einer Stimme, die so tröstlich wie möglich klingen sollte, sagte sie:

»Das Krankenhaus hat Ihnen sicher einen Therapeuten empfohlen. Falls nicht, kann ich … damit Sie darüber sprechen können … Es gibt Selbsthilfegruppen.«

Andréa schaute Sie mit seinem geschwollenen Gesicht an:

»Und das funktioniert? Funktioniert wirklich?«

»Ja«, log sie.

»Bin ich froh, hier raus zu sein«, meinte Alex, als sie schließlich die drei Stockwerke hinuntergeeilt waren und wieder auf der Straße standen.

Es roch nach Abgas, nach Hundekacke und Kebab, eine Mischung, die ihr auf einmal köstlich vorkam verglichen mit der Atmosphäre in Andréas Wohnung, wo alles schwer war von Desinfektionsmitteln, Traurigkeit und Scham.

Sie gingen an den Wohnblocks vorbei zum Wagen.

»Hast du mit der jungen Frau sprechen können?«

»Ja.« Marco zog ein Notizbuch aus seiner Lederjacke. »Mélanie ... Tissot. Sie kennt Andréa seit zehn Jahren, sie haben sich in der Uni kennengelernt. Sie waren kurz zusammen, aber das hat nicht geklappt, dann sind sie Freunde geblieben.«

»Das gibt's wirklich? Leute, die mit ihren Ex befreundet bleiben?«

»Ein Mensch auf zwei Komma sieben Millionen, glaube ich, aber da muss ich meine Kollegin fragen, die kennt sich aus mit Statistiken ... Erst mal hat mir die Freundin gesagt, dass sie nicht mit mir sprechen will, das wären alles Idioten bei der Polizei, ein Skandal, dass Andréa seit Wochen nichts von den Ermittlungen gehört hätte. Und so wie man sich ihr gegenüber verhalten hätte, als sie nach einer versuchten Vergewaltigung Anzeige erstatten wollte, würde sie sich fragen, ob wir wirklich die Absicht hätten, die Verantwortlichen für solche Verbrechen zu schnappen. Oder ob wir bloß ›die Opfer demütigen‹ wollten.«

»Ach komm, die ist einfach sauer. Was hast du ihr gesagt?«

»Ich habe sie um Entschuldigung gebeten. Habe ihr gesagt, dass wir jeden Übergriff ernst nehmen, dass es Idioten leider überall gibt und dass Menschen, die angegriffen werden, sich selbstverständlich nicht rechtfertigen müssen für die Uhrzeit, zu der sie unterwegs sind, oder für ihr Outfit. Sie hat sich dann ein wenig beruhigt und mir von Andréa und dem Abend erzählt.«

»Und?«

»Ihr zufolge ist er ein Goldstück, ein echt lieber Kerl, aufmerksam und kein bisschen macho. Sie mag ihn sehr. Was ihm passiert ist, hat sie schockiert. Und sie fühlt sich schuldig, weil sie ihn hat gehen lassen, allein ... Aber wer denkt schon an so was?«

»Was du nichts sagst. Das spricht gegen alle ...«

»Statistiken«, beendete Marco ihren Satz.

»Hat sie gesehen, ob gleich nach ihm noch jemand die Disco verlassen hat? Sie waren zu dritt, sind befreundet, nehmen gemeinsam Salsa-Unterricht. Könnte einer der Männer, denen sie dort begegnet ist, sich vielleicht geärgert haben, weil sie mit Andréa getanzt hat?«

»Nein, nichts dergleichen.«

»Toll. Da haben wir ja richtig Glück. Die Analysen liegen noch nicht vor, Saint-Denis ist noch überlasteter als wir, und Andréa hat keine Ahnung, was ihm passiert sein könnte.«

»Herr Kommissar?«

»Dueso?«

»Wir kommen gerade von Carrout, sind noch im Auto, ich habe auf laut gestellt. Carrout konnte uns nichts sagen, was uns weiterbringt: Er hat die Disco verlassen, wurde niedergeschlagen und weiß nicht, von wem. Er kann sich auch niemanden vorstellen, der es auf ihn abgesehen haben könnte. Gestohlen wurde ihm nichts. Außerdem hat er versichert, dass er heterosexuell ist, also, ich weiß selber nicht, was ich Ihnen sagen soll.«

»Denken Sie, es gibt Ähnlichkeiten mit dem Fall Wreskansky?«

»Nach dem, was wir über Wreskanskys konfliktträchtigen Charakter wissen, scheint mir sein Überfall eher auf Rache hinzudeuten. Wir müssen noch Mourad Elfassi befragen. Und dazu jetzt noch der Fall Andréa Carrout ...«

Alex verstummte, ratlos. Sie musste an Étienne Brunier und seine Ordner denken.

»Ich weiß, Sie glauben nicht an Intuition, Dueso, aber wie lange arbeiten Sie schon hier im Norden von Paris?«

»Acht Jahre.«

»Und wie viele Vergewaltigungen von erwachsenen, mutmaßlich heterosexuellen und auf den ersten Blick nicht mit der Welt der Prostitution in Verbindung stehenden Männern haben Sie gehabt in diesen acht Jahren?«

»Keine.«

»Irrtum, Dueso«, korrigierte Kommissar Blondeau sie sanft. »Jetzt sind es schon zwei. Und eine Entführung.«

Für einen Moment wurde es still.

»Herr Kommissar, wir müssen uns den Tatort genauer ansehen. Und noch mal mit Wreskansky sprechen, um herauszukriegen, was mit ihm passiert ist, da tappen wir weiter im Dunkeln. Und dann Elfassi vernehmen ... Könnten Sie Vivian Bescheid sagen?«

»Wir müssen Prioritäten setzen. Cantera?«

»Herr Kommissar?«

»Gehen Sie zu Wreskansky, aber allein. Wenn er sprechen soll, wird er das nach seiner bisherigen Reaktion bestimmt nicht vor einer Frau tun. Dueso, Cantera wird Sie am Ort des Überfalls auf Carrout absetzen. Ich schicke Beamte hin, damit sie den Bereich schon mal für die Spurensicherung absperren, nur sind Vivians Teams überlastet. Ich rufe sie an, mal sehen, wann ihre Jungs vor Ort sein können. Cantera, Sie stoßen dazu, wenn Sie im Krankenhaus fertig sind. Nach Absperrung des Tatorts werden die Kriminaltechniker Sie wegschicken. Also, sobald Cantera sich dort umgesehen hat, kümmern Sie sich um Elfassi ... Haben Sie seine Kontaktdaten?«

»Ich habe eben mit ihm telefoniert. Er musste kurz nach Luxemburg, deshalb hatte er nicht zurückgerufen. Aber er arbeitet in La Défense, fast rund um die Uhr, wie es scheint. Er meinte, ich muss ihn nur anrufen, dann steht er zur Verfügung.«

»Gut. Ich habe Martin und Wantz gesagt, sie sollen nach Aulnay fahren. Erst mal kann ich kein weiteres Personal bereitstellen, aber falls nötig, stehen Eliès und Daumet Ihnen morgen zur Verfügung. Wenn ich mehrere Teams dransetze, müssen wir alles sorgfältig dokumentieren, nicht dass wir den Faden verlieren.«

Marco verzog das Gesicht. Papierkram war nicht gerade seine Leidenschaft.

»Heute Abend fassen wir zusammen, aber rufen Sie an, wenn es ein Problem gibt«, schloss Blondeau und legte auf.

X

Alex blieb genügend Zeit, die Beamten, die den Zugang zur Unterführung abriegelten, zu grüßen und zwei Müttern mit Doppelkinderwagen zu erklären, warum sie den Weg nicht nehmen konnten. Schließlich kamen Leguelvel und Diallo in ihrem Kastenwagen, bereits im Schutzanzug.

»Dueso! Du kannst wirklich nicht ohne uns, was?«, rief der Bretone.

Von Diallo kam ein Lächeln.

»Um wie viel Uhr wart ihr gestern Abend fertig?«, fragte Alex.

»Spät.« Leguelvel hielt ihr ein Paar Schuhüberzieher hin und zwinkerte.

»Mach nicht so ein Gesicht, Dueso«, sagte Diallo. »Wir mögen dich, echt. Dank dir sammeln wir so viele Stunden, dass wir in der Lage sind, über den 24., 25. und 26. Dezember zu verhandeln. Wenn das so weitergeht, können wir Weihnachten mit der Familie feiern und angeln gehen.«

»Angeln?«

»Fliegenfischen«, betonte Leguelvel, als verstünde sich das von selbst.

»Oh.«

Besseres fiel Alex nicht ein, zum einen, weil das Thema sie nur mäßig interessierte, zum anderen, weil sie damit beschäftigt war, die Hauben über ihre Schuhe zu ziehen.

»Wenn du mit der Fliege fischst, musst du in Bewegung sein«, erklärte Diallo. »Du musst dir deinen Fisch verdienen. Die schönsten Fische werden mit der Fliege geangelt. Wenn du den Köder bloß ins Wasser hältst, kannst du auch gleich ein Stück Tiefkühlfisch essen. Nein danke.«

»Schon gut.«

»Banausierin«, brummte Diallo, als er Alex' gleichgültige Miene sah und wie sie in ihren Notizen blätterte.

»Nein, Spanierin, zu einem Achtel. Und einfach nur müde.« Sie schaute auf. »Fangen wir an?«

Sie gingen auf die Unterführung zu.

»Und bei JardiBonheur?«, fragte Alex.

»Nur erste Anhaltspunkte. Wie ich dir gestern am Telefon sagte, haben wir in dem Wachhäuschen Blut gefunden. Aber nicht allzu viel. Rasch aufgewischt mit Küchenpapier und wahrscheinlich dem Wasser aus einer kleinen Flasche, die wir dort leer gefunden haben, beides in einem Mülleimer in der Ecke. Wenn man sieht, wie und auf welcher Höhe die Spuren verlaufen, könnte man an heftiges Nasenbluten denken. Außerdem glaube ich, an dem Küchentuch Schleim erkannt zu haben, es könnte sich also tatsächlich darum handeln: eine blutende Nase. Offiziell ist die Antwort aber, dass noch ausgewertet wird.«

»Und inoffiziell?«

»Inoffiziell? Falls der Knabe tatsächlich entführt wurde, hatte er noch genügend Blut im Leib, um topfit zu sein, du hattest bestimmt auch schon mal Nasenbluten. Und genauso inoffiziell: Wir haben Dutzende Fingerabdrücke gefunden, verschiedene Kopf- und Körperhaare. Eine Nachtwächterbude ist keine OP-Station. Auch wenn du ganz schön überrascht wärst, was wir da manchmal finden. Zum gegenwärtigen Zeitpunkt habe ich nicht mehr für dich, Dueso. Du weißt, Eugène und ich plaudern nicht gern, solange wir nicht sicher sind.«

Alex nickte. Eugène Leguelvel und Jean-Francis Diallo, die Schrecken der Meerforellen, waren bereit anzufangen. An der Schwelle zur Unterführung blieben alle drei einen Moment stehen, dort, wo man Andréa aufgefunden und erstversorgt hatte. Alex beschrieb den Vorfall anhand des knappen Berichts der Feuerwehr, dann drangen sie ein in den langen Tunnel und vollzogen den Weg nach, den Carrout gegangen war.

»Er hatte keine Brille auf, aber hier hallt es ordentlich. Er hätte zumindest hören müssen, wenn jemand sich auf ihn stürzen wollte.«

»Er wurde gleich am Ausgang gefunden«, bemerkte Diallo. »Jemand hätte dort auf ihn warten können.«

»Du willst dich nur davor drücken, auf fünfundzwanzig Metern Spuren aufzunehmen, Boden, Wand und Decke, und das in einer Unterführung, die seit 1979 nicht mehr gereinigt wurde, stimmt's?«, meinte Leguelvel.

»Wie gut du mich kennst.«

»Wir wissen nichts«, sagte Alex. »Wie er selber sagt, war er stark alkoholisiert und hat nur verschwommen gesehen. Seine Wahrnehmung war verfälscht. Wo schon ein nüchterner Zeuge Dinge ungewollt anders wahrnimmt ... Nein, tut mir leid, ihr dürft euch auch den Bereich innerhalb der Unterführung vornehmen.«

»Nach zwei Monaten ... Ich glaube nicht, dass das irgendwas bringt.«

»Die Kollegen aus Saint-Denis haben damals keinen Anlass gesehen, weitere Spuren zu sichern. Sie haben die Kleidung mitgenommen, mehr nicht. Nur dass es mittlerweile einen weiteren solchen Angriff auf einen Mann gibt.

Blondeau denkt, die beiden Fälle könnten etwas miteinander zu tun haben.«

Hinter Diallo sah Alex im Halbmond des Ausgangs der Unterführung eine kleine Silhouette.

»He«, hallte Marcos Stimme herüber, »soll ich zu euch kommen?«

»Nimm die Überzieher für die Schuhe, die sind in so einer Art Werkzeugkiste, rechts neben dir«, rief Leguelvel.

»Welche Kiste, Eugène ...«

Leguelvel antwortete nicht, er nahm schon wieder alles konzentriert in Augenschein.

Marco machte sich auf den Weg zu ihnen.

»Sind wir hier noch in Paris?«

»Keine Ahnung«, sagte Alex. »Wenn wir etwas finden ...« Sie seufzte bei dem Gedanken an das Zuständigkeitschaos.

»Egal«, meinte Marco, »falls wir tatsächlich etwas auf der anderen Seite finden, rufen wir Blondeau an, dann wird sich zeigen, wie es weitergeht.«

Alex nickte.

»Leguelvel?«

»Mhm.«

»Das heißt, ihr macht die Unterführung, die Stelle des Feuerwehreinsatzes ... und dann sucht ihr die Strecke bis zur Disco ab, die Carrout gegangen ist?«

»Mhm«, bestätigte der Techniker.

Marco zog eine Miene, die so viel bedeutete wie: »Da habt ihr ja was vor euch«, und nahm seinen Notizblock.

»Wir markieren schon mal den Weg. Carrout hat den Abend verbracht in ...« Er sah seine Notizen durch. »In einem ehemaligen Lagerhaus. Rue du Général Leclerc 124.«

»Ich komme mit«, sagte Diallo.

Sie tauchten an der Vorstadtseite wieder auf, wo zwei Beamte sicherstellten, dass niemand hindurchging. Alex' Handy-Navi zeigte an, dass das Lagerhaus genau neunhundertachtundsiebzig Meter von der Unterführung entfernt lag, mit einigen zu überquerenden Straßen, also zwölf Minuten Fußweg. Bei ihrem Tempo brauchten sie für die Strecke fast eine halbe Stunde.

»Wir suchen nach Glasscherben«, hatte Diallo erklärt. »Nach einer Stelle, wo mehr Zigarettenkippen liegen als woanders, das könnte ein Hinweis sein, dass jemand auf eine Person oder auf etwas gewartet hat. Nach allem, was auf eine Auseinandersetzung deutet, auf einen Hinterhalt. Nach Blutspuren natürlich, aber träumen wir nicht ... seither hat es hundertmal geregnet.«

Sie sahen Dutzende von Kippen, meterweit verstreut, einen Damenschuh, einen Kinderpullover, eine unglaubliche Anzahl von Pflanzen, die zwischen den Pflastersteinen oder an einem Regenrohr wuchsen oder die es geschafft hatten, den Asphalt zu durchstoßen. Unermüdlich eroberte die Natur sich die Stadt zurück.

Als sie vor dem Lagerhaus standen, das um diese Uhrzeit natürlich geschlossen war, musste Alex sich den Nacken massieren. Nach dreißig Minuten mit dem Blick zu Boden, immer darauf achtend, wo sie den Fuß hinsetzte, war er ganz steif.

»Prima«, fasste Diallo zusammen. »Erst mal nichts auf diesem Abschnitt. Dann konzentrieren wir uns auf die Unterführung und den anderen Zugang. Gehn wir wieder.«

Leguelvel hatte überall Maßbänder ausgelegt und neongelbe Markierungspyramiden aufgestellt, und mit einem Fotoapparat nahm er die Unterführung unter Beschuss. Als sie im blitzenden Licht auf ihn zugingen, kamen Alex ihre Bewegungen so abgehackt vor wie unter einem Stroboskop.

»Auf der anderen Seite nichts«, informierte Diallo seinen Partner.

»Mhm.«

»Ich geh lieber raus, sonst kriege ich noch einen epileptischen Anfall«, sagte Marco.

»Können wir euch helfen?«, fragte Alex.

»Ja, Dueso, wie immer: indem ihr uns in Ruhe lasst.«

»Na dann, viel Erfolg. Und denkt an die Fische«, verabschiedete sich Alex. »Und wir? Nach La Défense zu Elfassi?«

Marco nickte.

»Was war mit Wreskansky?«, fragte Alex auf dem Weg zum Wagen.

»Er muss noch vier Tage im Bett bleiben, sagt Rognard, der dich übrigens grüßen lässt. Er hat endlich gesprochen. Ein bisschen. Aber viel weiter bringt uns das nicht. Immerhin hat er zugegeben, dass man ihn überfallen hat. Er sagt, er findet den Kerl, und dann schlägt er ihm, ich zitiere, seine ›schwule Fresse‹ ein. Das ist alles. Er bestreitet, dass es eine sexuelle Gewalttat war, er denkt, der Nachtwächter wäre über ihn hergefallen. Jonathan Creuset.«

»Hast du ihm gesagt, dass er verschwunden ist?«

»Zuerst habe ich ihn gefragt, warum er das denkt. Danach habe ich es ihm erzählt.«

»Und?«

»Er denkt das, weil, wiederum Zitat, ›diese kleine Schwuchtel‹ ihn dauernd angelächelt hätte. Außerdem denkt er, Jonathan Creuset hätte gut daran getan, abzuhauen, denn wenn er ihn findet, sagt er, schlägt er ihm seine ›blöde Schwuchtelfresse‹ ein ...«

»Welch reicher Wortschatz! Wie es aussieht, hat man mit einer Charmeoffensive bei Wreskansky kein großes Glück.«

»Er ist es einfach nicht gewohnt. Wenn man sieht, wie er die Leute behandelt, muss er beim kleinsten Lächeln denken, er würde verarscht.«

»Will er Anzeige erstatten?«

»Nein. Er will die Sache allein regeln. Nach Cowboy-Manier. Ich habe Blondeau angerufen, er postiert Beamte vor der Tür seines Zimmers. Ich dachte, das ist besser, als wenn er loszieht und sich rächt, wie es ihm gerade durch die Birne rauscht. Außerdem wissen wir nicht, ob der Täter vorhat, noch mal wiederzukommen.«

»Viel weiter sind wir also nicht.«

»Immerhin wissen wir jetzt, dass er Männern gegenüber nicht viel freundlicher ist als gegenüber Frauen. Auch mich hat er, als ich nicht lockergelassen habe, als Nutte beschimpft.«

XI

Als Alex und Marco nach zwanzig Minuten Rallye durch die unterirdischen Parkebenen und diversen Irrfahrten mit Aufzügen und Rolltreppen wieder an die Oberfläche tauchten und auf dem Platz standen, war es schon nach zwei Uhr.

»Ich hasse La Défense. Außerdem habe ich Hunger. Machen wir irgendwo einen Zwischenstopp?«

»Wenn du bei einem Nein die nächsten drei Stunden so ein Gesicht machst, dann ja«, sagte Alex. »Es gibt keinen Grund, wieso Elfassi für deine schlechte Laune büßen sollte.«

»Ich bin nicht schlecht gelaunt«, verteidigte sich Marco.

»Du hast Hunger.«

»Richtig.«

»Das ist dasselbe.«

Marco zuckte nur wortlos die Achseln.

»Ich nehm's zurück. Du bist blendend gelaunt. Wohin gehen wir?«

La Défense war das Viertel, das Alex am wenigsten mochte. Noch die lausigsten Kneipen an der Gare du Nord waren ihr lieber. Als sie die Seine überquerten, hatte sie, ehe sie in eine rußverschmierte Tiefgarage fuhren, einen Blick auf die Gebäude mit ihren absurden Formen geworfen. Seltsam dreieckig, zugleich spitz und wuchtig. In manchen Fenstern hing Wäsche zum Trocknen. Wohnen in La Défense. Kein Baum, kein gar nichts. Nur Hochhäuser, Hochhäuser und noch mal Hochhäuser. Und viel zu sauber. »Unsinn«, hatte Laetitia einmal am Kaffeeautomaten gesagt. »Gleich dahinter liegt Courbevoie, richtig nett. Und jede Menge Geschäfte, mit Gemüseständen davor, man muss es nur kennen. Dort spielt sich das Leben ab, nur eben ein bisschen versteckt.« Und wie versteckt, dachte Alex.

Marco drehte sich im Kreis, verlorenen Blicks. Der Platz, riesengroß, ähnelte einer Granitwüste. In der Ferne wies ein vertrautes Schild auf einen Fastfood-Laden hin.

Zum Essen setzten sie sich auf die Stufen bei der Grande Arche, mit bitterkaltem Hintern und eingezogenem Kopf, um sich vor dem gewaltigen Luftstrom zu schützen.

»Hier ist es nicht nur hässlich, sondern auch verdammt kalt.«

»Da können wir aber froh sein, dass *ich* heute die schlechte Laune habe.«

»Du hattest recht, gut, dass wir was essen. Aber ich würde mich freuen, wenn wir uns auch mal hinsetzen könnten«, sagte Alex und wühlte in der Papiertüte nach ihrer Pommesschachtel.

»Wir sitzen doch.«

»Ich meine auf Stühlen.«

»Oh, in der Kantine?«

»Bäh.«

»Weißt du«, sagte Marco, ernster jetzt, »ich glaube, in den nächsten Tagen heißt es eher nicht ›Lass uns gemütlich ins Restaurant gehen‹.«

»Das nennt man weibliche Intuition, richtig?«

»Deinen Sarkasmus kannst du dir sparen. Bist du fertig?«

»Ja.« Alex stand auf, steckte ihre Verpackungen in die Papiertüte und knüllte sie zu einer Kugel. »Siehst du irgendwo einen Abfalleimer?«

»Da hinten«, sagte er, »in etwa zwölf Kilometern.«

»Alles hässlich, eiskalt und viel zu groß.«

»Unsere Richtung ist jedenfalls da lang«, tröstete Marco sie, die Nase über dem Handy. »Wenn man der Karte glauben darf. In dem Hochhaus da drüben.«

»Bestimmt irre lustig als Arbeitsumfeld.«

»Sagt die Frau, die den lieben langen Tag überfallene, vergewaltigte, geschundene Menschen aufliest.«

»Wohl wahr. Aber niemand zwingt mich, eine Krawatte zu tragen.«

Zwei Wachmänner standen im Eingangsbereich des Hochhauses. Sie stoppten die beiden Kriminalbeamten auf ihrer Bahn, noch ehe sie sich der imposanten Empfangstheke aus Holz im Honigton genähert hatten. Zum Glück trat Mourad Elfassi aus dem Aufzug und kam auf die Sicherheitssperre zu.

»Inspektor Cantera?«

Alex schaute hin und war für eine Sekunde baff. Sie hatte seinen Kopf gesehen, auf dem Ausdruck, den Yacine ihr gegeben hatte, aber das Passfoto zeigte nicht die eins neunzig, die warme, tiefe Stimme, die geschmeidige Selbstsicherheit in den Bewegungen. Sieh an, ein Panther, sagte sie sich, wer hätte das gedacht.

Elfassi legte seine Karte auf und trat durch die Sperre, während Marco seinen Dienstausweis hervorholte:

»Ja, wir haben gestern telefoniert.«

Alex stellte sich ebenfalls vor, und Mourad Elfassi gab beiden die Hand, so entspannt, als wären sie sich bei einem Cocktail begegnet. Er war ein dreißigjähriger Banker, aber man hätte meinen können, man stehe vor einem Diplomaten von Rang. Gelassen schaute er auf die Dienstpistolen in Alex' und Marcos Gürtelholster.

»Ich dachte mir schon, dass das ein Problem sein könnte, deshalb bin ich lieber runtergekommen. Ich schlage vor, wir nehmen gleich hier Platz, dann müssen Sie nicht durch die Sperre. So ersparen wir uns, bewaffnete Beamte hereinzulassen, und erlauben diesen Herren, ihre Berufsehre zu wahren.« Er lächelte dankend in Richtung der beiden Sicherheitsleute. »Setzen wir uns in die Lounge.«

Er deutete auf einen kleinen Wartebereich, ausgestattet mit schwarzen Sofas und üppigen Pflanzen.

Alex nickte, Marco nickte, die beiden Wachmänner nickten, und inmitten all dieser nickenden Köpfe bat Mourad Elfassi Alex und Marco in die Lounge.

Als Alex in das weiche Sofa sank, merkte sie, dass es echtes Leder war, und überlegte, ob sie nicht vielleicht doch die falsche Berufswahl getroffen hatte.

»Sind das Engländer?«, fragte Alex, ihr war der starke Akzent der Wachmänner aufgefallen.

»Amerikaner. US Army, kaum zu glauben. Aber der Sitz des Unternehmens ist Boston, und der CEO hat keine besonders hohe Meinung von der Sicherheit à la française.«

»Heiter sehen die nicht aus.«

»Sie werden dafür bezahlt, dass sie den gegenteiligen Eindruck erwecken. Möchten Sie vielleicht einen Kaffee?«

»Sehr gern«, antworteten Alex und Marco wie aus einem Mund.

»Bin gleich wieder da.«

Elfassi ging zum Empfang, richtete in höflichem Ton ein paar Worte an eine der beiden Damen, und als er zurückkam, setzte er sich Alex und Marco gegenüber.

»Amandine hatte mir schon gesagt, dass Sie mich sprechen möchten.«

»Wreskansky ist vor ein paar Tagen Opfer eines Verbrechens geworden. Wenn wir recht verstanden haben, hat er versucht, Amandine Toussaint anzugreifen. Da Sie ihr nahestehen ...«

»Ja, ich weiß, mir ist die Sache bekannt. Bei einem gemeinsamen Abendessen mit Mitgliedern des Clubs hat jemand mal einen Scherz über den Zwischenfall gemacht. Amandine hat mir dann alles erzählt.«

»Können Sie uns sagen, wo Sie in der Nacht von Montag auf Dienstag waren?«

»Ich habe mein Büro um 19 Uhr 15 verlassen. Montags trainiere ich, da gehe ich früher. Die Daten der Zeiterfassung am Empfang stehen Ihnen zur Verfügung. Wenn Sie möchten, kann ich sie beim Sicherheitschef abfragen oder Ihnen seine Kontaktdaten zukommen lassen. Ich war dann zusammen mit Amandine im Club, gegen 21 Uhr 30 sind wir wieder gegangen. Sie hat sich früh schlafen gelegt, gegen 22 Uhr, aber ich musste noch Dringendes erledigen und mehrere Mails abschicken, danach bin ich ebenfalls ins Bett gegangen.«

»Die Mails hätten Sie auch von irgendwo anders verschicken können«, sagte Alex.

Eine der Empfangsdamen kam mit einem Tablett, darauf kleine Glastassen und Rohrzuckersticks mit dem Siegel Fair Trade. Ein köstlicher Duft stieg auf. Als Elfassi ihr mit einem Lächeln dankte, dachte Alex, die junge Frau würde gleich ohnmächtig.

Elfassi forderte die beiden Polizisten auf, sich zu bedienen.

»Sehr richtig. Meine Firma stellt mir ein Dienst-Smartphone zur Verfügung, das es mir unter anderem erlaubt, E-Mails zu versenden, einschließlich der Funktion, mich in einen unbegrenzt ausbeutbaren Roboter zu verwandeln ...«

»Was machen Sie genau?«

»Asset Management.«

»Aha?«

»Verwaltung von Portfolios für eine exklusive Anzahl internationaler Kunden. Aktien, Vermögenswerte. Ich helfe den Reichen, reich zu bleiben, um nicht zu sagen, noch reicher zu werden. Amandine meint, ich hätte mich ans Großkapital verkauft.«

Er lächelte.

»Sie haben sie sehr gern, ja?«, fragte Alex.

»Ich liebe sie.«

»Sie ist nicht gerade in derselben Branche tätig.«

»Amandine hat sich kleinere Jobs gesucht, möglichst in der Nähe des Studios. Ihr Trainer, Yacines Bruder, Sie haben ihn sicherlich in der Halle gesehen, hält es für besser, dass sie mehrmals am Tag trainiert. Für sie ist es eine gute Lösung.«

»Haben Sie ihr nicht angeboten, sie finanziell zu unterstützen?«, fragte Marco.

Mourad blickte ihn erstaunt an:

»Nein, ich gedenke nicht, für ihren Unterhalt aufzukommen. Das ist nicht meine Rolle ... und ihre auch nicht. So wie ich auch nicht in Betracht ziehe, noch dazu Monate nach dem Vorfall, eine wie auch immer geartete männliche ›Rache‹ zu üben und mich an jemandem zu vergreifen, mit dem sie gekämpft hat – um auf Ihre eigentliche Frage zu antworten. Sie hat ihren Kampf gegen diesen frauenfeindlichen Knallkopf gewonnen. Ein verklemmter Typ ist das. Und Amandine akzeptiert mich in ihrem Leben, das reicht für meinen Stolz. Sie denkt, dass alles seinen Preis hat. Würde ich sie in ein Schuldverhältnis drängen, würde das etwas zwischen uns zerstören. Außerdem, täuschen Sie sich nicht: Von uns beiden ist sie die Kriegerin. Und ich verabscheue willkürliche Gewalt, ich halte mich an die rechtlichen Möglichkeiten. Sollte dieser … Kirko sich vor meiner Nase noch einmal erdreisten, mische ich mich natürlich ein. Aber unter ›einmischen‹ verstehe ich, dass ich meinen Anwalt und die Polizei einschalte. Wie auch immer, wenn ich Sie richtig verstanden habe, wird dieser Mann für eine Weile niemandem mehr schaden, ja?«

»Was Ihnen gelegen kommt«, bemerkte Marco.

»Ich bitte Sie, seien wir ehrlich. Dass so jemand aus dem Verkehr gezogen wird, kommt allen gelegen.«

Mourad Elfassi antwortete noch bereitwillig auf ein paar Fragen zu seinen Trainingszeiten im Studio – immer die gleichen – und seinen Arbeitszeiten im Büro, die Alex in Bezug auf ihre Berufswahl ein wenig besänftigten. Dann schaute er auf die Uhr und sagte höflich:

»In ein paar Minuten habe ich einen Telefontermin mit einem meiner Kunden in Japan. Darf ich Sie allein lassen, oder benötigen Sie noch etwas?«

Nein, dachte Alex. Abgesehen von dem Ledersofa und dem wunderbaren Kaffee, das kommt beides mit aufs Kommissariat.

Blondeau winkte sie herein und bedeutete ihnen, sich zu setzen. Er mochte kein Neonlicht, und sobald es dunkel wurde, egal zu welcher Jahreszeit, knipste er eine kleine Schreibtischlampe an, die den Raum in eine intime und ein wenig schläfrige Atmosphäre tauchte.

»Vivian hat mich angerufen. Diallo und Leguelvel sind noch mindestens eine Stunde vor Ort. Die beiden haben eine Nachricht für Sie hinterlassen: ›Das sollte schon ein verdammt fetter Fisch sein.‹ Offenbar haben sie Proben, deren Analysen sie bis Ende des Jahres beschäftigen. Wenn nicht bis Ende des nächsten. Na gut.« Rasch schob er auf seiner Schreibunterlage alles zusammen und beförderte es auf einen schon wackligen Stapel. »Wie sieht's aus?«

Marco und Alex resümierten ihren Vormittag im Krankenhaus, ihre fruchtlose Suche in der Umgebung der Unterführung und ihr Gespräch mit Elfassi.

»Schließen wir ihn aus?«

»Amandine Toussaint scheint sich heftig dagegen zu wehren, dass wer auch immer sich in ihre Angelegenheiten einmischt. Und Elfassi scheint sehr verliebt in seine Amandine zu sein. Ich denke, er kommt nicht in Betracht.«

Blondeau drückte den Stapel noch einmal zusammen. Mit dem einzigen sichtbaren Ergebnis, dass er sich noch gefährlicher neigte.

»Ich habe mit Vivian gesprochen. Diallo und Leguelvel haben entsprechende Anweisung erhalten. Die Proben im Fall Wreskansky sollen verglichen werden mit dem, was das Team im Fall Carrout herausfindet.«

»Sie wollen die beiden Ermittlungen wirklich so führen, als hätten die Fälle etwas miteinander zu tun?« Marco machte ein verwundertes Gesicht. »Eine solche Parallele ist natürlich merkwürdig, aber die Region Paris hat zwölf Millionen Einwohner, da kann so etwas passieren, oder?«

Blondeau warf Alex einen fragenden Blick zu.

»Zweihundertfünf Vergewaltigungen pro Tag in Frankreich«, referierte sie. »Etwa fünfundsiebzigtausend im Jahr, davon allerdings kaum mehr als zehntausend aktenkundig. 91 Prozent der Opfer sind Frauen. Theoretisch bleiben uns 9 Prozent Männer. Ziehen wir die Vergewaltigungen im Gefängnis und durch Pädophile ab, kommen wir auf weniger als 1 Prozent. Nach den Ergebnissen der letzten landesweiten Erhebung zu Gewalt gegen Frauen wird schätzungsweise nur eine von elf Vergewaltigungen zur Anzeige gebracht. Zwei Fälle innerhalb weniger Wochen heißt also ... ja, das ist auffällig.«

Alex hob die Schulter. Die rechte. Im Laufe der Jahre hatte Marco jeder ihrer Bewegungen eine bestimmte Bedeutung zugeschrieben. Rechte Schulter: Verblüffung, Zweifel, Aufgeschlossenheit. Linke Schulter: Gleichgültigkeit, Überdruss, Schotten dicht. Wenn beide Schultern gleichzeitig nach oben gingen, wusste Marco, dass Alex die gesamte Menschheit aufforderte, ihr den Buckel runterzurutschen.

»Wissen Sie, was ich tue, wenn ich Zweifel habe?«, fragte Blondeau und lehnte sich zurück.

»Sie rufen den Präfekten an?«

Marcos Tonfall war ein wenig spöttisch.

»Hahaha!« Blondeau lachte lauthals, und dieser unerwartete Frohsinn verlieh seinen Gesichtszügen eine erstaunliche Jugendlichkeit. »Sehr guter Witz, Cantera.«

Der amtierende Präfekt war bekannt dafür, dass ihn ausschließlich zwei Dinge interessierten. Erstens: er selbst. Und gleich danach: was ihm nützlich sein konnte.

»Nein«, sprach Blondeau weiter, »wenn ich Zweifel habe, rufe ich meine Schwester an. Genau das habe ich getan. Und sie hat mir ohne mit der Wimper zu zucken mitgeteilt, dass ich ein Volltrottel bin, wenn ich zwischen den beiden Fällen keinen Zusammenhang sehe.«

Die Schwester des Kommissars, eine passionierte Krimileserin, begeisterte sich leidenschaftlich für die Ermittlungen ihres Bruders, wie Blondeau eines Weihnachtsabends mal den Wache schiebenden Inspektoren anvertraut hatte. Manchmal wandte er sich an sie, wenn er eine Meinung hören wollte, wenn er einen frischen Blick brauchte, ein wenig Abstand. Die Motive der Leute, die bei ihm in der Zelle landeten, waren oft sehr viel weniger aufregend als die der Täter auf den Buchseiten. Aber manchmal sah seine Schwester mit ihrer Fantasie, was einem Polizisten vor seiner Nasenspitze verborgen blieb.

»Ja, aber wir sind hier nicht in einem Krimi, wenn ich mir die Bemerkung erlauben darf.«

»Trotzdem hat sie nicht unrecht, Cantera. Nach Zufall sieht das nicht aus, und Sie, Dueso, haben es selber gesagt. Statistisch gesehen ist es unwahrscheinlich. Vielleicht irrt meine Schwester auch. Sie hat nur zu gern geglaubt, ihr Goldfisch wäre steinalt, ohne sich jemals zu fragen, wieso sich die Form seiner Flossen alle fünf oder sechs Monate ändert ... Aber was schadet es?«

Marco ließ sich überzeugen.

»Wie auch immer«, sagte Blondeau, »wenn die Presse erfährt, dass zwei Männer im selben Abschnitt Opfer sexueller Gewalt geworden sind, und das wird sie erfahren, denn ich darf Sie daran erinnern, dass ein Reporterteam in den nächsten Wochen hier rund um die Uhr durch die Räume schwirrt ... und wenn sie dann noch erfährt, dass ich zwei verschiedene Teams auf die Fälle angesetzt habe, springt mir der Präfekt an den Hals, der Minister, schlimmer noch: meine Schwester. Es wäre schön, wenn sich das vermeiden ließe.«

»Mit Überstunden?«, fragte Alex. »Ich frage wegen meiner Tochter. Wenn wir wirklich bis spätabends oder am Wochenende arbeiten sollen, muss ich das organisieren.«

»Fürs Erste nicht. Warten wir die Analysen von Vivians Team ab. Jonathan Creuset ist eine andere Geschichte. Ah, wenn man vom Teufel spricht ...« Blondeau stand auf und öffnete die Tür. »Martin, Wantz, wir haben schon auf Sie gewartet.«

Wantz kam herein, und erneut durfte Alex feststellen, wie hübsch sie war. Sie fragte sich, warum Debreuil die junge Kollegin nicht mit ausgewählt hatte, doch dann fiel ihr ein, dass sie ja eine breite Narbe über dem linken Wangenknochen trug, Erinnerung an einen Metallsplitter, der ihr Auge nur knapp verfehlt hatte. Martin kam gleich hinterher.

Wie sein Name nicht eben vermuten ließ, war Martin ein hünenhafter Dunkelhäutiger, der aus seiner Heimat Madagaskar nur eine Leidenschaft für die erstaunlichsten Gewürzmischungen bewahrt hatte, Gewürze, die den Weihnachtskränzchen ihrer Einheit einen Hauch von Abenteuer verliehen. In den ersten Wochen hatten alle gedacht, die kleine Wantz und der große Martin würden sich in die Wolle kriegen. Einfach unvereinbar. Aber der Personalstand war niedrig, niemand sonst hätte Élise in den Dienst einführen können. Und dann hatten sie einen Einsatz bei einem dieser Vorfälle, die man euphemistisch weiterhin ›Familienstreitigkeiten‹ nannte, als wäre Gewalt in der Ehe nur eine milde Form von Missverständnis. Der Ehemann, der es nicht lassen konnte, seinen Ärger über die Welt durch Schläge mit einer gusseisernen Pfanne in den Bauch seiner Frau zum Ausdruck zu bringen, hatte auf die mehrmaligen Rufe von Wantz und Martin nicht reagiert. Schließlich traten die beiden Polizisten die Tür ein, worauf der Mann in die Küche verschwand und mit einem Jagdgewehr wiederkam. Wantz, die sich schützend vor die Frau stellte, zog ihre Pistole, zielte auf ihn und rief die für solche Fälle empfohlenen Warnungen. Doch in dem Moment schoss der Mann zwei Mal, eine Kugel streifte Wantz am Arm, die andere konnte Martin, der reflexartig die Pfanne auf den Angreifer warf, gerade noch ablenken. Nur ein gusseiserner Splitter traf Wantz ins Gesicht. Als sie nach drei Tagen aus dem Krankenhaus kam, trug sie den Schmiss und den Arm in der Schlinge mit Stolz, was zugleich das Ende ihrer Einführungsphase markierte. Danach hatte sie Martin eine Bratpfanne geschenkt, Zeichen tiefsten gegenseitigen Vertrauens.

Wantz und Martin nahmen in Blondeaus Büro Platz, Notizblock in der Hand. Sie ganz rasch, die Beine eher verknäulend, als dass sie sie übereinanderschlug. Er behutsam, als könnte seine beträchtliche Körpermasse, wenn er nicht achtgab, den Stuhl durchbrechen, den Boden, das ganze Gebäude.

»Jonathan Creuset?«

Élise Wantz ergriff das Wort:

»Jonathan Creuset, neunundzwanzig Jahre. Die Adresse, die JardiBonheur Ihnen übermittelt hat, ist die einzig bekannte. Eine schöne kleine Dreizimmerwohnung im Stadtzentrum von Aulnay. Er wohnt dort mit seiner Lebensgefährtin, Mouna Mrahi. Sie haben einen kleinen Sohn, erst ein paar Monate alt. Die Frau hat ihn seit Montagabend nicht gesehen.«

Martin schloss an:

»Er ist in Aulnay aufgewachsen, in der Wohnsiedlung Les trois mille. Er hat noch Freunde dort, als Jugendlicher ist er schon mal mit ein bisschen Shit erwischt worden. Als er zwölf war, sind die Eltern in eine Einfamilienhausgegend umgezogen. Wir waren bei ihnen, sie wissen nicht, wo ihr Sohn ist. Sie sagen, er hätte nie etwas verbrochen, bloß mal die ein oder andere Dummheit, wie Jungs so sind. Seine Kumpels, mit denen er ein paarmal geschnappt wurde, haben praktisch keinen Ärger mehr gemacht, seit sie sechzehn oder siebzehn waren. Sie haben alle ihr Abi, manche wohnen noch in Aulnay, andere nicht. Allesamt solide. Wir waren bei den Kollegen in Aulnay, die haben uns das alles bestätigt. Keine Schulden, keine Kredite, soweit wir der Sache haben nachgehen können. Mouna Mrahi ist Rechtsassistentin, und JardiBonheur zahlt gut. Jonathan malt, deshalb hatte er sich kleinere Jobs gesucht. Um Zeit für die Malerei zu haben. Irgendwann war ihm klar, dass das nicht funktionieren würde, und er wollte sein Studium wieder aufnehmen. Aber dann haben sie sich vor zwei Jahren kennengelernt, und als sich das Baby ankündigte, hat er sich diese Nachtarbeit gesucht, alle zwei Wochen, damit er die meiste Zeit zu Hause ist und helfen kann. So hat Mouna es uns gesagt. Sie scheint eine Frau zu sein, die die Ruhe bewahrt.«

»Und sie hat nichts von ihm gehört?«, fragte Marco.

»Nichts. Das ist alles, was wir über Jonathan Creuset haben. Ein netter Junge, wie man so sagt.«

»Auf den Fahndungsaufruf gibt es noch keine Rückmeldung?«

»Nein.«

»Und der Wagen?«

»Verschwunden, irgendwo zwischen der Porte de Bercy und der Porte de Charenton«, antwortete Martin.

»Noch was anderes«, sagte Wantz. »Es sind zwei Nachtwächter, sie wechseln sich ab. Demnach besteht die Möglichkeit, dass der Täter oder die Täter wegen des anderen gekommen sind. JardiBonheur hat uns den Namen des Kollegen gegeben. Nicht eben ein Profil wie das unseres verliebten Künstlers.«

»Das heißt?«

»Ich hatte noch keine Zeit, mir die Akte anzusehen, wir kommen direkt aus Aulnay, aber Martin sagt, dass er ihn kennt.«

Der nickte:

»Ja, der Knabe ist schon mal hier gewesen. Erinnert ihr euch an einen Yohann Rousseau? JardiBonheur hat ihn vor ein paar Monaten eingestellt. Olivet, der Chef, hat mir bestätigt, dass Rousseau damals kein Führungszeugnis vorgelegt hat, und er musste zugeben, dass er ihn nicht noch mal danach gefragt hat. Aber er hat versichert, es hätte nie Probleme gegeben.«

»Eine echte Premiere«, meinte Blondeau.

Élise Wantz und Marco warteten darauf, dass man ihnen den Kommentar erklärte.

»Rousseau, ja, aber was war noch mal mit ihm?« Alex kramte in ihren Erinnerungen.

»Die Au-pair-Mädchen. Er hat Au-pair-Mädchen vergewaltigt. Fünfzehn, sechzehn Jahre alt. Und Touristinnen. Wegen des ausländischen Akzents. Er steht auf Akzent.«

»Wie viele?«, fragte Marco.

»Vier, soweit uns bekannt ist«, sagte Alex, deren Gehirn die Akte bereits wiedergefunden und geöffnet hatte, mit einer solchen Fülle an Einzelheiten, dass sich ihr Gesicht kurz verzerrte.

»Schon als er verurteilt wurde, war klar, dass wir es vermasselt hatten«, sagte Martin. »Er hat drei Jahre bekommen.«

»Mehr nicht?« Marco verschluckte sich fast.

»Mehr nicht«, murmelte Martin.

»Scheiße, ich kann mich einfach nicht daran gewöhnen. Pardon«, sagte er in Richtung Blondeau, »ich ...«

Der Kommissar schob die Entschuldigung mit einer gleichmütigen Handbewegung beiseite.

XII

Samstag, 10. November

Alex wachte gegen halb neun auf, der Mund wie Pappe, im Kopf eine Blockade. Die Stille verströmte diese besondere Atmosphäre der Samstage, an denen die Wohnung morgens leer war. Ana würde erst am Montag wieder da sein.

Das Bild von Amandines Bauchmuskeln noch vor Augen, versuchte Alex sich einzureden, dass Sport eine ausgezeichnete Idee wäre. Als sie dann ihre Turnschuhe aus den Tiefen des Schranks fingerte, bekundete ihr Körper gleich knirschend Widerspruch. Und protestierte ebenso heftig beim Aufwärmen im Fitnessstudio, wo Alex sich zu vierzig Liegestützen zwang, ächzend und schnaufend, bevor er, als sie auf dem Laufband zu traben begann, mit einem einseitigen Bruch der Vereinbarung drohte.

»Nun mach schon«, ermahnte ihn Alex.

In die Polizei eingetreten war sie mit zwanzig von zwanzig Punkten bei der Sportprüfung inklusive Cooper-Ausdauertest. Eher dank der bornierten Sturheit, an der es in ihrer Familie nicht mangelte, als einem Faible für Sport.

Am Ende schaute sie auf die Uhr. Das Urteil war unmissverständlich: Hätte sie ihren Eignungstests im jetzigen Zustand gemacht, wäre sie heute Floristin und keine Kriminalinspektorin. Außer Atem und schweißnass sackte sie auf eine Bank. Da sie sich für ihre Leistung kaum beglückwünschen konnte, gratulierte sie sich in Gedanken dafür, dass sie dieses demütigende Training in ihrem Club absolviert hatte, nicht in dem Fitnessraum im zweiten Untergeschoss des Kommissariats.

Zwei junge Frauen kamen herein, putzmunter und tadellos frisiert. Alex sah sie in einem der Hallenspiegel, und ihre Stimmung sank noch weiter. Sie zwang sich zu einer Serie Lockerungsübungen, nahm ihre Tasche und ging nach Hause, um sich von ihren klatschnassen Sachen zu befreien. Völlig gerädert.

Sie beschloss, sich ein richtiges Mittagessen zu gönnen. Die Ravioli ließ sie in der Dose und taute gefüllte Zucchini auf, die ihr Vater für sie zubereitet hatte. In seiner ständigen Sorge um die Tochter, dünn wie ein Zahnstocher, schob er ihr Essen zu, wann immer sich die Gelegenheit bot. In der Regel bewahrte Alex diese kleinen Gerichte für die Abende mit Ana auf. Doch angesichts des bevorstehenden Tages musste sie zu Kräften kommen. Während sie darauf wartete, dass das Gemüse heiß wurde, rief sie ihre Eltern an.

»Papa?«

»Guten Morgen, meine Große. Wie geht's?«

»Gut. Was machst du gerade?«

»Ich lade die Sachen ins Auto, ich fahre mit Domi angeln.«

»Fliegenfischen?«

»Natürlich, wie immer«, sagte er ein wenig verwundert, Alex hatte sich nie übermäßig für das Hobby ihres Vaters interessiert.

»Kollegen von mir gehen auch zum Fliegenfischen.«

»Dann müssen das anständige Leute sein.«

»Und Mama? Was macht sie Schönes?«

»Deine Mutter schreibt einen Brief ans Gesundheitsministerium. Sie war letzte Woche beim Arzt, für ein neues Rezept, und da hat sie im Wartezimmer gesehen, dass auf den Faltblättern zur Verhütung nur Frauen abgebildet sind.«

»Verstehe ...«

»Sie hat ja recht, Alex.«

»Mhm.«

»Sei nicht so kritisch. Während sie Brief um Brief die Welt verändert und von ihrem vorsintflutlichen patriarchalen System befreit, kann ich zum Angeln verschwinden und mir einen ruhigen Tag machen. Brauchst du irgendwas?«

»Nein, ich wollte dir nur sagen, dass ich gerade dein Gemüse von Allerheiligen aufwärme, das riecht köstlich.«

»Ah, du machst mir Freude! Aber es ist halb zwölf, du isst schon zu Mittag?«

»Ich komme gerade vom ... halt dich fest: Sport.«

»Die Apokalypse ist nahe.«

Ein »Pling« ertönte, die Zucchini waren fertig.

»Ich esse jetzt. Gib Mama ein Küsschen.«

Alex setzte sich an den Tisch, zwang sich zu genießen. Nach dem, was sie ihrem Körper angetan hatte, war dies das mindeste, was sie tun konnte, um sich bei ihm zu entschuldigen. Ihr Handy klingelte, Anas Vater. Gleich geriet ihr Herz ins Stolpern.

»Samuel?«

»Mama!«

»Ach, mein Spatz! Ist alles gut?«

»Jaja, aber Papa will mit dir sprechen, und ich wollte dir ein Küsschen geben.«

Alex lachte, erst vor Erleichterung, dann bei der Vorstellung, wie ihre Tochter das Handy abküsste.

»Klar doch.«

Und im Bewusstsein um das Lächerliche der Situation, doch mit einer Inbrunst, die dem Eifer ihre Tochter in nichts nachstand, machte sie ebenfalls Kussgeräusche ins Telefon.

»Ich gebe dir jetzt Papa, ja?«

Die Stimme ihres ehemaligen Lebensgefährten löste sie ab:

»Alex, tut mir leid, ich hoffe, du hast dich nicht erschreckt.«

Klar, Ana konnte ihre Eltern anrufen, wann immer sie wollte. Aber es gab ein stillschweigendes Abkommen zwischen ihnen dreien, und Ana tat es nur, wenn sie wirklich traurig war. Auch Samuel und Alex riefen einander nur an, wenn es ein Problem gab und sie die Meinung oder das Einverständnis des anderen benötigten. Für Alltagsfragen – »Das blaue T-Shirt ist bei dir?«, »Sie sagt, sie hat über die Ferien keine Hausaufgaben auf, kann das sein?«, »Ich kaufe ihr neue Filzstifte« – kommunizierten sie per SMS.

»Doch, zwangsläufig. Was gibt's?«

»Ich habe am Montagmorgen um acht eine Verhandlung. Ich dachte, sie würde verschoben, aber eben habe ich eine Mail bekommen, dass sie doch stattfindet. Das heißt, es würde mir wirklich gut passen, wenn ich Ana übermorgen früh bei dir absetzen könnte. Kannst du sie in die Schule bringen?«

»Ich nehme an, wenn du mich anrufst, kriegst du es nicht anders hin.«

»So ist es.«

»Wie früh?«

»Gegen halb acht.«

»Ich bin da.«

»Danke. Ich mache jetzt Schluss, meine Eltern sind heute Nachmittag bei uns.«

»Bestell ihnen einen schönen Gruß.«

Alex spülte das Geschirr, danach wählte sie die Nummer des Labors. Vivian war dran, ihre Stimme klang schroff:

»Ja bitte!«

»Vivian ... hier Dueso. Aber ... ich dachte, du hättest drei Tage frei?«

»Sehr lustig, und das von einer Inspektorin, die dieses Labor mit ihren Proben buchstäblich zuschüttet.«

Alex wusste nicht, was sie antworten sollte.

»Das war ein Scherz, Dueso, kannst wieder ausatmen. Du bist nicht die Einzige, die arbeitet, hier türmt sich alles, wir haben eine Krankschreibung, ich musste auf mein Wochenende verzichten. So was kommt vor, ist nicht deine Schuld.«

Alex seufzte erleichtert. Ihr Leben war so viel einfacher, wenn sie mit Vivian auf gutem Fuß stand.

»Ich nehme an, du willst hören, ob es Ergebnisse gibt.«

»Ja.«

»Bleib dran.«

Alex hörte ein Rumpeln und immer wieder ein gedämpftes »So ein Scheiß«.

»Dueso?«

»Ja.«

»Ich stelle auf laut. Also. Langsam kriege ich ein paar

Sachen zusammen für deinen Fall Wreso... Wreskansky. Spurensicherung vor Ort: JardiBonheur. Das Küchenpapier, das wir bei dem Nachtwächter im Abfalleimer gefunden haben. Angesichts der Konzentration von Schleim und kurzen Härchen handelt es sich ohne Zweifel um Nasenbluten. Ein Mann, bisher nicht auffällig geworden. Leguelvel und Diallo haben auch Kopfhaare gefunden und analysiert, von mindestens drei verschiedenen Quellen. Aber nun ja, in so eine Bude kommt bestimmt der ein oder andere rein. Fürs Erste haben wir eine Frau, nicht registriert, einen Mann, passend zu dem Blut, möglicherweise dieselbe Person, und ... ah, das wird dir gefallen.«

»Yohann Rousseau, registriert?«

»Woher weißt du das?«

»Alter Kunde. Wantz und Martin haben gestern Abend festgestellt, dass er ebenfalls Nachtwächter bei JardiBonheur ist, abwechselnd mit dem Vermissten.«

»Mensch, ich könnte euch klatschen. Bloß keine Informationen weitergeben, na herzlichen Dank.«

»Tut mir leid, ich dachte, man hätte dir Bescheid gesagt.«

»Von wegen. Noch was: Fingerabdrücke vom Türgriff. Nicht in der Datenbank. So verzogene Abdrücke, wie man sie hinterlässt, wenn einem etwas aus der Hand gleitet. Aber die Linien sind klar zu erkennen, deshalb denkt Diallo, dass jemand den Türgriff festgehalten hat, während er nach hinten gezogen wurde, damit er loslässt.«

»Diallo denkt das und sagt es dir? Oder Diallo weiß es, und es steht dann im Bericht?«

»Diallo denkt das. Bloß eine Vermutung, und Vermutungen stehen nie in Diallos Berichten.«

»Schade.«

»Das weißt du genau. Vielleicht erleichtert es dir im Moment nicht die Arbeit, aber solange die Untersuchungen noch laufen, lassen sich solche Schlussfolgerungen nun mal nicht beweisen. Am Ende profitieren wir alle davon.«

»Dann bleibt mir nur, dir viel Erfolg zu wünschen?«

»Mir wäre lieber, du schickst mir einen echten Kaffee und eine vegetarische Pizza, aber ich nehme an, es ist noch nicht Weihnachten.« Vivian gähnte. »Wie spät ist es?«

»Viertel nach eins.«

»Nachts?«

»Nein.«

»Gut. Dann wünsch mir viel Erfolg, ist besser als nichts.«

Alex legte auf. Jonathan war womöglich von der Tür weggezogen worden. Er hatte aus der Nase geblutet, vielleicht einfach so, vielleicht aufgrund von Schlägen. Alles recht dürftig. Sie nahm einen gelben Flyer, der am Kühlschrank hing, und wählte.

»Rapid'Pizza«, erklang eine Stimme am anderen Ende.

Alex suchte nach Zahlen, die es nirgendwo gab. Ein statistisches Unding. Auch die verschiedenen Studien und amtlichen Veröffentlichungen halfen nicht weiter. Ein Serienvergewaltiger, der Männer attackierte? Nichts. Sie surfte quer durchs Netz, arbeitete ihren Fragenkatalog ab. Nur, wo waren die Zahlen? Homosexuelle berichteten von Polizeischikanen – warum fand sich keine Statistik zu den erstatteten Strafanzeigen? Mit ein paar Klicks konnte man ein Jahrhundert der Gefängnisgeschichte zurückspulen, eine einzige Katastrophe, mit Überbelegung und sexuellem Missbrauch – aber wie viele Fälle genau? Und warum fiel das Wort Vergewaltigung so selten?

Bevor Alex in die Polizei eingetreten war, hatte sie drei Jahre Jura studiert. Aber angefangen hatte sie mit zwei Jahren an der soziologischen Fakultät. Es faszinierte sie, wie man eine Gesellschaft in Grafiken, Kurven und Mittelwerte zerlegen konnte.

Dass es keine Daten zu dem Thema gab, ließ sie ratlos zurück. Und da sie nicht wusste, wo sie weitersuchen sollte, irrte sie von Website zu Website, hangelte sich durch ein groteskes Panoptikum, von der Geschichte der Strafbarkeit homosexueller Handlungen in Frankreich bis zu männlicher Prostitution, zwischendrin erschreckende Videos von zwei pausbäckigen Blondschöpfen, die ungerührt behaupteten, sie hätten nichts gegen Schwu... gegen Homosexuelle, aber natürlich komme es nicht infrage, ihnen das Recht einzuräumen, zu heiraten oder, völlig undenkbar, eine Familie zu gründen. Hinter den rosigen Zwillingen lächelten wohlwollend die Eltern (Papa in Babyblau, Mama in Bonbonrosa), dazu acht weitere Kinder, ebenso blond und aufgereiht nach Mädchenfarbe und Jungenfarbe. 5 Prozent der Bevölkerung sind homosexuell, reagierte Alex' Hirn reflexartig. Rein statistisch ist mindestens ein halbes ihrer Kinder homosexuell. Oder wenigstens ein Bein. Es war ihr einziges Lächeln an diesem Nachmittag.

Als sie genug gesehen hatte, klappte sie den Laptop zu und ging einkaufen, nur widerwillig, so wie 69 Prozent aller Franzosen, dafür mit der Hoffnung, dass um vier Uhr der Andrang zu bewältigen wäre. Was nicht der Fall war. Sie durfte dem Wettbewerb um den langsamsten Kassierer der Welt beiwohnen und kam gestresst zurück. Aber zumindest hatte Ana die Woche über was zum Frühstück und zum Mittagessen.

Die Pflicht war getan, jetzt konnte Alex – endlich – ein Bier aufmachen, und mit einem zufriedenen Seufzer haute sie sich aufs Sofa.

Sie nahm sich den Weihnachtskatalog vor, blätterte darin, wenig inspiriert. Also schaltete sie den Laptop wieder an und klickte sich durch ein paar Seiten für Kinderspielzeug. Als sie von all den Animationen, dem Flitter und der Fülle an gutmütigen Weihnachtsmännern schon fast blind war, gab sie auf. K. o. nach einer Überdosis Festtagsstimmung. Mit einem Jazzsender als Geräuschkulisse und einem rhythmischen Tippen der Bierdose an die Schneidezähne schaute Alex zu, wie die Nacht über ihr Wohnzimmer hereinbrach.

Kannst vorbeikommen.

Alex drückte auf »Senden«. Das »Blubb« der davonfliegenden Nachricht hinterließ ein Zwicken, irgendwo zwischen Kehle und Bauch. Sie legte das Handy auf dem Couchtisch ab und zögerte. Noch ein Bier? Es war schon spät, und sie war genau an der Grenze zwischen Beschwingtheit und Trunkenheit, zwischen der Lust, die ganze Welt zu umarmen, ihr zu vertrauen und allem Glauben zu schenken, und der Lust, zu versinken, herumzukauen auf ihrem Ekel vor der Menschheit. Als Tänzerin auf dem Hochseil liebte sie diesen Moment, diese Illusion der Wahl. Ein einziger weiterer Schluck, und sie wäre hinüber, Matsch im Kopf, ein Bild des Jammers.

Wenn ich in zehn Minuten keine Antwort habe, trinke ich ein letztes, sagte sie sich. Sie stand auf und warf die leeren Dosen in den Mülleimer.

Ihr Handy gab ein kurzes Brummen von sich.

Als es klingelte, hatte sie noch nasse Haut und den Geschmack von Zahnpasta im Mund. Sie wartete hinter der Tür, hörte den Aufzug im schlafenden Haus heraufkommen. Dieser Moment des Wartens. Der Moment, wenn das, was man sich sehnlich wünscht, so nah ist. Der dampfende Kuchen auf dem Tisch. Das Gratin ihrer Mutter im Ofen: »Noch fünf Minütchen.« Ana, die sagte: »Warte, Mama, eine Überraschung für dich, ich bin fast fertig.« Und diese Stimme aus der Sprechanlage.

Ein leises Klopfen, drei Mal. Sie schloss auf und schmiegte sich in die offenen Arme. Blickte auf, schob den Kragen des Polohemds beiseite und schnupperte am Hals, an der Beuge, dort, wo die Haut so weich war, voll von einem warmen Duft, der nur ihm gehörte. Sie stellte sich auf die Zehenspitzen und strich ihm mit der Nase über das müde Gesicht, bettete den Mund an sein Ohr. Sie kannte jede einzelne seiner Bewegungen: die Hand vorn unter ihren Bademantel geschoben, ein sanftes Gleiten über die Brust, die Taille, die Hüfte.

Er liebte ihren Körper, jedes Fleckchen Haut, liebte es, sie zu streicheln, ganz zart. Jeder Quadratzentimeter war wie elektrisch aufgeladen, und mit beiden Händen umfasste er Alex' Po. Sie drückte sich an ihn, streichelte ihn durch den rauen Stoff. Und trotz der dicken Jacke, der noch winterkalten Schuhe, der zugeknöpften Hose war ihm, als wäre er nackt. Sie drehte sich um und ging ins

Schlafzimmer. Die Jacke musste er sich selber ausziehen, die Turnschuhe, das Hemd, die Jeans. Und die Socken! Als er es einmal vergessen hatte, hatte sie so laut gelacht, dass er allein bei dem Gedanken noch wochenlang errötete.

Sie saß auf dem Bett, wartete auf ihn. Und wie jedes Mal dachte er, er hätte sie in einem Moment der Verletzlichkeit überrascht, die Augenbrauen ein Stück hochgezogen, die Schultern leicht hängend, die Brüste ein wenig eingeklemmt. Aber der Eindruck war gleich verflogen. So wie sie dort saß, nackt, machte ihr nichts Angst. Er kniete sich vors Bett, zwischen ihre Beine, und küsste ihre Brüste. Sie streckte schon die Hand nach der Schachtel auf der Kommode aus.

Als das Kondom übergezogen war, wartete er den Bruchteil einer Sekunde ab. Was denn? Eine Bitte? Sie schaute ihn an. Schweigend. Wenn er jetzt ginge, würde sie nichts sagen. Er hatte es versucht. Wartete so sehr auf ein »Schlaf mit mir«, ein »Ich habe Lust auf dich«. Ein einfaches »Komm« hätte ihm genügt. Aber sie sagte nichts. Blieb stumm. Wenn du gehen willst, hau ab. Ich brauche dich nicht. Einmal hatte er zu ihr gesagt: »Bitte, sprich mit mir.« Die Antwort hatte ihn entsetzt. Er wollte schöne Worte hören. Wollte Zärtlichkeit, wollte umhüllt werden. Er konnte nicht mit jemandem schlafen, der ihm bloß ein »Fick mich« zugestand. Denn er wollte sie lieben, richtig lieben. Alex hatte gespürt, dass sie eine Linie überschritt. Doch dann hatte sie die Kurve noch gekriegt: »Mach, dass ich alles vergesse.«

Und er hoffte, dass es ihm gelang. Denn er selber vergaß alles. Als er dann leer war, der ganze Körper von einem Schauer ergriffen, und sie ihn mit einer erfahrenen Handbewegung aus sich herauszog, die Finger um den feuchten Gummiüberzug, seinen noch pochenden Schwanz, da wäre er nicht imstande gewesen, sich auch nur an seinen eigenen Namen zu erinnern.

Sie richtete sich auf und griff über ihn hinweg nach dem Bademantel.

»Möchtest du einen Kaffee, bevor du gehst?«

Er erhob sich ebenfalls, ganz benommen. Schüttelte noch die kleinste zärtliche Regung ab, obwohl er sich am liebsten an sie gekuschelt, die Arme ausgebreitet und sie gewiegt hätte, ihr übers Haar gestrichen. Obwohl er nichts lieber wollte, als an ihrer Seite zu schlafen, um sie herum, ganz nah. Um dann in ihrer Wärme aufzuwachen, in den Gerüchen der Nacht, ihrem schweren Atem. In dieser Mischung aus Schmutz und Intimität, die er mit der Liebe verband.

»Nein, nicht nötig. Gib mir nur zwei Minuten.«

Sie schloss leise die Tür hinter ihm und ging wieder ins Bett. Ohne zu duschen. Mit seinem Duft auf der Haut, wie ein zusätzliches Laken, eine weitere Schicht zwischen ihr und der Welt. Die sie schützte. Konservierte.

XIII

Sonntag, 11. November

Alex verstand nicht, wieso die Rollgitter am Eingang ihres Fitnessstudios heruntergelassen waren.

Nach ein paar Minuten lichtete sich der Nebel in ihrem Kopf.

11. November, Feiertag.

Die ganze Welt hat sich gegen meine guten Vorsätze verschworen, sagte sie sich. Sie trottete zurück nach Hause und beschloss, dass es für heute reichte.

Sie duschte, kochte sich einen Tee und machte den Laptop wieder an.

Ja, es gab Männer, die geschlagen wurden. Genauso vergewaltigte Männer, Opfer von Inzest oder sexueller Belästigung. Aber wo immer Alex hinschaute, waren Frauen die bevorzugten Ziele.

Vereine von Homosexuellen veröffentlichten Studien, wonach Paare aus ihren Reihen, ob schwul oder lesbisch, keineswegs überall akzeptiert seien – und mit »überall« war »überall in Frankreich im einundzwanzigsten Jahrhundert« gemeint, nicht »überall auf der Welt um 1870«. Auch gebe es in den sogenannten zivilisierten Ländern nicht wenige, die immer noch dächten, Homosexualität sei heilbar und müsse kuriert werden (siehe Video). Alex schaute sich das Interview mit einem amerikanischen Priester an, der seine Methode erklärte, Menschen »von ihrer Homosexualität zu heilen«. Eine Methode, behauptete er, die Gläubige getestet und gutgeheißen hätten, Gläubige, die abnorme Gefühle verspürten und darüber verzweifelten, die der Gedanke entsetzte, sie würden von Gott verstoßen. Und von der gesamten Gemeinde, dachte Alex. Beim zweiten »kurierten« Homosexuellen, der, tadelloses Polohemd und leerer Blick, vor der Kamera posierte, stoppte sie den Film. Ein Teil dieser Personen, die sich wünschten, die »Abartigen« zu kurieren, empfahl, ihnen eine heterosexuelle Beziehung aufzuerlegen. »Eine sexuelle Beziehung auferlegen«, was für eine geschmeidige Wortwahl, um eine Vergewaltigung als Behandlung zu verkaufen. Und wieder traf es in erster Linie Frauen. Alex spürte, wie die alte Narbe eines beschämenden Gefühls aufbrach, und sie erinnerte sich an einen fernen Onkel, der sich für keine Dummheit zu schade war und, voll der Gewissheiten, bei einem Mittagessen mit der Familie behauptet hatte, alles, was seine lesbische Tochter brauche, sei »ein ordentlicher Fick«. Sie musste an ihr eigenes Schweigen denken, sie hatte es einfach nicht wahrhaben wollen. Aber diese Maßnahmen, um Lesben zu »konvertieren«, waren immer noch ein gängiger Sport, mit Freuden (siehe Video) wurde er in manchen Studentenclubs in den USA betrieben.

Als Alex zu den Zeugenaussagen von Homosexuellen kam, die man in den sechziger Jahren bei Razzien in den damals noch illegalen Bars eingesammelt und schikaniert hatte (siehe Video), schaltete sie ihren Drucker an und begann, die Artikel systematisch zu ordnen.

Sie surfte von den Seiten verschiedener NGOs zu Berichten der UNO. Schließlich verlor sie sich in den Abkürzungen und all den Schreckenslisten und landete auf der Seite von Amnesty International.

»Helfen Sie den Frauen, die in Bosnien Opfer sexueller Gewalt werden«, las Alex laut. »Sexuelle Gewalt gegen Frauen in Haiti nimmt zu.« »Eine Hoffnung für die Opfer sexueller Gewalt in Kolumbien.« Um sich über die Welt hinwegzutrösten, klickte sie darauf, schließlich stand »Hoffnung« in der Überschrift. Aber der Artikel erklärte nur, dass man das entsprechende Dossier von Amnesty International und die Petition, die Gerechtigkeit für die weiblichen Opfer sexueller Gewalt forderte (8751 Unterschriften), an die kolumbianische Regierung geschickt habe. Ein Pop-up öffnete sich und warb für einen »ähnlichen« Artikel: Mehr als 150 000 Unterschriften zählte die Petition »Damit das Parfüm Nuss-Nougat in den Regalen bleibt«.

Alex versuchte, die Schändungen und Verstümmelungen, die die Menschheit den Körpern der Frauen antat, von sich fernzuhalten. Doch so systematisch sie auch gliederte, so sorgfältig sie Berichte und Fotos ausdruckte oder Stellen mit dem Leuchtstift markierte, am Ende fanden die Bilder, wie bei einem Horrorfilm, den man mit gespreizten Fingern vor Augen filtert, ihren Weg ins Gehirn und setzten sich dort fest, komfortabel eingerichtet in einer schwarzen, bullernden Masse. Eben um dem zu entkommen, zerlegte Alex die Welt so gern in Statistiken. Daher ihre Vorliebe für Tendenzen, Makrodaten, umfassende Zahlenwerke. Ein Schutz. Immer wieder ging ihr das Bild von Étienne Brunier durch den Kopf, mit seinen sorgsam etikettierten Mappen, seiner peniblen Art, seinem Beharren darauf, den Inhalt durch die Organisation der Form zu neutralisieren. Wieso hatte sie nicht gleich erkannt, dass es die Angst vor einem ungefilterten Leben war, dieselbe Angst, die auch sie seit Jahren umtrieb?

Alex klickte. Alex versank. Asylbewerberinnen nach Misshandlung abgeschoben, das Einbürgerungsverfahren abhängig vom Familienstand (siehe Video); organisierte Vergewaltigungen während des letzten Bürgerkriegs (siehe Video); Schülerinnen zwischen neun und sechzehn Jahren entführt von irren Kriegern eines nicht existierenden Gottes, um als Sexsklavinnen zu dienen (siehe Video); UNICEF-Bericht mit den jüngsten Zahlen zur Kinderprostitution (siehe Video). Alex hatte mehr als genug gesehen. Aber es hörte nicht auf. Es war einfach zu viel. Die japanischen Überlebenden der Massenvergewaltigungen, die Ruanderinnen, die Ivorerinnen (siehe Video).

Das sind gar keine Menschen mehr. Das sind Schlachtfelder. Verwüstete. Sie schaute vom Bildschirm auf, schnappte nach Luft wie eine Ertrinkende.

Draußen war es längst dunkel, aber sie fragte sich, ob sie an diesem Tag überhaupt aufgestanden war, einem Tag mit modrigem Geschmack. Um sie herum war ein Meer von ausgedruckten Seiten, bearbeitet mit Textmarkern, Post-its, Haftpfeilen, die Stapel gekennzeichnet: »Bürgerkrieg«, »Psychiatrie«, »Vergewaltigung als Strafe«, »Bevölkerungspolitik durch Vermischung«, »Rechtlose« und fast ein Dutzend weitere. Alex erschauerte so heftig, dass sie für einen Moment dachte, in ihrem Innern wäre etwas zerbrochen, an einer geheimen Stelle, wo sie das bisschen aufbewahrte, was ihr an Vertrauen in die Menschheit geblieben war.

Ohne nachzudenken klickte sie auf einen letzten Link. Auf dem Bildschirm erschien eine Frau, beide Hände amputiert. Im Alter von acht Jahren hatte man sie vergewaltigt und mit der Machete verstümmelt, und jetzt schminkte sie sich, einen Kajalstift zwischen ihren beiden Armstümpfen, und erklärte, sie mache sich gerne hübsch und könne es kaum erwarten, Lehrerin zu werden, um den Kindern beizubringen, dass die Welt aus den fabelhaftesten Dingen bestehe.

Alex stürzte ins Bad und kotzte ihren Tag ins Waschbecken.

Sie war betrunken. Und sie kannte sich gut: Ihr blieben exakt siebzehn Minuten bei Sinnen, ehe sie komplett versank. Die Bierdosen einsammeln, sie stolpernd wegwerfen, den Müllsack zubinden: drei Minuten. Sich den Tag vom Leib schrubben, Shampoo, Seife, abspülen unterm Wasserstrahl, dabei die Zähne putzen, an die Wandfliesen gelehnt: sieben Minuten. Aus der Duschwanne steigen, den Bademantel überziehen, auf dem Klodeckel sitzend die Haare auskämmen, die letzten Spuren von Wimperntusche mit Wattepads tilgen, die Handbewegungen so brüsk wie ungenau: fünf Minuten. Eine Gesichtscreme auftragen, die gut roch. Nicht für sich selbst. Für Ana, die morgen früh an der Tür klingeln würde: eine Minute. Sich ins Bett legen, ein Gramm Paracetamol mit einem Liter Wasser schlucken gegen den Kater, letztes und nutzloses Ritual. Licht aus.

Den Stecker ziehen.

Das reine Nichts.

XIV

Montag, 12. November

Als ihr Handy am nächsten Morgen um Punkt sieben einen schrillen Alarm von sich gab, verfluchte Alex das Bier, den Montag und ihren Wecker zu gleichen Teilen.

Noch halb im Schlaf, die Augen zu, schlüpfte sie in die Unterwäsche, die Jeans, zog sich ein Baumwollhemd über, einen Wollpullover. Sie trank gerade ihren Kaffee, die Lider mühsam hochgezogen, als es klingelte.

Sie ging zur Tür und machte Ana auf. Im Gegensatz zu ihr hatte sich die Kleine rasch als Frühaufsteherin entpuppt. Sie konnte abends um halb acht wie ein Stein ins Bett fallen, aber den Tag begann sie in aller Frühe, überquellend vor Tatendrang, fröhlich plappernd und ohne zu merken, dass ihre Mutter darum rang, ein Auge offen zu halten. Hinter Ana stand Samuel und lächelte, im anthrazitgrauen Anzug, die Lederschuhe spiegelblank.

Alex lächelte zurück, bückte sich und gab ihrer Tochter einen Kuss.

»Willst du reinkommen?«, fragte sie ihren Ex.

»Nein, ich habe in zweiter Reihe geparkt. Tut mir leid.« Samuel bückte sich seinerseits, um der Tochter einen Kuss zu geben. »Für dich tut's mir auch leid, meine Liebe. Ich hätte dich so gerne zur Schule gebracht, aber …«

»Ja, ich weiß, du hast etwas ganz Wichtiges zu tun«, sagte Ana, und es klang kein bisschen böse.

»Ich mache es ein andermal wieder gut, einverstanden?«, schlug er vor und schaute beide an. »In fünfundzwanzig Minuten muss ich im Gericht sein. Ich flitze los.«

Er sah, wie Alex auf seine Krawatte starrte.

Alex räusperte sich:

»Tut mir leid, aber ...« Sie deutete auf den blauen Satin. »Das erstaunt mich jedes Mal.«

Samuel fasste sich gleich an den Hals und lächelte ein wenig verlegen.

»Tja, Berufsrisiko ...«

»Viel Glück.«

Samuel ging, und Alex schloss die Wohnungstür. Verliebt hatte sie sich in einen nackten Jugendlichen. Einen noch unfertigen Jungen, der gerade zu studieren begann, die Wangen so glatt und unverdorben wie seine Ideale. Und verlassen hatte sie einen Mann mit Krawatte, einen seriösen Anwalt, der Leute verteidigte, die nicht ganz so seriös waren. Die Krawatte. Sie würde sich nie daran gewöhnen.

»Soll ich dir mein Gedicht aufsagen, bevor wir gehen?«, fragte Ana und hüpfte vor ihr her.

Als sie ihre Tochter an der Schule abgesetzt hatte, schaltete sie auf Freisprechen und wählte die Nummer des Labors. Vivians schroffe Stimme erscholl nach nur einem Klingeln.

»Vivian? Dueso hier. Schläfst du neben dem Telefon?«

»Ich kam gerade vorbei. Bleib dran.«

Ein dumpfes Krachen bedeutete Alex, dass Vivian soeben einen schweren Stapel Akten auf einen Metalltisch hatte fallen lassen. Vielleicht war sie auch mit Betonschuhen auf der Stelle gesprungen.

Vivian kam wieder ans Telefon.

»Du hast mir eine Pizza geschickt. Ich weiß nicht, ob

ich dir jetzt meine ewige Liebe erklären oder dich wegen Beamtenbestechung anzeigen soll.«

»War sie gut?«

»Nein. Aber sie war noch heiß, und sie kam nicht aus dem Automaten im Pausenraum. Zwei Faktoren, die die Pizza zum freudigsten Ereignis meines Wochenendes gemacht haben. Vielen lieben Dank. Aber eins sage ich dir gleich, das ändert nichts, ich habe noch keine Ergebnisse.«

»Aber Blondeau ... er sagte, das hätte Vorrang ...«

»Genau so ist es: Es hat Vorrang. Und vorrangige Analysen haben alle hier im Haus. Hätte es keinen Vorrang, hätte ich dir gesagt: sechs bis acht Wochen.«

»Sonst dauert es doch nicht so lange, was ist los?«

»Zwei Pensionierungen, eine Mutterschaft, eine Depression, oh, Pardon, eine Krankschreibung auf unbestimmte Zeit, zwei Stellenstreichungen. Wir waren zu zehnt für eure Fälle, jetzt sind's außer mir nur noch drei. Geh mir nicht gleich an die Gurgel, ich kann nichts dafür.«

»Tu ich doch gar nicht. Aber dann wird Blondeau die Vorrangigkeit der Sache vielleicht ... noch vorrangiger machen müssen. Ich halte dich auf dem Laufenden. Kann sein, dass er sich auch direkt bei dir meldet. Nimm's nicht persönlich, ja?«

»Keine Sorge. Hör zu ... Von der Depression habe ich kein Wort gesagt, Alex. Ich will nicht, dass sich herumspricht, dass LeNoël mit den Nerven am Ende ist. Er ist wirklich gut. Aber er ist noch jung, und das ist ein harter Schlag für ihn.«

So wie Vivian es sagte, ging es ihr nahe.

»Was für eine Depression? Bei der Polizei gibt es keine Depressionen.«

Als Alex ins Kommissariat kam, saß Marco schon am Schreibtisch, er sah leichenblass aus. Sie enthielt sich eines Kommentars und legte ihre Lederjacke ab. Während sie ihm von dem Telefonat mit Vivian berichtete, fuhr sie den Computer hoch, die Hand auf der Stirn.

»Jaja, ich weiß, ich darf das Wort nicht aussprechen, sonst fängst du gleich wieder an ...«

Marco schenkte ihr einen leeren Blick.

»... aber *statistisch* sind unsere beiden Fälle eine Abweichung.«

Marco lächelte nicht, er rieb sich bloß die Augen, schüttelte sich. Nach der Aktion sah er ein wenig wacher aus. Ein klein wenig.

»Was schlägst du vor?«

»Wir müssen Informationen austauschen, uns mit den anderen Revieren in Verbindung setzen, in Paris, der Île-de-France, im ganzen Land. Wennschon, dennschon.«

»Würde eine Welle der Gewalt die männliche Bevölkerung dahinraffen, hätten wir davon gehört, oder?«

»Carrouts Anzeige ist seit fast zwei Monaten im System. Aber die Teams sind überlastet. In Aulnay, überall. Drei Tage hat es gedauert, bis wir von dem Überfall auf Camille erfahren haben. Zufällig. Und Creusets Entführung? Haben wir auch nur zufällig mitbekommen. Reichlich viel Zufall. Dazu die Schwierigkeit, das alles zu koordinieren, sobald wir an die Stadtgrenze kommen oder auch nur in ein anderes Arrondissement ... Außerdem, du hast ja gesehen, wie schwer es für Andréa Carrout war, uns von der Sache zu erzählen. Und Camille? Lehnt es rundheraus ab, mit uns zu sprechen, das heißt, mit mir zu sprechen, und kaum macht er den Mund auf, streitet er ab, dass es eine sexuelle Gewalttat war. Du hast es selber gesagt: Solange er nicht darüber spricht, gibt es die Tat nicht. Andere Männer sind vielleicht genauso überfallen worden und haben ähnlich reagiert. Haben geschwiegen.«

»Hm. Ich frage den Kommissar, ob es eine Möglichkeit gibt, die Laboruntersuchungen zu beschleunigen. Und wie wir die Informationen am besten an die anderen Kommissariate bringen. Was meinst du, nur Umland? Die ganze Île-de-France?«

»Landesweit«, entschied Alex.

»Und morgen die ganze Welt«, brummte Marco und stand auf.

Blondeau verfasste einen Aufruf zur Zusammenarbeit, dann verhandelte er mit den anderen Dezernaten über die Plätze auf der Warteliste des Labors.

Als er aus seinem Büro trat, war der Aufruf an alle Kommissariate in Frankreich rausgegangen.

»Und? Gibt's Neues?«, fragte er.

»Nichts«, musste Alex zugeben. »Wir haben alles geprüft, was uns bis heute vorliegt, auch wie wir die Ermittlungen weiterführen können, solange es noch keine Ergebnisse der Kriminaltechniker gibt oder neue Erkenntnisse aus dem Überwachungsvideo von JardiBonheur. Nur ...«

Sie warf einen Blick auf das stumme Faxgerät.

»Schreiben Sie Ihre Berichte zu den Vernehmungen von Carrout und Wreskansky. Haben Sie Yohann Rousseau ausfindig gemacht?«

»Er wurde vorzeitig entlassen, seit drei Jahren ist er draußen.«

»Vorzeitig?« Blondeau wischte sich über die Stirn. »Wie lange?«

»Sechs Monate.«

»Laden Sie ihn vor.«

»Wir wissen, dass er draußen ist, aber nicht, wo er sich aufhält. Bei der Adresse, die JardiBonheur angegeben hat, ist niemand. Er ist unter dem Radar durch. Nirgendwo mehr.«

Blondeau schwieg einen Moment.

»Denken Sie, der Nachtwächterkollege wurde statt seiner entführt?«, fragte er schließlich Alex und Marco.

Was auf die Frage hinauslief, ob Yohann Rousseau zur Fahndung auszuschreiben sei.

»Ja«, sagte Alex.

»Dann machen Sie den Papierkram fertig, ich unterschreibe.«

Während Alex im Labyrinth des zentralen Systems das richtige Formular raussuchte, startete Marco ein weiteres Mal die Aufnahme der Überwachungskamera aus der Nacht von Montag, dem 22. Oktober. Das Labor würde die Bilder analysieren, aber es hinderte ihn nicht daran, sie sich geduldig ein ums andere Mal anzusehen, vielleicht ließ sich ja doch ein neues Detail entdecken: die Augen zusammenkneifend, sich aufrichtend, sich vorbeugend, als könnte eine veränderte Haltung die Qualität des Videos verbessern.

Immer wieder warf Alex einen ohnmächtigen Blick auf das Faxgerät, aber es blieb zum Verzweifeln stumm.

XV

Dienstag, 13. November

Um 15 Uhr ertönte am Faxgerät ein schrilles Piepen, und es fing an zu surren.

Wantz, die gerade an dem Gerät vorbeikam, warf einen Blick auf die herausquellenden Blätter und ging weiter. Zu Alex und Marco rief sie:

»Für euch.«

Alex schaute von ihrem Bericht auf. Marco wandte sich von seinem Bildschirm ab, auf dem sich zum tausendsten Mal Jonathan Creusets Entführung abspielte, und beide traten an das Faxgerät heran.

»Woher kommt das?«, fragte Alex, und über Marcos Schulter hinweg suchte sie auf dem Billigpapier nach der Vorwahl.

»Departement Gard. Nîmes. Vor ein paar Wochen hat der Rettungsdienst ihnen einen Mann gemeldet, er hatte in einem Park gelegen. Rachid Allaoui. Alkoholkoma. Sie dachten erst, er sei ein Säufer, aber offensichtlich gab es Spuren von Gewalt, und als sie ihn im Krankenhaus dann ausgezogen hatten, haben sie Spuren einer Penetration gefunden.«

»Und was sagt er?«

»Nichts. Er hatte 3,98 Promille im Blut.«

»Boah. Nicht schlecht. Glück gehabt, dass man ihn gefunden hat.«

»Hier.« Marco hielt ihr die erste Seite hin.

Alex las, während ihr Partner sich die restlichen Blätter

vornahm, die nach und nach aus dem Faxgerät geruckelt kamen.

»Wir müssen die Kollegen da unten anrufen«, sagte sie. »Kannst du den Namen des Absenders entziffern?«

»Dumont ... Durant ... Du-irgendwas.«

»Und die Kontaktperson, die dort angegeben ist, wer ist das?« Alex las sich durch die verschmierten kleinen Buchstaben.

»Ein Freund von Allaoui offenbar. Einer der wenigen Kontakte auf seinem Handy und die einzige Person, die drangegangen ist, als die Kollegen aus Nîmes das Adressbuch abtelefoniert haben.«

»Ich rufe den Freund an, du die Kollegen?«

Eine Stunde später zogen Alex und Marco am Kaffeeautomaten Bilanz. Rachid Allaoui war zweiunddreißig Jahre alt und Alkoholiker, was ihm schon mehrere Krankenhausaufenthalte beschert hatte, diverse Begegnungen mit der Polizei und unterm Strich das Elend. Geboren und aufgewachsen war er in Nîmes, und er hatte schon einige Entziehungskuren hinter sich, die erste mit zweiundzwanzig. Jedes Mal rückfällig geworden, jede ergatterte Arbeitsstelle verloren. Abserviert von Frauen, die es leid waren, gegen die Flasche anzukämpfen, die sowieso immer gewann. Schließlich hatte er versucht, sich von den Verlockungen der Stadt und ihren Kneipen fernzuhalten. Sein Glück war, dass er ins Grüne ziehen konnte, nach Aigaliers, wo ein ehemaliger Schulkamerad, Pierre Bouchez, der auf den Anbau von Bio-Oliven umgesattelt hatte, ihn aufnahm. Dem Vierhundertneunundachtzig-Seelen-Ort, so die letzte Zählung, war seine Gesellschaft willkommen.

Auf diese Weise wurde Rachid zum vierhundertneunzigsten Einwohner von Aigaliers, und für die Rekordzeit von zehn Monaten war er trocken geblieben. Pierre Bouchez hatte ihn, da wegen Krankheit verhindert, allein zu einem der Märkte geschickt, auf denen sie ihre Produkte verkauften. Er hatte erst wieder von Rachid gehört, als das Krankenhaus sich bei ihm meldete. Zwei Tage war er in größter Sorge gewesen.

Als er in der Uniklinik von Nîmes eintraf, empfing ihn die Polizei. Er hatte Rachids Geschichte den Inspektoren erzählt, dann noch mal Alex.

»Pierre Bouchez ist sich sicher, dass jemand Rachid mit Gewalt betrunken gemacht haben muss«, fuhr sie fort, als sie an ihre Plätze zurückkehrten.

Marco setzte sich an seinen Schreibtisch und hackte in die Tastatur.

»Der Markt ging bis 19 Uhr, normalerweise wäre er sofort zurückgekommen.« Alex war stehen geblieben und rührte in ihrem Kaffee.

»Ich habe ihn gefunden«, sagte Marco. »Den Markt. So einer für Bioprodukte in der Innenstadt von Nîmes. Hier, sieh mal.«

Betreiber des Marktes waren »Erzeuger von fair gehandelten Bioprodukten im Südosten Frankreichs«. Marco hielt ihr ein paar vollgekritzelte Blätter hin, und gleich brummte ihr der Schädel. Die Notizen hatte er bei seinen Gesprächen mit den Kollegen aus Nîmes gemacht. Alex warf ihm einen erschöpften Blick zu.

»Schon gut«, sagte Marco, »ich gebe dir die Kurzfassung.«

Als Rachid Allaoui im Krankenhaus aufgewacht war, ging es ihm fürchterlich schlecht, er hatte überall Prellungen. Auf keinen Fall, sagte er, habe er wieder trinken wollen. Aber er konnte sich an nichts erinnern. Völlige Leere.

Die Inspektoren waren in den Park gefahren, zusammen mit einem Team der Spurensicherung, und die hatten zunächst gesammelt, was man so fand, wenn man das Pech hatte, eine öffentliche Grünanlage zu durchkämmen: Hunderte von Fingerabdrücken, Kippen, alle möglichen Haare; Abdrücke von Schuhen, von Pfoten, zu Dutzenden. Als sie dann in die kümmerlichen Büsche eindrangen, fanden sie drei leere, blutverschmierte Bierflaschen. Die Analysen bestätigten später, dass es sich um das Blut von Rachid Allaoui handelte. Auch Fäkalien hatte man an den Flaschen nachgewiesen.

»Vielleicht ist es besser, dass er sich nicht erinnert«, meinte Marco schließlich.

»Besser für ihn, mag sein. Für uns nicht. Ist das alles, was sie gefunden haben? Keine Fingerabdrücke an den Flaschen? Keine Überwachungskamera im Park?«

»Sie haben die Aufnahmen der Kameras angefordert, die in der Umgebung des Markts und rings um den Park installiert sind. Aber nichts.«

»Kein Zeugenaufruf? Keine beschlagnahmten Aufnahmen von Privatpersonen? Im Süden ist die private Sicherheit doch ein Riesenthema.«

»Das habe ich auch gefragt.«

»Und?«

»Sie haben es etwas anders formuliert, aber die Antwort war, das gäbe nur Ärger, zu viel Aufwand für einen rückfälligen Trinker. So wie immer. Knappe Budgets, Anweisungen der Präfektur, bevorstehende Wahlen und so weiter.«

»Dann muss das über Blondeaus Schreibtisch gehen.«

Alex stand auf.

Erneut begann das Fax zu schrillen und zu schnarren.

Alex schwenkte zu dem Gerät herum.

»Das ist auch für uns.«

Diesmal war es nur eine Seite.

In der Nacht von Samstag auf Sonntag war ein circa vierzigjähriger Mann aufgefallen, ohne Hose und ohne Unterhose, in Straßburg-Neuhof. Eine an Schlaflosigkeit leidende Frau hatte den Exhibitionisten bemerkt, und da sie nicht zu sagen wusste, ob er betrunken war oder nur hilflos, rief sie die Feuerwehr, die ihrerseits, da man sie bei den letzten Einsätzen in der Gegend mit Steinwürfen empfangen hatte, die Polizei benachrichtigte. Ein Streifenwagen begleitete also den roten Rettungswagen. Doch als das herrschaftliche Aufgebot am Sonntagmorgen um 4 Uhr 15 in dem schlafenden Stadtteil Einzug hielt, war kein Mann mehr zu sehen, weder mit noch ohne Hose, Polizei und Feuerwehr mussten unverrichteter Dinge heimkehren. Der Beamte aber, der den Anruf der schlaflosen Bürgerin entgegengenommen hatte, war auch derjenige, der beauftragt war, Blondeaus Aufruf zur Zusammenarbeit weiterzuleiten. Und so hatte er für alle Fälle das Einsatzprotokoll gefaxt.

Das Fax, das gleich danach kam, war sehr viel länger, und nach sechs Seiten reklamierte das Gerät Papiernachschub. Marco nahm die ersten Seiten und warf einen Blick auf den Absender.

»Den Jungen kenne ich, das sehe ich mir an. Geh du ruhig zu Blondeau.«

Er setzte sich an seinen Schreibtisch.

Die Tür zum Büro des Kommissars war geschlossen, doch durch die Scheibe in der PVC-Platte sah Alex ihn im Gespräch mit Cyril Vigne. Blondeau schaute auf, sah sie und rief ihr ein »Ist es dringend?« zu. Alex schüttelte den Kopf und machte kehrt. Auf zwei Minuten kam es nicht an.

Marco war immer noch am Telefon. Alex holte die letzten Faxseiten, die mangels intaktem Papierstopper auf den Boden geglitten waren. Sie sortierte sie und las den Ermittlungsbericht zu dem Überfall auf Rafik Faradji am 29. August des Jahres.

Rafik Faradji hatte an diesem Dienstag um 23 Uhr 40 bei seiner Mutter geklingelt. Im Schockzustand. Bekleidet nur mit einem Turnschuh und einem Rock – besser gesagt, den Überresten eines Sweatshirts, dem Einzigen, was ihm von der Kleidung geblieben war, in der er am Morgen seine Wohnung verlassen hatte, ebenjene, in der er seit drei Jahren mit seiner Lebensgefährtin zusammen wohnte. Er hatte nur »Keine Polizei!« gesagt und sich in die Badewanne gelegt. Vier Stunden später holte die Feuerwehr ihn dort heraus, die alte Dame hatte den Anblick nicht länger ertragen, wie ihr Sohn sich blutverschmiert und unter Krämpfen an das kalte Email drückte. Rafik Faradji war vergewaltigt worden. Als man ihn versorgt hatte und er wieder zu sich kam, wehrte er sich heftig dagegen, Anzeige zu erstatten, mit den Ermittlern zu sprechen oder zu bestätigen, was der Bericht der Unfallstation nahelegte. Aber diesen Bericht gab es. Und nun war er bis zu Alex und Marco gelangt.

Ein Teil des Faxes bestand aus einem Auszug aus dem Vorstrafenregister. Rafik Faradji hatte fünf Jahre im Gefängnis gesessen. Nach seiner Entlassung war er regelmäßig befragt worden, da man ihn verdächtigte, einem

Diebstahlring anzugehören und Autos zu verschieben. Alex hörte, wie Marco am Telefon immer erregter sprach. Sie schnappte Fetzen auf, konnte aber nicht genau verstehen, ob es gute oder schlechte Nachrichten waren.

Schließlich legte Marco auf. Ein Bekannter von ihm, Nicolas Ferrat, leitete eine Polizeieinheit im Norden von Paris. Ferrat hatte Informationen über Faradji, die er bereit war herauszurücken, trotz der bitteren Niederlage beim letzten Fußballspiel gegen Marcos Mannschaft.

Rafik Faradji hatte dasselbe gemacht wie Étienne Brunier. Er war mit seinen Fäusten eines wütenden Jugendlichen zwischen seine Mutter und den Mann gegangen, der sie misshandelte. Doch was danach kam, wies deutliche Unterschiede auf. Verurteilt als Volljähriger, hatte man ihm fünf Jahre ohne Bewährung aufgebrummt. Der Stiefvater war davongekommen, war in aller Ruhe nach Hause gegangen und hatte seine Frau und seine Stieftöchter mit kleinen Aufmerksamkeiten bedacht (im Klartext: Gürtelschläge).

Als Rafik entlassen wurde, ging er nach Hause, nur für fünf Minuten, aber in diesen Minuten warf er seinen Stiefvater aus dem Fenster. Danach ging er hinunter an die frische Luft, um eine Zigarette zu rauchen, zum ersten Mal seit fünf Jahren. Dort saß er dann, nur ein paar Meter neben dieser Pfütze mit dem menschlichen Fleischklumpen, der aus dem siebzehnten Stock gefallen war und nie wieder jemanden schlagen würde.

Die Siedlung hüllte sich in Schweigen über den jungen Mann mit den straffen Muskeln und dem leeren Blick. Aus dem Fenster gefallen? Wer? Nein, nichts gesehen. Nach einem dieser etwas seltsamen Realitätsprinzipien, wie sie die menschliche Gesellschaft zuweilen bestimmen, waren Frauen das eine, Mütter etwas anderes. Er hatte seine Mutter beschützt und sich somit das Recht auf eine feste Mauer stummer Zeugen erworben. Den Stiefvater hatte man aufgewischt, und Rafik schlug eine der wenigen Laufbahnen ein, die ihm zur Verfügung standen: Er schlachtete Fahrzeuge aus. Seither war er in regelmäßigen Abständen und aus unterschiedlichen Gründen festgenommen worden, aber er schwieg sich aus. Keine Zeugen, der Stiefvater war betrunken gewesen und das Balkongeländer viel zu niedrig nach den geltenden Bauvorschriften. Es hatte seiner Rache gedient, und nun diente es seiner Verteidigung. Er fand eine Sozialarbeiterin, die angetan war von den zärtlichen Blicken, die er seinen Schwestern zuteilwerden ließ, angetan von der distanzierten Art, wie er seiner Mutter schützend zur Seite stand, dem Respekt, den er seiner Familie erwies, diesen Frauen, die den häuslichen Orkan überlebt hatten: grün und blau geschlagen, aber aufrecht, immer noch aufrecht. Rafik Faradji wollte heiraten. Und so zog er nach Paris und nahm jeden Tag die S-Bahn, um in einem Vorort Autos auszuschlachten, von neun bis um fünf, so wie andere Akten ordnen oder Regale auffüllen. Und er lebte in Frieden.

»Das sind aber ganz schön viele Informationen.«

»Weil die Sozialarbeiterin, die Faradji heiratet, Ferrats Schwägerin ist.«

»Wie bitte? Und das wusstest du mit einem Blick auf das Vorblatt von dem Fax?«

»Ich habe den Nachnamen seiner Frau wiedererkannt. Er ist Mittelstürmer, ein guter Mann, Ferrat.«

»Toll. Und?«

»Er hatte uns schon von dem zukünftigen Schwager

erzählt. Räuber und Gendarm in derselben Familie, das ist eine zu gute Geschichte, so was erzählt man sich in der Umkleide. Er hatte ihn damals gerade erst kennengelernt. Er war total genervt, weil er fand, dass Faradji ein guter Typ war. Nicht eben der Fröhlichste, aber einer von den Guten.«

»Und wusste sie etwas? Ich meine, die Schwägerin des Mittelstürmers? Ist das richtig, kann ich dir folgen?«

»Ja, kannst du. Und nein, sie weiß nichts. Nicht mal sie schafft es, ihm auch nur das Geringste zu dem Vorfall zu entlocken. Dabei muss man sich schon anstrengen, um dieser Frau etwas abzuschlagen, sie ist gerade mal dreißig, und sie hat Charakter. Seit August kommt er früher nach Hause, er lässt sich bis zur Haustür begleiten, aber davon abgesehen: als wäre nichts geschehen.«

»Ich bin mir nie sicher, was du genau meinst, wenn du sagst, dass eine Frau Charakter hat. Aber nach einem Kompliment klingt es nur selten ...«

»Wollen wir uns über meinen Frauengeschmack unterhalten?« Marco lehnte sich in seinen mottenzerfressenen Bürostuhl, als hätte er das ganze Leben noch vor sich.

»Bloß nicht!« Alex streckte ihm die erhobene Handfläche entgegen. »Alles gut, danke ... Fassen wir lieber zusammen, was wir den Kommissar fragen müssen, sobald dieser Quatschkopf ihn endlich in Ruhe lässt.«

Die Informationen über Rachid Allaoui, Rafik Faradji und den Unbekannten aus dem Viertel am Rand von Straßburg ergaben bald einen Stapel A4-Blätter, und ihnen wurde die Ehre einer neuen Mappe zuteil, die Marco von seinem persönlichen Vorrat nahm. Eine kostbare Rarität, denn der Schrank für Büromaterial war wie eine wandelnde Fata Morgana, sein genauer Standort Gegenstand der wildesten Spekulationen. Alex trommelte fiebrig auf die Mappe und spähte nach Blondeaus Bürotür.

Um 18 Uhr ging sie noch mal an der Scheibe vorbei, aber Vigne hörte nicht auf, den entnervt dreinblickenden Kommissar zu löchern. Alex klopfte an. Blondeau winkte sie herein.

»Herr Kommissar, tut mir leid, wenn ich störe. Wir bekommen langsam Antworten auf unseren Aufruf.«

Blondeau bedeutete ihr zu warten und wandte sich an Cyril Vigne:

»Ich muss Sie jetzt bitten, uns allein zu lassen. Wir können das Gespräch gerne später fortsetzen, die Kollegen brauchen mich.«

»Ich hatte zu verstehen geglaubt, dass der Präfekt auf Transparenz setzt«, sagte der junge Mann sehr selbstbewusst und bemühte sich nicht einmal, es im Frageton zu formulieren.

Alex spürte, wie die Atmosphäre eisig wurde.

»Im Gegenteil, Herr Vigne. Ich glaube, der Präfekt weiß Vertraulichkeit zu schätzen«, erwiderte der Kommissar nicht weniger bestimmt.

Cyril Vigne stand auf und ging hinaus, im Vorbeigehen schenkte er Alex ein allzu freundliches Lächeln. Sie wartete noch auf Marco und zog die Tür hinter sich zu.

»Ich weiß nicht, was ich von dem Burschen halten soll, aber ich habe ein unbehagliches Gefühl«, sagte Blondeau und deutete auf die beiden Stühle vor seinem Schreibtisch.

Die beiden Inspektoren setzten sich. Blondeau rieb sich die Augen, wie um die Müdigkeit fortzuwischen.

»Ich habe klare Anweisung vom Präfekten: im Rahmen der Reportage auf Fragen zu antworten. Aber ›Transparenz‹ … Der Kerl stellt ausschließlich Fragen zu laufenden Ermittlungen, und ich bin mir nicht sicher, ob er sich wirklich für das Frauenbild bei der Polizei interessiert.«

»Das heißt?«, fragte Marco.

»Keine Ahnung, aber je finsterer die Sache, desto besser scheint sie ihm zu gefallen. Er hat mich auf die Fälle Ibanez und Laurent angesprochen.«

Marco und Alex hoben jeweils eine Augenbraue. Die beiden Frauen, die eine gerade volljährig, die andere fast achtzig, waren vor kurzem in verschiedenen Vierteln überfallen worden, zweifellos von unterschiedlichen Personen. Aber die Gewalttaten hatten eines gemeinsam: einen rohen Sadismus, wie die Ermittler ihn nicht kannten. Sie hatten sich unglaublich ins Zeug gelegt, um dafür zu sorgen, dass die Identität der beiden Opfer nicht an die Öffentlichkeit drang. Von der Presse durchgehechelt zu werden war das Letzte, was die so junge Amélie Ibanez und die so gebrechliche Raymonde Laurent gebrauchen konnten. Ihre Namen aus dem Mund des Journalisten zu hören war keine gute Nachricht.

»Er und sein Drehteam haben eine Genehmigung, in den nächsten beiden Tagen an den Morgenbesprechungen teilzunehmen. Ich werde mich zurückhalten. Die sensiblen Fälle besprechen wir dann im kleinen Kreis, direkt mit den zuständigen Kollegen. Mir wäre lieb, wenn Sie den anderen sagen, sie sollen vorsichtig sein mit dem, was sie ausplaudern, das gilt für alle.«

Alex nickte.

»Inoffiziell«, betonte Blondeau. »Offiziell haben wir Anweisung, Auskunft zu geben. Aber ich kann nicht alle meine Leute zusammenrufen und ihnen sagen, sie sollen sich stumm stellen, während die Reporter vor der Tür stehen. Himmel, ich merke schon, die Sache wird anstrengend. Also, was haben Sie?«

»Fürs Erste drei Antworten.«

Alex resümierte rasch den Fall Allaoui und den des Unbekannten aus Straßburg, Marco legte dar, was er zu Rafik Faradji zusammengetragen hatte.

»Den Zuständigen in Nîmes West kenne ich nicht«, sagte der Kommissar. »Und der in Straßburg … ich will hoffen, es ist nicht mehr derselbe. Einen halben Tag habe ich jetzt mit diesem albernen Quatsch vertan, schreiben Sie mir auf, was Sie von den beiden Dienststellen brauchen, und ich rufe an.«

XVI

Mittwoch, 14. November

Als Alex um neun Uhr ins Kommissariat kam, lief sie dem großen Martin über den Weg. Unter dem Arm hielt er einen Karton Kopierpapier.

»Wow, du weißt, wo der Schrank mit dem Büromaterial steht?« Alex konnte es kaum glauben.

»Ich weiß alles.« Martin gähnte. »Vor allem weiß ich, dass ich mich am liebsten ins Bett legen würde, und das hier ist für dich.«

Er drückte ihr den Karton in die Hände. Alex richtete sich wieder auf und hielt ihn ans Becken gepresst. Mann, war das Ding schwer.

Auf ihrem Schreibtisch erwarteten sie die Faxe, die über Nacht gekommen waren. Sie stellte den Karton auf dem Stuhl ab und las zunächst die Adressen der Reviere und die Namen der Personen, die der Rettungsdienst, die Feuerwehr oder die Kollegen aufgesammelt hatten. Dann ging sie zum Kaffeeautomaten, betätigte fast ohne hinzusehen die Knöpfe und überflog die Berichte über die Vernehmungen, Behandlungen und Aussagen von Mohammed El Yes, Omar Sanabo, Fouad Hanimi und Saïdou Cissé.

Auf dem Rückweg kollidierte sie mit Élise Wantz, ein Zusammenstoß, der sie in seiner Heftigkeit daran erinnerte, dass die dem Anschein nach so zierliche Frau den schwarzen Gürtel in Karate besaß und schwerer umzuhauen war, als man hätte denken können.

»Tut mir leid!«

Alex hatte noch zu verhindern versucht, ihre Brüste, die Blätter und die Kollegin zu verbrühen, mit durchwachsenem Erfolg.

»Mach dir nichts draus. Dafür haben wir den Rest auf Marcos Schreibtisch gelegt, der steht näher am Fax.«

»Den Rest?«

Élise Wantz gähnte:

»Ooooouuuuuaaaahh, jawohl, den Rest.«

»Lange Nacht?«

»Ja. Ich geh nur rasch was frühstücken und bin gleich wieder da, wir haben einen Kunden im Vernehmungsraum.«

»Viel Erfolg«, sagte Alex, während Martin erneut vorbeikam, wieder mit einem Gähnen, es hatte eine verstörende Ähnlichkeit mit dem Klagelied eines brünstigen Grizzlys.

Als Alex in das gemeinsame Büro trat, blieb sie erst einmal reglos stehen. Auf Marcos Schreibtisch lagen dicht an dicht, in ungleichen Stapeln, die Faxe und bedeckten die gesamte Fläche. Am Faxgerät leuchtete ein rotes Lämpchen: kein Papier mehr.

Sie füllte das Papierfach, ging zu Marcos Tisch und machte sich an die Lektüre, die losen Blätter heftete sie zusammen. Sie fragte sich, wie sie am besten vorgehen sollte, und beschloss, die Unterlagen nach Regionen zu sortieren. Immerhin waren die Faxe in der richtigen Reihenfolge, die Fälle nicht vermischt. Im Stillen dankte sie den Kollegen. Alex' Gehirn war jetzt in Schwung, und sie versuchte, sich die Fotos, die Geburtsdaten, die Einträge im Vorstrafenregister zu merken.

Marco kam verspätet, das Gesicht voller Bartstoppeln. Als er sah, wie Alex an seinem Schreibtisch stand und versuchte, sich beim Sortieren nicht zu vertun, drehte er um und kam erst zurück, als in seinen Händen zwei Becher dampften.

»Kaffee?«

»Was?« Alex schaute von den Papierbergen auf. »Ah, ja, danke.«

»Und?«

Sie hatten mittlerweile Auskünfte aus siebenundzwanzig verschiedenen Dienststellen erhalten: Protokolle, Berichte von Streifenbeamten, Meldungen der Feuerwehr, vom Rettungsdienst, vom ärztlichen Notdienst. Aber was die beiden ratlos machte: nicht eine einzige Anzeige. Das schrille Piepen des Faxgeräts ertönte. Alex legte den Packen, den sie in den Händen hielt, vorsichtig in Marcos Arme, als vertraute sie ihm einen Säugling an.

Das Fax spuckte immer wieder etwas aus, zunächst alle zehn oder zwanzig Minuten, irgendwann surrte es fast ununterbrochen, während auf den Computern von Alex und Marco ständig neue Mails aufblinkten. Sie trafen von Kollegen in ganz Frankreich ein.

Diese hatten zunächst beobachtet, dass sich die Überfälle meist spätabends ereigneten, an wenig frequentierten Orten. Aber dann kam ein neuer Schwung E-Mails, und die Rede war von Angriffen nur wenige Meter abseits von Boulevards, wo reges Treiben herrschte, am Ende des Tages, in der Abenddämmerung. Die Opfer waren zum Zeitpunkt des Überfalls oft betrunken gewesen. Außer, informierte sie eine Mail aus Bordeaux, einem jungen

Seminaristen, einem Fahrlehrer und zwei Familienvätern – und weiter ging's. Die einzige Konstante: Die Überfälle wurden von Dritten gemeldet. Andréa Carrout war eine Ausnahme, denn die anderen Opfer gaben an, sich an nichts zu erinnern. Nur in den allerwenigsten Fällen lagen den Unterlagen förmliche Anzeigen bei. Man hatte die üblichen Verfahren eingeleitet, aber die Angaben waren zu spärlich, die Erinnerungen verschwommen, die Ermittlungen ins Leere gelaufen.

Um 15 Uhr schaute Alex ein wenig hilflos auf ihren von A4-Blättern überfluteten Schreibtisch. Hundertfünfzig Faxe waren seit dem Vorabend eingetroffen, und sie hatte es aufgegeben, sich die dazugehörigen Namen und Gesichter einzuprägen, rang vielmehr darum, die Bilder zu stoppen, die ihr beim Lesen von Wörtern wie »Risse«, »Blutungen«, »gezwungen«, »geschlagen« in den Sinn kamen, Bilder, die ihr mit den Berichten der Notärzte wieder und wieder vor die Augen flatterten.

Wonach sie jetzt suchte, war eine Gemeinsamkeit. Ein Zeuge. Ein Name. Ein Nummernschild. Was auch immer in diesem chaotischen Gemenge eine Richtung andeutete.

Sie rekelte sich, grummelte. Sie hatte Hunger, hatte Durst, der Hals tat ihr weh, der Kopf, die Beine.

Marco legte den Bericht, den er gerade gelesen hatte, auf den gemeinsamen, ebenfalls schon überquellenden Tisch. Er ließ die Finger knacken und fuhr sich durchs Haar.

»Soll ich uns was zu essen holen?«

»Mein ewiger Dank ist dir gewiss.«

»Was möchtest du?«

»Ein Paracetamol-Sandwich.«

Marco kam mit zwei vertrockneten Rohkost-Thunfisch-Baguettes zurück.

»Das ist alles, was es noch gab.«

»Kein Pfrbflem«, antwortete Alex, schon mit vollem Mund.

Sie schaffte es, das Miniding mit einer Limo hinunterzukriegen, die ihr, so chemisch und fürchterlich süß sie auch war, ganz köstlich vorkam. Nach einem Seufzer der Erleichterung gönnte sie sich ein paar entspannte Sekunden auf ihrem Stuhl, die Augen geschlossen, den Kopf nach hinten gelegt.

Als sie die Augen wieder aufschlug, hatte auch Marco zu Ende gekaut und schaute sie an.

»Was ist?«

»Nichts. Wolltest du nicht Andréa Carrout noch mal anrufen? Und ihm die Nummer einer Gesprächsgruppe geben ... einer Selbsthilfegruppe oder so?«

»Schon passiert.«

»Wie geht es ihm?«

»So lala. Froh, dass wir ihn nicht vergessen haben. Entsetzt, dass es ähnliche Fälle gibt. Wenn du mich fragst: Er ist noch lange nicht so weit, wieder einen Fuß vor die Tür zu setzen. Übrigens, als ich mal an den Verwaltungsbüros vorbeikam, habe ich gesehen, dass wir diese großen Pinnwände aus Kork haben. Lass uns mal nachschauen, ob die noch dort sind. Wir brauchen eine Möglichkeit, das Ganze bildlich darzustellen. Und auch eine Karte.«

»Wie bei Derrick?«, fragte Marco spöttisch.

»Nicht meine Schuld«, sagte Alex, löste ihr Haar und steckte es wieder zu einem unförmigen Dutt zusammen. »Bin nun mal visuell veranlagt.«

Marco runzelte die Stirn und fixierte einen Punkt hinter Alex. Sie spürte, wie ihr Körper sich reflexartig anspannte, und sie war schon in Abwehrhaltung, ehe sie Cyril Vignes Stimme überhaupt hörte.

»Alex?«

Der Reporter reichte ihr die Hand, während sein Blick zu den Blätterstapeln wanderte.

Sie war sprachlos. Nur wenige Unbekannte in ihrer Welt maßten sich an, sie einfach »Alex« zu nennen, als verstünde sich das von selbst. Vigne bemerkte ihr versteinertes Gesicht und korrigierte sich:

»Frau Inspektorin. Es ist mir eine Ehre, Ihre Bekanntschaft zu machen.«

Er schaute verstohlen auf seinen immer noch ausgestreckten Arm. Alex musste an Blondeaus Anweisung denken und griff schließlich nach der verwaisten Hand.

»Das nennt man zupackend!«, sagte er. »Kommissar Blondeau wird Sie vorgewarnt haben. Da bin ich nun und würde gerne einen Blick auf Ihre Arbeit werfen. Eben habe ich Ihre Kollegin Laetitia Lamarche interviewt, aber ich steige die Leiter Stufe für Stufe hoch. Und das da? Was ist das?«

Alex baute sich auf und stellte sich zwischen den Schreibtisch und den Reporter. Sie musste ihre sämtlichen Reserven aufbieten, um einen so höflichen wie überzeugenden Ton anzuschlagen.

»Herr Vigne, ja, der Herr Kommissar hat uns davon in Kenntnis gesetzt, dass Sie sich in den nächsten Tagen im Haus aufhalten. Ich dachte, Sie würden sich vorher bei uns anmelden, damit wir den Ablauf planen können.« Sie deutete auf die Tür des Büros und, weiter in die Ferne noch, in Richtung Pausenraum: »Kaffee?«

Sie machte sich auf den Weg, der Reporter hatte kaum eine Wahl. Entweder er blieb zurück, um mit Alex zu sprechen, aber ohne Alex, oder er folgte ihr. Er folgte.

Sie fragte, ob seine ersten Interviews für ihn interessant gewesen seien, ob es mit der Reportage vorangehe, und dabei zog sie ihr Handy aus der Jeans und tippte, während die Becher sich füllten, eine Nachricht. Sie habe, sagte sie, eine wichtige SMS, auf die sie antworten müsse.

Leg alles Blondeau auf den Tisch und frag ihn nach einem Raum. Mit Vorhängen. Und funktionierendem Schloss.

Marcos Antwort kam blitzschnell:

OK.

XVII

Freitag, 30. November

Die Anwesenheit des Reporters erwies sich bald als unerträglich. Wie es schien, hatte Cyril Vigne eine sehr persönliche Auffassung vom Sinn der Geheimhaltung bei kriminalpolizeilichen Ermittlungen. Die Inspektoren taten also ihr Bestes, ihn bei sensiblen Dingen auf Abstand zu halten. Besonders bei den Ermittlungen, die dank Andréa Carrouts Anzeige gegen unbekannt angelaufen waren. Der hatte sich schließlich überwunden und war unter großer Anspannung aufs Kommissariat gekommen.

Um sich den Anweisungen des Präfekten nicht offen zu widersetzen, hatte der Kommissar mehrere Fälle ausgewählt, an denen seine Leute das Reporterteam teilhaben lassen sollten. Man hatte sie zu Razzien mitgenommen, auf Streife, hinter den Einwegspiegel bei Gegenüberstellungen. Hatte sie einen ganzen Vormittag lang in einen der getarnten Kleinbusse gesetzt, zusammen mit Laski, der ihnen dabei seine ordinärsten Witze schenkte, eine zweifellos authentische Erfahrung. Man hatte sie in die Kantine mitgenommen, wo sich Magali-die-Tonfrau und Caroline-die-Kamerafrau den Respekt der Ordnungskräfte verschafften, als sie ohne mit der Wimper zu zucken den Kalbsbraten verspeisten, zäh wie Hartgummi, die geläufigste Form schikanöser Initiation im Haus. Cyril Vigne dagegen hatte sein Stück Fleisch nicht mal angerührt und den Teller beiseitegeschoben, dafür aber, Gipfel der Unverfrorenheit, Fritten von den Tellern ringsum geklaut, ganz selbstverständlich und ohne auch nur zu fragen.

Ein Sakrileg. Nicht mal Polaski ging seinen Tischnachbarn an die Fritten.

Da Vigne diesen schweren Fauxpas noch mit unangebrachten Fragen zum Privatleben der Beamten und zu vertraulichen Informationen abrundete, hatte er sich rasch einen Ruf erworben. Die Dreharbeiten hatten kaum begonnen, schon war er für alle im Haus »die Zecke«.

»Ich verstehe wirklich nicht, worauf er hinauswill«, hatte Élise Wantz am Kaffeeautomaten gemeint. »Wir alle wissen genau, wie solche Reportagen gedreht werden, jedes Mal bringt uns die Endfassung auf die Palme. Vigne muss also damit rechnen, dass wir misstrauisch sind. Aber statt sich um unser Vertrauen zu bemühen, kommt er mit immer unglaublicheren Sachen und wird immer unangenehmer. Als hoffte er, dass wir einen Fehler machen. Dass wir vertrauliche Daten rausgeben, unser Privatleben ausplaudern, um ihn zu beeindrucken.«

Wantz spielte auf eine Bemerkung von Vigne an. Er hatte sie nicht offiziell interviewt – die Narbe, klar. Aber ganz ungezwungen hatte er sie trotzdem in einer Ecke des Flurs gefragt, inwieweit ihr Verhältnis zu Martin sich auf ihre Arbeit auswirke und ob es zwischen Kollegen häufiger zu »Annäherungen« komme.

»Also, ich glaube, der Typ ist eine Tucke«, hatte Polaski sich eingeschaltet. »He, war doch lustig, der Witz mit der Frau und dem Sixpack, man muss schon schwul sein, um gleich beleidigt zu tun.«

»Du halt die Klappe, Polaski«, hatte Élise Wantz seelenruhig geantwortet, und Polaski war grummelnd gegangen, der Misserfolg seiner schmutzigen Witze irritierte ihn zutiefst.

Alex hatte gezögert. Es war schwer, eine Antwort zu

finden, die nicht ebenfalls eine Frage gewesen wäre. Ihr waren die Gerüchte nicht unbekannt, die man sich auf den Fluren über die hübsche Élise und den riesigen Martin erzählte, und sie hatte lange in ihrem Kaffee gerührt, ehe sie etwas sagte:

»Er wirft wahllos Leinen aus. Um Informationen zu angeln. Lass dich nicht beirren.«

»Man müsste ihn mit Diallo und Leguelvel zusammenbringen.«

»Das kann nicht dein Ernst sein. Vigne hat mal gehört, wie sie von Meerforellen sprachen, und gleich hat er damit geprahlt, dass er ... was auch immer. Irgendwas mit Fischen. Du kannst sie ja fragen. Aber ich bin sicher, wenn er ihnen in die Quere kommt, lassen sie ihn absaufen.«

Als Alex wieder ins Büro kam, winkte Blondeau sie zu sich herein. Marco hatte dort schon zwischen all den Stapeln Platz genommen.

»Wir kommen nicht voran. Abgesehen von Carrout keine weitere Anzeige. Und die Spuren an seiner Kleidung und in der Unterführung haben nichts ergeben. Der Präfekt ist jetzt mit von der Partie.«

Alex nickte. In den Fällen Carrout und Wreskansky waren die Analysen abgeschlossen, den Schlussbericht zu Andréa Carrouts Vergewaltigung hatte sie am Tag zuvor auf den Tisch bekommen. In den Anhängen fanden sich die Untersuchungsdetails zu den Spuren, die man an den Tatorten aufgenommen hatte. Es waren fast zweihundert Seiten. Das Gutachten des Labors kam nur zu einem Schluss: Es gab weder Fingerabdrücke noch sonstige Proben, mit denen man etwas hätte anfangen können.

»Der Präfekt befiehlt uns, pardon, empfiehlt uns, einen Experten hinzuzuziehen.«

»Einen Experten, Herr Kommissar?«, fragte Marco.

»Von der Universität. Einen ... Ethnosoziologen, um genau zu sein. Professor Magnien.«

»Kennen wir sein Forschungsgebiet?«

»Nein, aber der Präfekt hat mir versichert, er sei der Richtige für uns, um ›die Sache von einer anderen Seite zu beleuchten und die Blockade zu lösen‹, Ende des Zitats.«

»Nicht wir blockieren hier«, protestierte Marco. »Wir haben Opfer, die sich weigern, Anzeige zu erstatten, die verschwinden oder sich an nichts erinnern!«

»Ich weiß, Cantera, und mir ist sehr bewusst, wie frustrierend das sein kann. Aber wir kommen nicht weiter. Und das erwartet man von mir. Man sagt mir, ich soll einen Ethnosoziologen empfangen und ihn mit meinen Leuten in Verbindung bringen, damit er sie über ihre eigenen Ermittlungen aufklärt. Also komme ich der Bitte nach.«

Alex und Marco schwiegen still.

»Sie werden am Montag mit ihm sprechen«, schloss Blondeau.

Vor der Tür des kleinen Raums, den Blondeau ihnen bewilligt hatte, stießen Alex und Marco auf Cyril Vigne. Als der Reporter die beiden sah, ging er weiter.

Alex spürte, wie Marco sich versteifte. Auch sie selber konnte einen schweren Seufzer nicht unterdrücken. Je unverblümter Vigne es sich mit ihrer Einheit verdorben hatte, desto energischer waren auch die Inspektoren ans Angeln von Informationen gegangen. Tatsächlich waren seine Reportagen, soweit sie sich im Internet auffinden ließen, von der Sorte, die einen auf die Palme brachte, wie Élise Wantz es genannt hatte. Sie waren tendenziös, schwarzmalend, auf Sensationen aus und schienen einzig dazu da, diesen Herrn zur Geltung zu bringen, seine dramatische Sprechweise, seine wechselnden Jacken eines Kreativen und die kunstvolle Haartolle mit ihrem sorgfältig einstudierten Wippen. Beim Anblick eines Vorspanns war sie irritiert gewesen.

»Sounddesign? Was ist das denn?«, hatte sie gefragt.

»So ein Schwulenzeug«, hatte Polaski gesagt, der gerade an der Tür vorbeikam.

»Du hältst die Klappe, Polaski«, hatten die Frauen im Büro unisono gerufen.

Alex hatte es derart umgetrieben, dass sie Magali und Caroline schließlich darauf ansprach. Zwar hielt sie sich an Blondeaus Anweisung, auf Distanz zu achten, aber das Drehteam ging nun schon seit mehr als zwei Wochen in den Räumlichkeiten ein und aus, und so hatte sich eine von Sympathie getragene Beziehung zu den beiden Frauen entwickelt. Nichts allzu Tiefgehendes, aber wenn sie sich in einer Kaffeepause oder beim Schlangestehen in der Kantine begegneten, sprachen sie mit aufrichtiger Herzlichkeit miteinander. Also hatte sie ihnen die Frage direkt gestellt.

»Sagten Sie nicht, Sie hätten die Reportage über Prostitution von Minderjährigen in Belgien mit ihm zusammen gemacht?«

»Ja«, hatte Caroline nur geantwortet. »Wir beide.«

Im Vorspann stand Cyril Vignes Name neben »Kamerateam (verantwortlich)« und »Sounddesign«. Also hatte Alex sich erlaubt nachzuhaken.

»Tut mir leid, ich kenne mich da nicht so gut aus. Ich verstehe ›Kamera‹ und ›Ton‹, aber ›Sounddesign‹? Und wieso ›verantwortlich‹ für ein Team, wenn es nur eine Kamera gibt?«

»Das heißt nichts anderes, als dass er sich unsere Arbeit im Vorspann angeeignet hat.«

Übersetzt: Cyril Vigne war unfähig, was auch immer zu filmen oder aufzunehmen, aber die Leistungen der Frauen, mit denen er zusammenarbeitete, schrieb er sich selber zu. Alex hatte es Laetitia zugesteckt. Sie vertraute darauf, dass die Kollegin gebührend über ihn herzog. So war die Zecke in der allgemeinen Wertschätzung noch um einen Zacken gesunken, gefährlich nah am Absaufen. Selbst die Beamten, die Vigne bei seiner Ankunft wohlwollend oder interessiert empfangen hatten (das Fernsehen war schließlich das Fernsehen), zeigten sich ihm gegenüber immer frostiger.

Ob er es nicht bemerkte oder einfach ignorierte, an seinem Auftreten änderte es nichts. Und in letzter Zeit hatte er so oft bei dem kleinen, Alex und Marco zur Verfügung gestellten Büro herumgeschnüffelt, dass ihm klar sein musste, dass dort etwas im Busch war. Mehr als »Archivarbeiten«, wie der Kommissar ihnen anzugeben nahegelegt hatte, falls jemand fragte.

Alex war sich sicher, dass Vigne schon mal versucht hatte, die Tür zu öffnen. Was ständig verschlossen war, stachelte seine Neugier an. Von draußen gab es nichts zu sehen. Die großen Pinnwände, die sie in einem staubigen Lager ausfindig gemacht und ausgegraben hatten, hingen an der Wand zum Flur hin. Was darauf festgesteckt war, blieb für ihn unsichtbar.

»Er hat genug zu tun mit dem Material, das wir ihm zu der Razzia in den Massagesalons in der Rue Pascal gegeben haben«, brummte Marco. »Warum will er unbedingt seine Nase dort hineinstecken, wo wir ihn nicht brauchen können?«

»In gewisser Weise ist das seine Arbeit«, sagte Alex und schloss die Tür auf. »Pressefreiheit, unabhängige Informationen, all das ...«

»Der Kerl sucht nicht nach Informationen, Alex, er sucht nach etwas, was er ausschlachten kann. Und wenn wir so deutlich Anweisung haben, mit ihm zu kooperieren, kann er bestimmt gut mit dem Präfekten.«

»Mag sein.«

Alex und Marco stellten sich wieder vor ihre Pinnwände: Ausschnitte aus Berichten von Polizei und Gendarmerie, Karten von Frankreich, darüber die wichtigsten Verkehrsstraßen und Bahnlinien, Statistiken zu sexuellen Übergriffen und Vergewaltigungen, Kriminalitätsraten, Auszüge aus Strafregistern – nichts schien aus dem Gemenge herauszuragen.

Ihre Bemühungen, all diese Daten zu analysieren und ihnen eine Erkenntnis zu entlocken, blieben vergeblich. Neue Fälle trafen ein, ein paar Tage lang nichts, dann drei oder vier Überfälle auf einmal, manchmal in derselben Stadt, manchmal in zwei entgegengesetzten Ecken des Landes.

»Wenigstens müssen wir uns zur Abwechslung nicht fragen, was wirklich unsere Arbeit ist«, seufzte Marco. »Wir versuchen, das Chaos in Bahnen zu lenken.«

»Mit viel gutem Willen und der ein oder anderen Reißzwecke.«

XVIII

Montag, 3. Dezember

Alex setzte einen Fuß aus dem Bett. Ihre Laune war unterirdisch. Es würde sie viel Kraft kosten, nicht ihre letzten Momente mit Ana zu verderben, bevor eine Woche der Trennung begann.

Auf dem Weg zur Schule kam Paris ihr hässlich vor, die Geräusche schrill, die Winkel spitz. Vor der wuchtigen Fassade des Gebäudes bückte sie sich zu ihrer Tochter, schloss sie in die Arme und atmete tief ihren Geruch ein, um sich so einen Vorrat für die kommenden Tage anzulegen.

»Mama, ich komme zu spät!«

»Waren das Zeiten, als du noch nicht die Uhr lesen konntest«, scherzte Alex. »Na gut. Viel Erfolg, mein Schatz, lern schön und verbring eine schöne Woche bei deinem Papa.«

»Ja!«

Ana stürzte ins Portal hinein.

Alex winkte ihr noch nach, als Taubendreck auf ihrem Ärmel landete. Sie kramte in der Jacke und fand ein altes Papiertaschentuch, zusammengeknüllt zu einer schmutzigen Kugel.

Sie versuchte die Kacke wegzuwischen, fluchte. Der Fleck breitete sich aus. Aus den Augenwinkeln sah sie ein irgendwie vertrautes Gesicht. Sie brauchte ein paar

Sekunden, ehe sie es erkannte. Es war ein Mann in den Vierzigern, der sein kleines Mädchen liebevoll bis an den Eingang der Schule trug.

Der Typ hatte vor ein paar Wochen eine Nacht bei ihnen verbracht, in Gesellschaft von Eliès und Daumet. Doch die Anschuldigungen gegen ihn, Körperverletzung und Vergewaltigung, mussten fallengelassen werden, als seine Lebensgefährtin, ein zitterndes Bündel, am frühen Morgen kam und ihre Anzeige zurücknahm. Nach einer schlaflosen Nacht schien sie zu dem Schluss gekommen zu sein, dass sich alles wieder einrenken ließe. Oder dass er sie niemals in Ruhe lassen würde und sie von ihm, wenn sie seine Rückkehr erlaubte, vielleicht eine Atempause bekam.

Alex war Eliès und der Frau mit den geschwollenen Augen auf dem Flur begegnet.

»Sie wissen«, hatte der Inspektor mit dem schlohweißen Haar gerade zu der Frau gesagt, »dass niemand das Recht hat, Ihnen etwas anzutun, ja? Dass wir Sie beschützen können. Sie und Ihre Tochter.«

Ein neunjähriges Mädchen, an die Hand ihrer Mutter geklammert wie an einen dürren Ast inmitten des Sturms, schaute ängstlich zu ihm auf, aber die Frau bewegte nur den Kopf, von links nach rechts, sehr heftig.

»Madame«, sprach Eliès sanft weiter, »Sie wissen, dass er in unserer Datei geführt wird?«

Wieder versetzte die Frau ihren Kopf in Bewegung, diesmal von oben nach unten.

»Madame, ziehen Sie Ihre Anzeige nicht zurück ... Sie haben das nicht verdient, niemand ... Denken Sie an Ihre Tochter ...«

Aber die Frau hielt den Kopf gesenkt, den Rücken gekrümmt. Selbstaufgabe.

Der Mann war schon länger in der Sexual- und Gewaltstraftäterdatei registriert. Auch seine Vorliebe für junge Mädchen. Eliès hatte den Mann freigelassen, wie es das Verfahren verlangte, und die Sozialhelferin informiert. Dann war er zu den Umkleideräumen gegangen und hatte seinen Spind mit der Faust eingeschlagen.

»Und das ist die ganze Bandbreite der Möglichkeiten, mehr kann ich nicht für die beiden tun, Dueso«, hatte er noch zu Alex gesagt, der Laetitia einen Eisbeutel für den wütenden Inspektor in die Hand gedrückt hatte. »Außer persönlich zu ihnen nach Hause zu gehen und dieses Arschloch rauszuschmeißen.«

»Das ist nicht unsere Aufgabe.«

»Nein, das ist nicht unsere Aufgabe. Aber du weißt genau wie ich, dass dieser Mensch sich nicht ändern wird. Während er die Mutter alle paar Tage verprügelt und vergewaltigt, wartet er darauf, dass das Mädchen reif ist, genau nach seinem Geschmack. Er hält sie in Reserve. Und wir? Was tun wir bis dahin?«

Alex warf das schmutzige Taschentuch in einen Mülleimer. Der Mann setzte das kleine Mädchen ab. Obwohl, so klein war sie gar nicht. Groß genug jedenfalls, um alleine laufen zu können. Mit gekrümmtem Finger hob er ihr Kinn an, lächelte zärtlich und strich ihr den Rock glatt. Das Mädchen zeigte keine Reaktion. Sie schien auf etwas zu warten, hielt den Atem an. Als der Mann offenbar zufrieden war mit seiner Beschau und sie sanft in die Schule hineinschob, setzte sie sich in Bewegung, und Alex glaubte zu sehen, wie ihre schmalen Schultern sich ein wenig entspannten, kaum dass das Dunkel des Portals sie aufnahm. Der Mann drehte um. Ohne zu überlegen folgte Alex ihm.

Zweihundert Meter weiter ging er zu einem Wagen, nahm einen schwarzen Rucksack aus dem Kofferraum und machte sich wieder auf den Weg. Er überquerte ein paar Straßen und betrat ein schäbiges Lokal. Bevor er sich an der Theke niederließ, grüßte er die Stammgäste.

Alex nahm ihr Handy und suchte im Adressbuch nach der Nummer von Eliès.

»Hier Dueso. Rate mal, wem ich begegnet bin.«

»Dem Weihnachtsmann?«

»Fast. Manuel Santo. Hattest du mir nicht gesagt, dass er auch dealt?«

»Ja. Er hatte seinen Verkaufstisch in einer Kneipe, schön im Warmen. Als ich dir davon erzählt habe, hatten wir sogar gescherzt über seine Schwäche für feste Uhrzeiten ...«

»Ich habe vielleicht seine neue Arbeitsstätte gefunden.«

»Bist du sicher?«

»Sicher nicht, aber könnte sein.«

»Dann bist du der Weihnachtsmann. Ich sage Hacem Bescheid, vom Rauschgift. Er kümmert sich drum. Vielleicht nimmt er mich mit.« Eliès' Stimme klang ein wenig aufgeregt.

»Ich schicke dir die Adresse.«

Alex sagte ihm erst gar nicht, dass sie gesehen hatte, wie Manuel Santo die Tochter seiner Lebensgefährtin an der Schule abgesetzt hatte. Sie ließ sich auf einer Bank in der Nähe nieder und rückte ihren Schal zurecht. Es war ziemlich mild für Dezember, aber so dazusitzen, auf einer Bank, war etwas anderes.

Wieder griff sie nach ihrem Handy, sie wollte Marco anrufen.

»Na, was sind wir denn heute so traurig?«, erklang eine Stimme neben ihr.

Alex schaute hin. Ein etwa fünfzigjähriger Mann lächelte sie an.

»Ich bin beschäftigt.«

»Ich auch, aber nicht für eine so hübsche Frau wie Sie! Das ist doch nichts, so ganz allein ... ich leiste Ihnen Gesellschaft.« Der Mann lächelte weiter.

»Nur keine Umstände«, sagte Alex in neutralem Ton, ihr Handy immer noch in der Hand.

»Na, ein Lächeln kostet doch nichts.«

Der Mann rutschte an sie heran, und Alex spürte, wie der Ekel gefährlich in ihr hochschwappte, sie hatte die Schnauze voll. Aber fünfundzwanzig Meter weiter trank Manuel Santo einen Kaffee, der Rucksack zu seinen Füßen enthielt vielleicht hübsche kleine Päckchen mit je einem Gramm Kokain. Transport, Besitz, Angebot, Verkauf oder Kauf von Rauschgift: zehn Jahre Haft, so lange würden die Kleine und ihre Mutter ruhig schlafen können. Also konnte sie sich keine Szene leisten. Nicht, nachdem sie Eliès verkündet hatte, es gebe eine Chance, Santo einzubuchten.

Mit einem »Lassen Sie mich in Ruhe« stand sie auf und entfernte sich, das Handy am Ohr.

Marco war am Apparat:

»Ich bin bei Eliès, ich schwöre dir, so glücklich habe ich ihn nicht mehr gesehen seit ... Augenblick ...« Nach einem »Nun mach schon!« sprach Marco weiter. »Er kommt mit Hacem und noch zwei anderen vom Rauschgift, sie sind in zehn Minuten da. Und du, was machst du?«

»Ich warte auf sie und überlasse ihnen den Rest.«

»Okay. Aber ich sage es dir lieber gleich, Blondeau ist stinksauer. In zwei der großen Gratiszeitungen steht ein Artikel zu den Überfällen.«

»Mag sein, aber sag Eliès, ich warte schon sehnsüchtig auf ihn.«

»Tut mir leid, dass ich so spät komme«, entschuldigte sich Alex, als sie in Blondeaus Büro trat.

»Sie haben Eliès ein schönes Geschenk gemacht. In dem Rucksack war jede Menge Kokain in kleinen Portionen. Manuel Santo ist genauso vorgegangen wie beim ersten Mal. Die Kollegen vom Rauschgift mussten ihn keine zwanzig Minuten überwachen, schon hatten sie ihn in flagranti erwischt. Vor fünf Minuten wurde er festgenommen.«

»Die Macht der Gewohnheit«, sagte Alex.

»Die Macht der Dummheit, ja«, bemerkte Marco. »Man muss wirklich blöd sein, um dasselbe noch mal zu tun und sich auf dieselbe Art erwischen zu lassen.«

»So ist es«, sagte Blondeau. »Ihm drohen zehn Jahre. Eliès ist im siebten Himmel. Er bleibt bei Hacem und seinem Team, solange sie Santo vernehmen. Aber jetzt zu einem anderen Thema.« Er zog eine zerknitterte Zeitung aus dem Papierwust vor sich. »Hier. Wären Sie nicht direkt zu uns gekommen, hätten Sie das auch auf den Schreibtischen Ihrer Kollegen finden können. Und glaubt man den Auflagenzahlen dieser beiden Käseblätter, in den Händen von fünf Millionen Franzosen. Fazit: Der Präfekt will, dass die Medien über die Ermittlungen berichten.«

»Bitte um Entschuldigung, aber welche Ermittlungen?«

Marco saß nun gerade auf seinem Stuhl.

»Zu Carrout, Wreskansky und allen anderen Fällen, die man uns danach gemeldet hat.«

»Nein, ich … natürlich weiß ich, was Sie damit meinen. Aber bisher hat nur Andréa Carrout Anzeige gegen unbekannt erstattet. Wreskansky hat sich immer dagegen gesträubt, auch als ich ihn nach seiner Entlassung aus dem Krankenhaus angerufen habe. Noch gestern habe ich versucht, mit ihm zu sprechen, er hat einfach aufgelegt. Also, was genau will der Präfekt kommunizieren, außer zu sagen, dass es eine Welle von Überfällen in ganz Frankreich gibt? Mit massenhaften Panikreaktionen als Folge.«

»Dass wir dabei sind, dieser Welle von Überfällen ein Ende zu bereiten. Wozu auch gehört, dass wir Professor Magnien hinzuziehen. Er ist offenbar spezialisiert auf …« Blondeau griff nach einem der vielen Blätter auf seiner Schreibunterlage: »*Männlichkeit als gesellschaftliches Ideal in den großen kriegerischen Kulturen.* Ich kann Ihnen nur sagen, was ich notiert habe. Er hat seinen Besuch für 14 Uhr bestätigt. Haben Sie Ihre Fragen vorbereiten können? Damit das Gespräch Sie weiterbringt?«

Alex schüttelte den Kopf. Nein, noch nicht.

»Sie sollen wissen, dass ich alles getan habe, damit man Sie in Ruhe arbeiten lässt. Soweit es in meiner Macht steht. Was mit Jonathan Creuset passiert ist, ist weiter ungeklärt. Nach unserem Erkenntnisstand ist es ebenso gut möglich, dass er vor seiner Verantwortung als junger Vater davongelaufen ist und sich irgendwo wieder seiner Malerei widmet. Vielleicht tanzt er auch gerade in Barcelona Flamenco. Schon seit Wochen gebe ich mir alle Mühe, Ihnen die Presse vom Hals zu halten. Aber Debreuil kommuniziert gerne, und jetzt, wo die Sache publik ist, habe ich keine Argumente mehr. Noch wissen wir nicht, wer die Information durchgestochen hat. Normalerweise greifen diese Zeitungen auf Agenturmeldungen zurück, aber die AFP hat nichts gebracht, wir wissen also nicht, wo das Leck ist.«

Alex verdrehte die Augen:

»Herr Kommissar, ich nehme an, alle hier ahnen, dass ...«

»Wir wissen es nicht, Dueso. Etwas ahnen ist eine Sache, aber mehr haben wir fürs Erste nicht. Favier und Audain sind gerade mit einem Fall fertig, ich werde sie bitten, mal ein bisschen rumzuhorchen. Wenn wir beweisen können, dass Vigne absichtlich vertrauliche, mit einer laufenden Ermittlung in Verbindung stehende Informationen weitergegeben hat, während wir die Anonymität von Vergewaltigungsopfern zu schützen versuchen, sind wir ihn vielleicht quitt. Aber dafür brauchen wir handfeste Beweise.«

»Entschuldigen Sie«, sagte Marco, »aber was macht der Kerl eigentlich noch hier? Ist es so schwer, ihn loszuwerden? Ist er der Sohn von Debreuil oder was? Pardon, des Herrn Präfekten?«

»Sein Neffe.«

Schweigen.

»Na daaann«, schloss Alex. »Hat sich das wenigstens geklärt.«

»Der Bursche wird zu einer echten Plage, das sehe ich genauso, und dass hier etwas durchsickert, geht eindeutig zu weit. Immerhin habe ich den Präfekten davon überzeugen können, dass wir vertrauliche Details zu den Opfern und zu allem, was wir aufgrund ihrer Aussagen wissen, weiterhin schützen müssen. Den Schaden gering halten, mit anderen Worten. Ich habe die Notwendigkeit betont, auch falsche Zeugenaussagen als solche zu entlarven. Vigne setzt also vorerst keinen Fuß in Ihr separates Büro. Aber abgesehen davon müssen wir uns an die Spielregeln halten. Dueso, wenn ich es richtig verstanden habe, sind Sie bisher um das Interview herumgekommen ...«

»Nur um sicher zu sein, dass ich Ihnen folgen kann«, hakte Alex nach. »Der Journalist, der hier eine Reportage über Frauen bei der Polizei dreht, was ja erst mal ein politisch korrektes Anliegen ist und zu unserem Vorteil, dieser Journalist hat sich nicht nur als menschlich unerträglich herausgestellt, er steckt jetzt auch noch seine Nase in laufende Ermittlungen. Sie haben Alarm geschlagen, aber da der Herr der Neffe des Präfekten ist, sind Ihre Worte verhallt. Jetzt haben wir ein Leck, und die Namen von ...«, Alex beugte sich vor und überflog den Artikel, »den ersten vier Opfern sind bekannt geworden, obwohl wir sie geheim halten wollten. Carrout, Wreskansky, Allaoui und Faradji. Wir alle glauben, dass es Vigne war. Aber er bleibt weiter im Haus, um seine Reportage zu Ende zu drehen, und ich soll jetzt mit ihm plaudern. Ist es das? Sind wir alle auf demselben Stand?«

»So ist es, Dueso.«

In dem Raum wurde es still. Alex hob beide Schultern. Marcos Bein zuckte nervös, in einem beständigen Rhythmus, mehr Ska als Wiener Walzer. Alex' Miene blieb verschlossen.

»Bereiten Sie Ihre Fragen für Professor Magnien vor. Bei der Begrüßung bin ich dabei – ausdrückliche Bitte des Präfekten. Ich danke Ihnen beiden. Dueso ... tun Sie Ihr Bestes.«

»Man sieht euch ja gar nicht mehr in der Kantine«, bemerkte Fatia Favier. »Seit ihr euer eigenes Büro habt, gebt ihr euch mit dem Fußvolk nicht mehr ab, stimmt's?«

»Soll das ein Scherz sein?« Marco stellte sein Tablett am Ende des langen Tischs auf der kunststoffbeschichteten Spanplatte ab. »Ihr fehlt uns ganz schrecklich. Vor allem das Klingeln deines Handys.«

Fatia hatte einen überaus besorgten Ehemann. Er rief seine Inspektorin mehrmals am Tag an, da er fürchtete, Fatia könnte von einem Verrückten erschossen werden, und zwar – die Angstattacken folgten einem beständigen Rhythmus – jeweils um 11, 13, 16 und 18 Uhr. Kaum begleitete sie ihre Kollegen zum Aperitif, gab es ihn nicht mehr. Fatia hatte der Nummer ihres Mannes ein arabisches Klagelied als Klingelton zugewiesen, und dieses ertönte nun viermal am Tag. Für den Fall, dass sie verhindert war, hatte ihre Teamkollegin Audain Anweisung, dranzugehen, denn als Fatia mal zwei Anrufe verpasst hatte, weil sie in einer Vernehmung saß, war Guy Favier völlig panisch auf dem Kommissariat erschienen, der Blick verstört, das Haar zerrauft. Fatia musste zugeben, dass ihre Situation gewisse Ähnlichkeiten mit der von Frauen aufwies, die keinen Schritt tun konnten, ohne sich vor ihren Männern zu rechtfertigen. Aber sie gestattete dem besorgten Gatten, der so an ihrem Leben teilnahm, diese vier täglichen Sorgen und sprach zu den vereinbarten Zeiten ein paar Minuten mit ihm. Das würde ich nicht aushalten, dachte Alex. Aber sie wollte sich kein Urteil anmaßen. Wie es aussah, war auch der Weg zum Paradies der Liebe mit guten Vorsätzen gepflastert.

Alex schenkte sich ein Glas Wasser ein und versuchte, in die Unterhaltung einzusteigen.

Polaski, am Kopfende des Tischs, fragte gerade Daumet, dem sichtlich unbehaglich zumute war, nach dem Unterschied zwischen einer Frau und einer Nacktschnecke, Eliès verdrehte schon die Augen. Das Letzte, worauf Alex Lust hatte, war die Antwort zu hören, dieselbe wie schon hundertmal zuvor.

Neben Fatia Favier und Clémence Audain saßen Diallo und Leguelvel, sie waren stinksauer. Alex wandte sich an Fatia und hob fragend eine Augenbraue. »Fische«, deutete die mit den Lippen an. Ach ja, wichtiges Thema. Worauf Clémence sich zu Alex und Marco beugte und ihnen erklärte, wieso die beiden Kriminaltechniker so wütend waren:

»Vigne hat sie letzte Woche am Kaffeeautomaten getroffen und damit geprahlt, er hätte ... irgendwas gefangen.«

»Ja, ich habe davon gehört«, sagte Alex.

»Einen Lachs!«, stieß Diallo hervor. »Einen Lachs, ein Meter fünfzig lang!«

»Dieser kleine Arsch hat uns erzählt, er hätte sich letzten Winter mit dem Hubschrauber zur Halbinsel Kola bringen lassen«, erklärte Leguelvel, puterrot vor Neid oder vor Wut, das war noch nicht ganz klar.

»Klingt exotisch«, bemerkte Alex.

»Und wie! Das liegt in Russland. Von der Straße aus nicht zu erreichen. Man muss einen Helikopter mieten, kostet natürlich ein Schweinegeld. Aber erst mal vor Ort, muss man nur aussteigen und kann die Fische einsammeln. Wo er das Geld wohl herhat? Er hat uns mit dem Foto vor der Nase herumgewedelt, ein riesiger Atlantischer Lachs!«

»Das ist nicht mal richtiges Angeln«, meinte Diallo verächtlich.

»Aber toll muss es schon sein«, musste Leguelvel zugeben, den Blick für einen Moment verloren in seiner Träumerei.

Dann schüttelte er sich und schloss emphatisch:

»Dieses kleine Arschloch.«

Alex konnte nur schwer nachvollziehen, welchen Reiz es haben mochte, die Ferien auf einer öden Halbinsel zu verbringen und sich bei sieben Grad unter null mit solchen Riesenfischen herumzuschlagen. Sehr begreiflich war ihr dagegen, dass Vigne es geschafft hatte, es sich mit fast allen im Haus zu verscherzen. Er unternahm nichts, um das Vertrauen der Leute zu gewinnen, provozierte vielmehr ständig. Ungeniert spazierte er herum, schnüffelte weit über die vom Kommissar gesetzten Grenzen hinaus und stiftete nur Unfrieden, mit einem Selbstbewusstsein, dass es einem die Schuhe auszog. Allein die Art, wie er Blondeaus Autorität unterlief. Seine Inspektoren brachte es zur Weißglut, und dass eine Reaktion des Kommissars ausblieb, verwunderte sie sehr. Natürlich verstanden alle, unter welchem Druck er stand: Er hatte direkte Anweisung, den Reportern Zugang zu den Räumlichkeiten und zu den Teams zu gewähren. Aber die Leute fühlten sich allein gelassen. Alex begegnete Marcos Blick, er schien sie still etwas zu fragen. Sie zog eine Schulter hoch. Tu, was du für richtig hältst.

Ihr Kollege beugte sich über den Tisch und tuschelte:

»Vigne ...«

Bei dem Geräuschpegel in der Kantine konnte jemand, der die Stimme senkte, nur eins im Sinn haben: eine saftige Information weiterzugeben. Die Köpfe von Favier,

Audain, Diallo und Leguelvel drehten sich zu Inspektor Cantera.

»... ist der Neffe von Debreuil.«

Schweigen. Verdauen.

»Was so viel heißt wie, ich kann ihn nicht an der Pointe du Raz ertränken«, folgerte Leguelvel.

»An seiner Lieblingsstelle ertränkt man sowieso niemanden«, tröstete ihn Diallo.

Alex fragte sich, was der Ehrenkodex der Angler wohl dazu sagte, Journalisten *woanders* als an ihrer Lieblingsstelle zu ertränken.

»Dann sollten wir ihm ein Glöckchen umhängen«, schlug Favier vor. »Wie den Katzen. Dann hören wir ihn schon von weitem kommen.«

»Und können in die andere Richtung abhauen!« Audain lachte.

»Oder ihn mit einem Staubsauger erschrecken«, meinte Diallo. »Meine Katze hasst Staubsauger.«

»Ich seh dich schon vor mir, wie du einen Journalisten mit dem Staubsauger durch die Flure scheuchst«, sagte Marco, und zu Leguelvel: »Tja, das erinnert ganz und gar nicht an den Burschen, der zehn Jahre lang Arschhaare analysiert und auf einmal verrückt wird.«

»Das ist die perfekte Inschrift, die will ich auf meinem Grabstein haben!«, rief Leguelvel und lachte: »*Er analysierte Arschhaare und angelte dicke Fische.*«

»*Er liebte Angelruten und Arschhaare?*«, warf Favier ein.

»Nein, das klingt eher nach dem Wahlspruch einer Sadomaso-Loge.«

»Also lieber nur was mit Fischen?«, meinte Audain.

»Aber ich bin doch stolz darauf, Arschhaare zu analysieren! Meine Analysen bringen eure Verdächtigen ins Gefängnis, undankbare Bande.«

»Was haltet ihr von: *Er lebte wie ein Lachs: ein bisschen fett und gegen den Strom?*«, schlug Alex vor.

Leguelvel lachte schallend und tätschelte seine beachtliche Wampe.

»Gekauft!«

Alex verabschiedete sich unter dem Applaus ihrer Kollegen. Dann schaute sie hoch zu der riesigen Uhr, die die Westwand der Kantine zierte.

»Marco! Schon fast zwei ... Jungs, tut mir leid, aber wir müssen euch verlassen. Gebt uns Bescheid, wenn ihr unsere Grabinschriften schreibt, okay?«

Als Alex und Marco aus dem Aufzug traten, kam der Kommissar gerade aus seinem Büro.

»Was für ein Timing! Laetitia hat eben angerufen, Professor Magnien ist da.«

Ein Mann um die sechzig mit meliertem Haar wartete auf sie. Er hatte etwas von einer Spitzmaus und hielt eine Aktentasche in der Hand. Kommissar Blondeau stellte ihm seine Inspektoren vor und führte sie alle drei in einen Besprechungsraum. Magnien lehnte den Kaffee ab und akzeptierte einen Tee. Während Marco die Getränke holte, öffnete er seine Tasche und zog eine Mappe heraus. Als Marco zurückkam, dankte ihm der Professor, setzte den Becher an die Lippen, schnupperte, setzte ihn wieder ab und rührte nicht mehr daran.

»Herr Debreuil hat mir gesagt, ich könnte Ihnen vielleicht ein Licht aufstecken.«

Er lächelte augenzwinkernd. Alex war sich sicher, dass der Präfekt es Wort für Wort genau so formuliert hatte, und witzig daran war allein der Ton.

»Nun ja, wir hätten zunächst gerne etwas mehr über Ihr Fachgebiet gewusst, sagte Marco, »damit wir unsere Fragen gezielter stellen können.«

Dieser Marco, dachte Alex, ein echtes diplomatisches Talent. Tatsächlich hatten sie den Termin vorbereitet und sich über die Arbeit des Professors informiert, hatten Publikationen, Vorträge und Abschriften von Kolloquien gefunden, in denen Michel Magnien, wie es schien, endlos um ein und dasselbe Thema kreiste: die spartanische Gesellschaft. Es war das bemerkenswerteste, effizienteste System aller Zeiten, bedauerlich, dass Sparta unter die Herrschaft Roms geriet, so interessant das römische Modell unter demokratischen Aspekten auch sein mochte, aber in Fragen der Disziplin konnte es einfach nicht mithalten.

»Mit einem Wort«, hatte Alex ein wenig verärgert zusammengefasst: »Die nackten Krieger, die den Peloponnes terrorisieren und alle töten, sind supercool. Die Tatsache, Kinder mit sieben Jahren ihren Eltern wegzunehmen, um Kämpfer aus ihnen zu machen, ist superpädagogisch. Und macht man dann noch die Frauen zu kräftigen und kerngesunden Müttern, hat man den Schlüssel zum Glück.«

»Mir geht das alles auch auf den Geist«, hatte Marco geseufzt. »Wir sollen uns mit diesem Menschen treffen, okay, nur ... was hat das mit den Ermittlungen zu tun? Man muss ja nicht übertreiben.«

»Er will es nun mal so. Und mir geht es nicht nur auf den Geist, sondern gewaltig auf den Geist. Es ist Montagmittag, und schon jetzt kann mich die Woche mal.«

»Hast du irgendwelche Fragen an diesen Herrn?«

»Ja, aber nicht zur Radiokarbondatierung der letzten ausgegrabenen Funde im alten Arkadien.«

»Sollen wir den Termin jetzt vorbereiten, oder bist du lieber bloß sauer?«

Trotz eines kurzen Aufflackerns von gutem Willen war es Alex und Marco bei ihren Recherchen nicht gelungen, den Kenntnissen des Herrn Professors Magnien etwas Nützliches abzugewinnen. Sie fragten sich, wieso man ihnen einen Experten für Leute, die seit Jahrhunderten tot waren, vor die Nase setzte, wo sie Überfälle auf solche aufzuklären hatten, die man vielleicht misshandelt hatte, die aber noch recht lebendig waren.

Professor Magnien stürzte sich in ein umfassendes Referat über den Kult vom vollkommenen Körper und die Organisation der Gesellschaft von Sparta. Alex hörte zu, versuchte objektiv zu bleiben und seinem Vortrag das Beste zu entnehmen. Aber was Magnien sagte, ließ rasch ihre inneren Alarmglocken schrillen.

Nach dem Loblied auf die spartanische Erziehung war er schon bald beim Einsatz der Körper als Kriegswaffe, was zunächst logisch klang, schließlich ging es um eine Zeit, in der Splitterbomben selten waren. Und fuhr fort mit dem Schrecken, den die Spartaner den angegriffenen Bevölkerungen einjagten, und der Rolle des Mythos vom Kriegskörper.

»Und wenn ich ›Kriegskörper‹ sage, meine ich natürlich die Armee selbst, die Masse der Körper, aus denen die Armee besteht, klar.«

Alex hatte gleich genickt und ihm ein »Gewiss« zugebilligt. Und schon waren sie bei der Notwendigkeit, den Mythos aufrechtzuerhalten, indem man den Feind gänzlich auslöschte, die Soldaten, »gewiss«, aber auch Frauen und Kinder. Michel Magnien nannte dies Einsatz der Bevölkerung als Instrument zur Verbreitung des Mythos – oder Propagandamatrix, »gewiss«.

Sowie er all die Übergriffe beschrieb, unter denen die verschiedenen geografisch oder später politisch isolierten Bevölkerungsteile zu leiden hatten, bildete sich in seinen Mundwinkeln ein Belag aus getrocknetem Speichel. Alex konnte ihren Blick nicht abwenden von dieser schaumigen Kruste, während Michel Magnien nun zum Konflikt zwischen Hutu und Tutsi überging und die Dynamiken des Schreckens schilderte, die auch Alex hatte verfolgen können, allein und schaudernd vor ihrem Computer. Angesichts der Begeisterung des Akademikers wurde ihr übel. Man hatte ihm eine vollständige Liste der Opfer zur Verfügung gestellt, »gewiss«, und als er sie hochhielt, mit kleinen abgehackten Bewegungen wie ein Nagetier, und dabei weiter dozierte, sahen Alex und Marco ihn fassungslos an.

»Was wir im Rahmen unserer Ermittlungen an Informationen erhalten, fällt aus dem üblichen Schema heraus«, bemerkte Alex, mit lauter Stimme nun, und sie erhob sich auf ihrem Stuhl, auf dem sie unter dem Wortschwall des Professors zusammengeschmolzen war.

Doch die Bemerkung vermochte Magnien nicht zu unterbrechen. Nach einem Gleitflug, dessen Bahn den beiden Ermittlern ein Rätsel blieb, war er beim Islam gelandet, bei der dramatischen Demütigung, die ein solches Eindringen in den Körper für einen Muslim bedeute, einen Körper, den die Religion vor der Unzucht zu schützen und vor den Blicken der Öffentlichkeit zu verbergen empfehle.

» ... eine solche Welle, eine solche Vielzahl an Vergewaltigungen von Männern muslimischer Herkunft ist ganz und gar außergewöhnlich, faszinierend, gewiss.«

Bei »muslimischer Herkunft« rümpfte Marco die Nase. Als er zu der Einheit dazugestoßen war, hatte Eliès ihn für diese Formulierung mehrmals getadelt: »Ach ja? Dann zeig mir mal, wo Muslimien auf der Landkarte liegt, Cantera.« Alex ihrerseits machte den Professor darauf aufmerksam, dass das nicht stimmte – der erste Fall war Carrout gewesen, und nirgendwo in seiner Akte war die Rede von einer Religion oder einer religiösen Praxis. Die Nase gerümpft hatte sie bei »faszinierend«.

»Was für einen Mann natürlich umso schwerer wiegt«, schickte Professor Magnien noch hinterher.

In Alex' Brust ballte sich die Wut, sie kochte.

»Gewiss, ja«, sagte sie, diesmal in scharfem Ton, wie ein letzter Versuch, den Spitzmausmann zu warnen, dass er sich gerade sein letztes Loch buddelte.

Doch Magnien, allzu verliebt in den Klang seiner eigenen Interpretation, nahm die Spannung in ihrer Stimme nicht wahr.

»In ihrer Kultur ist das wirklich schlimm«, schloss er, und so wie er es sagte, duldete es keinen Widerspruch.

»In ihrer Kultur?« Alex konnte es nicht fassen.

»Richtig. Für diese Leute ist Männlichkeit ein Thema, das …«

»In ihrer *Kultur*?«

So wie er nun schaute, war es ihm wohl nicht oft im Leben passiert, dass man ihn derart unterbrach. Alex zog ihren Stuhl an den Tisch heran, ließ ein »Jetzt reicht's aber« fallen und sprach weiter:

»Professor, bitte, machen wir hier mal kurz stopp. Nur um uns vor Augen zu führen, was Sie eben gesagt haben, denn wir sind jetzt mit Ihnen ein recht weites Feld von *Kulturen* in dieser Welt abgeschritten, und da wäre ich Ihnen dankbar für die Nennung einer *Kultur*, in der es kein Problem ist, wenn man verfolgt und bewusstlos geschlagen wird, wenn man in einer Unterführung voller Dreck und Exkremente den Arsch aufgerissen bekommt.«

»Ich ...«

»Nun sagen Sie schon. Wo die Analyse des Themas offenbar so ›faszinierend‹ ist. Wo unsere Opfer für die Forschung eine so aufregende ›Materie‹ sind. Na los.«

»Ich ... warten Sie.« Der Spitzmausmann schien in Panik zu geraten. »Erst einmal gibt es keinen Grund, mit mir in diesem Ton zu sprechen! Ich bin hergekommen, um Ihnen zu helfen, aus freien Stücken. Sie sind ja geradezu ...«

»Geradezu was? Aggressiv? Unhöflich vielleicht? Nein, das wollten Sie bestimmt nicht sagen. *Hysterisch*, meinen Sie das?«

Professor Magnien wandte sich an Marco.

»Hören Sie, ich bin nicht hergekommen, damit man mir ins Gesicht springt, ich ...«

Alex schlug auf den Tisch. Vor Schreck zuckte der Mann, seine Hand stieß gegen die Aktentasche, sie glitt vom Schreibtisch auf den Boden.

»Ich habe Ihnen eine Frage gestellt. Der Anstand gebietet, dass Sie mir antworten, auch wenn Sie mich für *hysterisch* halten.«

Michel Magnien blieb stumm, bebend vor Empörung.

Alex holte tief Luft und sprach beherrscht weiter:

»Na gut. Ich fasse zusammen: Das ist ungewöhnlich, das ist demütigend, das ist schlimm. Sonst noch etwas?«

»Nein«, antwortete Magnien, dessen Ähnlichkeit mit einer Spitzmaus im Ringen um Fassung noch deutlicher hervortrat.

»Danke für Ihre interessanten Ausführungen. Inspektor Cantera wird Sie hinausbegleiten. Ach, übrigens.«

Der Professor drehte sich zu Alex um, mit bangem Blick.

»Wissen Sie, wie viele *Frauen* im Durchschnitt jeden Tag vergewaltigt werden?«

»Nein.«

»Etwa zweihundertfünf. Jeden Tag, in Frankreich. Wiegt das für Sie schwer genug?«

Als Marco zurückkam, schäumte Alex noch immer. Er zögerte. Normalerweise reichte ihr eine kurze Einschätzung, ob etwas die Aufregung wert war oder nicht, und sie fand die Beherrschung wieder. Letztlich hatte nur weniges ihre Wut verdient.

»Geht's wieder?«

Zu seiner Überraschung seufzte Alex erleichtert:

»Ich dachte schon, du fragst mich, ob ich mich beruhigt hätte. Das hat mich mein Lehrer auf der Grundschule immer gefragt. Wie ich es gehasst habe. ›Na, hast du dich wieder beruhigt?‹ Er wollte nie wissen, was passiert war, auch nicht, warum ich mich so geärgert hatte. Er war grundsätzlich der Meinung, dass Jungs sich um der Ehre willen prügeln und Mädchen grundlos ausrasten.«

»Und, bist du grundlos ausgerastet?«

»Nein. Ich habe mich um der Ehre willen geprügelt, was glaubst du.«

»Und heute? Ich will dir ja nicht die Stimmung verderben, aber du hast jemanden provoziert, den uns der Präfekt geschickt hat. Keine Ahnung, wieso, gebracht hat es nichts, aber trotzdem ...«

»Er hat uns diesen Herrn nicht nur geschickt, er hat ihm auch eine komplette Liste mit den Namen der Opfer zugesteckt. Was soll das für eine Ermittlung sein, ein Frühstücksbuffet? Sie möchten vertrauliche Informationen? Aber bitte sehr, kein Problem, bedienen Sie sich. So eine Scheiße!«

»Außerdem warst du grob zu ihm«, sagte Marco etwas verkniffen, seine Mimik erinnerte ein wenig an Magnien.

»Du würdest einen super Uniprof abgeben.«

»Fass dir lieber an die eigene Nase. Nicht ich habe mich zwei Jahre bei den Soziologen getummelt.«

»Du wirst es mir sowieso nicht abnehmen, aber ich versichere dir, da gibt es Wissenschaftler, die einen begeistern können.«

»Du kannst mir sonst was erzählen, das weißt du genau.«

Die beiden schauten sich an. Und jetzt?

Marco sprach weiter, in ernstem Ton.

»Na gut. Aber selbst wenn du ›vorzeigbar‹ bist, wie Vigne sagt, und der hat Sinn für Komplimente ... du hast uns ganz schön reingeritten.«

»Ich weiß. Ich war nur sein blödes Dozieren leid. Ich habe nie gesagt, dass es Vergewaltigungen gibt, die weniger schlimm sind als andere, auch wenn dieser Mensch das zu denken scheint. Und natürlich will ich herausfinden, wer die Leute überfallen hat. Nur stößt es mir langsam auf, dass man hier klarmacht zum Gefecht, dass man uns irgendwelche Experten ins Haus schickt, egal wie nutzlos sie sind, bloß weil es um Männer geht. Die Zahlen bei Frauen kennst du so gut wie ich, Marco. Wann hast du zuletzt gesehen, dass ein Präfekt zu uns herabsteigt und uns sagt, wir sollen uns ins Zeug legen?«

Marco breitete die Arme aus, ohnmächtig.

»Eben«, sagte Alex. »Gehn wir, für heute reicht's.«

»Balto?«

»Nein, ich will nach Hause. Übrigens, kaum hatte ich heute Morgen einen Fuß vor die Tür gesetzt, hat eine blöde Taube auf mich geschissen.«

»Wenn wir beweisen können, dass du deswegen im posttraumatischen Stress warst, entgehst du vielleicht einer Verwarnung. Willst du wirklich nicht mitkommen? Ich habe mit den anderen gesprochen, sie kommen alle. Wird uns guttun.«

»Klarer Fall von Anstiftung.«

Normalerweise war das Balto montags nicht allzu voll. Aber das ganze Kommissariat schien einen schweren Tag gehabt zu haben. Vor der Tür stand Fatia, rauchte und tippte in ihr Handy:

»Ich schicke nur eben Guy eine Nachricht, damit er sich keine Sorgen macht«, rechtfertigte sie sich.

Marco summte die Titelmelodie von *Mission: Impossible.* Fatia hob die Hand, als wollte sie ihm eine verpassen.

Alex drückte die Glastür auf und trat in das polizeiliche Stimmengewirr. An der Theke nahmen Wantz und Martin eine Runde Bier entgegen. Am Ende des Raums unterhielt sich Clémence Audain mit dem jungen Daumet. Eliès stand bei einem Tisch, an dem Männer von der Drogenfahndung saßen. Als er Alex sah, stimmte er ein Gejohle an, in das die Kollegen am Tisch gleich einfielen. Er winkte Alex zu sich.

»Bin sofort bei dir«, sagte sie zu Marco, ehe sie, etwas unsicher, auf die Tischgesellschaft zuging.

Sechs stattliche Kerle schauten zu ihr hin. Ihre Wangen waren rau, ihre Gesichter müde, aber zufrieden.

»Jungs, da kommt Dueso. Die uns, das heißt euch, Manuel Santo auf dem Tablett serviert hat.«

Zu Alex' Verwunderung erhoben sich die sechs Männer einer nach dem anderen und gaben ihr die Hand, fest, aber nicht auftrumpfend. Die Cowboys, wie Alex all diejenigen im Haus nannte, die nur für den Außendienst und das Adrenalin der Festnahme lebten, hatten oft diese Macke, einem die Finger zu zerquetschen, damit man spürte, wer der Stärkere war. Heute nicht. Hacem sagte, sie solle sich doch zu ihnen setzen. Alex lehnte ab, aber Eliès hielt ihr schon ein großes Bier hin. Alex stieß an, sah ihm in die Augen und erinnerte sich daran, dass der Tag nicht nur aus Taubendreck bestanden hatte. Sie hatte zur Festnahme eines Sexualstraftäters beigetragen. Wegen Drogenhandels, aber immerhin.

Als sie das Gefühl hatte, dass man es ihr nicht mehr als Beleidigung auslegen würde, entschuldigte sie sich und ging wieder zu ihrer Truppe. Marco hatte ihr einen Platz frei gehalten, ein Bier wartete auf sie. Sie glotzte nur dumm und fragte sich, was sie mit dem ersten gemacht hatte, dabei hatte sie es längst ausgetrunken. Marco bemerkte ihre Miene:

»Ah, du möchtest lieber Wein.«

»Schon okay«, beruhigte ihn Alex.

Sie setzte sich und ließ Clémence und Fatia ihren Tag zusammenfassen. Die Namen der ersten vier Opfer standen nirgendwo in den AFP-Meldungen. Die Redaktionen der beiden kostenlosen Zeitungen hatten die Information am späten Nachmittag des Vortags von einem Journalisten namens Bruno Karjat erhalten. Der hatte einen

Artikel unterbringen wollen und gesagt, er habe eine vertrauliche Quelle. Zwei Kurzmeldungen waren es dann, von hundert und zweihundert Wörtern. Für ein lächerliches Honorar. Die Redaktionen dieser Zeitungen zahlten miserabel, ihr System basierte auf der Zusammenarbeit mit Freelancern oder Praktikanten, die rasch die frei zugänglichen Meldungen umschrieben. Harte Zeiten für ausgebildete Journalisten. Als Audain und Favier ihn kontaktierten, hatte Bruno Karjat einen überraschten Eindruck gemacht und das Gespräch sofort beendet. Er wohnte am anderen Ende von Paris, hatte offenbar noch nie einen Fuß ins Kommissariat gesetzt und schien auch niemanden dort zu kennen.

»Das heißt, nur auf den ersten Blick«, ergänzte Audain.

»Was meinst du damit?«, fragte Daumet.

»Na ja, ich habe euch alle als Facebook-Kontakte, also habe ich die Listen eurer Freunde durchgesehen. Aber wir können euch auch einzeln vernehmen, Daumet.« Favier kniff die Augen zusammen. »Wir wissen, wie man Leute zum Reden bringt.«

Der junge Blondschopf lief knallrot an.

»Entspann dich!«, beruhigte ihn Audain. »Nur du, Alex«, sagte sie noch und stupste sie mit dem Ellenbogen an, »du bist nirgendwo.«

»Nirgendwo?«

»In den sozialen Netzwerken. Hast du kein Profil?«

»Nein. Willst du mich jetzt einzeln vernehmen?« Alex grinste. »Um zum Thema zurückzukommen: Bruno Karjat? Nie gehört.«

»Noch mal Glück gehabt. Also, wir haben im Internet seinen Lebenslauf recherchiert. Er war in Lille auf der Journalistenschule. Zur selben Zeit wie ... na? Cyril Vigne.«

Die ganze Runde saß da und sagte keinen Ton. Alle warteten auf die Fortsetzung.

»Wir haben ihn noch mal angerufen und gefragt, ob er in letzter Zeit seinen Freund Vigne gesehen hat. Er sagte, er müsse nicht mit uns sprechen ... Möglich, dass der Begriff ›polizeiliche Belästigung‹ gefallen ist.«

»Tun die Leute das nicht ein bisschen oft, uns einfach auflegen?«, meinte Fatia. »Wo wir so supersympathisch sind.«

»Herzallerliebst, wohl wahr ... Also«, fuhr Clémence fort, »wir haben zwar keine Beweise, aber wir vermuten, dass Vigne die Infos in Umlauf gebracht hat.«

»Und wieso gibt er sie jemand anderem? Er hätte sie selber verwerten können«, bemerkte Daumet.

»Ja, aber dann wäre er im Haus völlig unten durch gewesen. Ob Neffe oder nicht, er wäre rausgeflogen. So kann er uns weiter behelligen. Nach dem Leck sind wir gezwungen, offiziell Stellung zu beziehen, Blondeau hat bereits Anweisung erhalten. Und Vigne ist aus nächster Nähe dabei. Er spuckt uns in die Suppe und darf trotzdem mit am Tisch sitzen, als integrer Journalist und weiterhin unter dem Schutz des Präfekten, weil er offiziell nichts zu tun hat mit dem ganzen Salat.«

»Bei deinen Metaphern bekomme ich Hunger«, meinte Marco und stand auf. »Will jemand was?« Er überflog die Gläser auf dem Tisch. »Na sag mal, Alex, für jemanden, der nie Bier trinkt ...«

Alex lächelte, schob scheinbar unbeeindruckt das leere Glas beiseite und antwortete mit einem Schulterzucken:

»Ich hatte Durst.« Sie zog ihre Jacke über und schlang sich den Schal um den Hals. »Wir werden von der Sache noch hören, da bin ich sicher. Also, ich hau jetzt ab.«

Als Alex dann vor ihrem Wagen stand, zögerte sie, ehe sie aufschloss. Sie war bestimmt schon hart an der Grenze, zumal sie sich nicht mehr erinnerte, ob man ihr am Tisch der Drogenfahnder nun ein oder zwei Bier spendiert hatte. Ein Liter. Anderthalb. Sie stieg ein, legte den Sicherheitsgurt an. Brauchte drei Versuche, um den Zündschlüssel in den Schlitz zu stecken. Schaute auf. Das Schild am Ende der Straße machte Anstalten, sich zu verdoppeln.

Sie stürzte in die Metro hinein.

XIX

Dienstag, 4. Dezember

Als Alex am nächsten Morgen ins Kommissariat kam, mit schwerem Kopf und flauem Magen, machte ein neues Thema auf den Fluren die Runde. Gegen zehn Uhr ging sie noch mal hinaus, um sich ein Croissant zu holen, in der Hoffnung, etwas zu essen würde ihr guttun. Doch kaum zurück, begegnete sie Cyril Vigne. Es war ihm ein Vergnügen, ihr das Gerücht zu bestätigen.

»Ich habe mich leider von Caroline trennen müssen«, sagte er süffisant. »Für eine gute Reportage, mit gutem Material, braucht man das Vertrauen derjenigen, die man filmt. Nur bin ich zu der Auffassung gelangt, dass sie es nicht verstanden hat, eine solche Beziehung zu den Beamten hier zu knüpfen. Wissen Sie, man muss in aller Offenheit miteinander sprechen können. Ohne Angst, die Informationen könnten sonst wo landen. Was mich interessiert, sind die Menschen hinter den Geschichten.«

Cyril Vigne schenkte Alex ein breites Lächeln. Sie suchte nach einem Mülleimer, in den sie ihr angebissenes Croissant werfen konnte. Keinen Hunger mehr. Selbst in dem grauenhaften gelblichen Licht der Neonlampen am Wachtresen fand sie die Zähne des Journalisten viel zu weiß.

»Apropos, was halten Sie davon, wenn wir unser Interview heute Nachmittag führen?«, fuhr er fort. »Ganz zwanglos, Sie wissen ja, wir unterhalten uns nur darüber, was es bedeutet, eine Kriminalbeamtin zu sein. Und wie die Bürger, denen Sie jeden Tag helfen, womöglich reagieren, wenn sie es mit einem weiblichen Mitglied der Polizei zu tun haben, solche Sachen. Blondeau hat mir bestätigt, dass Sie einverstanden sind, Sie erinnern sich, ja?«

»*Kommissar* Blondeau«, verbesserte Alex ihn und ging weiter.

Als sie wieder zu Marco kam, war ihr noch genauso übel wie vorher. Das mit dem Glöckchenhalsband wäre wirklich eine gute Idee, sagte sie sich, und noch einmal stand ihr das strahlende Lächeln des Reporters vor Augen.

»Ich bin Vigne über den Weg gelaufen. Er hat doch tatsächlich zu verstehen gegeben, Caroline hätte die Namen der Opfer ausgeplaudert.«

»Das ändert auch nicht mehr viel«, sagte Marco und legte einen Bericht auf dem Schreibtisch ab.

Er deutete auf drei große Tageszeitungen, die dort ausgebreitet lagen. Alex' Blick fiel auf *Le Parisien.* Die Titelseite verkündete reißerisch: »Vergewaltigungsserie: Frankreich fürchtet um seine Männer.« Die beiden anderen Zeitungen widmeten der Serie von Überfällen zwar nicht ihre erste Seite, *Libération* aber immerhin die dritte, und *Le Monde* zitierte einen »Experten«, Professor Magnien, der, welch Überraschung, von Zerstörung des Mythos sprach, von Angriff auf die Männlichkeit und tiefer Demütigung der attackierten »Franzosen muslimischer Herkunft«.

»Der tanzt auf allen Hochzeiten«, meinte Alex.

»Blondeau überlegt noch, ob er eine Pressemeldung rausgeben soll, von wegen, dass das alles Schwachsinn ist. Fragt sich nur, ob es die Menschen beruhigt, wenn es unterm Strich heißt, im Grunde müssten *alle* Männer Angst haben. Der Schuss könnte nach hinten losgehen.«

»Und du, was liest du?«

»Den Bericht der Kollegen aus Aulnay zu dem vermissten Jonathan Creuset. Sie haben ihn nicht finden können, und solange es keine Indizien gibt, die eindeutig darauf hinweisen, dass er überfallen wurde und nicht freiwillig Arbeit und Familie verlassen hat, haben sie kein Personal, um weiter zu ermitteln.«

»Obwohl er landesweit zur Fahndung ausgeschrieben ist?«

»Lass uns das mit dem Kommissar besprechen. Ich habe ihm sowieso versprochen, dass wir vorbeikommen, sobald du da bist.«

Als sie hinausgingen, vergaßen sie nicht, die Tür hinter sich abzuschließen.

»Nur aus Neugier, Dueso. Was glauben Sie, würde passieren, wenn Sie einen Freund des Präfekten verbal attackieren?«

»Der Neffe, die Freunde. Wen der Präfekt Ihnen nicht alles schickt«, brummte Alex und rieb sich über den Nacken. Wie das zerrte. Kopfschmerzen.

»Dueso ...«

»Bitte um Entschuldigung. Ich wusste nicht, dass er ein Freund des Präfekten ist. Aber ich sehe auch nicht, was das an der Sache ändert. Ob Freund oder nicht, ich habe ihn nicht ›verbal attackiert‹. Ich habe vielleicht einen etwas ... saloppen Ton angeschlagen, aber mit dem Ziel, meine Gedanken zu veranschaulichen und ihm den Ernst der Lage begreiflich zu machen.«

»Professor Magnien besitzt, auch wenn sein etwas altmodisches Äußeres dies nicht unbedingt vermuten lässt, genau wie Sie und ich ein Handy. Und damit hat er gestern, als er das Kommissariat verließ, den Präfekten angerufen, seinerseits ausgestattet mit einem Handy. Und hat ihm gesagt, Sie hätten ihn attackiert.«

»Das Wort trifft es nicht. Fragen Sie Cantera.«

»Herr Kommissar«, schaltete Marco sich ein, »sein Vortrag hat uns nicht eben weitergebracht. Dueso hat versucht, seine Worte auf den Punkt zu bringen, da sie uns nur kostbare Zeit gestohlen haben und offenbar nirgendwo hinführten. Aber sie hat den Herrn weder beleidigt noch attackiert. Ich bin Zeuge.«

Blondeau seufzte.

»Schön. Nun denn, Dueso, man hat mich aufgefordert, Ihnen, ich zitiere, ›eins auf den Deckel zu geben‹ ... Tragen Sie Deckel?«

»Ähm ... nein.«

»Dann hätten wir das Problem gelöst. Hören Sie auf, die Freunde des Präfekten zu attackieren, egal wie hochnäsig sie sind. Das wird Ihnen das Leben erleichtern. Und die Arbeit. Und vor allem mir mein Leben und meine Arbeit. So viel hierzu. Und jetzt zu einem echten Thema. Die Analysen sind da. Zu JardiBonheur. Und zu den OP-Abfällen. Es wurden zwei Holzarten identifiziert.«

»Das heißt ... jemand hat Wreskansky mit zwei verschiedenen Gegenständen vergewaltigt?« Marco verzog das Gesicht. »Nein, natürlich nicht«, korrigierte er sich. »Sie waren zu zweit.«

»Das scheint mir am logischsten. Um nicht zu sagen das Einzige, was mir in dieser Sache bisher logisch erscheint.« Blondeau reichte ihnen die beiden dickleibigen Untersuchungsberichte. »An die Arbeit, alle beide. Finden Sie mir darin etwas, was die Kollegen in Aulnay ansporut, das notwendige Personal bereitzustellen und Creuset zu finden.«

Alex und Marco setzten sich nebeneinander und lasen Diallos Bericht. Nahm man Rognards Aussage hinzu, ergab sich das Bild eines brutalen Überfalls: mindestens zwei Täter, die mindestens zwei verschiedene Werkzeugstiele benutzt hatten, vielleicht auch einen Knüppel. Die Verwendung verschmutzter stumpfer Gegenstände konnte auf einen Wutanfall schließen lassen, ein Knüppel deutete eher auf Vorsatz. Der Blutverlust war beträchtlich gewesen. Camille hätte es beinahe nicht überlebt.

Der Bericht zu den Spuren, die die Techniker in dem Wachhäuschen bei JardiBonheur gesichert hatten, reihte Diagramm an Diagramm, und zu Alex' Übelkeit gesellte sich eine aufziehende Migräne. Sie hoffte, Diallo würde ihr helfen können, das Ganze ein wenig besser zu verstehen.

Die zeitliche Nähe zwischen dem Überfall auf Camille und Jonathans Verschwinden vom Tatort rechtfertigte immerhin, dass die Kollegen sich noch einmal bei Jonathan Creusets Bekannten umhörten. Marco setzte sich also mit Aulnay in Verbindung, und Alex ging hinunter ins Labor. Mit einem Kopfnicken grüßte sie Vivian, die hinter der Glaswand ihres Büros telefonierte.

»Dueso«, empfing Diallo sie, »alles, was es zu wissen gibt, steht in meinem Bericht.«

»Ja. Ich habe ihn gelesen. Die Schlussfolgerungen. Aber ich möchte gern deine Meinung hören.«

»Ich hasse es, wenn ihr damit ankommt«, sagte Jean-Francis Diallo. »Meine Meinung hat überhaupt nichts zu sagen. Was zählt, sind meine Schlussfolgerungen.«

»Leguelvel ist da weniger pedantisch.«

»Ich weiß.«

»Deswegen binde ich ja auch so wunderschöne Fliegen!«, rief Leguelvel, der gerade mit einer Wanne voller Plastikbeutel aus dem Kühlraum kam.

»Aber die sind nicht so stabil«, konterte Diallo.

Vivian, die fertig telefoniert hatte, beendete die Debatte:

»Dueso, nichts von dem, was Jean-Francis dir sagt, ist per se ein Beweis. Beweise finden sich allein in dem Bericht, den wir heute Morgen Blondeau geschickt haben.«

»Ich brauche nur einen Hinweis, dem ich entnehmen kann, ob Jonathan Creuset in Gefahr ist oder nicht. Oder ob er seine Arbeit und seine Frau verlassen hat und irgendwo Flamenco tanzt.«

Vivian zog verwundert eine Augenbraue hoch.

»Schon gut«, sagte Alex. »Blondeau meinte mal so was, eine Hypothese ist das nicht.«

Vivian nickte Diallo zu, und der bedeutete Alex, den Flur zu nehmen, der links von ihm abging.

»Geh da rum, ich mach dir auf.«

Diallo öffnete ihr die Tür von innen.

»Wenn ich den anderen erzähle, dass ich das Allerheiligste betreten habe, werden sie neidisch sein.«

»Du sagst es, also behalt es lieber für dich. Bei dem derzeitigen Arbeitsaufkommen ist das keine gute Idee, irgendwelche Quälgeister durchs Labor spazieren zu lassen.«

Diallo zog aus einer Plastikkiste den Bericht zu den bei JardiBonheur aufgenommenen Spuren.

»Ich hatte noch keine Zeit, das abzulegen ... Du hast alles gelesen?«

»Deine Kommentare.«

»Also, die Fingerabdrücke, in dieser Wachbude. Leguelvel hatte es dir ja schon gesagt, wir hatten gerade das Pulver aufgebracht …«

»Und?«

»An einer der Wände haben wir einen kompletten Handabdruck von Yohann Rousseau gefunden, alle fünf Finger. Dann noch Abdrücke einer weiteren Hand, recht groß, von einem Mann vermutlich, wer weiß, vielleicht von Jonathan Creuset, aber wir haben nichts zum Abgleichen. Wenn ich es richtig verstanden habe, hat er keine schweren Delikte begangen, sie werden ihm seinerzeit also keine Fingerabdrücke abgenommen haben.«

Diese Abdrücke hatten sie über denen von Rousseau aufgenommen, sie waren demnach jüngeren Datums.

»Deshalb neige ich eher zu Creuset«, sprach Diallo weiter. »Nur geben die Abdrücke keinen Hinweis darauf, was er in der Bude gemacht haben könnte. Was das Blut an dem Küchenpapier betrifft, haben die Analysen den ersten Eindruck bestätigt. Die Härchen, der Schleim und das Blut deuten darauf hin, dass er ganz einfach Nasenbluten hatte. Auf jeden Fall das Blut eines Mannes, und die Spuren waren ein paar Tage alt – passt also zu der Nacht auf dem Video. Das hier dagegen …« Er blätterte in dem Bericht. »Das könnte euch interessieren.«

Neben dem Häuschen hatten die Kriminaltechniker Haare gefunden. Auf einer Fläche von etwas mehr als einem Quadratmeter, in dem Bereich, den die Heckklappe des ersten Wagens verdeckt hatte.

»Braune Haare, und sie entsprechen dem genetischen Profil des Bluts, das wir an den Küchentüchern gefunden haben und von dem ich annehme, dass es von Creuset stammt. Etwa hundert Haare, manche mit Wurzel – also ausgerissen, nicht ausgefallen. Und auch etwa hundert weitere Blutstropfen, dasselbe Profil. Normalerweise verliert man vierzig bis fünfzig Haare am Tag, aber ohne Wurzel, und vor allem nicht alle im selben Moment und am selben Ort. Und ohne zu bluten.«

»Verstehe. Und wann wäre der Zeitpunkt gekommen für eine Theorie, die ich nicht unbedingt für bare Münze nehmen muss?«

»Jetzt. Wir haben Spuren aus Wreskanskys Lieferwagen und vom Gelände bei JardiBonheur, haben das Überwachungsvideo und den Bericht, den das Krankenhaus geschickt hat, unterzeichnet von einem Professor Rognard. Ich denke, der erste Wagen hat sich deinen Freund geschnappt. Er ist tatsächlich nichtsahnend hingegangen. Aber dann hat es einen Kampf gegeben, und er hat wieder aus der Nase geblutet. Jemand muss ihn an den Haaren gepackt haben.«

Diallos Schlussfolgerung war, dass Jonathan Creuset ganz und gar nicht irgendwo Flamenco tanzte.

»Wenn ich die Spuren und das Video zusammennehme, denke ich, dass es in dieser Nacht zwei Personen gab, denen das Leben übel mitgespielt hat. Eine kennen wir: Wreskansky. Die andere wäre noch zu finden: Creuset. Dass er auf dem Video keinen ängstlichen Eindruck macht, muss nicht heißen, dass ihn ein paar Kumpels bloß auf ein Überraschungsbier mitgenommen haben. In dem Wagen konnte wer auch immer sitzen. Dann ist Wreskansky gekommen, kurz nachdem Creuset im Auto verschwunden war. Wreskansky war genervt, weil Creuset nicht da war, und die Personen, die den Nachtwächter geholt hatten, haben sich ihn ebenfalls geschnappt und in seinen eigenen Lieferwagen gesperrt. Dort wurde er mit Stöcken oder Holzdildos vergewaltigt. Bearbeitetes, behandeltes Holz. Esche und Akazie.«

»Woher wisst ihr das?«, fragte Alex.

»Wir haben uns an einen Holzspezialisten gewandt.«

»Im Ernst?«

»Ja, im Ernst. Aufgrund der Poren, der Farbe et cetera. Soll ich weitermachen?«

»Tut mir leid, ja.«

»Also, behandelt gegen Feuchtigkeit, Insekten, und mit einem Lack, den man üblicherweise an Werkzeugstielen findet.«

»Haben wir Werkzeug in dem Lieferwagen gefunden?«

»Nein, aber vielleicht gab es welches. Das ist nicht mein Job.«

»Stimmt.«

Alex notierte sich, bei Nature Express anzurufen und zu fragen, ob die Auslieferer normalerweise Werkzeug im Wagen hatten.

»Dann fährt das Auto, in dem sich Creuset befindet, los und ist weg. Wreskansky, dein ›offizielles‹ Opfer, wacht auf. Wir haben Blut von ihm auf dem Boden gefunden – im Gegensatz zu dem anderen haben wir ihn in der Datenbank. Wirklich erstaunlich, dass er es bis nach Hause geschafft hat. Er muss in einem Schockzustand gewesen sein. Wenn Creuset genauso gewalttätig misshandelt wurde und dann nicht ärztlich versorgt ... Unter uns? Du suchst nicht nach einem Mann, du suchst nach einer Leiche.«

»Aber wieso mit einem Gegenstand?«

»Und ausgerechnet mit dem Stiel einer Harke?«, meinte Alex. »Étienne Brunier sagt, die hätte gefehlt, als er den Lieferwagen abgeholt hat. Eine Harke und eine Handsichel.«

Marco schauderte.

»Solche Gerätschaften kommen einem eher zufällig in die Hände. Diallo sagt, es hätte etwas Typischeres sein können, von wegen Dildo oder Knüppel, aber Eindeutiges kann ich unmöglich sagen, weil die Verletzungen zu erheblich sind und man nur Holzfasern gefunden hat.«

»Was sagt das über die Täter?«

»Schwäche?«, meinte Alex.

»Vielleicht. Aber auch Distanz. Jemanden mit einem Werkzeug zu vergewaltigen ist nicht dasselbe, als wenn du selber eindringst.«

»Was du nicht sagst.«

Marco schüttelte sich wieder.

»Langsam sollte ich an diesen Scheiß gewöhnt sein.«

»Sich an Grausliches zu gewöhnen ist nicht unbedingt erstrebenswert«, sagte Alex, und sie hoffte, es klang aufmunternd.

»Wreskansky scheint zu denken, dass Jonathan Creuset schwul war.«

»Wreskansky scheint zu denken, dass alle Männer, die sich nicht für Bodybuilding interessieren, schwul sind.«

»Aber wenn andere auch dachten, Creuset war ...«

»Wollen wir nicht lieber ›ist‹ sagen?«, meinte Alex.

»Einverstanden, also: Wenn andere dachten, Creuset ist schwul, sind wir wieder bei einem Muster, das deinen Sinn für Statistik nicht erschüttern dürfte. Die gute alte homophobe Aggression.«

»Die oft zu einer sexuellen Aggression führt, zu einer Vergewaltigung. Und dabei scheint diesen Idioten, die einen Mann vergewaltigen, um ihm beizubringen, dass schwul zu sein schlecht ist, nicht einmal aufzufallen, dass das ein *klitzekleines* bisschen widersprüchlich ist … So gesehen«, fuhr Alex fort, »könnte die Benutzung eines Werkzeugs durchaus Sinn ergeben. Die ganze Demütigung der Vergewaltigung, ohne sich dem Vorwurf auszusetzen, man wäre selber schwul.«

»Aber was hat Camille in dieser Geschichte zu suchen? Ganz ehrlich, wenn du ihn dir ansiehst, könnte man eher denken, er begeht eine solche Tat und fällt ihr nicht zum Opfer.«

»Wir nehmen an, dass es mindestens zwei Täter waren. Um Wreskansky ohne weiteres zu überwältigen … Aber da er in kein Opferprofil passt, überfallen diese Leute ja vielleicht einfach die, die ihnen vor die Flinte kommen, je nach Gelegenheit, oder?«

»Tja, nachts um drei im hintersten Winkel eines Gewerbegebiets aufkreuzen, das nennt man, sich Gelegenheiten verschaffen«, konnte Marco sich nicht verkneifen.

»Wäre das Opfer eine Frau, würde ich dir sagen, dass 75 Prozent aller Vergewaltigungen von Personen begangen werden, die diesen Frauen bekannt sind. Aber hier … Könnte es nicht vielleicht doch Rache gewesen sein? Und jemand hat Jonathan Creuset für Yohann Rousseau gehalten? Andererseits, wenn jemand sich an Rousseau hätte rächen wollen, hätte er gewusst, wie er aussieht, und sich nicht dessen Kollegen geschnappt.«

»Ein Überfall im Auftrag also?«

Alex' Bauch gab ein Gluckern von sich.

»Du hältst mich vielleicht für herzlos«, sagte sie, »aber ich starte jetzt einen Auftragsüberfall auf die Kantine.«

»Unsere ›Kameradin‹ ist heute ganz allein? Ob du's glaubst oder nicht, aber so hat Debreuil sie genannt.«

Tatsächlich saß die Kamerafrau allein an einem Tisch und machte ein bekümmertes Gesicht. Ein Mittagessen in Gesellschaft ihres Handys. Alex zögerte. Sie war keine, die sich aufdrängte. Magali schaute kurz von ihrem Teller und ihrem Handy auf und lächelte einladend, fast erleichtert. Alex trat zu ihr.

»Warten Sie auf Vigne?«

»Oh, nein, seit der Sache mit dem Kalbsbraten isst er meist im Restaurant. Er setzt das als Werbungskosten ab. Nehmen Sie doch Platz.«

Alex und Marco stellten ihre Teller gegenüber der jungen Frau ab.

»Caroline kommt nicht mehr?«, fragte Marco.

»Caroline kommt nicht mehr.« Alex sah, wie Magali die Zähne zusammenbiss. »Das war nicht sie. Caroline ist nicht das Leck gewesen. Wir wussten über Ihre Ermittlungen Bescheid, Vigne hat uns davon erzählt. Aber sie hätte nie etwas getan, was die Ermittlung zu einem Sexualverbrechen gefährdet. Niemals. Außerdem sind wir nicht deshalb hier. Sie ist eine hervorragende Tontechnikerin und hat schon unter den schwierigsten Bedingungen gearbeitet, im Ausland. Aber sie hat einen kleinen Jungen, deswegen hat sie sich einen Job in Frankreich gesucht. Eigentlich sollte das eine eher ruhige Reportage sein, Paris, handhabbare Arbeitszeiten ... ideal also.«

Alex verschluckte sich. Magali zog eine Augenbraue hoch.

»Tut mir leid«, sagte Alex und lächelte. »Wenn man im Alltag feststeckt, vergisst man leicht, dass es hier weniger schlimm zugeht als woanders. Nehme ich an. Für mich ist meine Arbeit immer alles andere als ideal.«

»Ich verstehe, was Sie damit sagen wollen, aber glauben Sie mir, es ist ruhig. Vor allem für Caroline. Sonst ist sie meist in Nordafrika, ihre Mutter ist Marokkanerin. Sie hat fürs Radio über den Arabischen Frühling berichtet, das war nicht immer einfach. Aber sie ist geblieben, bis ihre Redaktion sie zur Rückkehr gezwungen hat. Sie hatte unglaubliche Sachen im Gepäck, nur konnte sie die nirgends unterbringen. Zuerst wollten die Chefredakteure alles in Weiß haben, bis es gewalttätig wurde. Danach wollten sie alles in Schwarz. Caroline arbeitet mit den Grautönen.«

Alex sagte nichts. Sie hatte von dem kleinen Jungen gehört. Aber nicht von der Sache mit dem Arabischen Frühling. Sie ertappte sich dabei, wie sie die Monate zählte: Ob der Junge halb Caroline, halb Revolution war? Sie stellte die Frage lieber nicht.

»Das war nicht Caroline.« Magali verschränkte die Arme. »Ich kenne Caroline, sie ist Profi. Das war nicht sie. Und ich auch nicht.«

Marco nickte. Allenthalben einvernehmliches Schweigen.

»Wollen wir nicht in Ihr Büro gehen?«, schlug Cyril Vigne vor und sah Alex an, als wäre es das Natürlichste der Welt.

Selbstverständlich meinte er den Raum mit den Pinnwänden, nicht das Gemeinschaftsbüro, das die Ermittler sich teilten. Eine Zecke, dachte Alex, ganz eindeutig. Eine dicke Zecke, die sich festbeißt und nicht mehr loslässt. Eine Zecke mit Föhnfrisur und viel zu weißen Zähnen.

»Ja, sicher, wir setzen uns zu den anderen.«

»Ich denke, ein ruhigerer Raum wäre vielleicht besser.«

»Ist doch alles informell, wir reden nur darüber, was es heißt, eine Kriminalbeamtin zu sein, und wie die Leute womöglich reagieren, wenn sie es mit einem weiblichen Mitglied der Polizei zu tun haben«, entgegnete Alex. »Ich glaube nicht, dass wir einen Beichtstuhl brauchen, um uns über solche Themen auszutauschen.«

Sie ließ sich zu einem höflichen Lächeln herab, die Botschaft war klar: »Untersteh dich, jetzt noch irgendwas zu sagen, Blödmann.« Dann ging sie Vigne und Magali voraus in das Gemeinschaftsbüro.

Sie deutete auf den Stuhl ihres Teamkollegen – Marco war im Ermittlungsraum mit den Pinnwänden –, und Vigne setzte sich. Magali blieb stehen. Alex holte einen Stuhl für sie. So ging das Spielchen eine Weile, in der Zwischenzeit kamen die anderen Kollegen aus der Kantine zurück und nahmen nach und nach ihre Plätze ein.

Vigne kämpfte mit dem Mikrofonständer.

»Wir können loslegen«, sagte er schließlich.

Magali beugte sich zu ihm und flüsterte:

»Auf ›An‹ drücken. Das rote Lämpchen muss aufleuchten.«

Vigne tat, als hätte er die Bemerkung nicht gehört, und drückte gleichmütig einen der Knöpfe am Griff. Alex sah ein leises Lächeln in Magalis Gesicht, aber sie riss sich zusammen. Es stimmte also, der Vorspann hatte nicht gelogen. Cyril Vigne war Sounddesigner. Ein so raffinierter, dass er auf Ton komplett verzichten konnte.

Die ersten Fragen blieben im Rahmen des Angekündigten. Vigne befragte sie zu ihrem Werdegang. Alex fasste kurz ihre zwei Jahre Soziologiestudium zusammen, ihren Abschluss in Jura, dann ihre Bewerbung um einen Platz auf der Polizeischule.

»Und die Männer, die Sie festnehmen? Wie reagieren die, wenn eine Frau sie ›einlocht‹?«

»Ich ›loche‹ nicht nur Männer ein.«

Vigne wartete darauf, dass sie weitersprach. Alex schwieg.

»Erzählen Sie mir von Ihrem ersten Fall. Als Sie hier auf dem Kommissariat anfingen.«

Na, da kannst du lange warten.

»Ich erinnere mich nicht mehr«, sagte Alex ausweichend.

»Éloïse Yeung?«

Ach du Scheiße. Alex musste schlucken. Noch ein Name, den Cyril Vigne eigentlich nicht kennen durfte. Die Sache hatte mit einem Verfahren hinter verschlossenen Türen geendet, weil die Täter noch minderjährig waren und man die Presse aus dem Spiel lassen wollte. Damit die junge Frau eine Chance hatte, wieder ein normales Leben zu führen. Wenn überhaupt eine Chance nach dem, was sie erlitten hatte. Alex atmete tief ein. Ganz langsam.

»Tut mir leid, aber ich erinnere mich wirklich nicht.«

Vigne kniff ungläubig die Augen zusammen. Alex sprach weiter:

»Wissen Sie, der Journalistenberuf interessiert mich sehr. Sie hatten recht heute Morgen, es ist wichtig, eine Beziehung zu den Menschen aufzubauen. Wie lange sind Sie jetzt schon jeden Tag hier im Kommissariat?«

»Fast zwei Wochen.«

»Sie scheinen in Ihrem Beruf ... ein echter Vollprofi zu sein. Aber Sie sind noch sehr jung, nicht wahr? Wie alt sind Sie? Zweiundzwanzig?«

»Sechsundzwanzig«, antwortete Vigne mit hochrotem Kopf.

»Wenn der Fall mit dieser Éloïse Soundso aus der Zeit stammt, als ich hier angefangen habe, wie alt waren Sie da? Siebzehn? Achtzehn? Ein Sexualverbrechen zu verfolgen, das unter Ausschluss der Öffentlichkeit verhandelt wird, und dazu Nachforschungen anzustellen, und das mit siebzehn Jahren, das nennt man einen geborenen Journalisten«, brach es aus ihr heraus, mit einem Lachen, das falsch klang.

Entweder du nimmst den Scherz hin und hältst die Klappe, du Wicht, dachte sie, oder du sagst mir vor aller Welt, wo du deine Informationen herhast. Und steckst dir deinen Onkel sonst wohin.

Cyril Vigne änderte die Taktik.

»Hat Ihre Entscheidung, Polizistin zu werden, Ihr Umfeld überrascht?«

Alex ließ sich einen Moment Zeit und dachte nach. Sie hatte keine Lust, mit diesem Menschen über ihre Familie zu sprechen, über ihre Freunde, nicht mal über ihren Lebensmittelhändler, Blondeaus Anweisungen hin oder her. Tatsächlich hatten ihre Eltern ihr nie zu verstehen gegeben, dass die Tatsache, als Frau geboren zu sein, ein Handicap bedeuten könnte. Deshalb hatte ihre Vorbereitung auf die Aufnahmeprüfung an der Polizeischule auch niemanden zu irgendeiner Bemerkung veranlasst, außer ihren Bruder, der sie grinsend daran erinnerte, dass sie als Jugendliche dauernd mit einem alten Beutel rumgelaufen sei, darauf ein großes Anarcho-A, »um am Ende dann Beamtin zu werden«.

Erst später, als sie aus ihrer Blase heraustrat und die ersten Schritte bei der Polizei machte, hatte die Realität sie eingeholt. Und sie hätte sich gewünscht, ein Präfekt hätte die Gleichstellung bei der Polizei zu seinem Anliegen gemacht. Lange Zeit hatte sie die Zähne zusammengebissen. Aber dann hatte sie Blondeau gefunden. Diese Sondereinheit. Und Marco. Im Grunde war sie in eine andere Blase getreten, hatte vergessen, was draußen geschah. Sie wählte die Kurzfassung:

»Nein.«

»Trotzdem, so üblich ist das nicht für eine Frau.«

Da hatte er recht. Sie kannte die Zahlen: 19 Prozent Frauen im höheren Dienst, 18 im gehobenen und etwas mehr als 16 im mittleren und einfachen Dienst. Und beim Verwaltungspersonal fast 80 Prozent. Aber sie hatte einfach Lust, Cyril Vigne mit seiner bescheuerten Haartolle zu widersprechen. Also versuchte sie diesen ungewöhnlichen Zustand zu diagnostizieren, auch wenn sie sonst Nervensägen jeglicher Couleur schon aus Prinzip mit Gleichgültigkeit strafte. Der Befund war eindeutig: Sie mochte Cyril Vigne nicht. Sie konnte ihn nicht ausstehen. Er machte sie rasend. Und da sie ständig in Anspruch genommen war von ihrer Arbeit oder ihrer Tochter und sich schon daran gewöhnt hatte, alles Anstrengende auf Abstand zu halten, hatte sie einen solchen Idioten, dem gegenüber sie machtlos war, tatsächlich schon lange nicht mehr ertragen müssen. Er war kein Verdächtiger, den sie in die Zelle stecken konnte, kein Elternteil eines Schulkinds, dem sie bloß ausweichen musste. Er drängte sich ihr auf in ihrem geschützten Bereich, mit seinem viel zu gut geschnittenen Jackett. Und sie hatte Anweisung, sich zu fügen.

Vor ihren Augen zogen die Gesichter von Aïssa Ndiaye und Jennifer Semblat vorüber. Fünf Möglichkeiten habe ich bei einem Konflikt, erinnerte sie sich: Flucht, Unterwerfung, Konfrontation, Dialog und Metakommunikation – die Kunst, mit anderen Worten, die Botschaft indirekt rüberzubringen.

Flucht war unmöglich – Alex war gezwungen, die Zecke zu ertragen. Unterwerfung ausgeschlossen – von diesem Kerl würde sie sich nicht manipulieren lassen. Dominanz verboten – hätte sie Vigne vorschlagen können, dieses dämliche Interview als Machtkampf zu führen, wäre die Sache geritzt gewesen. Blieben der Dialog und die Metakommunikation. Alex entschied sich für ein Minimum an Dialog und dafür, Vigne zu metakommunizieren, dass sie ihn für ein Arschloch hielt.

»Das Personal in diesem Kommissariat ist zu fast 50 Prozent weiblich.«

»Wenn man die Verwaltung und Ihre Einheit mitzählt, sicherlich, aber bei der Drogenfahndung zum Beispiel gibt es keine einzige Frau.«

»Mhm.«

»Was sagen Sie dazu?«

»Was soll ich dazu sagen.«

»Hat Blondeau damit angefangen?«

»*Kommissar* Blondeau.«

»Er also?«

»Ach, ich denke, Frauen haben hier schon gearbeitet, als Kommissar Blondeau noch nicht auf der Welt war. Im Moment sieht er etwas erschöpft aus, aber so alt ist er gar nicht«, antwortete Alex in gleichbleibendem Ton.

Die Metakommunikation lief gut. Cyril Vignes Gesicht glühte bereits.

»Wer waren Ihre Helden, als Sie noch klein waren?«

Alex stöhnte innerlich. Erbarmen.

»Ich mochte die *Aristocats*.«

Vigne nahm das übergeschlagene Bein herunter und

warf ihr einen wütenden Blick zu. Er war es offensichtlich nicht gewohnt, dass jemand ihn hochnahm. Er blätterte in seinem Notizblock, ging fiebrig die Liste seiner Fragen durch, als suchte er nach einer, die es mit dieser Beleidigung aufnehmen konnte.

»War die Arbeit als Inspektorin der Grund dafür, dass ihre Beziehung auseinandergebrochen ist?«

Eine zähe Stille erfüllte den Raum, wie eine träge Welle, die nur langsam zurückströmt. Vigne lauerte auf ihre Reaktion. So wie er dasaß, die Hinterbacken ein wenig zu nah am Rand des Stuhls, konnte er nur schlecht verbergen, dass er damit rechnete, gleich eine Faust im Gesicht zu spüren. Von den Kollegen regte sich niemand. Natürlich hörten alle zu. Doch Alex hatte nichts zu verbergen, weshalb sie auch keine Angst gehabt hatte, das Interview vor aller Augen zu führen. Sie hatte nichts zu verbergen, denn was sie verbarg, verbarg sie zu gut. Vor allem aber hatte sie gedacht, dass die Kamera den Reporter daran hindern würde, Bemerkungen zu machen wie die, vor denen Wantz sie schon gewarnt hatte. Ein Irrtum.

Sie schämte sich nicht für die Trennung. Aber Vigne hatte nicht gefragt, ob die Tatsache, bei der Polizei zu arbeiten, die persönlichen Beziehungen belaste. Er hatte gefragt, ob *ihre* Arbeit als Inspektorin der Grund dafür war, dass *ihre* Beziehung auseinandergebrochen war. Blondeau hatte Alex gebeten, zu kooperieren, aber bis zu welchem Punkt?

Sie holte Luft, bevor sie antwortete, und dann beugte sie sich so plötzlich vor, dass der Reporter hochschreckte. Sein Hintern glitt über die Kante des Plastikstuhls und rutschte zu Boden, dabei versuchte er noch, sich am Tisch festzuhalten. Élise Wantz' Kichern hallte leise durch den

Raum. Alex stand auf und lehnte sich zu ihm hinunter. Aus den Augenwinkeln glaubte sie zu sehen, wie Magali zusammenzuckte.

»Herr Vigne!«

»Geht schon wieder, geht schon.«

»Sind Sie sicher? Ich möchte nicht, dass es heißt, die Nationalpolizei hätte einen Journalisten misshandelt, der nur seine Arbeit tun wollte«, sagte Alex mit besorgter Miene.

Gelächter ertönte hier und da, immer ungehemmter. Mit knallrotem Kopf stand Cyril Vigne auf und erklärte das Interview für beendet.

Jetzt ein Bier, das wär's, sagte sich Alex.

XX

Freitag, 14. Dezember

Für Alex und Marco verliefen die Tage im immergleichen Rhythmus. So beruhigend dies am Anfang war, so unerträglich wurde es mit der Zeit.

Wenn sie morgens kamen, schauten sie auf die riesigen Pinnwände aus Kork und versanken darin. Erhielten sie weitere Hinweise, stapelten sie sie mehr schlecht als recht auf einem Tisch, wo ohnehin kaum noch Platz war.

Über Jonathan Creuset gab es nach wie vor nichts Neues, trotz eines Fahndungsaufrufs, der jetzt dreimal am Tag zu den Hauptnachrichtenzeiten im Fernsehen verbreitet wurde.

Sie hatten die Fälle von gemeinschaftlich begangenen homophoben Angriffen und Vergewaltigungen aufgerufen, Fälle, bei denen die Verdächtigen mangels Beweisen immer noch oder wieder auf freiem Fuß waren. Es war ein ganzer Haufen, obendrein lief das System langsam, die Software war veraltet, und die Anwendungsprogramme variierten von einem Departement zum nächsten. Die Informationen kamen hereingekleckert und landeten auf einem der ungleichen alten Tische, die Alex und Marco einer Wiederverwendung zugeführt hatten, nachdem ihnen zusätzliches Personal zuteilgeworden war: Wantz und Martin, die nun ebenfalls kamen, wann immer ihre Arbeitsbelastung es erlaubte. Sie sahen das Material durch auf der Suche nach einem Faden, an dem sie ziehen konnten, um den Knoten zu entwirren.

Neben den Stapeln mit den Akten der Opfer türmten sich nun die von Tätern, in einer etwas absurden Nachbarschaft, die recht bezeichnend war für diese neue Phase der Ermittlungen: Alles begann sich zu ähneln, und alles schwankte gefährlich.

Jenseits der Bürowände spielte Kommissar Blondeau auf Zeit und vertröstete den Präfekten. Debreuil tobte schon, und nachdem er erklärt hatte, dass er sich »die offensichtliche Inkompetenz der Sondereinheit«, die ihn Tag für Tag »in die Bredouille« bringe, nicht länger bieten lasse, mahnte er Blondeau, die Kommunikation mit den Medien persönlich in die Hand zu nehmen. Der Kommissar kam der lästigen Pflicht nach, seine Augenlider hingen immer tiefer. Kaum erfreulicher waren die Gespräche mit dem Ermittlungsrichter, der Details zum jeweils neuen Fall nicht aus der Presse erfahren wollte.

Überall war Stillstand, Warten. Kein Mensch rührte sich mehr. Nicht mal »in den Quartiers«, wie Debreuil sagte, so wie er auch sagte, »in den Regionen«, womit er die morastigen Weiten meinte, die auf ihn zu lauern schienen, sobald er das Pariser Umland hinter sich ließ.

Ein paar Tage zuvor hatte der Kommissar Alex und Marco in sein Büro gerufen und auf das Telefon gedeutet, dessen epileptische Lämpchen in alle Richtungen blinkten.

»Der Präfekt wünscht die mit der Ermittlung betrauten Inspektoren zu sprechen. Bereit?«

Die Genannten nickten nur, Begeisterung mussten sie nicht heucheln. Blondeau drückte einen orangefarbenen Knopf.

»Herr Präfekt? Sie sind da.«

Debreuils Stimme ertönte, metallisch und abgehackt, sehr viel weniger freundlich als sonst.

»Lassen Sie mich Klartext sprechen!«

Na, dann sagen wir uns eben das nächste Mal Guten Tag, dachte Alex nach dieser einfühlsamen Begrüßung.

»Ich weiß nicht, womit Sie Ihre Zeit verbringen, aber offenbar brauchen Sie einen kleinen Ansporn. So geht das nicht weiter! Die Polizei ist zum Gespött geworden, im ganzen Land! Ich glaube nicht, dass Sie sich des Ernstes der Lage bewusst sind. In den Quartiers werden die organisierten Banden reagieren, da heißt es: Wie du mir, so ich dir. Nach Aussage von Experten ist das ein Pulverfass, es kann jeden Moment explodieren!«

Der Lautsprecher vibrierte unter den Salven seiner apokalyptischen Prophezeiungen.

Der Kommissar ergriff das Wort und forderte mehr Mittel, sprach von Verknüpfung der Daten, einer koordinierten Zusammenarbeit auf Landesebene, mit einem leistungsfähigeren Programm, das Alarm schlüge, sobald ähnliche Fälle erfasst würden. Der desolate Zustand der technischen Ausstattung, sagte er weiter, sei verantwortlich dafür, dass man sich viel zu spät bewusst werde, wie umfassend die Ermittlungen geführt werden müssten. Kurz, er lenkte die Aufmerksamkeit des Präfekten auf ein anderes, immer wiederkehrendes Thema.

Blondeau war ein Mann der alten Schule und zeigte sich eher zurückhaltend bei der Nutzung moderner Geräte. Aber er zweifelte keine Sekunde an der Notwendigkeit, eine Generation von Ermittlern auszubilden, die völlig unbefangen mit den neuesten Techniken umging.

Die »Quartiers« waren nicht in Flammen aufgegangen. Die organisierten Banden von »kleinen Wilden« – oder welchen Begriff Debreuil auch immer benutzte – hatten ihre Siedlungen am Stadtrand nicht verwüstet, um dann in Paris einzufallen und Strafexpeditionen durchzuführen, den Schwanz als Waffe im Wind. Tatsächlich war bei den Sexualdelikten ein Abwärtstrend zu beobachten. Weshalb Wantz und Martin ein wenig mehr Zeit hatten als gedacht und Alex und Marco bei den Ermittlungen unterstützen konnten.

»Schon merkwürdig, dieser Rückgang«, sagte Marco und stieß die große Tür am Eingang des Kommissariats auf, um sich in die frühe Dezembernacht zu stürzen, gefolgt vom Rest der Truppe.

»Vielleicht eine beginnende Winterpause.« Alex schloss ihren Mantel bis hoch zum Kinn. »Brrr.«

»Eine Winterpause, der Gedanke gefällt mir«, meinte auch Martin.

»Eine gute Nachricht wär's.«

»Ich esse heute hier in der Gegend zu Abend, kommst du mit auf einen Schluck, bevor du nach Hause fährst?«, fragte Marco seine Teampartnerin, während sich alle vier ihre Schals umschlangen und Handschuhe anzogen.

Alex schaute auf die Uhr. Ana hatte unbedingt bei ihrem besten Freund übernachten wollen. Um halb fünf hatte die Mutter des Jungen bestätigt, dass sie ihre Tochter abgeholt hatte, alles bestens. Nichts und niemand wartete auf sie.

»Abgemacht.«

Sie drehte sich zu Martin und Wantz, die ein paar Schritte hinter ihnen standen.

»Balto?«

»Tut mir leid, ich kann nicht«, sagte Élise Wantz mit gedämpfter Stimme, bis zur Nase eingemummt in ihren grünen Schal.

»Nett von euch, aber ich muss ein Paket abholen«, entschuldigte sich auch Martin. »Das nächste Mal bin ich dabei.«

Alex und Marco bogen an der Kreuzung ab, und schon standen sie in der Kneipe.

»Ich mag den Winter, aber zehn Minuten fürs Anziehen und wieder Ausziehen, sobald du nur ein paar Meter über die Straße gehst …« Alex knöpfte die dicke Jacke auf, die sie unter dem Mantel trug.

Aber nicht der Winter und die aus Dutzenden von Schichten bestehende Kleidung ärgerten sie. Es war dieser Hieper auf ein Bier. Zwei Bier. Mindestens. Und jetzt musste sie sich zwingen, an dem ekelhaften Rotwein des Balto zu nippen, um nicht völlig aus der Kurve zu fliegen. Zumal der Frust darüber, dass sie mit den Ermittlungen nicht weiterkamen, sie gegen den unglaublichen Geschmack des Gesöffs zu immunisieren schien. Angekokelter Korken, sie schmeckte es schon gar nicht mehr bei all den Grübeleien. Zweimal war es ihr bereits passiert, dass sie ihr Glas unbewusst ausgetrunken hatte. Selbst der Wirt hatte ein verwundertes Gesicht gemacht.

Als sie dann an einem der Bistrotische saßen, in der behaglichen Wärme der Heizkörper und der Gewohnheit, hatten Marco und Alex zunächst über ihre Fälle gesprochen und waren zum Schluss bei Mélanie gelandet, der Ex oder Freundin von Andréa Carrout.

Marco hatte gesagt, dass er auf Brünette stehe. Alex

hatte erwidert, Marco stehe auf alle Frauen. Marco hatte protestiert. Alex hatte die Augen verdreht. Marco hatte eine seiner Verflossenen erwähnt, Alex kannte sie unter dem Namen »die Mythomanin«.

In dem Moment war Pauline an ihren Tisch gekommen. Sie sagte, sie habe sich in der Uhrzeit geirrt, nur deshalb sei sie so früh. Sie setzte sich neben Marco. Er bestellte ein weiteres Glas, Alex verzichtete.

Alex versuchte das Thema zu wechseln, aber Marco war nicht mehr zu bremsen. Der Höhepunkt der Erinnerungssequenz war die Szene, als die Mythomanin behauptete, sie sei schwanger von ihm.

»Da fragt man sich wirklich, wieso du nicht mit deinen diversen Ex befreundet bleibst«, spöttelte Alex. »Wieso du nicht einfach ein netter Junge sein kannst, der die Frauen respektiert. So wie Camille.«

»Absolut, du hast vollkommen recht, ich sollte mir ein Beispiel nehmen.«

»So einer wie der bleibt seinen Verflossenen nahe«, spann Alex den Faden weiter.

»Klar doch. Wo er sie alle in seinem Garten verscharrt.«

Pauline musste schlucken, überschlug sich fast:

»Wie bitte?«

»Äh ... das war nur ein Scherz«, sagte Marco ein wenig verlegen, als wäre ihm gar nicht bewusst gewesen, dass Pauline mit am Tisch saß.

»Aber das ist ja widerlich! Warum sagt ihr so was?«

Marco wand sich auf seinem Stuhl. Schaute zu Alex.

Die Antwort kannten beide genau: Weil sie solche Scherze brauchten. Weil die Wirklichkeit nun mal schmutzig war. Weil sie solche Schreckbilder malen mussten, und sei es mit unangebrachten, bierseligen Witzchen, um die Wirklichkeit an den Rand ihres Verstandes zu zwingen und sich ein kurzes Vergessen zu gönnen. Immer wieder brach sie hervor, aber diese Momente der Leichtigkeit waren willkommen. Und ringsum waren alle mit demselben beschäftigt. Ob Polizisten oder Zivilisten, die Kundschaft kam ins Balto, um zu vergessen. Und wer auf eine gute Nachricht anstieß, feierte nur die kleine Atempause.

Paulines Empörung rührte Alex. Sie fand es gut, dass Marco jemanden im Leben haben wollte, der den allgemeinen Niedergang des Menschengeschlechts nicht als gegeben hinnahm. Und vor allem wünschte sie, dass Marco zumindest weiterhin einen nicht ganz so hoffnungslos abgestumpften Blick auf die Dinge warf wie sie selbst. Sie sollte aufpassen, wenn sie nicht wollte, dass er so wurde wie sie.

»Das stimmt. Wir sollten vorsichtiger mit unseren Bemerkungen sein«, sagte sie und schlug einen beruhigenden Ton an.

Paulines Miene entspannte sich, und diese Fähigkeit zur prompten Erleichterung erinnerte Alex an ihre Tochter. Wie Ana schien auch Pauline eine Antwort zu brauchen, die die Welt wieder an ihren Platz rückte.

Sie sah, wie Marcos Blick zwischen ihr und Pauline hin- und herwanderte, wie eine Trickfilmfigur, zerrissen zwischen dem guten und dem bösen Geist, zwischen zwei Eigenschaften, zwei Haltungen. Auf der einen Seite Alex, deren Zynismus ihm so vertraut war, dass es ihm kaum noch auffiel, und auf der anderen Pauline. Pauline, die offenbar das Kunststück vollbracht hatte, das Vierteljahrhundert zu erreichen, ohne den Filter abzulegen, der ihre Welt in ein Schwarz-Weiß tauchte, frei von allen lästigen, hässlichen Grautönen.

Alex fragte sich, wie sie das wohl geschafft hatte. Nur ein paar Jahre trennten sie von der jungen Frau. Während sie Pauline beobachtete, zog sie die Möglichkeit in Betracht, dass sie einfach nur dumm war. Erwog dann eine andere, nämlich dass Pauline eine Strategie gewählt hatte, zu der die Illustrierten Frauen allen Alters rieten, die »die Liebe finden« wollten: Gib dich naiv und verletzlich, und du weckst im Mann den Beschützerinstinkt.

Alex zog ihr Handy hervor und schaute aufs Display.

»Oh!«, rief sie angesichts einer Kurzmitteilung ihrer Bank, die sie freundlich daran erinnerte, dass ihr Konto überzogen war. »Ich muss los.«

Sie schob ihren Stuhl zurück und verabschiedete sich von Pauline mit einem Kopfnicken und einem Lächeln.

»Bis Montag …«

Es war ein Ritual, und so wie Marco es aussprach, immer in leicht fragendem Ton, klang es, als würde Alex nach Brasilien auswandern und am Wochenende auf Nimmerwiedersehen verschwinden.

»Ich fürchte, ja«, antwortete sie.

XXI

Mittwoch, 19. Dezember

Die Feiertage rückten näher.

Die Akten stapelten sich. Cyril Vigne grüßte Alex nicht mehr, wenn sie sich auf den Fluren begegneten. Um sich weiterhin in den Räumen aufhalten zu können, hatte er vorgegeben, er müsse bestimmte Einstellungen noch mal neu drehen, Magali habe sie versehentlich gelöscht. Die hatte das Kunststück vollbracht, vor Wut unter ihrer dunklen Haut rot zu werden und zugleich die Ruhe zu bewahren. Natürlich mussten die Aufnahmen keineswegs neu gedreht werden, Laetitia hatte es die Kamerafrau einmal sagen hören, als sie auf dem Vorplatz telefonierte. Die Sache hatte die Runde gemacht. Cyril Vigne lauerte auf etwas. Die einzige gute Nachricht war, dass er es aufgegeben hatte, sich bei den Sitzungen einzunisten. Die Morgenbesprechungen fanden in ihre normalen Bahnen zurück.

Doch Alex begann sie zu fürchten. Blondeau schien zusehends mit den Nerven am Ende zu sein. Sie wusste, dass er einen Großteil des Drucks auf sich nahm. Der Präfekt war nicht mehr der Einzige, der ein Wörtchen mitredete. Es ging das Gerücht, der Kommissar hätte einen Anruf vom Innenminister erhalten. Wenn man dem Flurfunk Glauben schenkte, hatte der oberste Polizist Frankreichs nicht ungereizt gefragt, ob Blondeaus Leute sich die Fingernägel feilten.

»Mal ehrlich, wir sind zwei plus zwei Halbe«, hatte

Marco protestiert. »Bloß weil wir als Erste Alarm geschlagen haben, kriegen wir aus ganz Frankreich sämtliche Fälle auf den Tisch, die in das Muster passen *könnten*. Ein Muster, das es nicht gibt! Scheiße.«

Wantz und Martin, die zwei Halben, hatten nur ohnmächtig abgewinkt, während sie ihre Sachen packten: ein Hilferuf vom Kanalufer. Befehle. Personalmangel.

Abgesehen von den Kollegen aus Aulnay, die sich regelmäßig bei Mouna Mrahi erkundigten, ob sie etwas von ihrem Lebensgefährten gehört habe, hatten alle Reviere mit ihren Informationen zugleich auch die Aufklärung dieser Fälle de facto abgegeben. Sollte Paris sich damit rumschlagen. In den Kommissariaten des Landes war man auf der Jagd nach Erfolgen, nach finanziellen Mitteln, nach Büroklammern.

»Und falls Ihnen die Zeit zu lang wird, darf ich Sie daran erinnern, dass Dueso und Cantera immer froh sind, wenn ihnen jemand behilflich ist«, endete Blondeau.

Wozu?, grummelte Alex bei sich. Um die Akten noch mal zu lesen, sich mit nutzlosen Fingerabdrücken zu beschäftigen oder mit Zeugenaussagen, in denen die Rede war von irgendwelchen Schatten? Sie tippte nervös mit dem Fuß gegen den Stuhl vor ihr. Eliès fuhr schließlich herum.

»Ist was?«, blaffte Alex.

Sie hatte schon aufreibendere Ermittlungen gehabt: stundenlange Überwachungen, gewalttätige Verdächtige, Schusswechsel – aber zum ersten Mal erlebte sie einen solchen Frust. Sie fasste sich wieder, nahm das Bein herunter.

»Entschuldige, Eliès. Tut mir leid.«

Da sie sich unmöglich auf Blondeaus Stimme konzentrieren konnte, ließ sie den Blick über ihre Kollegen schweifen. Ein paar Meter weiter saß Daumet und tippte wie ein Weltmeister in sein Handy.

»Hat der nichts Besseres zu tun?«, flüsterte sie in Richtung Marco.

»Was weiß ich. Vielleicht beantwortet er seine E-Mails, postet irgendwas auf Facebook.«

»Facebook, der auch?«

»Ach, Alex, du bist die letzte Person in Frankreich, die da nicht registriert ist. Audain hatte recht, man muss sich schon Sorgen um dich machen.«

»Was du nicht sagst.«

»Wirklich, Alex, alle Welt ist auf Facebook, das weißt du genau. So viele, dass die Jüngeren schon wieder abwandern. Klar, wie willst du wissen, was los ist, wenn du nicht dort bist, wo die anderen sind? Das ist schon fast ein Berufsfehler.«

Alex gehörte tatsächlich zu den letzten Unbeugsamen, die die sozialen Netzwerke verschmähten. Sie hasste die Vorstellung, Zugang zu ihrem Leben zu gewähren, erst recht den Gedanken, sie könnte so wie die meisten leichtsinnigen Nutzer Bilder online stellen, Fotos ihrer Tochter. Wer wusste nicht, wo die im Internet veröffentlichten Kinderfotos landeten. Nein danke.

»Das meinst du nicht ernst.«

»Ich sage dir nur Paulines Argumente. Sie ist ein echter Facebook-Junkie.«

Blondeaus Stimme unterbrach sie:

»Wir müssen noch den endgültigen Dienstplan für die Feiertage erstellen. Ich würde mich freuen, wenn Sie alle

Ihrem Kollegen Daumet danken, er hat sich freiwillig, jawohl, das ist so unglaublich, dass ich es wiederhole: freiwillig für den 24., 25. und 31. Dezember gemeldet, ebenso für den Neujahrstag.« Daumet, der bei seinem Namen zusammengezuckt war, räumte sein Handy in die Tasche, die Ohren ganz rot. »Wir brauchen also noch zwei …«

Alex zog ihr eigenes Handy hervor und schaute auf das schwarze Display. Sollte man sie ruhig für asozial halten. Aber dass sie bei den Ermittlungen womöglich eine Spur vernachlässigte, weil sie zu Beginn des Aufstiegs von Facebook beschlossen hatte, sich dem zu verweigern, war etwas anderes.

»Mal ehrlich«, sagte Alex, als sie mit Marco den Raum verließ, »das kann doch nicht sein, dass alle da mitmachen.«

»Na jaaa, irgendwie schon. Vor allem die unter Zwanzigjährigen, aber es erreicht alle Altersklassen.«

»Hm.«

»›Hm‹, ja. Du dürftest die Einzige unter meinen Bekannten sein, die ein Smartphone besitzt und es fast ausschließlich für die Arbeit benutzt.«

»Stimmt gar nicht!«

»Das glaubst du. Soweit ich es sehe, benutzt du dein Handy als Navi, für deine Mails und … zum Telefonieren. Das ist mega-out.«

»Von wegen, ich habe mir zwei, nein, drei Lernspiele heruntergeladen, falls ich mal mit meiner Tochter Zug fahre. Apropos: Sagt heute überhaupt noch jemand ›megaout‹?«

Alex band sich ihren Haarknoten neu, überlegte.

»Na schön, ich glaube, selbst meine Mutter ist da angemeldet.«

»Alex, selbst Mercier. Er hat eine Gruppe eingerichtet für die Fußballmannschaft, da werden die Trainingszeiten aktualisiert, solche Sachen …«

»Warte, meine Mutter, das geht ja noch, aber Mercier? Der lebt doch im Jahr 1974! Er benutzt die letzten Telefonzellen in Frankreich, und es bedurfte eines ministeriellen Erlasses und kostenloser Diensttelefone, ehe er ein Handy auch nur angefasst hat.«

»Jajaaa, hast ja recht. Aber er ist bei Facebook.«

»Schon gut.«

»Meine dienstliche Mailadresse gebe ich nicht an, oder?«, fragte Alex, als sie ein paar Minuten später vor ihrer Tastatur saß. Marco stand hinter ihr.

»Hm.«

Sie schaute auf. Ihr Partner rümpfte die Nase.

»Was?«

»Nein, an deiner Stelle würde ich eine private Adresse angeben.«

»Hm. Bin ich nicht scharf drauf. Ich denke mir lieber eine neue aus.«

Die Minuten verstrichen, und Alex musste lernen, dass sie nicht die Einzige auf Erden war, die ihren Namen trug. Da sie nun mal nicht Plectrude-Iphigénie hieß, verwunderte es sie nicht sonderlich, aber als sie darüber informiert wurde, dass auch die Nutzernamen »alexandra.dues025« und »alex.dues026« bereits vergeben waren, wurde ihr ein wenig schwummrig.

»Im Übrigen«, sagte Marco, als er sie seufzen sah, »würde ich an deiner Stelle einen falschen Namen angeben.«

»Pff. Zum Beispiel? Alex Cantera?«

»Sehr witzig. Aber davon gibt es bestimmt auch Dutzende.«

»Ich versuche es mal mit Samuels Nachnamen«, sagte Alex und fing an zu tippen.

»Wo ihr gar nicht verheiratet seid ...«

»Eben. Es gibt keine Alex Hertel.«

»Mochtest du als Kind deinen Vornamen?«

»Du scherzt wohl. Alexandra, das fand ich total hässlich. Ich wollte unbedingt eine Ambre sein oder eine Nathalie. Nathalie, das hatte was.«

»Warum nimmst du nicht eine Adresse mit dem Namen, den du früher haben wolltest?«

Alex buddelte in ihren Erinnerungen und ließ dann die Magie des Internets Alexandra Dueso in Nathalie Saint Armand verwandeln.

»Ich hätte nie gedacht, dass du dich mal als Prinzessin gesehen hast.« Marco war perplex.

»Pass bloß auf, was du sagst. Nathalie Saint Armand war keine ›Prinzessin‹, sondern eine millionenschwere Ninja-Spionin. Sie konnte mindestens zweiundzwanzig Sprachen, und sie hat mit den internationalen Terroristen aufgeräumt, mit dem Sheriff von Nottingham, der Hungersnot und mit Charline Lucas. Ohne auch nur ins Schwitzen zu geraten.«

»Charline Lucas?«

»Von der mag ich nicht sprechen. Es reicht, wenn du weißt, dass Nathalie Saint Armand ihr beim Gedichtaufsagen locker den ersten Platz weggeschnappt hätte.«

»Sehr schön, jetzt hast du die Mailadresse von Nathalie Saint Armand und wir können das Profil anlegen.«

Alex begann die Felder auszufüllen, gab sich angesichts der Vielzahl der verlangten Auskünfte aber bald geschlagen: Beziehungsstatus, Schule, Geburtsort, Lieblingsmusik ...

»Warum wollen die das alles über mich wissen?« Alex ärgerte sich, sie war misstrauisch.

»Kurze Antwort oder lange Antwort?«

»Die fragen mich nach meiner Handynummer, nach meinen Reisen, wo ich studiert habe. Also, fünf Sätze dürfen es schon sein.«

»Anhand dieser Angaben erstellen sie ein Profil von dir und können die Werbung platzieren, davon leben sie. Wenn du eine Reklame für Viagra auf der Straße liegen siehst, bückst du dich bestimmt nicht danach. Wenn du aber unter deiner Fußmatte eine Werbung für eine Kinderbetreuung findest, speziell für Mütter mit achtjährigen Kindern im Raum Paris, funktioniert das schon besser. Der Zugang zu deiner Fußmatte wird teuer verkauft.«

»Du meinst, ich gebe freiwillig meine Daten für ein zielgenaues Marketing?«

»Es ist kostenlos.«

»Na und?«

»Kostenlos ist es meist nur deshalb, weil du selber das Produkt bist. Als Multiplikator, als potenzieller Käufer ...«

»Schön, aber ich habe einen falschen Namen angegeben.«

»Eben, deshalb sind das keine Angaben über dich, sondern über Nathalie Saint Armand. Und wenn du immer schon von einem Studium in Miami oder einer Medaille im Bungeespringen geträumt hast, ist das jetzt der Moment.«

Alex stieß einen seltsamen Laut aus, den Marco, soweit er sich erinnern konnte, noch nie gehört hatte: Sie feixte.

»Ich sage einfach, ich war Erste beim Gedichtaufsagen. Ätsch, da hast du's, Charline Lucas.«

»Du bist müde, oder? Ich lasse dich in Ruhe weitermachen und schaue nach, ob Faxe für uns da sind.«

»Wenn du Blondeau siehst, frag ihn, ob wir ihn sprechen können, sobald er einen Moment Zeit hat, ja?«

Als Marco ein paar Minuten später zurückkam, war Alex wieder ganz ernst.

»Und, was bist du jetzt, Trapezkünstlerin im All?«

»Nein, mehr oder weniger ich selbst, aber nicht Polizistin. Mit einem Namen, den ich schick fand, als ich in der fünften Klasse war.«

Marco schlüpfte hinter seine Kollegin.

»He, was machst du denn da, Alex?«

»Ich habe angefangen zu suchen. Hattest du mir nicht gesagt, dass es Gruppen gibt und dass man sie über die Suchfunktion finden kann? Also, ich suche.«

»Das ist ein soziales Netzwerk, nicht das Weltarchiv! Eine Seite, wo du Ferienbilder zeigen und Gruppen zu deinem Hobby bilden kannst. Wenn es eine Gruppe gäbe namens, sagen wir: *Freundeskreis der gewalttätigen Perversen, die sich versammeln, um Männer mit dem Hackenstiel zu vergewaltigen,* wäre das erstens nicht normal, und zweitens hätten die Verantwortlichen sie wahrscheinlich verboten. Ich bin sicher, du musst nur ›Mord‹, ›töten‹, ›Vergewaltigung‹ eingeben, schon schlägt es irgendwo Alarm.«

»Kann man sich mit diesen Verantwortlichen in Verbindung setzen?«

»Ja. Dann müssen sie nur noch antworten ...«

»Oder wir müssen den richtigen Ansprechpartner finden.«

»Glaubst du wirklich, da gibt es irgendwas, wonach es sich zu suchen lohnt?«

»Du hast es selber gesagt, Marco. Alle Welt ist bei Facebook.«

Alex vertiefte sich in die Regeln, nach denen das Monster der sozialen Netzwerke funktionierte, und immer wieder entfuhr ihr ein kleiner Seufzer.

Sie fand eine beeindruckende Anzahl von Gruppen mit falsch geschriebenen Namen und einem Hang zum Humoristischen. Falsch geschrieben und mit einem Hang zum Sexismus. Falsch geschrieben und mit einem Hang zum ... nicht zu fassen. *Gegen Nutten, Schwule und die Maffia; Für die Verpflichtung dass Frauen sich enthaaren; Für Leute die keine Vorteile mehr gegen Schwule haben; Gegen die Idioten die Schwule beschimpfen aber Alles geben würden für die Lespen.* Sie fand ein Dutzend Gruppen *Gegen untreue Männer* und fünfmal so viele *Gegen Männer* ganz allgemein, in denen mehrheitlich Frauen die zahlreichen Defekte auflisteten, die man dem männlichen Geschlecht zuschrieb. Sie fand eine öffentliche, einem gemeinnützigen kanadischen Verein nahestehende Gruppe *Gegen sexuellen Missbrauch von Männern.* Sie existierte seit zwei Jahren und war nicht mehr aktiv. Der unter »Information« angegebene Link führte zu einer Fehlerseite. Sackgasse.

Sie fand *Gemeinsam für den Schutz unserer Kinder vor sexuellem Missbrauch* und *Gemeinsam für den Schutz unserer Kinder.* Sie brauchte nur ein paar Minuten, um herauszufinden, dass letztere Gruppe administriert wurde von einer traditionalistischen Bewegung, die der Meinung war, die einfachste Lösung zum Schutz der Kinder sei es, Homosexuellen die Elternschaft zu verbieten. Auch wurde angeregt, Kinder, die von Paaren desselben Geschlechts aufgezogen würden, aus dem Haushalt herauszuholen und sie in fremde, aber »normale« (und traditionalistische) Familien zu geben, sodann seien die Homosexuellen mit einem Kennzeichen zu versehen, für alle sichtbar, das reiche aus. »Warum nicht so ein angenähtes rosa Dreieck auf der Kleidung?«, schlug ein Mitglied der Gruppe vor. »Eine Zeit lang machte man das so. Ich befürworte nicht alles, was damals üblich war, aber zumindest konnte man sie leicht erkennen.« Alex schüttelte sich und recherchierte weiter. Dann stieß sie durch Zufall auf *Wenn du auch liber im Bett bleibst statt zum Französisch Unterricht zu gehen,* und sie fragte sich, ob der langsame Tod der Sonne und die angekündigte Zerstörung der Menschheit letzten Endes wirklich so schlecht waren. Sie riss die Arme hoch, rekelte sich.

Es klopfte. Blondeau streckte den Kopf durch den Türspalt.

»Dueso?«

»Herr Kommissar!« Alex zog ihr Shirt herunter und stand auf. »Ich wollte Ihnen mitteilen ...«

»Cantera hat es mir schon gesagt. Sie wollen in den sozialen Netzwerken recherchieren, ob sich jemand mit den Überfällen brüstet, stimmt's?« Der Kommissar setzte sich neben Alex. »Dann zeigen Sie mal.«

»Ein Großteil der Bevölkerung nutzt Facebook. Da kann man Gruppen zu einem Thema erstellen, hier, sehen Sie. Marco?«

Marco erklärte Blondeau, nach welchem Prinzip die sozialen Netzwerke funktionierten. Alex beendete die

Vorführung mit der Präsentation ihres Profils (ohne Bezug zu ihrem Beruf) und der Äußerung des Wunsches, nach weiteren Gruppen Ausschau zu halten, vielleicht erwähnte eine ja die Überfälle.

»Aber das sieht nach einer gewaltigen Aufgabe aus«, wandte Blondeau ein, »Sie können nicht alles überprüfen …«

»Ich muss nur angeben, dass ich den Nachrichten von dieser oder jener Gruppe folgen möchte, und die Seite schlägt mir weitere vor, die mich interessieren könnten. Cantera hat mich schon darauf aufmerksam gemacht, dass es eher unwahrscheinlich ist, auf eine Gruppe wie *Ich vergewaltige Männer und finde das geil* zu stoßen. Aber wir könnten die für Frankreich Zuständigen kontaktieren und fragen, welche kürzlich aufgefallen sind. Außerdem ist das mal eine neue Idee. Viele hatten wir davon in letzter Zeit ja nicht.«

»Meinetwegen«, sagte Blondeau. »Wir setzen die Leute von der Internetkriminalität dran, vielleicht können sie uns behilflich sein.«

»Ich dachte, die sind überlastet?«

»So wie alle. Aber es kostet nichts, sie um Hilfe zu bitten. Ich rufe Patrick Moreau an. Dann erklären Sie ihm Ihre Idee.«

XXII

Samstag, 22. Dezember

Alex trat auf die Straße und sog die winterliche Luft ein, schneidend kalt und erfüllt von einer Mischung aus gerösteten Maronen und hektischer Betriebsamkeit. Typisch Weihnachten.

Sie ging zur Metro und stellte in Gedanken die Liste der zu besorgenden Geschenke zusammen. Diesmal schien sie ihr noch kürzer zu sein als letztes Jahr.

In einem fortlaufenden Ausleseprozess waren ihr die Freunde, die sie mit zwanzig hatte, im Alltag abhandengekommen. Die wenigen, die nach ihrem Eintritt in die Polizei noch geblieben waren, hatten das Schiff verlassen, als sie ein Kind bekam. Eine Frage des Rhythmus. Und diejenigen, die mit Ana gekommen waren, andere Elternpaare, waren nach der Trennung vom Radarschirm verschwunden. Dass die Gästezahl am Tisch auf einmal ungerade war, versetzte die Gastgeber in Panik, als brächte ein Einzelwesen Unglück, und wer sie nicht sofort als unerwünscht aussortierte, platzierte sie neben einem Kollegen, einem Cousin oder einem anderen Singlefreund. Alex selber hatte schließlich die Brücken zu diesen dämlichen Kupplern abgebrochen, der Druck, der von ihren guten Absichten ausging, überforderte sie. Weshalb ihr, abgesehen von ihrer Familie, Lucinda und Marco, niemand mehr so nahestand, dass er auf eine Geschenkeliste gehörte.

Auf der Suche nach Inspiration sah Alex sich in ein

paar Geschäften um. Es war gerade mal zehn Uhr morgens, und die Läden waren brechend voll.

Natürlich hatte sie schon vor Wochen versucht, Geschenke für Ana im Internet zu bestellen, aber es hatte nur ihre Nerven strapaziert. Die angegebenen Lieferzeiten garantierten den Erhalt der Geschenke für ihre Tochter rechtzeitig zu ... Ostern. Blieb nur, sich auf traditionelle Weise darum zu kümmern: zu Fuß. Echte Pakete schleppend, echten Verkäufern zahlend, mit einer echten Bankkarte, die man in ein echtes Gerät steckte. Um in einem echten Minus zu landen.

Sie kam gerade am Schaufenster einer Männerboutique vorbei, als ihr Blick auf ein Hemd mit blauen Karos fiel. Marco würde das gut stehen, dachte sie. Die Puppe trug Lederhandschuhe. Alex hätte wetten können, dass ihr Vater keine hatte, oder besser gesagt, dass das Paar, das er vor einem Monat zum Geburtstag bekommen hatte, schon nicht mehr existierte. Sie dankte dem Himmel für diese schusseligen Menschen, denen man zwölfmal hintereinander das Gleiche schenken konnte, und betrat den Laden.

Alex versteckte die Pakete im Schlafzimmerschrank. War das schon mal erledigt. Gut gemacht, das Bier hast du dir verdient. Sie öffnete eine Dose und haute sich aufs Sofa. Irgendetwas war anders dieses Jahr. Seltsam. Ungewohnt.

Tatsächlich verspürte sie nicht so wie sonst diese dumpfe Angst, die kurz vor den Feiertagen alle im Griff zu haben schien. Angst, nicht die nötige Zeit zu finden, um alles vorzubereiten, alles richtig zu machen. Angst, zu viel auszugeben. Angst vor den vielen Stunden im Kreis der Familie.

Vom Warten war sie wie benommen. Der Stillstand bei den Ermittlungen frustrierte sie. Und natürlich begann sie den Winter zu spüren mit seiner fehlenden Helligkeit, seiner lähmenden Kälte. Trotzdem hatte sie sich in der Metro, auf dem Rückweg von ihren Einkäufen, seltsam unbeschwert gefühlt. Na ja, vielleicht nicht unbeschwert, aber ruhig. In Sicherheit. Auch wenn niemand besser wusste als sie, dass es Sicherheit nicht gab. Da war die sichtbare Welt, in der die normalen Menschen sich bewegten – die Lehrer, die Klempner, die Podologen. Und dann war da diese andere Welt, die zum Vorschein kam, wenn dem Podologen, dem Klempner oder dem Lehrer das Auto aufgebrochen oder sein Handy geklaut wurde oder wenn er eins auf die Schnauze bekam, weil er den aufdringlichen Kerl wegschubsen wollte, der seiner Freundin in der U-Bahn an den Hintern gefasst hatte. Eine Welt, die Alex vierzig Stunden in der Woche durchschritt, um diejenigen herauszufiltern, die das Dunkel hatte schlucken wollen. Eine Welt, die sie, wenn auch mit gemischtem Erfolg, auf Abstand zu halten versuchte, auf Abstand zu ihrem Zuhause, ihren Albträumen, fernab vom Leben ihrer Tochter. Ein Tanz auf dem Seil, immer einen Fuß vor den anderen auf der schmalen Grenze zwischen Verdrängung und Tragödie.

Aber dieses plötzliche Gefühl von Sicherheit? Die Wände der Blase, in die sie sich zurückgezogen hatte, mussten recht stark sein. Oder das Bier besonders gut.

Alex zuckte die Schultern. Sie verbrachte schon genug Zeit mit der Analyse von allem, was nicht funktionierte. Sie würde jetzt nicht auch noch analysieren, was gut lief. Sie machte ein weiteres Bier auf.

XXIII

Montag, 24. Dezember

»Bist du sicher, dass du heute Abend nicht kommen willst? Dein Zimmer wartet auf dich, das weißt du.«

Mit dem Handy im Schoß, die Freisprechfunktion aktiviert, versuchte Alex einzuparken.

»Nett von dir, aber ich muss Ana morgen früh noch bei Samuel abholen, wir kommen dann zum Mittagessen, wie geplant.«

»Aber das ist doch kein Vergnügen, ganz allein an Heiligabend ...«

»Ich bin nicht allein, ich gehe mit einer Freundin essen, hatte ich dir doch gesagt. Außerdem arbeite ich heute, das weißt du genau. Selbst wenn ich früher fertig sein sollte, bis ich bei euch bin ... Hör zu, ich parke gerade. Wir kommen morgen Mittag zu euch, einverstanden?«

»Musst du denn am 24. arbeiten?«

»Dann habe ich den 26. frei. Tschau.«

»Warte, ich gebe dir kurz deinen Vater.«

»Mama, ich parke gerade!«

Sie hörte, wie ihre Mutter das Telefon weitergab.

»Papa ...«

»Ich weiß, du parkst, aber es geht ums Essen.«

In Alex' Familie hatten zwei Sachen Priorität: die Familie und das Essen. Nicht unbedingt in dieser Reihenfolge.

»Papa, ich bin sicher, egal was du kochst, es wird köstlich sein, aber zwing mich nicht, jetzt vom Essen zu sprechen.«

»Na schön.« Seine Stimme klang ein wenig verärgert, aber er fing sich gleich wieder. »Nur mal angenommen, ich würde dich bitten, zu wählen zwischen einer Füllung mit Rosinen und Maronen und einer Füllung mit …«

»Papa, wenn du weitermachst, übergebe ich mich noch. Wir haben halb neun, ich habe keinen Bissen gegessen und Kopfschmerzen. Meine ganze Kindheit habe ich in eure Autos gekotzt, du weißt also, dass ich dazu imstande bin. Küsschen, ich komme morgen mit Ana. Ich lege jetzt auf.«

»Durch den Mund einatmen! Küsschen.«

Alex beendete ihr Parkmanöver. Genau wie ihrem Bruder war ihr im Auto früher immer schlecht geworden, die Ferienfahrten erfolgten unter Einsatz von Plastiktüten und Notfallstopps auf den Rastplätzen der Autobahn. Wenn die Übelkeit zu groß wurde, hieß es jedes Mal, sie sollten durch den Mund einatmen. Was natürlich nichts half. Jetzt, als Erwachsene, lachten sie darüber, es war der unnütze Ratschlag schlechthin. Aber seit sie selber Mutter war, hatte sie es eingesehen: Oft gab es einfach keine Lösung.

Daumet saß im Gemeinschaftsbüro. Mit ein paar Meter Abstand, unter dem Licht der Neonleuchten, fand Alex ihn sehr blond und sehr jung. Diesen Eindruck machte er oft, man durfte nur nicht näher herantreten.

Von nahem nämlich waren die Fältchen in den Augenwinkeln nicht zu übersehen, eine Folge seines anhaltenden Versuchs, zu verstehen, wie der Mensch auf die Idee kommen konnte, seinesgleichen zu erniedrigen, zu verletzen oder zu töten. Er hatte sich gut eingefügt in das gesamte Team und mit erstaunlicher Geschwindigkeit das Kostüm des harten Kerls abgelegt, mit dem er von der Drogenfahndung gekommen war.

»Sollen wir uns in das separate Büro setzen?«, schlug Alex vor. »Laetitia stellt die Anrufe gleich rüber.«

Daumet stimmte freudig zu, ein wenig verlegen auch. Er und Eliès hatten gerade eine Ermittlung zu einem Uni-Dozenten abgeschlossen, der sich hinter seinen hübschen Locken und seiner romantischen Dialektik als besonders zielstrebiger Triebtäter herausgestellt hatte. Wenn von Vergewaltigung die Rede war, dachten die Leute meist an irgendeinen Finsterling, der junge Frauen mit zu kurzen Röcken am Rande eines Parkplatzes oder in einer dunklen Gasse überfiel. Doch in allen Berufsgruppen tummelten sich Männer, die glaubten, der Körper einer Frau sei zur Selbstbedienung da. Der Akademiker mit den feinen Gesichtszügen war dafür ein perfektes Beispiel. Die Ermittlung hatte einige Zeit in Anspruch genommen, und außer mit Eliès, der über ihn nur Gutes erzählte, hatte Daumet noch keine Gelegenheit gehabt, mit den anderen Kollegen direkt zusammenzuarbeiten.

»Und, wie siehst du die Sache?«

Es war das erste Mal, dass der junge Inspektor dieses Büro betrat, das sich mit all den schwankenden Aktenstapeln und den Pinnwänden voller nadelgespickter Karten in einen etwas chaotischen Kontrollraum verwandelt hatte.

»Lass dir Zeit«, sagte sie. »Wir selber sehen nichts mehr, ganz ehrlich. Das heißt, schon am Anfang haben wir kaum etwas gesehen.«

Daumet trat näher.

»Ich weiß nicht …«

»Keine Angst, ein frischer Blick ist immer gut, ich erwarte nicht, dass du das alles löst. Im Moment sind wir so ratlos, dass wir uns fragen, was wir dem Richter überhaupt vorlegen sollen, damit das Verfahren weitergeht. Im Zweifel geben wir ihm alles. Aber als Blondeau zuletzt mit ihm gesprochen hat, musste er zugeben, dass er auch nicht weiß, von welchem Ende her man die Sache angehen soll.«

Alex versuchte die Bitterkeit in ihrer Stimme zu verbergen, überzeugend klang es wohl nicht.

»Egal, wenn du einen Blick in die Akten der Opfer werfen möchtest ...« Sie deutete auf die Stapel.

»Wenn ich Sie richtig verstehe ... dich richtig verstehe ...«, Daumet tat sich schwer damit, Alex zu duzen, »dann haben die Überfälle alle in großen Städten stattgefunden oder direkt am Rand einer großen Stadt. Das sieht nach Verabredung aus, oder?«

»Was meinst du damit?«

»Na ja, als Jugendlicher habe ich in einem Vorort gewohnt, aber nicht in so einem mit Hochhäusern, sondern richtig weitab vom Schuss. Wenn wir uns dann in Paris getroffen haben, meine Kumpels und ich, haben wir uns zum Beispiel am Bahnhof Les Halles verabredet. Das ist zentral, dort fährt die S-Bahn, jede Menge U-Bahnen. Woanders haben wir uns nie gesehen, wir mussten immer erst alle zusammenkommen, das war echt scheiß... Das war kompliziert.«

»Du kannst hier ruhig fluchen, Daumet«, sagte Alex amüsiert.

Er räusperte sich.

»Seit ich in Paris wohne, muss ich mich nicht mehr dort verabreden. Aber ich frage mich, ob das unter anderen

Vorzeichen nicht genauso funktioniert. Ob das vielleicht Leute sind, die außerhalb wohnen, in einem abgelegenen Kaff, und dann treffen sie sich in einer großen Stadt, weil das einfacher ist. Sonst müssten auch irgendwelche Provinznester dabei sein, oder?«

»Richtig.«

»Leute, die sich treffen, um andere zu vergewaltigen ...«

Das Telefon klingelte. Alex nahm ab und hörte Laetitias Stimme:

»Eine Streife verlangt nach euch. Hinter der Markthalle Secrétan.«

Sie schloss die Tür ab, bevor sie gingen.

Alex parkte gerade in zweiter Reihe, als ihr Handy klingelte. Sie stellte auf Freisprechen, und Chloés Stimme erscholl im ganzen Wagen.

»Wo bist du? Ich friere!«

»Ich bin genau vor ... Warte, ich kann dich sehen.«

Sie blendete ein paarmal auf, und Chloé kam, souverän auf ihren hohen Hacken, die Stufen des Gerichtsgebäudes herunter.

»Was bin ich froh, dass dieser Tag zu Ende ist«, seufzte sie.

»Und ich erst. Wir durften den ganzen Nachmittag eine Gruppe betrunkener Penner zu einer jungen Obdachlosen vernehmen. Offenbar hatten sie die Frau auf ihrem ›Campingplatz‹ unter einer Brücke übernachten lassen und ihr versprochen, sie zu beschützen. Für sexuelle Gefälligkeiten.«

Chloé verzog die Nase.

»Sie ist erst neunzehn. Die Typen fünfunddreißig, siebenundvierzig und zweiundsechzig. Aber sie wollte unbedingt bei ihnen bleiben. Weil sie sie wirklich beschützen. Weil ihr beim letzten Mal, als sie sich auf ein Wohnheim eingelassen hat, alle Sachen geklaut wurden. Noch dazu hat ein ehrenamtlicher Mitarbeiter sie vergewaltigt.«

»Welcher Mitarbeiter?«

»Sie erinnert sich nicht an den Namen. Aber sie hat ihn bei Essensausgaben wiedererkannt. Und sie weiß, dass er dasselbe mit mindestens drei weiteren obdachlosen Frauen gemacht hat.«

»Und da dachte ich, mit meiner Geschichte von einem exhibitionistischen Anwalt könnte ich dich beeindrucken.«

»Tut mir leid.«

»Dann würde ich sagen, wir halten an und holen uns was zu trinken.«

»Ich habe eine gute Flasche gekauft.«

»Nur eine? Stell den Wagen ab.«

Als Chloé ihr gesagt hatte, dass ihr Sohn den Weihnachtsabend bei ihrem Exmann verbringen würde, hatte Alex spontan vorgeschlagen, zusammen zu Abend zu essen.

Kaum hatte sie gehört, wie der Satz aus ihrem Mund kam, geriet sie kurz in Panik: Damit missachtete sie die Intimdistanz, auf die sie immer so viel Wert gelegt hatte. Aber Chloé hatte sofort eingeschlagen. Und letzten Endes, warum nicht? Vielleicht musste man ja nicht *alle* auf Abstand halten.

Sie hatte eine Lasagne gemacht und ihren Vater wegen des Weins um Rat gefragt. Hatte die herumliegenden Sachen aufgesammelt, die Regale abgestaubt. Doch als sie am Morgen ihre Wohnung verließ, war sie ihr klein vorgekommen, düster, trist. Wie immer, wenn Ana nicht da war. Sie nahm an, dass Chloé in einer hellen, sündhaft teuren Maisonettewohnung lebte, umgeben von üppigen Pflanzen und Designerstücken. Normalerweise verlor Alex keine Zeit damit, sich mit wem auch immer zu vergleichen, aber sie musste zugeben, dass sie sich ein wenig vor dem Urteil der eleganten Chloé fürchtete.

»Toll!«, rief die, als Alex sie dann hereinbat. »Wirklich hübsch.«

»Danke, gib mir deinen Mantel ...«

»Darf ich mal die Wand in Anas Zimmer sehen?«, fragte Chloé und legte ihr Wollcape ab.

Alex zeigte ihr das große königsblaue Quadrat.

»Sie hatte recht«, sagte Alex. »Ein bisschen Farbe tut gut.«

»Hast du deshalb eine Wand im Wohnzimmer rot gestrichen?«

»Ja.«

»Macht sich hervorragend. Bei mir ist alles weiß, für die Einrichtung fehlt mir die Fantasie, man könnte meinen, ein Krankenhaus. Das deprimiert mich, vor allem, wenn Bastien nicht da ist.«

Alex hatte zum Dessert einen Obstsalat gemacht, und als sie Chloé noch einen Nachschlag geben wollte, lehnte ihre Freundin ab:

»Ich habe schon bei der Lasagne zweimal nachgenommen, ich platze gleich. Aber ich denke, das ist ein guter Zeitpunkt, um unseren tollen Whisky aufzumachen, wofür haben wir ihn sonst gekauft. Das ist zwar sehr unhöflich von mir, aber ich hoffe, du verrätst mich der Baronin Rothschild nicht.«

»Keine Sorge, die Dame und ich haben in letzter Zeit ein etwas unterkühltes Verhältnis.«

Alex holte den Whisky.

»Ich mag das Zeug, aber ich trinke es fast nie«, sagte Chloé, nahm ihr Wasserglas und schenkte sich ein, erst dann goss sie die tiefgoldene Flüssigkeit auch in Alex' Glas.

»Aha?«

»Wenn Bastien da ist, trinke ich nicht, weil ich ihm kein schlechtes Vorbild sein will. Wenn er nicht da ist, finde ich das Alleinetrinken zu traurig. Und wenn ich nicht allein bin ... haben wir meist schon was getrunken.«

Alex schnupperte an ihrem Glas. Die beiden Flaschen Wein hatten sich wie von selbst verflüchtigt. Mit einem Whisky weiterzumachen war nicht unbedingt eine gute Idee. Sie fühlte sich schon ein wenig wattig – genau der Zustand, den sie normalerweise anstrebte, aber ohne Gesellschaft. Chloé lächelte.

»Ich habe dir eingeschenkt, ohne dich zu fragen, aber du wirst sehen, er ist perfekt.«

»Der Mix ...«

»Wenn man richtig Gutes trinkt, ist das egal.«

»Wird sich zeigen.«

»Nein, glaub mir. Alles eine Frage der Alkoholmoleküle und ihrer Qualität ... Prost!«

Was soll's, es ist Weihnachten, dachte Alex. Sie hob ihr Glas.

XXIV

Dienstag, 25. Dezember

Als Alex am nächsten Morgen aufwachte, war ihr erster Gedanke, dass die Moleküle fiese kleine Miststücke waren.

Sie streckte die Hand nach der Wasserflasche neben dem Bett aus. Leer. Miststücke, allesamt. Sie griff nach ihrem Handy. Es war neun Uhr, in fünfzig Minuten sollte sie bei Samuel sein und ihre Tochter abholen. Sie stand auf und schlüpfte in den Bademantel.

In der Küche setzte sie einen Kaffee auf und versuchte, dabei keine ruckartigen Bewegungen oder allzu viel Krach zu machen. Dann trank sie in großen Schlucken mindestens zwölf Liter Wasser, direkt aus dem Hahn, während ihr Hirn wie verrückt gegen die Schädelwand donnerte. Sie ging zum Sofa.

»Chloé?«, rief sie.

Unter der Decke brummte Chloé irgendwas.

»Der Kaffee ist gleich fertig. Ich geh mich duschen.«

Auf dem Couchtisch prangten, wie zum Spott, die leeren Flaschen. Tjaaa, du hast uns alle ausgetrunken. Dafür wirst du teuer bezahlen. Frohe Weihnachten!

Chloé regte sich, mahagonibraune Haarsträhnen schoben sich übers Kissen.

»Ich habe dir ein Glas Wasser hingestellt«, sagte Alex noch.

Als sie nach zehn Minuten wieder aus der Dusche kam, hielt sie ein Röhrchen Aspirin in der Hand. Von Chloé keine Spur.

Alex wunderte sich, dass sie gegangen war, ohne irgendeine Nachricht zu hinterlassen, aber ihr blieb nur noch eine halbe Stunde, um sich zurechtzumachen und die Reste des Abendessens zu entsorgen. Die Frage räumte sie also in eine Ecke ihres Hinterkopfs.

Ana warf sich, kaum war sie ausgestiegen, ihren Großeltern in die Arme. Zum Glück begann das Aspirin zu wirken. Alex mochte sich nicht vorstellen, in welchem Zustand Chloé war, die noch mehr getrunken hatte als sie.

»Eilig scheinst du es ja nicht zu haben.«

Neben dem Wagen stand Alex' Bruder und schaute zu, wie sie die Pakete aus dem Kofferraum holte.

»Hilf mir bloß nicht.«

»Freut mich auch, dich zu sehen«, sagte Ben.

Er faltete seine eins sechsundneunzig und gab Alex einen schmatzenden Kuss auf die Wange.

»Nimm das hier.« Sie drückte ihm ein riesiges Paket in die Arme.

»Ist das für Ana?«

»Nein, für dich, aber ich weiß nicht, ob Papa und Mama dich damit spielen lassen. Für Kinder unter acht Jahren nicht geeignet.«

»Sieh an, bei der Polizei hat man Humor! Komm schon, wirf mir die anderen rüber.«

Als Alex in der Tür stand, bekam sie von ihren Eltern ebenfalls einen Kuss.

»Die Füllung habe ich dann doch mit Geflügelmagen, Maronen und Haselnüssen gemacht«, verkündete ihr Vater stolz.

Alex musste würgen, sie lächelte tapfer.

»Das trifft sich gut, ich habe einen Mordshunger.«

Die Familie. Lügen, schmatzende Küsschen und Füllung mit Geflügelmagen. Dann mal los.

Sie fragte nach einem Bier als Aperitif und erntete einen spöttischen Blick ihres Bruders. Er gab ihr ein leichtes Helles in einem großen Glas und eine weitere Aspirintablette. Sie sagte, sie brauche keine, doch kaum hatte er sich umgedreht, schluckte sie sie. Mehr trinke ich heute nicht, schwor sie sich.

Ihre Eltern wuselten hin und her, Ana war völlig aufgekratzt beim Gedanken ans Auspacken der Geschenke. Man beharrte darauf, dass Alex sich setzte und von den Kanapees nahm. Sie ließ sich mitreißen vom vertrauten Stimmengewirr.

»Setzt euch doch, setzt euch!«, sagte ihr Vater. »Ich mache noch eben die Sauce fertig. Kommst du mit, mein kleiner Frosch?«

Ana folgte ihm gleich in die Küche. Alex, ihre Mutter und ihr Bruder nahmen auf dem Sofa Platz.

»Sonst kommt keiner mehr aus der Familie, oder?«

»Doch, Catherine, François und Myriam, sie haben eben angerufen, in zehn Minuten sind sie da.«

»Ich habe gar kein Geschenk für Myriam.«

»Ist nicht schlimm, sie wird für dich auch keins haben. Ich weiß, dass sie ein Geschenk für Ana hat, und ich weiß auch, dass es kein Kinderbügelset ist. Ich habe sie schon gewarnt, sie kann sonst draußen essen.«

Alex verdrehte die Augen. Ihre Mutter stupste sie an:

»Das war ein Scherz! Aber es ist trotzdem kein Kinderbügelset.«

»Soll ich dir was sagen? Mir käme das gelegen, wenn sie bügeln lernt, ich habe dafür nämlich absolut keine Zeit.«

»Na, tolle Idee, beute deine Tochter ruhig aus und lass sie die Hemden bügeln, das ist mal eine fortschrittliche Erziehung.«

»Fortschrittlich bist du. Ich versuche zurechtzukommen, das ist nicht unbedingt dasselbe.«

»Du kommst sehr gut zurecht«, antwortete ihre Mutter in einem Ton, der keinen Widerspruch duldete.

»Können wir den Fernseher bitte ausmachen?«, sagte Alex, als der Sprecher die ungewöhnlich niedrigen Kriminalitätszahlen für die Nacht vom 24. auf den 25. Dezember bekanntgab.

»Willst du das gar nicht hören?«, fragte ihr Vater. »Sie sagen, dass es seit mindestens zehn Jahren an Heiligabend nicht mehr so wenig Randale und so wenige in Brand gesteckte Autos gegeben hat. Und dass die Kriminalitätsrate schon seit Monaten sinkt.« Er legte ihr die Hand auf die Schulter. »Du machst eine gute Arbeit, meine Tochter!«

»Danke dir, aber ich kann diese Statistiken nicht mehr hören, mir wäre wirklich lieber, wir könnten ausmachen.«

Ob gute Nachricht oder nicht, Alex erwähnte ihre Arbeit bei Familienzusammenkünften nie. Es klingelte an der Tür.

»Ah, jetzt sind alle da!«

Bevor Alex aufstand, um sich dem erneuten Küsschenreigen anzuschließen, nahm sie ihr Handy und schickte Chloé rasch eine SMS. Sie fragte sie, wie es ihrem Kopf gehe, und wünschte ihr schöne Feiertage. Fast eine Stunde spähte sie immer wieder nach der Antwort, dann legte sie das Handy auf dem Couchtisch im Wohnzimmer ab und ließ es dort für den Rest des Tages liegen.

Alex fühlte sich unendlich erleichtert, als sie sich schließlich in ein Bett legen konnte. Bevor sie einschlief, schaute sie noch mal aufs Handy. Chloé hatte nicht geantwortet. Sicher war sie beschäftigt. Alex klaubte die Erinnerungen an den vorigen Abend zusammen. Hatte sie etwas gesagt oder getan, was ihren Gast hätte verletzen können? Die Bilder waren verschwommen, sie versuchte eine zeitliche Abfolge zu erkennen. Das erste Glas Whisky.

»Und du?«, hatte Chloé sie gefragt.

»Und ich was?«

»Unsere Jobs sind nicht einfach, für dich noch weniger als für mich. Die Wochen, in denen unsere Lieblinge nicht da sind, sind leer, oder? Ich breche zusammen unter der Arbeit, aber manchmal ... oder?«

»Wie?«

Alex hatte sich immer wattiger gefühlt, aber unangenehm war es nicht. Sie hatte den Eindruck, wenn sie in jemandes Gesellschaft in diesen Zustand wohligen Vergessens hineinglitt, änderte das die Reise. Sie drifteten gemeinsam ab, statt plötzlich unterzugehen. Aber sie verstand nicht recht, wovon Chloé sprach, oder spielte sie auf das Getränk an?

»Ich meine, wir sind Menschen, mit Bedürfnissen und allem. Wie lange lebst du schon von Anas Vater getrennt? Fünf Jahre?«

»Sechs.«

»Aber du willst mir nicht weismachen, dass du die ganze Zeit nicht gebumst hast, oder?« Chloé schlug sich die Hand vor den Mund und gluckste wie ein Teenie. »Au weia, dann sage ich auch noch unfeine Wörter, also wirklich, die Baronin Rothschild wird heute Abend gar nicht stolz auf mich sein.«

Alex lachte ebenfalls, sie war dankbar für diese augenzwinkernde Nähe, ein Gefühl, als hätte sie sich in einen flauschigen Schal gemummelt.

»Na ja …«

»Warte, niemand zwingt dich, etwas zu sagen.«

»Ich weiß, die Sache ist nur, es gibt nicht viel zu erzählen.«

»Habe ich dir gesagt, dass ich mich auf einer Datingseite angemeldet habe? Speziell für Leute, die sich für unwiderstehlich halten.«

»Wie bitte?«

»Attractivepeople.com heißt die. Früher gab es zwei, drei Datingportale, die hatten den ganzen Markt für sich. Mittlerweile funktioniert das nach Nischen. Dates zwischen leitenden Angestellten, zwischen Informatikern, zwischen Asiaten, zwischen traditionalistischen Christen, zwischen Sammlern von Streichholzschachteln und was weiß ich.«

»Das heißt?«

»Das heißt, dass du unter Garantie eingebildete Idioten triffst, glaub mir. Diese Seite kennt gar nichts anderes. Und wenn jemand das wissen muss, dann ich, ich bin nämlich dabei.«

Chloé lachte und schenkte ihnen nach.

»Und du?«

»Ich? Pff. Als ich mich von Samuel getrennt habe, haben die Leute versucht, für mich das ein oder andere Stelldichein zu arrangieren …«

»›Stelldichein‹? Das gibt's noch als Wort?«

»Nenn es, wie du willst.«

»Ich nenne es eine ›schlechte Idee‹.«

»Genau das war's auch. Eine Freundin hatte für mich

ein Date mit ihrem Bruder arrangiert ... und ihm verschwiegen, dass ich ein Kind habe. Na super! Einen Balg zu haben, das ist offenbar so was Ähnliches wie Syphilis.«

Alex spürte, wie ihr Mund immer schlaffer wurde.

Chloé hatte die Gläser erneut gefüllt. Für einen Moment war es still zwischen ihnen gewesen, angenehm still. Schon lange hatte Alex sich keiner Frau mehr so nahe gefühlt. Freundschaften waren nicht ihre Stärke. Sie war hervorragend in Kameradschaft, im Respektieren, immer ein bisschen aus der Ferne. Diese Vertrautheit wärmte ihr die Füße und den Kopf, als könnte sie auf einmal alles aussprechen.

»Weißt du ...«, hatte sie begonnen. »Weißt du, in mir drin, ich meine, ich weiß selber nicht, ich sage mal so: Im Innern von mir ... da habe ich so Mauern. Wie einen Panzer. Sieht niemand, aber ist da drin ... und hält mich. Aufrecht. Da bin ich dann ganz grade, und lächle. Und Ana, die weiß gar nicht, wie sehr ich manchmal die Nase voll habe. Manchmal hasse ich die Leute. Alle. Das ist wie so ein schwarzes Loch, saugt alles auf. Aber das will ich nicht, ich will aufrecht bleiben. Sie soll denken, dass es sich lohnt, verstehst du? Aber in dieses schwarze Loch falle ich manchmal rein, wache nachts auf, das ist wie eine Krankheit. Krank-heit. Das kann ich mir nicht erlauben, nicht erlau-ben. Ich kann nicht die absaufen lassen, die ich liebe in mir drin. Ana und meine ... die ich liebe. Verstehst du?«

Chloé hatte die letzten Tropfen Whisky eingeschenkt. Alex schloss die Augen und spürte, wie sich alles drehte. Sie riss sie wieder auf. Es fiel ihr schwer, sich auf das zu konzentrieren, was sie sagen wollte. Chloé schaute sie an, und ihr Kopf ging mechanisch auf und ab, als hätte jedes

Wort, das Alex sprach, für sie eine bestimmte, tiefe Bedeutung, als gäbe es ein festes Band zwischen ihnen.

»Ich weiß, ja, weiß genau ... Und was ... ich weiß, verstehst du, Alex, ich weiß das. Aber was da in dir drin ist, verstehst du, also ... du weißt das, und dann versuchst du, die anderen nicht damit zu belasten, verstehst du? Und das ist ... ist gut ... Dass du dir sagst ... du willst nicht, dass sie schwimmen, genau, das heißt ... nein, anders, dass sie ertrinken, die Leute in dir drin, dass du sie ertränkst, er-tränkst, weil, du könntest ja zum Beispiel, könntest ... nach Hause kommen und dir sagen, sieht ja keiner, und dann könntest du machen, was du willst, verstehst du? Du könntest deine Frau schlagen, deinen Sohn, sieht ja keiner, du machst einfach, was du willst, und dann schlägst du deine Frau, jeden Tag, weil, du magst das nicht, dass sie das nicht in sich drin hat, du magst nicht, dass sie kein schwarzes Loch hat, deine Frau, und dann machst du ihr eins. Du musst nur richtig draufhauen, sie ficken, wenn sie nichts mehr mitkriegt, immer wieder, dann kannst du ihr auch eins machen, so ein schwarzes Loch, verstehst du?«

In diesem Stadium wusste Alex nur noch, dass sie kaum noch etwas wahrnehmen konnte. Chloé hielt sich die Hand vor die Stirn, wurde auf einmal ganz ernst.

»Lex. Wirst du sie schnappen? Die Typen, die da jetzt ... du weißt schon. Lieber nicht, oder?«

»Doch, klar«, brachte Alex stockend heraus, »unsere Aufgabe ist es, die Sicherheit zu gewährleisten, die-Si-cher-heit-unse-rer-Mit-bürger.«

Sie klang wie ein zufriedenes Kind, das seine Hausaufgaben gemacht hat.

»Höhö«, war Chloés einzige Antwort.

An weitere Einzelheiten des Gesprächs erinnerte sich Alex nicht mehr, aber sie hatte noch vage vor Augen, wie Chloé auf dem Sofa wegsackte und einschlief, und das Bild von sich selbst, wie sie sich mühsam vom Teppich erhob, auf den sie gerutscht war, und ins Bett ging. Sie musste noch die Decke aus Anas Zimmer geholt haben, unter der Chloé am Morgen gelegen hatte.

Alex bedauerte ihren Brummschädel nicht, wenn das bedeutete, dass sie von nun an jemanden hatte, mit dem sie sprechen konnte, einen Menschen, der wie sie versuchte, die Schläge abzudämpfen, Schläge, die sie erschütterten, sobald sie mit der Welt zusammenstieß.

XXV

Mittwoch, 26. Dezember

Eine Schneeflocke landete auf der Windschutzscheibe. Alex hatte gerade geparkt. Ana, die die ganze Fahrt gedöst hatte, war auf einmal hellwach.

»Mama! Mama, es schneit!«

»Ja, mein Spatz. Warte, ich mache dir auf.«

Ana stieg aus, sie strahlte übers ganze Gesicht.

»Mama, wir gehen noch nicht gleich rein, ja? Wir bleiben noch draußen im Schnee.«

Alex sah auf die Uhr. Es war sieben. Sie hatten nur eine Stunde für die Heimfahrt von ihren Eltern gebraucht.

»Von mir aus. Komm, gehen wir in den Park.«

Die Straßen waren leer, und obwohl es noch nicht spät war, war fast kein Verkehr. Mit den ersten Flocken hatte sich eine trockene, eigentümliche Stille über die Stadt gelegt, eine Stille, wie sie mit dem Schnee einhergeht. Die Luft war kalt, fast schneidend. Sie gingen langsam. Es schneite jetzt dicke Flocken, die Welt wurde weiß.

Vor der Grünanlage zögerte Alex. Natürlich war sie geschlossen. Sie kniff die Augen zusammen und hielt Ausschau nach irgendwelchen Schatten. Der kleine Park war tagsüber angenehm, aber abends wurde er zum Treffpunkt. Nicht nur für die Obdachlosen aus der Gegend, auch für die Jungs, die normalerweise vor Alex' Haus rumlungerten. Und so ungern sie ihnen dort begegnete, zugedröhnt mit Alkohol, Shit und Langeweile, so wenig hatte sie Lust, ihnen mit ihrer Tochter in einem ansonsten menschenleeren Park im Dunkeln über den Weg zu laufen. Alex wusste, was noch viel jüngere Jungs Frauen antun konnten.

Oder Männern, das wusste sie nun auch. Weshalb sie die Tage damit zubrachte, Berichte über solche Fälle an überladenen Korktafeln festzustecken. Aber der kleine Park schien völlig leer zu sein. Sie atmete tief die eisige Luft ein, und der Abend kam ihr auf einmal sauber vor, rein und ungefährlich.

»Komm«, flüsterte Alex, »wir klettern übers Gitter.«

Ana machte große Augen.

»Aber das ist verboten!«

»Ja, aber ... es ist Weihnachten, ich meine, gestern, heute ist immer noch ein besonderer Tag, dann machen wir uns den Schnee zum Geschenk, ja?«

Ana rümpfte die Nase.

»Hast ja recht, das ist nicht gut, verbotene Sachen zu machen«, sagte Alex, »aber das hier ... das tut niemandem weh. Wir klauen nichts, wir machen nichts kaputt, wir belästigen die Leute nicht. Wir gucken uns nur den Park im Schnee an.«

Das Argument zog: Ana nickte wie verrückt. Alex hob sie hoch und setzte sie auf der anderen Seite des Gitters ab. Es war so niedrig, dass es zu einem Verstoß geradezu einlud. Sie stieg ebenfalls drüber. Ana hüpfte schon ungeduldig auf der Stelle.

»Komm, wir gehen auf Entdeckungstour!«

Ein paar Meter weiter war die Stille noch kompakter. Ana sagte, sie könne die Schneeflocken fallen hören. »Ich auch!«, flüsterte Alex, auch wenn sie nicht wusste, ob das stimmte, aber war das nicht egal? Sie schlichen durch die Büsche. In der Mitte des unberührten Spielplatzes erhob sich die Rutsche. Sie machten eine Partie nach der anderen, bis Alex sah, dass ihre Tochter schon mit den Zähnen klapperte.

Sie gingen nach Hause, durch Straßen, die immer noch menschenleer waren an diesem seltsam beruhigenden, vom Schnee versöhnlich gestimmten Abend.

»Das war wirklich schön, mal Dummheiten zu machen«, sagte Ana, während ihre Mutter sie zudeckte und ihr durch die Steppdecke die kalten Füße rieb.

XXVI

Mittwoch, 2. Januar

»Zwei ausgezeichnete Nachrichten zum Beginn des Jahres«, verkündete Blondeau. »Zunächst, Sie haben die Meldung in den letzten Tagen sicher ebenfalls gehört: Die Kriminalitätsrate ist deutlich gesunken. Insbesondere bei sexuellen Gewalttaten und sonstigen Personendelikten. Allein im letzten Quartal um 75 Prozent. Zweite und wirklich sehr schöne Nachricht: Die Reportage von Herrn Vigne ist fertig.«

Beifall brandete unter den Inspektoren auf. Blondeau zeigte ein kleines Lächeln:

»Ja, aber machen wir uns nichts vor. Da die Ermittlungen, die mit den Fällen Wreskansky und Carrout begonnen haben, mittlerweile Schlagzeilen machen, werden wir es weiterhin mit Journalisten zu tun haben. Die Anweisungen zur Diskretion gelten nach wie vor. Wie auch immer, Cantera und Dueso, ein ruhiger Jahresbeginn heißt, Sie profitieren von der Hilfe Ihrer Kolle…«

Über ihnen polterte es. Blondeau holte Luft, um seinen Satz zu beenden, doch ein erneuter Stoß ließ die Decke erzittern. Die Neonröhren flackerten.

»Warten Sie einen Moment.«

Der Kommissar verließ den Besprechungsraum. Alle schauten sich an. Spannung. Nach zwei Minuten steckte Alex den Kopf hinaus und sah Laetitia am Ende des Flurs. Sie winkte sie herbei.

»Was ist los da oben?«

»Die Kollegen vom Rauschgift kloppen sich.«

»Mit wem?«

»Mit den Kollegen vom Rauschgift.«

»Sie prügeln sich untereinander?«

»Die hocken dort seit Wochen nur rum. Kaum mal ein kleineres Drogendelikt. Die dicken Fische schwimmen weiter, werden aber nur hier und da aktiv. Tote Hose.«

»Und deshalb gehen sie aufeinander los?«

»Müssen Druck ablassen, die armen Kleinen.«

Marco öffnete die Tür. Einer der Männer schaute von seinem Computer auf und grüßte mit einem Nicken.

Ein anderer stand auf, nahm die Brille ab und trat mit ausgestreckter Hand auf Marco und Alex zu.

»Cantera, Dueso, Sie wollen wissen, wie weit wir sind, nehme ich an ...«

Die beiden schüttelten dem für die Abteilung Internetkriminalität zuständigen Beamten die Hand. Patrick Moreau setzte sich die Brille wieder auf und deutete in den Raum:

»Nun ja, so sieht's aus. Wir sind zu fünft, und wir haben insgesamt drei Computer. Davon einer aus dem Jahr 1998, das ist kein Witz.«

Marco schaute entsetzt. Alex hatte noch weniger mit Technik am Hut als er, aber das schien ihr doch ein schlechter Scherz zu sein. Die Kriminalität im großen Stil spielte sich längst im Netz ab, ob Handel mit Waffen, Drogen oder Kindern. Und die Scharen von Internetkriminellen waren garantiert mit Besserem ausgestattet als mit solchen vermufften PCs, Relikten der neunziger Jahre.

Patrick Moreau seufzte.

»Aber ich kann Ihnen einen Kaffee ausgeben.«

»Ah, wunderbar, ich habe noch nie den Kaffee aus dem fünften Stock probiert«, bemerkte Alex.

»Er ist unglaublich. Die Leute kommen von weit her, um seine zarte Note zu kosten, Staub und Büroklammer, rostig«, antwortete Moreau im selben Tonfall.

»Hören Sie«, sprach er weiter, kaum dass sie auf dem Flur waren, »Blondeau hat Ihnen sicher schon gesagt, wie es steht, oder?«

Alex und Marco schüttelten den Kopf. Sie hatten nicht mit dem Kommissar sprechen können, der im Papierkram des Januars versunken war: Jahresberichte, Quartalsanalysen, Prognosen.

»Der Kollege, den Sie hinten im Raum gesehen haben, Thierry Perreira ... ein sehr, sehr guter Polizist. Er steht kurz vor der Pensionierung. Sein ganzes Leben war er draußen im Einsatz, da war er wirklich hervorragend. Aber Verwaltung ist nicht seine Stärke, also hat man ihn für die verbleibenden Jahre zu mir geschickt.«

»Die denken immer noch, Computer seien was zur Beschäftigung von Asthmatikern?« Marco war empört.

Patrick Moreau deutete auf das Flurende und setzte sich in Bewegung.

»Marco«, sagte er und wandte sich nun ohne jede Förmlichkeit an seinen ehemaligen Untergebenen, »du weißt, wie das läuft. Blondeau versteht zwar nichts davon, aber ihm ist klar, dass es wichtig ist, das ist schon mal was. Nur denen da oben, denen ist überhaupt nicht klar, welche Ausmaße die Internetkriminalität angenommen hat. Perreira weiß, was er auf diesem Posten wert ist: nichts. Und das macht ihn fertig.«

»Aber Pa... Herr Moreau, wir brauchen wirklich Unterstützung.«

Patrick Moreau warf Geldstücke in den Kaffeeautomaten.

»Solange Perreira da ist und ich keinen leistungsfähigen Ersatz habe, habe ich keine Zeit, euch zu helfen. Tut mir leid. Man müsste ein Programm entwickeln, das anhand von Schlüsselbegriffen oder Interessensgebieten nach Gruppen oder Profilen sucht. Das wäre wirklich nützlich. Auch wenn wir nur Zugang zu ›offenen‹ Gruppen hätten. Aber mir fehlen die Ressourcen. Facebook zeigt nicht sämtliche Ergebnisse an, oder nicht immer dieselben, und wir haben auch keine Zeit, uns über ihren Algorithmus zu beugen. Mal davon abgesehen, dass wir darauf kaum Zugriff haben, der ist nämlich ein klitzekleines bisschen geheim. Um nicht zu sagen ›top secret‹, weil er einen Haufen Geld wert ist. Denkbar wäre auch, die in der Sexual- und Gewaltstraftäterdatei Registrierten automatisch abzugleichen mit denen, die in privaten Gruppen angemeldet sind, dann bekämen wir vielleicht die Genehmigung, auf die Inhalte zuzugreifen, die in den Foren dieser Gruppen gepostet werden. Aber noch mal, das erfordert Ressourcen, die ich nicht habe. Und lässt die Tatsache außer Acht, dass das größte soziale Netzwerk der Welt wohl wenig begeistert wäre von der Idee, uns private Daten zur Verfügung zu stellen. Damit Kohle zu scheffeln ist eine Sache. Sie auf Anfrage der Polizei zu übermitteln etwas ganz anderes. Bisher haben wir die für Frankreich Zuständigen kontaktiert und ihnen dargelegt, was unser Problem ist und was wir benötigen. Sie haben noch nicht geantwortet.«

Am Abend nahm Alex ihren Laptop und gab erneut verschiedene Wörter in die Suchmaske der Seite ein. Moreau hatte recht, die Ergebnisse waren andere als beim ersten Mal. Sie, genauer gesagt: Nathalie Saint Armand entdeckte neue Gruppen.

Hinter manchen standen irgendwelche Vereine, und nach ein paar raschen Recherchen war klar, dass die nicht immer so uneigennützig waren, wie man auf den ersten Blick hätte denken können. So stieß sie auf eine Gruppe, die sich recht nüchtern *SOS Vergewaltigung* nannte und Opfern großzügig Ratschläge erteilte. Was sie auf der Diskussionsseite las, machte sie rasend: *Natürlich muss man sich an die Polizei wenden,* antwortete ein Administrator einer jungen Frau, die fragte, was sie tun solle, ihr Nachbar habe sie »gezwungen, mit ihm ...«. *Aber lassen Sie sich nicht blind auf ärztliche Eingriffe ein, selbst wenn Sie in einer Situation sind, in der Sie sich verletzt fühlen oder keinen Ausweg sehen. In den Ambulanzen der rechtsmedizinischen Institute zum Beispiel wird automatisch die Pille danach ausgegeben, obwohl das Risiko einer Schwangerschaft bei einer Vergewaltigung gleich null ist.*

So ein Schwachsinn. Alex ging den Diskussionsverlauf durch auf der Suche nach irgendwelchen Verweisen, um herauszufinden, wer da genau das Wort ergriff. Schließlich fand sie in einem der Fotoalben ein Bild mit Copyrightvermerk. Mit gerümpfter Nase ging sie näher an den Bildschirm heran: © *Heilige Kindheit.* Schon wieder diese Drecksbande.

Der Verein hatte im letzten Sommer für Schlagzeilen gesorgt, dank einem Interview des Vorsitzenden, seines Zeichens Bischof. Nach dem üblichen Auftakt – die Kirche liebe alle ihre Kinder, Homosexuelle und Geschiedene seien ein anderes Thema – hatte Monseigneur Ronquin behauptet, die Abtreibung sei eine Schande, selbst bei einer Schwangerschaft nach einem Inzest oder einer Vergewaltigung: »Der Körper der Frau ist ja eine ganz wunderbare Erfindung Gottes. Und bei einer echten Vergewaltigung weiß der Körper, dass er die Empfängnis unterbinden muss. Verlassen wir uns auf Gott, vertrauen wir auf ihn!«

Diese Worte hatten einen Aufschrei der Empörung ausgelöst, nicht nur unter Feministinnen, sondern auch unter aufgeklärten Christen, bei allen Menschen, die einigermaßen Bescheid wussten über die Funktionsweise des weiblichen Fortpflanzungsapparats. Monseigneur Ronquin hatte sich eine Erklärung abgerungen, um klarzustellen, dass es sich um ein Missverständnis handele, nur hatte er es nicht für nötig befunden, auch klarzustellen, welcher Teil seiner Rede missverstanden worden sei. Der Gedanke, es könne »unechte« Vergewaltigungen im Gegensatz zu »echten« geben? Aber woher sollte der Körper der Frau wissen, dass es sich um eine »echte Vergewaltigung« handelte, um dann wie von Zauberhand einen Mechanismus aufzuhalten, der seit Urzeiten den Fortbestand der Menschheit sicherte? Ein Mysterium. Der Bischof hatte ohne Zweifel Weisung erhalten, sich bedeckt zu halten, aber an der Spitze des Vereins Heilige Kindheit war er noch immer. Alex notierte die Namen, die als Gründer der Gruppe aufgeführt waren, meldete die Gruppe als beleidigend und antwortete auf die Nachricht der jungen Frau:

Zur ärztlichen Pflicht nach einer Vergewaltigung gehört auch eine gynäkologische Untersuchung. Sie wird durchgeführt, um eventuelle innere Verletzungen festzustellen und zu dokumentieren, außerdem können so Beweise wie Schamhaare, Sperma, Ausscheidungen sichergestellt werden. Es ist von allergrößter Wichtigkeit, sich nach der Tat so schnell wie möglich an die Polizei zu wenden. Dies sollte, auch wenn es schwerfallen mag, idealerweise geschehen, bevor der Körper oder die während der Tat getragene Kleidung gewaschen wird. Anschließend erhält die vergewaltigte Person Medikamente, um sowohl eine Ansteckung mit sexuell übertragbaren Infektionen wie auch eine Schwangerschaft zu verhindern. Das Risiko einer Schwangerschaft bei einer Vergewaltigung ist real.

Alex schäumte. Sie sah sich das Profil des Mädchens an, das um Rat gebeten hatte: siebzehn Jahre. Diese Arschlöcher.

Sie ging sich ein Bier holen.

Als sie zurückkam, hatte die junge Frau geantwortet: *Danke für Ihren Rat. Aber in diesen Ambulanzen machen nur Frauen die Untersuchungen hoffe ich.* Alex wollte ihrerseits antworten, aber es erschien eine Fehlermeldung. Sie lud die Seite neu. Ihre Nachricht war verschwunden, ebenso die Antwort des Mädchens. Sie versuchte es ein weiteres Mal, aber ein Pop-up benachrichtigte sie, dass sie nicht berechtigt sei, an der Diskussion teilzunehmen. Sie lud die Seite noch einmal. *Diese Gruppe und die Diskussionen sind privat. Zugriff verweigert.*

»Ach, tatsächlich?«

Sie knallte den Laptop aufs Sofa und sprang auf. Sie hüpfte mehrmals auf der Stelle, boxte ins Kissen. Dann setzte sie sich wieder, machte ihren Haarknoten neu und rieb sich immer wieder übers Gesicht.

»Na gut.«

Sie öffnete ein Dokument und schrieb einen Text, der

die wesentlichen Schritte zusammenfasste, die es im Fall einer Vergewaltigung zu unternehmen galt. Es sollten klare, direkte und nützliche Informationen sein. Als sie zufrieden war mit dem Wortlaut der Nachricht, meldete sie sich bei sämtlichen Gruppen an, in denen es um Vergewaltigung, sexuelle Übergriffe und häusliche Gewalt ging, und postete ihre Nachricht.

Als sie vom Bildschirm aufblickte, mit schmerzendem Nacken und steifen Schultern, war es zwei Uhr nachts.

XXVII

Samstag, 19. Januar

Alex verbrachte ihre Tage damit, in Dutzenden von Fällen vergewaltigter Männer auf der Stelle zu treten, da niemand wusste, wie es genau passiert war, noch, wer die Täter waren. Nathalie Saint Armand verbrachte ihre Nächte damit, Hunderten von Frauen zu helfen, die ihr erklärten, wie es passiert war und wer die Täter waren. Gegen drei Uhr klappte sie ihren Laptop zu und wachte gegen sechs Uhr auf, um das Ding noch in der winterlichen Nacht wieder aufzuklappen, vertrauliche Mitteilungen zu lesen und erneut zu antworten.

Immer wieder bekam sie Panik. Was mache ich da eigentlich? Ausgerechnet sie, die für alles Schubladen brauchte, die Trennwände errichtete, feste, uneinnehmbare Mauern zwischen den Bereichen ihres Lebens, sie hatte zugelassen, dass die Arbeit an ihren Nächten knabberte und Unbekannte ihren Kopf besiedelten.

Mehrmals war sie morgens in dem Bewusstsein aufgewacht, dass die am Abend getrunkenen Biere noch nachwirkten. Auch hatte sie das ein oder andere Mal, da nicht imstande, sich ans Steuer zu setzen, die Metro nehmen müssen, hatte Pfefferminzpastillen gelutscht und gehofft, ein solides Frühstück würde das Zuviel an Alkohol absorbieren. Das Büro, das Blondeau ihnen bewilligt hatte, erlebte inzwischen den Aufmarsch der gesamten, ansonsten untätigen Einheit, und die Kollegen unterstützten sie nach Kräften bei ihren festgefahrenen Ermittlungen, um nicht zu sagen: Nichtermittlungen. In dem vor Betriebsamkeit brummenden Raum war zu spüren, wie die Gehirne auf vollen Touren liefen. Aber nichts kam dabei heraus.

»Und warum haben wir keinen einzigen Fall in der Metro oder in den Vorortzügen?«, hatte Fatia irgendwann gefragt. Das war vor einer Woche gewesen, als sie sah, wie Alex mit einer Tüte vom Bäcker in der Hand hereinkam, verspätet, an einem Morgen ohne Auto.

»Das stimmt«, hatte Alex geantwortet, es wunderte sie selber, dass sie nicht daran gedacht hatte. Statistisch …

Alle kauten an ihren Croissants.

»Aber die haben ja auch ordentlich aufgerüstet, von wegen Vorbeugung«, meinte Martin. »Wenn du die Metro nimmst, die S-Bahn oder die Regionalbahn, erwischen dich zwischen deiner Abfahrt und deiner Ankunft mindestens … wie viele Kameras?«

»Allein auf den Linien 1, 5, 9 und 14 gibt es sechzig Kameras pro Zugteil«, sagte Alex.

»Zugteil?«, fragte Fatia.

»Jeweils fünf Wagen«, erklärte Audain.

»Und das dürfen die?«, wollte Daumet wissen.

»Hm«, machten die anderen nur.

Alex rasierte sich die Beine. Spülte das Haar aus. Gönnte sich den Luxus, die Zähne unter der Dusche zu putzen, obwohl Ana ihr jeden Tag sagte, man müsse Wasser sparen. Sie rubbelte das Haar mit dem Handtuch ihrer Tochter trocken. Bürstete es durch. Als sie sich den Körper eingecremt hatte, klingelte es.

»Was für ein Timing«, sagte sie, als sie ein paar Sekunden später die Tür öffnete.

Er lachte nicht.

»Wow, gleich so begeistert«, stichelte sie und verschränkte die Arme vor der Brust.

Er suchte nach Alex' Blick, fast traurig, legte ihr die Hand auf die Wange, den Daumen am Mundwinkel. Küsste sie zart. Sie hielt die Augen geschlossen. Schlug sie erst nach dem Kuss wieder auf, den Kopf schon zur Schlafzimmertür gewandt. Sie tat einen Schritt dorthin.

»Alex ...«

Er blieb in der Diele stehen.

»Kommst du?«

»Alex?«

»Komm.«

Sie ging auf das Zimmer zu, schnürte ihren Bademantel auf.

Er lehnte sich an die Wand und verfluchte seine Lust auf sie, verfluchte ihre Lust auf ihn, verfluchte die drei Meter, die ihn vom Schlafzimmer trennten, seine Klamotten, die nur darauf warteten, auf den Boden zu fallen, dieses Verlangen nach ihrer Zunge, ihrem Mund, ihrem Geschlecht, das ihn selbst in der Wüste zu Alex geführt hätte.

Er schloss die Wohnungstür, zog die Schuhe aus und ging ins Schlafzimmer.

XXVIII

Mittwoch, 27. Februar

Viel zu früh. Alex hasste es, wenn sie morgens losmusste, während Ana noch schlief. Manchmal traute sie sich erst gar nicht, ihr einen Kuss zu geben, aus Angst, sie zu wecken. Sie schaute lediglich von der Schwelle aus auf das Kinderbett, das Deckenknäuel, das sich langsam hob und senkte.

»Na gut, wenn es wirklich zu kalt ist, bleibt drinnen«, sagte sie zu Lucinda und hängte sich ihre Tasche um.

Hinterm Fenster regnete es Bindfäden, schon den sechsten Tag in Folge. Am Abend vorher hatte Ana geschwärmt, der Regen würde das Grundwasser auffüllen.

»Oder ins Aquarium? Da ist es geheizt«, schlug Lucinda vor.

»Gute Idee. Ja, du hast recht, ihr solltet vor die Tür gehen. Wenn hier jemand Lust hat, in den Federn zu bleiben, dann ich.«

Als sie im Aufzug war, klingelte das Handy.

»Lex?«

»Marco, ich bin auf dem Weg. Ist es dringend?«

»Man ... unden ... sseau und ... set.«

»Bleib dran, ich bin fast im Erdgeschoss.«

Die Metalltüren gingen auf.

»Marco?«

»Man hat die Nachtwächter von JardiBonheur gefunden. Alle beide. Yohann Rousseau. Und Jonathan Creuset.«

»Wo?«

»In der Seine.«

»Bist du sauer?«, fragte Marco und schnallte sich an.

»Sagen wir so, die Aussicht, mir gleich nach dem Aufstehen zwei Ertrunkene anzusehen, begeistert mich nicht übermäßig.«

»Aber das ist eine gute Nachricht, Alex.«

»Mag sein.«

»Eine gute Nachricht für die Staatsanwaltschaft, die jetzt alles zusammenhat, um zu Wreskansky, Creuset und Rousseau ein Ermittlungsverfahren einzuleiten, die Obduktionen hat sie bereits angeordnet. Eine gute Nachricht für den Präfekten, der erwartet, dass die Sache vorangeht. Eine gute Nachricht für Blondeau, weil Debreuil ihn jetzt endlich ein bisschen von der Leine lässt. Und eine gute Nachricht für uns. Denn selbst wenn das bedeutet, auf nüchternen Magen zum Rechtsmedizinischen Institut zu fahren, passiert endlich mal was. Wochenlang nichts Neues, mich hat das fertiggemacht.«

»Schon klar. Ich bin bloß müde. Hab kaum geschlafen.«

»Wieder geflirtet?«

»Sehr witzig. Welche Infos hast du noch?«

»Vorsicht, rechts vor links!«

Alex trat auf die Bremse, grummelte ein zerknirschtes »Scheiße«.

»Heute Morgen«, fuhr Marco fort, »wollte ein Ehepaar namens Sâto mit seinen beiden Töchtern Fotos vom Eiffelturm machen. Da sie von der Porte Dauphine kamen, sind sie mit der Metro über die Île aux Cygnes gefahren, und sie dachten, von der Insel hätten sie eine schöne Sicht auf den Turm. Sie sind also an der Station Bir-Hakeim ausgestiegen und haben einen Umweg gemacht, statt die eiserne Lady direkt zu besuchen. Die Sonne ging gerade erst auf, und als sie ans Ende der Allee kamen, dachten sie, da lägen zwei große Pakete im Wasser. Tatsächlich waren das Yohann Rousseau und Jonathan Creuset.«

»Das fröhliche Paris. Zumindest haben sie zu Hause was zu erzählen ...«

Marco war für einen Moment still.

»Ich nehme an, sie hatten sich eher auf Franzosen mit Baskenmütze gefreut. Laetitia sagt, sie konnten gerade noch ihre Kleinen daran hindern, ans Ufer heranzugehen und die Leichen zu Gesicht zu bekommen. Aber der Vater ist im Schockzustand, und die Mutter schafft es kaum, sich auf den Beinen zu halten.«

Nathalie Saint Armand hatte einen Teil der Nacht damit zugebracht, in sozialen Netzwerken die Beiträge von Frauen und Mädchen zu lesen, manche noch Kinder, die angegriffen worden waren, vergewaltigt, gedemütigt. Geschunden. Und als Alex aufgewacht war, hatte ihr Energieanzeiger gefährlich nahe bei null gestanden, der Vorrat für den Tag schon am frühen Morgen aufgebraucht. Ich muss zu Kräften kommen. Sonst geht es bergab. Ich kann so nicht weitermachen.

»Marco, du hast recht. Ich habe bloß schlecht geschlafen und will erst einen Kaffee trinken, dann geht's wieder. Tut mir leid. Erzähl.«

»Okay. Die Frau hat ihren Reiseführer genommen, wo auch die Notfallnummern drinstehen, und die Feuerwehr gerufen, sie hat ›Problem‹ gesagt und ›Île aux Cygnes‹, und als der Mann am anderen Ende irgendwann verstanden hat, was sie meinte, hat er einen Wagen hingeschickt. Sie haben die ganze Familie in die Notaufnahme gebracht und das Kommissariat des 15. Arrondissements benachrichtigt. Bei der Fahndung nach dem vermissten Jonathan Creuset war die Rede gewesen von zahlreichen Tattoos auf dem Arm, von der Schulter bis zum Handgelenk, du erinnerst dich. Er hatte mit achtzehn angefangen, bis sein linker Arm und die Schulter komplett tätowiert waren. Der Rechtsmediziner führt noch weitere Untersuchungen durch, anhand des Zahnstatus, aber auf den ersten Blick scheint es Creuset zu sein.«

»Und Rousseau? Woher weiß man, dass er es ist?«

»Er ist registriert, es gibt genügend Kennzeichen. Tattoos auch, auf der Schulter so ein Tribal, da waren noch Spuren der Tinte vorhanden. Sie haben auch den Zahnstatus verglichen.«

»Wenn er registriert ist, gibt es auch Fingerabdrücke.«

Aus den Augenwinkeln sah Alex, wie Marco die Nase verzog. Schon gut. Fingerabdrücke keine mehr. Und wenn es keine Fingerabdrücke mehr gab, hieß das, es gab auch keine Nase mehr, keine Lippen, keine Augen.

»Ich halte hier kurz, einverstanden? Ich brauche einen Kaffee. Und etwas Festes im Bauch.«

»Noch bevor wir ins Institut gehen?«

»Dann habe ich zur Not etwas, was ich kotzen kann.«

»Weiß Vivian schon Bescheid?«

»Ich bin gleich los, aber irgendjemand wird es ihr gesagt haben. Dass es bald Arbeit gibt«, sagte Marco.

Alex nahm die Parklücke in Angriff.

»Beim letzten Mal hat sie mich angeblafft, weil ich Informationen nicht weitergegeben habe. Ich rufe sie an.«

Sie zog die Handbremse, nahm ihr Handy und wählte die Nummer der Laborchefin. Es klingelte einmal, zweimal.

»Weißt du, wer für Belkacem gekommen ist?«, fragte Alex leise.

Marco sah seine Notizen durch.

»Ich habe mir den Namen aufgeschrieben: Ledru.«

»Hallo, Vivian? Hier Dueso. Sag mal, wir sind gerade auf dem Quai de la Rapée, auf dem Weg zum Rechtsmedizinischen Institut. Du hast gehört, dass sie zwei Namen aus dem Wasser gefischt haben, die wir aus der Hölle unserer Ermittlungen kennen, ja?«

»Der Flurfunk berichtete. Aber gut, dass du anrufst. Ihr lernt, das freut mich.«

»Schön. Dann sehen wir uns bald, nehme ich an. Ah, warte, kennst du den neuen Rechtsmediziner im Institut? Ledru?«

»Oh ja.«

»Ist er gut?«

»Oh nein. Ein blöder Arsch.«

»Dann vermute ich mal, es bringt nichts, dir vorzuschlagen, dass du mitkommst.«

»Nein. Ich habe Ledru versprochen, ihm bei der nächsten Begegnung die Zähne einzuschlagen.«

Alex stellte sich kurz die energische, aber zierliche Vivian vor, wie sie versuchte, die Zähne von irgendwas einzuschlagen, was größer war als ein Hamster.

»Ich höre dein ratloses Schweigen, Dueso. Ich finde, dieser Mensch ist eine Beleidigung.«

»Was hat er dir getan?«

»Höfliche Fassung? Er hat vorgeschlagen, mir bessere Noten zu geben, wenn ich mit ihm schlafe.«

»Das meinst du doch nicht ernst!«

»Er war mein Prof an der Uni. Als ich es der Verwaltung gemeldet habe, hieß es, ich soll mich auf den Hosenboden setzen und büffeln.«

»Wie lange ist das denn her?«

»Siebzehn Jahre.«

»Erinnere mich daran, dass ich dir nie mehr widerspreche«, meinte Alex.

»Du sollst mich auch nie mehr in einem leeren Raum in die Ecke drücken und versuchen, mir deinen Schwanz in den Mund zu stecken, und alles wird gut.«

Das war offenbar die unhöfliche Fassung.

»So schlimm?«

»Ich mag deinen verwunderten Ton. Demnach hast du trotz allem, was du jeden Tag siehst, noch ein bisschen Vertrauen in die Menschheit. Das ist wundervoll, oder einfach dumm, aber im Zweifel für den Angeklagten. Sie werden uns die Ergebnisse der Obduktionen direkt schicken, wir halten uns auf dem Laufenden, okay?«

Philippe Ledru empfing sie in seinem Büro und hob an, ihnen zu sagen, dass er ihnen nichts zu sagen habe. Reflexartig zog Marco ein weiteres Mal seinen Ausweis hervor.

»Ihren Ausweis habe ich bereits gesehen, Herr Kriminalinspektor. Aber die Toten sind uns heute am frühen Morgen gebracht worden, und ich habe noch keine Anordnung, die Obduktionen vorzunehmen.«

»Ich habe doch vor einer Stunde erst hier angerufen und gefragt, ob wir kommen können«, antwortete Marco verdutzt, während Alex sich so unauffällig wie möglich mit der Zunge über die Schneidezähne fuhr, um die letzten Reste vom Croissant zu entfernen.

»Dann war das wohl ein Fehler der Zentrale. Ich weiß nicht, wie es unter meinem Vorgänger gehandhabt wurde, aber ich lasse nicht jeden x-Beliebigen durch meinen Sektionssaal spazieren.«

»Ich … Wenn Ihr Institut einen Kunden von uns auf dem Tisch hat, kommen wir normalerweise vorbei, um Informationen zu erhalten, die uns vielleicht weiterhelfen. Selbst wenn es sich nur um vorläufige Erkenntnisse handelt, erste Beobachtungen gewissermaßen …«

»Für die Identifikation ist es wichtig, dass nur minimale Eingriffe vorgenommen werden. Ganzaufnahmen und Nahaufnahmen von eventuellen Kennzeichen. Mein Assistent hat die Hüllen geöffnet und die Tätowierungen bemerkt. Man hätte Ihnen nicht so schnell Bescheid sagen dürfen. Die beiden Toten wurden nicht als vorrangig gemeldet. Hierzu warte ich auf die Anweisung der Präfektur.«

»Das verstehe ich«, sagte Alex so freundlich wie bestimmt. »Die Anweisung dürfte Ihnen in Kürze zugehen. Der Herr Präfekt persönlich hat darauf bestanden, dass die Sache an die Medien geht und er über mögliche Entwicklungen zeitnah informiert wird. Der Fund der beiden Leichen ist für unsere Ermittlungen ein neues und wesentliches Element. Und da Sie ohnehin spätestens in einer Stunde mit der Obduktion werden beginnen müssen, dachten wir, Sie hätten es geschätzt, gleich damit anfangen zu können. Und wir hätten es geschätzt, Ihnen bei den ersten Beobachtungen über die Schulter schauen zu dürfen.«

»Ganz gewiss nicht, junges Frollein«, antwortete Philippe Ledru in aller Ruhe und faltete die Hände über seinem stattlichen Bauch.

Alex verschluckte sich und machte ein recht lächerliches Geräusch, halb Schluckauf, halb Niesen.

»Wie bitte?«

»Ich sagte: Nein. Manchmal lassen wir vereidigte Personen zu, aber das liegt im Ermessen des Chefarztes. Mit anderen Worten, ich bestimme, wer den Sektionssaal betritt, und ich entscheide, dass ich Sie nicht dabeihaben will.« Er machte eine Pause. »Für eine Frau ist das sowieso nichts.«

Schon seit Wochen schwappten irgendwo in Alex' Körper die Müdigkeit und die Wut, ein Tümpel, der die Geräusche und den Frust dämpfte und die schlechten Nachrichten dieser tristen, monotonen Tage unter sich begrub. Als Ledru seinen letzten Satz beendet hatte, geriet der Tümpel in Bewegung, schoss übers Ufer. Alex holte tief Luft. Die Welle floss zurück.

»Herr Ledru ...«

»*Professor.*«

Die Welle türmte sich wieder auf.

»Herr Professor, ich habe bereits an mehreren Obduktionen teilgenommen, von Anfang bis Ende, und Inspektor Cantera ebenfalls. In aller Kollegialität, und ich wäre Ihnen dankbar, wenn dies Ihrerseits auch die Art einschließen würde, wie Sie mit mir sprechen, in aller Kollegialität bitte ich Sie, uns Zugang zu den Leichen zu gewähren, die Sie identifiziert haben und bei denen es sich um Yohann Rousseau und Jonathan Creuset handelt.«

Philippe Ledru blieb ruhig, bewegte sich keinen Millimeter.

»Nein. Kann ich sonst noch etwas für Sie tun?«

Marco, der neben Alex stand, beugte sich zum Schreibtisch vor und streckte beschwichtigend den Arm aus.

»Was benötigen Sie für die Obduktionen?«, fragte Alex.

»Eine offizielle Anweisung, dass sie Vorrang haben.«

»Und dann können wir dabei sein, ganz oder teilweise, sobald der Vorrang offiziell feststeht?«

Ledru zeigte nun ein gutmütiges Lächeln.

»Nehmen Sie es nicht persönlich«, sagte er, und Alex dachte, sieh an, ist da noch ein anderes junges Frollein im Raum? »Eine Obduktion ist ganz einfach nichts für Frauen.«

Und dir die Zähne einzuschlagen, ist das vielleicht was für Frauen? Tief einatmen, Alex. Die Welle schwoll beunruhigend an, und Alex spannte ihren ganzen Körper, um zu verhindern, dass sie den Alarmpegel überschritt.

»Herr …«

»Professor.«

»*Herr* Ledru. Warum hat man Inspektor Cantera nicht klar gesagt, dass es zum gegenwärtigen Zeitpunkt nichts bringt, wenn wir herkommen?«

»Ich sagte es Ihnen bereits, ein Fehler der Zentrale. Aber da Sie nun mal gekommen sind, habe ich mir gesagt, ich empfange Sie und stelle mich vor. Letztlich spielen wir für dieselbe Mannschaft.«

»Vor allem spielen Sie mit unserer Zeit, für nichts und wieder nichts«, schloss Marco gereizt.

Alex und Marco erhoben sich und gingen wortlos auf die Tür zu, Marco vorneweg. Als er sie öffnete, erklang Ledrus Stimme hinter ihnen:

»Arbeiten Sie mit einer gewissen Vivian zusammen?«

Marco drehte sich um, die Hand noch auf der Klinke.

»Wieso?«

Alex blieb vor ihm stehen, wollte, dass er sie anschaute. Pst, sag jetzt nichts. Sie drehte sich ebenfalls um.

Ledru war sitzen geblieben, schaute lächelnd zu ihnen.

»Sie war meine Schülerin. Wir waren uns recht nah.«

»Wir haben Vivian vorhin gefragt, ob sie Sie kennt. Aber sie schien sich nicht an Sie zu erinnern, tut mir leid. Mit Vergnügen werde ich ihr einen Gruß ausrichten.«

»Ach ja?«

»Als ich Ihren Namen nannte, glaubte sie sich vage an einen kleinen Herrn zu erinnern, nur konnte sie Sie nicht einordnen. Ich will gerne ihr Gedächtnis auffrischen und ihr sagen, was Sie sind – Pardon, wer Sie sind. Guten Tag.«

Sie schlossen die Tür hinter sich, Marco war bleich im Gesicht.

»Blöder Sack!«

Alex deutete den Flur hinunter.

»Marco, wenn du so flüsterst, ist das schlimmer, als wenn du schreist. Los jetzt, raus hier.«

Als sie um die Ecke bogen, hörten sie Schritte.

»Hallo, Sie, warten Sie!«

Ein junger Mann kam auf sie zugelaufen. Hellbraune Haut, weißer Kittel, auf der Nase eine kleine runde Brille und in der Hand eine Mappe.

»Ja?«, fragte Alex.

»Dürfte ich Ihre Ausweise sehen?«

Verwundert holten Alex und Marco sie hervor. Der junge Mann zog einen Kuli aus der Kitteltasche und schrieb rasch die Nummern auf ein Post-it.

»Mein Name ist Éric Guillaume. Ich war Assistent von Belkacem, Sie erinnern sich vielleicht an mich?«

»Ja!«, rief Alex. »Aber natürlich, Éric!« Sie gaben sich die Hand. »Cantera, ich darf dir den Sektionsassistenten vorstellen, der den Fall Firgeau ganz allein aufgeklärt hat.« Éric lächelte verlegen. »Oder fast, gucken Sie nicht so, Éric. Wie geht es Ihnen?«

Éric Guillaume warf kurz einen Blick hinter sich, in Richtung des Trakts, wo Ledru sein Büro hatte.

»Gut geht's. Sagen Sie, habe ich richtig verstanden, dass es dringend ist mit den beiden Toten, die man uns heute Morgen gebracht hat?«

»Und habe ich richtig verstanden, dass Sie es waren, der Jonathan Creuset identifiziert hat?«, fragte Alex.

Der junge Mann nickte.

»Éric«, fuhr sie fort, »schon seit Monaten wartet eine junge Frau darauf, zu erfahren, wo der Vater ihres kleinen Kindes ist. Es wird nicht leicht für sie sein, die Wahrheit zu hören, aber zumindest kann sie dann anfangen zu trauern. Und muss sich nicht mehr fragen, ob ihm etwas zugestoßen ist oder ob er sie bloß verlassen hat, weil er ihr gemeinsames Kind nicht aufziehen wollte. Wir wären Ihnen dankbar.«

Éric Guillaume reichte ihnen die Mappe:

»Den anderen habe ich in Ihrer Datei gefunden. Hier drin sind die Fotos der Tattoos von beiden. Auch Abzüge mit Ganzaufnahmen. Von vorn und von hinten. Mehr kann ich nicht tun. Vorerst weiß ich nur, dass sie eine ganze Weile im Wasser lagen, aber der mit dem komplett tätowierten Arm deutlich länger als der andere. Der Registrierte muss ein paar Wochen im Wasser gewesen sein, der mit dem Armtattoo zwischen einem und drei Monaten.«

»Können Sie sagen, wo man sie ins Wasser geworfen hat?«

»Irgendwo flussaufwärts. Oder gleich in der Innenstadt, die Quais sind noch voller toter Ecken, wo man eine Leiche loswerden kann. Die Strömungen machen es schwer, das einzuschätzen. Die Leichen könnten auch von weiter weg gekommen sein, aus Ivry, Charenton-le-Pont …«

»Wenn es so lange gedauert hat, bis sie aufgetaucht sind, dann weil man sie beschwert hat, oder?«, meinte Marco.

»Vorläufig kann ich das nicht bestätigen. Und vielleicht werde ich auch nichts weiter dazu sagen können. Ledru nimmt jetzt alle Obduktionen selber vor. Belkacem hat uns machen lassen. Er war immer dabei, klar, aber jetzt ist das ein bisschen schwierig. Noch zwei Dinge. Zum einen haben die lange Zeit und das Wasser die Spuren beeinträchtigt, aber ich denke, dass beide Leichen erhebliche Hämatome aufweisen. Ich könnte Ihnen nicht sagen, von wann sie stammen, ob von vor oder nach Eintritt des Todes. Sehen Sie sich die Schultern an, die Oberschenkel und die Kreuzgegend.«

»Machen wir, vielen Dank, Éric. Und zum anderen?«

»Zum anderen hoffe ich, dass die Präfektur die Vorrangigkeit bald bestätigt, denn wenn Sie diese Angaben benutzen, obwohl offiziell niemand mit der Untersuchung begonnen hat und Sie gar nichts davon wissen dürften, stecke ich in der Scheiße.«

Später am Nachmittag parkte Alex ihren Wagen vor dem Haus, in dem Mouna Mrahi wohnte. Sie war sauer auf sich, weil sie Marco geradezu gezwungen hatte, sie allein hinfahren zu lassen. »Ruf Pauline an«, hatte sie gesagt, »geht einen Schluck trinken, geht was essen, macht, was Pärchen so tun, ich komme schon zurecht, keine Sorge.«

Marco hatte ihr einen fast feindseligen Blick zugeworfen. »Keine Sorge«, hatte sie noch mal hinterhergeschickt.

Schon komisch, wie manche Ausdrücke genau das Gegenteil bedeuteten. »Keine Sorge«. »Kein Problem.« »Hau ab, du bist mir egal.«

Sie schüttelte sich. Du kippst, meine Liebe. Gleitest ab.

Mouna Mrahi öffnete die Tür und erstarrte, als sie Alex' Armbinde sah. Sie stand da, ganz aufrecht. Aber Alex sah, konnte *sehen*, wie etwas ins Wanken geriet.

»Guten Abend, Dueso mein Name, Kriminalpolizei, ich hatte Sie angerufen.«

»Kommen Sie herein«, sagte Mouna, ihre Stimme so hoch, als würde sie gleich zerspringen.

Alex ging ein paar Schritte in die Wohnung hinein.

»Im Zuge der Ermittlung zu Ihrem vermissten Lebensgefährten hat es neue Entwicklungen gegeben.«

Die Frau atmete geräuschvoll ein:

»Ja?«

Sie weiß es, sagte sich Alex. Wie kommt es, dass manche Leute so etwas *wissen*? Wie kommt es, dass ich Wreskanskys Mutter aufsuche und vor einer Frau stehe, die denkt, ihr Sohn, ein brutaler Missbrauchstäter, sei ein Achtjähriger im Häschenkostüm, und dann vor einer jungen Frau, die sofort weiß, dass ihr Lebensgefährte tot ist?

»Frau Mrahi, können wir uns einen Moment hinsetzen?«

»Bitte sehr«, sagte die junge Frau. »Erzählen Sie.«

»Es wäre wirklich besser, wenn Sie ...«

»Nein. Ich bleibe stehen.«

Alex hatte Ana auf den Hals geküsst, auf die Nase, oben auf den Kopf, während ihre Tochter sich die Zähne putzte. Und zum hundertsten Mal hatte sie sich gesagt, wie schnell die Kleine doch wuchs.

Als sie dann allein war, hatte sie den Kühlschrank aufgemacht. Und sich beim Schließen daran erinnert, wie sie als Jugendliche dachte, die Ermittler aus ihren Krimis würden ständig trinken. Mit fünfzehn ärgerte sie das, dieses Bild des Cops, der sich an sein Glas klammert. Heute las Alex keine Krimis mehr, und ihr Bier steuerte auf die 7 Prozent zu. Nur ein bisschen weniger als bei den Jungs unten vor dem Haus.

Aber die sah man gar nicht mehr. Der Winter, das musste es sein.

Während Alex am Fenster stand und in die Nacht blickte, hatte sie ihren Tag Revue passieren lassen und beschlossen, sich ein Bier zu genehmigen.

Die Fotos der verwesenden Körper waren das eine. Sie war lange genug im Beruf, um damit umgehen zu können. Aber diese Verachtung, die Ledru so unbefangen gezeigt hatte, verdammte Scheiße. Und dann noch vor Marco. Wieso sollte eine Frau nicht bei einer Obduktion dabei sein? Klar, weil Frauen, »junges Frollein«, hysterisch sind. Allein das Wort. Dahinter gab es kein Zurück. Wer eine Frau bezichtigte, sie sei hysterisch, reduzierte sie auf ihr bloßes Frausein, egal was sie sagte oder tat. Ledru musste ihr nur unterstellen, sie sei hysterisch, und ihr blieb keine andere Wahl: Entweder sie machte weiter und bestätigte damit seine Diagnose, oder sie ignorierte ihn und ging zu einem anderen Thema über, ließ sich ihr eigentliches aber aus der Hand nehmen. Arschloch.

Alex trank ihr Bier aus. Sie hielt die leere Dose mit den Fingerspitzen und wog sie ab. Sah noch einmal Mouna Mrahis Gesicht. Für einen solchen Tag war eine Dose wenig. Nein, nicht wenig: viel zu wenig.

Ana wurde größer. Alex musste sich nicht mehr so tief bücken, um sie zu küssen, weniger als im September, vor ein paar Monaten nur ... erst vor einer Stunde. Wie lange noch, bis ihre Tochter den Hopfengeruch erkannte, das Scheppern des Müllsacks voller Blech? Bis ihr auffiel, dass der Mülleimer immer leer war, wenn sie von ihrem Vater zurückkam?

Alex hatte Lust auf ein weiteres Bier. Und danach? Sie machte die Tour zum Kühlschrank. Zwischenstopp an der Tür ihrer Tochter. Nur keinen Lärm. Zweite Dose. Sie setzte sich wieder aufs Sofa. Das schlichte, zischende Geräusch der Lasche beim Durchstoßen des Deckels beruhigte sie. Und was an diesem Tag alles in ihr gebrodelt hatte, legte sich.

Wenn sie alleine trank, trank Alex nie etwas anderes als Bier. Glasflaschen waren schwer, machten beim Transport einen Krach wie die Klapper eines Aussätzigen, zerbrachen, wenn sie auf den Boden fielen. Außerdem gab es im Haus keine extra Mülltonne dafür. Das Argument war so absurd, dass sie nur gequält lächeln konnte. Ich besaufe mich verantwortungsvoll, jawohl, Madame, das wird eine Zirrhose mit zertifiziertem Ökolabel, Klasse AB, Alkoholikerin und Bio.

Alkoholikerin. Scheiße, nein, bloß nicht. Ein satter Schluchzer stieg in ihrer Kehle auf, und Alex verbannte das Bier gleich auf den Couchtisch. Sie mochte es nicht mehr, sie brauchte es. Sie betrachtete die Dose, als wäre sie Hundekacke, die sich unbemerkt an ihre Schuhsohle geheftet hätte und nur darauf wartete, ihren Duft von Gedärm und Fäulnis in der Wohnung zu verbreiten.

Alex war in einer Familie aufgewachsen, wo bei Tisch nicht getrunken wurde, wo das Öffnen einer Flasche Wein ein untrügliches Zeichen dafür war, dass Gäste kamen, zum Essen oder zu irgendeinem besonderen Anlass. Einmal alle ... zwei Wochen?

Ein zu vernachlässigender Konsum im Vergleich zum Durchschnitt der Franzosen mit ihren siebenundfünfzig Litern pro Jahr.

Anas Vater, Samuel, hatte ein anderes Verhältnis zum Alkohol. Ein sehr intensives, aber aus dem Bauch heraus. Er trank, weil er gerne trank und weil ihm schöne Momente in Gesellschaft eines leeren Glases nie in den Sinn gekommen wären. Auch sprach er gerne über Wein, genoss ausgiebige Aperitifs. Mit ihm hatte Alex unzählige Stunden auf Caféterrassen verbracht. Später verkosteten sie die Flaschen zu zweit, umschlungen auf einem Sofa, das so klein war, dass sie am Ende unweigerlich miteinander schliefen. Als Alex schwanger wurde, hatte sie schlicht keine Lust mehr auf Alkohol. Es war schon ein Wunder, wenn sie etwas anderes als Wasser ansehen konnte, ohne dass ihr übel wurde. Als sie dann zu dritt waren, Ana in ihrem Bettchen und die Tür schön zu, hatten sie nicht länger auf dem Sofa miteinander geschlafen. Stattdessen diskutierten sie. Über Samuels Entscheidung, das Familienrecht aufzugeben und sich dem Wirtschaftsrecht zuzuwenden, eine Disziplin, die in Alex' persönlicher Hierarchie angesiedelt war zwischen Zuhälterei und Tierquälerei, Abteilung junge Hunde. Über ihren Wunsch, in Blondeaus Truppe aufgenommen zu werden, und den ganzen Horror, dem sie sich ausliefern würde, statt dass sie sich etwas suchte, was mit ihrem »neuen Mutterstatus besser zu vereinbaren« wäre. Gespräche, wie sie nur mit einem Bier in der Hand zu ertragen waren. Situationen, in denen die einzige verbliebene Gemeinsamkeit die Biere waren, die sie in der Hand hielten.

Als alles Diskutieren nichts mehr half, als Alex ein letztes Mal die Wohnungstür hinter dem Mann schloss, den sie einmal geliebt hatte, trank sie die Biere, die sie bisher zu zweit getrunken hatten, fortan allein. Die Menge verfehlte ihre Wirkung nicht. Bei ihrer Statur, nicht allzu kräftig, glitt Alex rasch von der Leichtigkeit in die Trunkenheit. Zur selben Zeit war sie zur Inspektorin aufgestiegen und hatte in ihrer Sondereinheit ein sehr viel facettenreicheres Spektrum dessen kennengelernt, was der Mensch seinen Mitmenschen anzutun imstande war. Die Betäubung durch den Alkohol empfand sie als späte, aber spürbare, erstaunliche Erleichterung. Es wurde zu ihrem abendlichen Ritual. In den Wochen ohne Ana war niemand da, der auf sie aufpasste, und Alex hatte auf niemanden aufzupassen, außer auf sich selbst. Und sie selber brauchte die Betäubung. Sie hatte sich die perfekte Behandlung verschrieben: legal, erschwinglich, wirksam.

Aber jetzt war es das erste Mal, dass sie trank, obwohl ihre Tochter in der Wohnung war. Sie schaute zur Tür des kleinen Zimmers. Weil sie nicht anders konnte.

Sie nahm die Dose und ging zum Spülbecken in der Küche. Nein. Nicht.

Auf keinen Fall.

Scheiße.

Nein.

XXIX

Donnerstag, 28. Februar

»Was machen Sie da?«, fragte Blondeau seine Inspektoren, die sich sämtlich vor einem vorsintflutlichen Fernsehgerät in einer Ecke des Archivraums versammelt hatten. Der selbstverständlich kein Archivraum war, aber die Ausrede, die der Kommissar sich für Cyril Vigne ausgedacht hatte, hatte dem unbenannten Büro schließlich einen Namen gegeben.

»Es heißt, der Präfekt kommt in den Ein-Uhr-Nachrichten «, erklärte Favier.

»Wer hat Ihnen das gesagt?«

»Laetitia.«

»Dann wird es wohl stimmen.« Blondeau trat näher. »Und woher diese plötzliche Begeisterung für die Ansprachen unseres Präfekten?«

»Es geht das Gerücht, jemand hätte ihn über die Facebook-Spur informiert ...«

»Richtig, das war ich, als er mich zuletzt anrief. Mir blieb auch nichts anderes übrig. Aber ich hatte ihn gebeten, niemandem zu sagen ...«

Blondeau brauchte den Satz gar nicht zu beenden.

»Er wird eine Erklärung abgeben und über die sozialen Netzwerke sprechen«, sagte Daumet. »Wenn Politiker übers Internet sprechen, ist das oft lustig. Und da der Leichendoktor gestern Dueso und Cantera rausgeschmissen hat, haben wir uns gesagt, das wird sie vielleicht trösten.«

»Reizend von euch«, meinte Marco.

»Es geht los, stell den Ton an!«

Sébastien Daumet drückte den Knopf, und eine Stimme aus dem Off erfüllte den Raum, während der Präfekt auf die versammelten Journalisten mit ihren gereckten Mikrofonen zuging.

... von Paris, wo die Ermittlungen zusammenlaufen. Wie es heißt, wurden ihnen Fälle aus ganz Frankreich gemeldet, und nach dem Fund zweier Leichen am frühen Morgen konnten die Untersuchungen, die schon an einem toten Punkt waren, wieder intensiviert werden. Der Polizeipräfekt von Paris legt Wert darauf, die Öffentlichkeit persönlich über den Stand der Ermittlungen zu informieren.

Auf der Mattscheibe ergriff Debreuil das Wort:

Was die Überfälle betrifft, die zurzeit die Ermittler der Sondereinheit für Sexualdelikte bei der Kriminalpolizei beschäftigen, ist es mir ein besonderes Anliegen, unsere Mitbürgerinnen und Mitbürger über die aktuellen Entwicklungen in Kenntnis zu setzen. Heute Morgen wurden die Leichen zweier Männer aus der Seine geborgen, sie konnten inzwischen identifiziert werden. Es handelt sich um Yohann Rousseau, vor einigen Jahren verurteilt wegen einer Reihe von sexuellen Übergriffen und Vergewaltigungen, und um Jonathan Creuset, nicht vorbestraft. Auch bei ihm befürchtete man, er könne Opfer eines Überfalls geworden sein, es wurde schon nach ihm gefahndet. Inwieweit eine Verbindung zwischen den beiden Fällen besteht, ist noch ungeklärt. Es wird allen Spuren nachgegangen, und die Ermittlungen erstrecken sich auch auf das soziale Netzwerk Facebook im Internet.

»Das darf doch nicht wahr sein«, zischte Marco.

»Großartig, wenn wir je eine Chance hatten, auf etwas Verdächtiges zu stoßen, sind die Typen jetzt gewarnt und können in aller Ruhe ihre Spuren löschen«, spottete Audain.

»Die Entscheidung, worüber die Öffentlichkeit informiert wird, liegt allein beim Präfekten«, sagte Blondeau gefasst.

Doch als Alex zu ihm hinüberschaute, sah er einfach nur müde aus.

... *Die Polizei unseres Landes scheut keine Anstrengung, die Täter zu suchen, wo immer sie sich befinden. Die neue Ermittlungsmethode ist aber nur ein zusätzliches Eisen im Feuer einer Polizei, die permanent Innovationen einzuführen versteht. Um die Sache voranzutreiben, werden wir das Internet auffordern, uns bei unseren Ermittlungen zu helfen und uns alle Informationen an die Hand zu geben, die nützlich sein könnten ...*

Im Raum brach Jubel aus.

»Bingo!«, rief Alex, und an Marco gewandt: »Er hat es gesagt! Er hat gesagt, ›wir bitten das Internet um Hilfe‹. Du schuldest mir zehn Euro. Her mit dem Geld!«

Blondeau ließ den Blick schweifen. Die Pennälermienen seiner Inspektoren konnten nicht verbergen, dass sie wütend waren. »Das Internet um Hilfe bitten«, da hätte er genauso gut sagen können, er wollte den Wind befragen. Bestimmt machte die Aufnahme in Foren, sozialen Netzwerken und auf Nachrichtenseiten längst die Runde. Und natürlich machten sich alle über die Polizei lustig.

»Die gute Nachricht ...«, begann Blondeau, ganz leise, damit seine Leute still waren, »die gute Nachricht ist: Je offener er uns als Witznummer hinstellt, desto beruhigter werden die sein, die Grund haben, beunruhigt zu sein. Also weiter an die Arbeit. Und warten Sie, bis ich durch die Tür bin, ehe Sie Ihre Wettsummen bezahlen. Ich möchte nicht zum Komplizen werden, wenn hier heimlich gezockt wird. Danke.«

»Machen Sie sich deswegen keinen Kopf, ich habe kein Geld dabei«, beruhigte ihn Marco.

»Beschiss!«, schimpfte Alex. »Kommissar, haben Sie eine Minute Zeit?«

»In meinem Büro?«

Alex und Marco berichteten von ihrer Auseinandersetzung mit Ledru. Blondeau wischte sich über die Stirn.

»Sie kennen ihn?«, fragte Alex.

»Leider, ja. Er kam als Rechtsmediziner nach Montbéliard, als ich noch dort war, 1987 oder 88. Ich war kurz vor dem Absprung. Man hatte mich befördert, ein paar Monate später sollte ich in Montpellier anfangen. Ich musste bei zwei Fällen mit ihm zusammenarbeiten, und das war ... schwierig.«

»Wieso?«

»Weil in unserem Team eine junge Inspektorin war, und ich habe selten jemanden gesehen, der sich so schäbig gegenüber Frauen verhalten hat. Er lehnte es ab, ernsthaft mit ihr zu sprechen, ignorierte ihre Fragen, und egal was sie sagte, er zog es ins Lächerliche. Mit seinem Vorgänger hatten wir uns bestens verstanden, ein bisschen wie mit Belkacem: ein effizienter Kollege, der sich nicht in die unwahrscheinlichsten Hypothesen stürzte, aber immer für Auskünfte zur Verfügung stand. Als Nadège, die Inspektorin, noch mal zu ihm hingegangen ist, um die Sache anzusprechen und eine Möglichkeit der Zusammenarbeit zu finden, auf sachlicher Ebene, hat er ihr Avancen gemacht, und zwar alles andere als subtil. So wenig subtil, dass sie sich körperlich wehren musste.«

»Er hat sie angefasst?«

»Er sagte, es sei ein Missverständnis gewesen, sie habe angedeutet, dass sie interessiert sei, das sei ein Verführungsspiel, und erst im letzten Moment hätte sie ihre Meinung geändert. Das übliche Lied: ›Sie hat Nein gesagt, also meinte sie Ja.‹«

»Und Sie haben ihm geglaubt?«

»Ledru? Nicht eine Sekunde. Nadège war sehr professionell. Sie hat nie mal etwas Sexuelles anklingen lassen. Auch kein Scherz unter Kollegen. Dass sie ihn provoziert hätte? Unmöglich. Es wäre auch egal gewesen: Sie hatte Nein gesagt, er hätte aufhören müssen. Aber es stand Wort gegen Wort. Sie konnte die Sache nicht weiterverfolgen, und er durfte sich freuen. Mindestens zwei Jahre hat sie auf ihre Versetzung gewartet, und natürlich hat er ihr das Leben sauer gemacht, hat Gerüchte über sie in die Welt gesetzt, sie sei ein geiles Luder. Alle Polizisten im Departement hielten sie für eine ... hm.«

»Okay, verstehe«, sagte Alex.

»Sie hätte etwas gegen ihn unternehmen können, aber damals war das noch recht schwierig. Na ja, nicht dass es heute einfach wäre ... Nadège hat schließlich die Polizei verlassen. Ihre Freundin hatte eine Stelle als Lehrerin in Metz bekommen, sie ist zu ihr gezogen.«

»Ihre ›Freundin‹?«

»Ihre Lebensgefährtin. Auch deshalb habe ich ihr Wort niemals in Zweifel gezogen. Aber sie wollte ihr Privatleben nicht vor allen ausbreiten und weigerte sich, daraus ein Argument zu machen, ihr Wort hätte genügen müssen. Also hat sie es hingenommen.«

»Und er?«

»Hat Karriere gemacht. Aber die Zeiten haben sich geändert, nicht zuletzt die Gesetze gegen sexuelle Diskriminierung, und ich denke, jemand sollte Ledru mal über die rechtlichen Fortschritte aufklären. Haben Sie die Fotos, die Belkacems Assistent Ihnen gegeben hat?«

»Mittlerweile Ledrus Assistent«, sagte Marco und gab Blondeau die Mappe.

»Guillaume meinte, selbst wenn aufgrund der langen Zeit im Wasser fast nichts mehr zu erkennen sei, gebe es zahlreiche Hämatome. Noch kann er uns den Zeitpunkt nicht nennen, ob vor oder nach Eintritt des Todes. Guillaume hat uns übrigens nichts gesagt. Guillaume hat nicht mit uns gesprochen, uns auch keine Fotos gegeben.«

»Verstanden.«

»Dann kann ich es Ihnen ja zeigen ...« Alex deutete an verschiedenen Stellen auf die Fotos, die Blondeau auf seinem Schreibtisch ausgebreitet hatte. »Hier, hier, hier ... und da, das müssen die blauen Flecken sein. Große Hämatome. Auf dem Brustbein, in der Kreuzgegend ... Das *könnten* Druckspuren sein, vom Liegen auf dem Boden. An den Knöcheln sind auch welche. Und es gibt einen recht merkwürdigen Fleck hier bei Rousseau, hinten an den Oberschenkeln, wie von einem Schuh. Die genaue Form und die Größe sind unmöglich zu bestimmen, aber ...«

Blondeau stand über die Fotos gebeugt, die Brille auf der Nasenspitze.

»Dort auch«, sagte er. »Bei Creuset, auf der Wade, sehen Sie? Wir haben zweimal dieselbe Form nebeneinander, fast identisch. Oval, ja, das könnte eine Schuhsohle sein. Na schön. Wie weit sind Sie mit dieser Idee, Monsieur Internet um Hilfe zu bitten?«

»Noch keine Antwort, soviel ich weiß. Moreau hätte uns Bescheid gesagt.«

»Und Sie selber, Dueso, sind Sie vorangekommen?«

Alex musste kurz nachdenken. Wenn sie sich auf Facebook angemeldet und begonnen hatte, sich abends einzuloggen, dann theoretisch, um mit ihren Ermittlungen voranzukommen.

»Nein«, antwortete sie ein wenig unbehaglich.

»Wir drehen uns im Kreis.«

»Später ...«, sagte Marco, zögerte.

»Ja?«

»Später können wir auch draußen um Mithilfe bitten. Ich meine die Jungs, die nicht hier aus dem Haus sind.«

»Die mit Monsieur Internet auf Du und Du stehen, denken Sie an die?«

»Ja. An einen vor allem, er ist wirklich sehr gut. Ich kann ihn fragen, nur gibt es keine Garantie, dass er uns hilft. Wir sind nun mal die Polizei.«

»Versuchen Sie es. Ich bringe mich derweil Ledru in Erinnerung. Eine Mail aus dem Büro des Präfekten hat mir bestätigt, dass er Anweisung gegeben hat, die Obduktionen vorrangig durchzuführen. Falls er nicht schon dabei ist, wenn ich anrufe ...«

Schon seit zwanzig Minuten argumentierte Marco am Telefon. Alex saß über die Fotos gebeugt, die Éric Guillaume ihnen anvertraut hatte, und hörte mit einem Ohr zu.

»Nein ... bisher mehr als hundert Fälle, innerhalb weniger Monate. Nein, im November, aber wir haben Berichte von Fällen, die schon älter sind. Angefangen haben sie im Sommer ... Wie bitte? Ja, die meisten, aber ich wüsste nicht ... Das ist eine Frage der Logik: Männer, die sich nach Einbruch der Dunkelheit an abgelegenen Orten aufhalten ... Was? Also, ich weiß nicht, ob ich das ... Ja, schon richtig, von mir aus. Aber ohne die Namen ...«

Marco unterbrach sein Auf und Ab durch den Raum und trat an die Pinnwände. Daumet hatte die Idee gehabt, eine Liste der Opfer aufzustellen, die vorbestraft waren. Da jede Beteiligung willkommen war, hatten alle ihr eigenes System vorschlagen dürfen, ihre eigenen Kriterien für einen Abgleich, und so waren die Korkplatten nun gespickt mit übereinandergeklebten Ausdrucken: hier die Liste der Delikte, die in den Strafregistern der Opfer vermerkt waren, da die politischen Zugehörigkeiten ... Marco schaute auf Erstere. Er schien unschlüssig zu sein.

»Zo, ich verstehe nicht, warum du danach fragst. Das sind Opfer. Ich möchte nur, dass du uns hilfst, die Täter zu finden, wieso sollte das von Belang sein, ob sie vorbestraft sind oder nicht ... Doch, in dem Fall stimmt das, ja ... 72 Prozent«, sagte er mit einem Blick auf Daumets Übersicht. »72 Prozent der Opfer waren vorbestraft.«

Wie Marco angemerkt hatte, war ein Mann, der sich unter der Woche um drei Uhr nachts an einem wenig frequentierten Ort aufhielt, mit großer Wahrscheinlichkeit entweder Nachtarbeiter oder Trinker, wenn nicht ein Straftäter. Die Chance, um diese Uhrzeit einem schlaflosen Wandersmann mit einem Faible für Stadtrandgebiete zu begegnen, war eher gering, und wenn man sich die Profile der Opfer ansah, fand man einige von Ersteren, viele von Zweiteren und etliche von Letzteren.

»Aufstachelung zum Hass und zu homophober Gewalt; bandenmäßiger Überfall; sexuelle Gewalt; Raub; sexuelle Gewalt; Vergewaltigung unter Anwendung von schwerer

Gewalt; tätlicher Übergriff; Rauschgifthandel, sexueller Übergriff und Gruppenvergewaltigung; Gruppenvergewaltigung; Geschwindigkeitsübertretung; räuberischer Diebstahl; bandenmäßiger homophober Überfall ...«

Alex wurde übel. Frische Luft musste her. Sie ging hinaus und trat in den eisigen, schon dämmernden Tag. Vielleicht, sagte sie sich, habe ich mich deshalb nicht mehr um sie gekümmert. Ich habe einfach keine Lust mehr.

Als sie in den Archivraum zurückkehrte, stand Marco über die Fotos gebeugt.

»Und?«

»Nichts.«

»Wer war das eben?«

»Der jüngere Bruder eines Kumpels von mir. Sehr begabt nach dem, was ich gehört habe. Aber er will nicht. Aus Gewissensgründen, wie er sagt.«

»›Das Gewissen des Cyberkriminellen.‹ Hübsch, der Titel einer Reportage von Vigne, könnte man meinen.«

»Wenn schon, dann eher ›Hacker‹.«

»Das sind die Jungs, die in die Datenbanken des FBI eindringen, ja?«

»Richtig.«

»Im Ernst?«

»Alex, du willst auf geschützte Daten zugreifen, Daten des sozialen Netzwerks, das den rasantesten Aufstieg aller Zeiten hingelegt hat. Wir brauchen jemanden, der das hinbekommt, der es schnell und gut macht, ohne irgendwelche Spuren. Wenn wir überall unsere Visitenkarte hinterlassen, mit Adresse und allem, können wir gleich einpacken.«

»Schon gut, von mir aus, aber meinst du das ernst, mit FBI und so?«

»Pentagon. Aber wie es scheint, ist das gar nicht so gut geschützt.«

Marco stand auf und stellte sich wieder vor Daumets Liste.

»Stimmt schon, die meisten machen einem nicht gerade Lust, ihnen zu helfen.«

Alex antwortete nichts. Sie hatte nichts zu antworten. Marco schien völlig versunken in die Korktafeln.

»Davon hatte Mélanie mir erzählt.«

»Wer?«

»Erinnerst du dich nicht? Mélanie, sie war bei Andréa Carrout, als wir zu ihm hingefahren sind.«

»Marco, ich glaube, ich komme da nicht mehr mit.«

»Du hast das Gleiche gemacht wie unsere lieben Kollegen, als die Frau Anzeige erstattet hat. Bevor sie sich angehört haben, was sie zu sagen hatte, haben sie auf das Drumherum geschaut. Wie sie gekleidet war, wo sie gewesen war, warum. Und nicht anders habe ich mich gegenüber Zo verhalten, da er uns sowieso nicht helfen würde. Alex, die meisten dieser Typen sind einfach Kotzbrocken. Und jemand wie Yohann Rousseau wird mir bestimmt nicht fehlen. Aber ... jetzt ist er das Opfer. Sind sie die Opfer. Also, was soll's.«

»Ich habe dir nur ein paar Fakten genannt. Genau wie du deinem Kumpel.«

»Aber er hat die Wahl. Wir nicht. Unser Job ist es, herauszufinden, wer diesen Leuten so etwas angetan hat, damit das nicht so weitergeht. Du kannst nicht wählen. Oder willst du mir sagen, das interessiert dich nicht? Dafür zu sorgen, dass die Überfälle aufhören?«

»Du meinst, ich tue meine Arbeit nicht? Ich bin jeden Tag hier, Marco. Und stehe vor einer Wand, genau wie du.«

»Das wollte ich damit nicht sagen.«

»Vielleicht will ich dich auch gar nicht mehr verstehen.«

»Denkst du, sie hätten verdient, was ihnen passiert ist?«

»Das habe ich nicht gesagt.«

»Nein, gesagt nicht. Aber gedacht. Alex, würde ich auch nur andeuten, dass ein Vergewaltigungsopfer … eins unserer üblichen Opfer, eine Frau, es verdient hätte, dass man sie überfällt, du würdest es mir nie verzeihen, ich mir auch nicht. Und in dieses Bild gehören Jonathan Creuset, Rachid Allaoui, Rafik Faradji. Kannst du mit denen mehr anfangen?«

Alex blieb stumm.

XXX

Montag, 18. März

Alex hielt sich das Telefon ans Ohr und hörte, wie es klingelte. Einmal, zweimal, dann wurde ihr Anruf weitergeleitet an die Sprachbox, und Chloés Stimme forderte sie auf, sich, falls es dringend sei, an ihren Assistenten zu wenden.

Diesmal hinterließ Alex keine Nachricht. Sie überlegte, in Chloés Büro anzurufen, aber es widerstrebte ihr, Thomas, dem jungen Sekretär, noch mal ein Post-it zu diktieren. Was sollte sie auch sagen? Sie hatte keinen aktuellen Fall, der Chloé betreffen könnte. Sie konnte nicht mal so tun, als wollte sie sich nach dem Stand der Dinge bei Jennifer Semblat und Aïssa Ndiaye erkundigen, den beiden Opfern von Lassain, dem lüsternen Personalchef. Chloé hatte ihnen einen Verein empfohlen, der Opfer sexueller Belästigung unterstützte. Nach den jüngsten Änderungen der Gesetzeslage, wonach das Delikt absurderweise wieder abgeschafft war, hatte ihr Anwalt ihnen geraten, das Arbeitsgericht anzurufen. Das Gesetz verbot schließlich immer noch »Belästigungshandlungen mit dem Ziel, sexuelle Gefälligkeiten zugunsten der Person selbst oder eines Dritten zu erwirken«. Die beiden Frauen waren einverstanden gewesen, blieben dran, das Verfahren lief. Sie muss abgetaucht sein, sagte sich Alex. Dann eben nicht.

Alex stieg aus dem Wagen. Es roch nach endlosem Winter und Schnauze voll. Das fade, diffuse Licht, in dem Paris versank, sagte ihr, dass es einer dieser Tage würde, an denen die Sonne nicht richtig aufging. Nach den sintflutartigen Regenfällen im Februar, die Dauerherbst gespielt und die Erinnerungen an den Bilderbuchschnee gelöscht hatten, war der März gekommen, und nichts hatte er in Ordnung gebracht mit seinen noch zu kurzen, gleichmäßig grauen Tagen. Die Temperaturen waren nachts auf minus zehn Grad gefallen, dann wieder gestiegen, gerade so weit, dass der Schnee schmolz, und wieder gefallen, so dass die Matschpfützen zu einer festen Eisschicht erstarrten. Erstarrt wie die ganze Stadt. Denn wie jedes Jahr hatte die Winterkälte alle überrascht. Züge und Busse kapitulierten. Auf der anderen Seite des Atlantiks, in Quebec, bei minus fünfundvierzig Grad, lachten die Menschen sich kaputt. In Paris war die Kriminalitätsrate noch einmal zurückgegangen. Alles drehte sich im Leerlauf, außer für die Obdachlosen, die an Unterkühlung starben, und die Telefonbereitschaft des Rettungsdiensts. Alex schaffte es, auf dem Eismatsch nicht auszurutschen, und betrat das Kommissariat. Laetitia sah elend aus.

»Wie geht's?«, fragte Alex.

»Bin total erkältet«, sagte sie. »Wie es scheint ... tschi!, kommt der Präfekt heute, um euch ›eins auf den Deckel zu geben‹.«

»Woher weißt du das?«

»Flurfunk.«

Sie nieste noch einmal heftig.

»Kopf hoch.«

»Du auch.«

Alex nippte an ihrem Kaffee und wartete auf Blondeau, der wegen eines Spitzengesprächs noch in der Präfektur war. Sie fuhr den Computer hoch und loggte sich bei

Facebook ein, nicht ohne ein kleines Schuldgefühl. Ich schau nur kurz, ob ich Nachrichten habe.

Sie hatte welche. Viele der Frauen, denen Nathalie Saint Armand in den offenen Diskussionsgruppen antwortete, stellten ihr in Privatnachrichten weitere Fragen, noch persönlichere, noch schrecklichere. Sie sah rasch die Nachrichten durch. *Ich antworte heute Abend.*

Marco kam herein. Seit Cyril Vigne die Räumlichkeiten nicht mehr heimsuchte, mussten sie die Tür ihres Büros nicht länger abschließen.

»Laetitia hat eine dicke Erkältung.«

»Ich weiß.«

»Es ist gerade mal halb neun, sie sieht aus, als würde sie gleich an Entkräftung sterben, und trotzdem weiß sie, dass Blondeau beim Präfekten ist und der im Laufe des Tages hier aufkreuzen wird, um uns einen Tritt in den Hintern zu geben. Wie schafft sie das?«

Alex hob die Schulter und loggte sich aus.

»In ihr drin ist ein Roboter.«

Die Tür ging auf.

»Ich halte diesen Winter nicht mehr aus«, brummte der große Martin zur Begrüßung.

»Kopf hoch, ist bald vorbei«, tröstete ihn Wantz, die nach ihm hereinkam. So zierlich, wie sie war, brauchten Marco und Alex ein paar Sekunden, ehe sie sie hinter ihrem Partner entdeckten.

»Ich kann Martin nur zustimmen«, meinte Alex. »Ich hasse den März. Das nimmt einfach kein Ende, die ganze Zeit so ein ekliges Wetter. Als würde der Winter sich ewig hinziehen.«

»Schön, dass alle so gut gelaunt sind«, sagte Marco.

»Jetzt, klar, ich habe euch nämlich ... tadaaa: Croissants mitgebracht!«, verkündete Wantz und zog eine Tüte aus ihrer riesigen Umhängetasche.

»Der Himmel reißt auf!«, rief Alex.

Alles Theater. Sie fühlte sich müde, erschlagen, wie betäubt. Und sie wusste nicht, was schlimmer war: dass es mit den Ermittlungen nicht voranging oder dass der Medienrummel nicht nachließ, den Debreuil immer wieder befeuerte. Offenbar nahm er es persönlich, dass die Männer sich weiter überfallen ließen. Auch so ein anstrengender Zeitgenosse. Dabei kannte noch der letzte Trottel die Regel, wie man von Dingen ablenkt, die nicht so laufen, wie sie sollten: Man hält sich bedeckt und übt sich in Geduld. Das Rad dreht sich weiter, die nächste Katastrophe kommt bestimmt. Die reißerischen Headlines jagen einander, und das seit Urzeiten. Aber Debreuil und Vigne hatten die Maschine angeworfen, und es sah so aus, als hätte der Präfekt eine alte Rechnung zu begleichen. Ob mit den Tätern oder mit den Polizisten, die sie festnehmen sollten, das war die Frage. In diesem endlosen, eisig vor sich hin dämmernden März war allein Facebook ein wenig Balsam für Alex' Seele.

Zwar blieb sie misstrauisch – ihre wahre Identität hätte sie niemals verraten –, aber die Chats, auf die sie sich einließ, waren wie ein kostbares, unsichtbares Band, das sie mit den Frauen in Verbindung hielt. Indem sie ihnen antwortete und die Verfahren erklärte oder die jeweiligen Notrufnummern nannte, hatte sie zum ersten Mal nach langen Monaten, vielleicht gar seit Beginn ihres Berufslebens den Eindruck, dass sie wirklich half. Und wenn das bedeutete, dass sie den Schmutz der Welt ein wenig aus der Truhe hervorquellen lassen musste, in die sie ihn jeden Abend sperrte, um ihn von sich, ihrem Leben, ihrem Refugium fernzuhalten ... dann war es eben so.

Im Archivraum ging der Präfekt vor den Inspektoren auf und ab. Er schäumte. Ihm gegenüber: Eliès und Daumet, Audain und Favier, Wantz und Martin, Cantera und Dueso. Den einfachen Beamten war die Ehre einer solchen Versammlung nicht zuteilgeworden.

»Na, dann viel Spaß«, hatte Polaski gerufen, als er sie mit hängenden Köpfen hineingehen sah.

Audain hatte mit einem »Klappe, Polaski« geantwortet, aber nur halbherzig, was der Kollege mit einer besorgten Miene quittierte.

Kommissar Blondeau stand ebenfalls, auf halbem Weg zwischen dem unzufriedenen Chef und den stoischen Inspektoren. Alex sah mit Freuden, dass auch er dem Präfekten die Stirn bot. Er war auf ihrer Seite.

»Und? Das heißt?«

Da niemand antwortete, wedelte Debreuil mit der Hand in Richtung Blondeau, und der drehte sich zu seiner Truppe um.

Marco räusperte sich:

»Das heißt, dass wir bisher zweihundertvierundzwanzig Fälle haben, die uns Dienststellen aus ganz Frankreich geschickt haben. Wir schätzen, dass einhundertdreiundachtzig davon in das Schema passen, mit dem wir es bei den Überfällen zu tun haben. Die anderen sind Schlägereien, offene Rechnungen, Bandenkriminalität, Diebstahlsdelikte, die aus dem Ruder gelaufen sind. Alex? Äh, Inspektorin Dueso?«

Sie trat vor, holte tief Luft. Debreuil verschränkte die Arme und sah sie herablassend an:

»Ach ja, Dueso. Die die Experten attackiert. Ich würde ja über Ihre Launen hinwegsehen, wenn Sie die Sache ohne sie aufklären könnten, aber ich habe nicht den Eindruck, dass dieser kleine Ausfall besonders hilfreich gewesen wäre.«

Alex schluckte. Deshalb hatte Marco am Morgen auch darauf bestanden, zuerst das Wort zu ergreifen. Sie machte sich auf eine weitere Bemerkung gefasst.

»Also, ich höre!«

»Wenn wir die minderjährigen Opfer beiseitelassen, haben wir im letzten Jahr fünftausendfünfhundert Vergewaltigungen zu verzeichnen. Die Vereine, die sich um Opfer kümmern, und die feministischen Organisationen gehen von einer zehnmal höheren Zahl aus, und ich denke, diese Schätzung kommt der Wirklichkeit näher. 97,5 Prozent der Täter sind Männer. In einer schon etwas älteren Studie finden sich Angaben zum Verhältnis: Demnach sind 1,5 Prozent der Vergewaltigungsopfer männlichen Geschlechts. Das wären zweiundachtzig Fälle. Wir liegen also um mehr als 200 Prozent über dem offiziellen Durchschnitt. Im Übrigen schließt diese Schätzung, auch wenn ich dazu keine Zahlen habe finden können, Vergewaltigungen unter Häftlingen ein sowie Vergewaltigungen von Homosexuellen als ›Strafaktion‹. Mit anderen Worten, wir sprengen alle bekannten Durchschnittswerte, so viel steht fest. Keines unserer Opfer hat zugegeben, vergewaltigt worden zu sein. Das erste Opfer, von dem wir Kenntnis erhalten haben, Camille Wreskansky, leugnet bis heute einen sexuellen Hintergrund des Überfalls. In siebenundsechzig Fällen wurde eine Vergewaltigung festgestellt, als die Opfer noch im Koma lagen oder unter starken Medikamenten standen. In achtundachtzig Fällen wurden die Opfer bei Bewusstsein ins Krankenhaus eingeliefert, lehnten aber jede medizinische Untersuchung ab. Sechsundzwanzig der gemeldeten Fälle waren schon älter, hier haben die Opfer es abgelehnt, sich noch einmal einer Untersuchung zu unterziehen. Und zu den beiden letzten Opfern haben wir einen Bericht des Rechtsmedizinischen Instituts von Paris, angefertigt von Herrn Ledru.«

»Professor«, korrigierte Debreuil.

Okay okay, ich weiß schon, mit wem du befreundet bist, dachte Alex. Und sprach weiter:

»Sämtliche Überfälle wurden in der Nähe großer Städte oder im Stadtgebiet selbst begangen. Daumet denkt, dies deutet auf eine Verabredung der Täter hin. Die geplanten Treffen hätten demnach draußen stattgefunden. An abgelegenen Orten.«

»Und das mitten in Paris?«

Wer so eine Frage stellt, dachte Alex, hat seine Nase noch nie zum Fenster rausgestreckt. Sie biss sich auf die Backe.

»Es ist sehr wohl möglich, sich zu verstecken«, sagte Marco, »und natürlich auch, einen Überfall zu begehen, ohne gefilmt zu werden. Paris wird noch nicht rund um die Uhr und bis in die letzte Ecke von Überwachungskameras erfasst. Abseits der großen Straßen und außerhalb der öffentlichen Verkehrsmittel gibt es noch Garagen, Parks, Uferstraßen, tote Winkel. Die beiden Leichen, die man im Februar aus der Seine gezogen hat, wurden im 15. Arrondissement gefunden, aber natürlich können sie irgendwo flussaufwärts ins Wasser geworfen worden sein.«

Alex nahm sich die Obduktionsberichte:

»Jonathan Creuset ist infolge eines Hirnödems gestorben. Sein Körper trug Spuren, die darauf hindeuten, dass er an den Schultern und den Knöcheln am Boden festgehalten wurde, wahrscheinlich von jemandem mit dem Fuß. Aber um ihn sowohl an den Schultern wie auch an den Knöcheln halten zu können, müssen es mindestens zwei Täter gewesen sein. Er hat heftige Schläge in die Genitalien erhalten. Vielleicht waren es auch Fußtritte. Einer seiner Hoden ist ihm in den Bauch eingedrungen. Und er wurde vergewaltigt. Außerdem wies sein Körper tiefe Kratzspuren an den Seiten auf. Des Weiteren Verletzungen, die auf eine Gegenwehr schließen lassen. Zwei Fingerglieder waren gebrochen, das rechte Handgelenk angebrochen.«

Der Präfekt trat von einem Fuß auf den anderen, und für einen Moment dachte Alex, er würde sich an den Schritt fassen, um zu überprüfen, ob alles noch an seinem Platz war. So wie es auch sämtliche Männer in ihrer Einheit gemacht hatten, selbst der so wohlerzogene Eliès, als sie den Bericht zum ersten Mal lasen. Alex fuhr fort:

»Man schätzt, dass er fast vier Monate im Wasser gelegen hat, als Todeszeitpunkt passt das zu der Nacht, in der er entführt wurde. Die Leiche ist stark verwest. Nur anhand der charakteristischen Farben, besser gesagt, der Anordnung der Farben seiner Tätowierung auf dem, was von seinem Arm geblieben ist, hat das Institut einen Vergleich mit den Angaben im Fahndungsaufruf vornehmen können. Mehr als das, was ich Ihnen gerade zusammengefasst habe, lässt sich nicht sagen. Yohann Rousseau dagegen ...«

Sie warf einen raschen Blick zu Debreuil. Er war ganz blass. Ah, so schnell schon. Das ist gar nicht mehr lustig, was?

»... Yohann Rousseau war weniger als einen Monat im Wasser, auch wenn er an derselben Stelle angeschwemmt wurde wie Creuset. An seinen Knöcheln wurden Spuren von Stricken gefunden. Was zu der Vermutung Anlass gibt, dass man ihn gefesselt hat, vor allem aber, dass man ihn wahrscheinlich beschwert hat, bevor er ins Wasser geworfen wurde. Ebenfalls an einem unbekannten Ort. Kleidung wurde keine gefunden. Zu dem Zeitpunkt, als Creuset entführt wurde, war Rousseau vom Radar verschwunden. Erst als seine Leiche identifiziert war, haben Favier und Audain seine Spur nachzeichnen können.«

Fatia Favier ergriff nun ihrerseits das Wort:

»Bis zum 3. Februar hat er in einem möblierten Zimmer im Stadtteil La Goutte d'Or gewohnt. Als er verschwand, hat er alles zurückgelassen: Kleidung, Waschzeug, eine FN Five-Seven und ein Ersatzmagazin mit einer Schachtel 28-mm-Munition. Der Vermieter ist kein Mensch, der wartet, ob jemand zurückkommt und seine Sachen holt, vor allem, weil er wochenweise vermietet. Aber offenbar hatte er Angst vor Rousseau. ›Kein Schlitzohr, sondern ein richtig fieser Typ‹, meinte er. Wir haben auch eine kleine Schachtel mit Haarlocken und Schmuck gefunden. Wir denken, dass er sich nach seiner Haftentlassung neue Opfer gesucht hat, und haben alles zu Vivian runtergeschickt. Sie hat es keinem Fall zuordnen können, die Ergebnisse aber an Interpol weitergegeben, schließlich hat er Au-pair-Mädchen und ausländische Studentinnen vergewaltigt. Der Vermieter hatte sich auch gefragt, wohin er verschwunden sein könnte. Er hat ihn nie mit irgendwem zusammen gesehen.«

»Der Obduktionsbericht zu Rousseau spricht von ähnlichen Spuren wie bei Creuset«, schloss Audain an. »Er wurde von mindestens zwei Personen am Boden festgehalten. Die Geschlechtsorgane, das heißt, was davon geblieben war, wiesen Spuren von heftigen Schlägen auf.

Natürlich lässt sich bei einem Körper, der lange im Wasser gelegen hat, nicht ausschließen, dass die Verletzungen von Fischen stammen, von Schiffen ...«

»Schiffen?«, fragte Debreuil, offenbar brauchte er Zeit, um wieder zu sich zu kommen.

»Richtig, die Seine ist nach wie vor eine Binnenwasserstraße, befahren von Lastkähnen und Ausflugsbooten«, erklärte Alex und schaute ihn an, als würde sie ein Kind belehren. »Yohann Rousseau wurde verprügelt. Und wie im Fall von Wreskansky wurde er mit mehreren stumpfen Gegenständen vergewaltigt. Aber bei Rousseau waren die Schläge noch um einiges heftiger.«

»Was berechtigt Sie zu dieser Annahme?«

»Dass er daran gestorben ist. Laut Bericht war er wahrscheinlich bereits tot, als man ihn ins Wasser geworfen hat. Seine Finger waren gebrochen, ebenso mehrere Rippen. Seine Nase. Sein linker Wangenknochen. Sein linkes Schlüsselbein ...«

»Haben Sie einen Stuhl?«, unterbrach der Präfekt Alex. »Es ist fürchterlich heiß hier.« Er schluckte. »Also, wir wollen uns nicht ewig mit Obduktionsberichten aufhalten. Wie weit sind Sie?«

»Wir haben die Überwachungsaufnahmen von den Mautstellen in der Umgebung der wichtigsten Städte in Frankreich angefordert: Paris, Marseille, Lyon, Rennes, Toulouse, Nantes, Straßburg, Montpellier, Nîmes, Bordeaux, Reims ... und uns Hunderte Stunden Videos angesehen, um herauszufinden, ob bestimmte Fahrzeuge an den Tagen der Überfälle in diese Städte fuhren. Außerdem haben wir die Aufnahmen von Geldautomaten angefordert, von Geschäften und Hotels in der Umgebung der Tatorte. Im Übrigen gibt es keinen einzigen Tatort, der nicht verschmutzt wäre von Hundekot oder wo sich nicht Dutzende von Fingerabdrücken und Haaren fänden. DNA-Spuren haben wir jede Menge, aber keine registrierten, es sei denn, das Opfer selbst ist mit einem DNA-Profil in der Datei.«

»Einhundertdreiundachtzig ...«

»Zum gegenwärtigen Zeitpunkt wissen wir, dass es mindestens fünf Gruppen von mindestens zwei Personen gibt, die sich zusammengetan haben, um eine gemeinschaftliche Vergewaltigung zu begehen. An Männern, von denen 72 Prozent registriert sind wegen verschiedener Delikte, 37 wegen Sexualstraftaten.«

»Fünf Gruppen?«, rief der Präfekt.

»In der Nacht vom 21. auf den 22. Januar wurden fast gleichzeitig fünf Männer angegriffen. Reims, Paris, Bordeaux, Le Havre und Toulon. Uns erschien es einigermaßen logisch, dass es sich um verschiedene Gruppen handelt ...«

»Und die anderen?«, fragte Debreuil Blondeau.

»Die anderen, Herr Präfekt?«, fragte der Kommissar zurück.

»Die Opfer, die nicht registriert sind.«

Alex verzog das Gesicht. Blondeau bedeutete ihr, sie möge weitersprechen. Sie trat an die Pinnwände neben Debreuil, dem man einen Stuhl gegeben hatte, und schaute auf eine der Listen.

»Na ja, die anderen haben eher keine Gemeinsamkeiten. Drei Kellner, vier Verkäufer, ein Automechaniker, zwei Grafiker, drei Unternehmer ... Herr Präfekt, ich kann weitermachen, aber die Liste ist lang.«

»Himmel, was brauchen Sie denn nun, um die Sache aufzuklären?«

Von nahem sah Alex, dass ihm der Schweiß auf der Stirn stand.

Was sie dann doch überraschte: Er hatte Angst. Und noch einmal sah sie in Gedanken, wie er sich beinahe an den Schritt gefasst hätte. Er mochte noch so sehr der Herr Präfekt sein, mit Dienstwagen und Fahrer, bewachtem Wohnsitz und all seiner Macht – letzten Endes war er nur ein kleiner Schisser, der um seine Eier bangte.

XXXI

Mittwoch, 10. April

Und plötzlich taute es.

Am Abend noch war Alex bibbernd ins Bett gegangen. Sie hatte aufgehört zu trinken. Keinen Schluck mehr. Die Zeit, als sie binnen Sekunden in einen Schlaf sank, der dem Alkoholkoma nahekam, schien in weiter Ferne zu liegen. Seither wälzte sie sich nachts ewig im Bett, ihr Körper schrie die Lust auf einen Schluck hinaus, alles störte sie, auf alles reagierte sie empfindlich: Sie fror, das Kopfkissen war zu weich, der Vorhang nicht richtig zugezogen. Sie war noch einmal aufgestanden, um sich ein Sweatshirt und Wollstrümpfe anzuziehen, hatte dann aber weiter mit offenen Augen dagelegen. Doch als der Wecker klingelte, war das Licht irgendwie anders. Die Sonne erinnerte sie daran, dass die Tage den März, diesen unendlichen Monat, genutzt hatten, um länger zu werden.

Sie sah ihre Nachrichten auf Facebook durch. Darunter fand sie eine, die keine Fragen stellte, sondern etwas anbot. Eine gewisse Jeanne schrieb Nathalie Saint Armand, sie habe ihre Beiträge in verschiedenen Diskussionsgruppen gelesen, ob sie sich nicht ihrer privaten Gruppe anschließen wolle. Jeanne betonte, die Frauen, die sexuelle Gewalt erleiden müssten, sprächen ungezwungener, wenn sie vor den Blicken anderer Nutzer geschützt seien, außerdem sei es so einfacher, ihnen zu helfen. *Aber sicher, mit Vergnügen,* antwortete Nathalie und ließ Alex keine Chance.

Draußen war es noch frisch, aber die Luft war erfüllt von einem Frühlingsduft. Der Verkehr floss. Die Welt schien wieder zu atmen.

Blondeau begann die Morgenbesprechung, indem er zur Begrüßung mit einem Stoß Blätter wedelte.

»Die französische Dependance von Facebook hat eingewilligt, uns die Liste der ausschließlich aus Männern bestehenden geschlossenen Gruppen zukommen zu lassen. Man weigert sich, uns den Zugriff auf die Inhalte der Diskussionen zu ermöglichen, aber wir haben die Namen. Wenn wir sie mit unseren Dateien abgleichen, können wir vielleicht verdächtige Gruppen identifizieren. Ah, da kommt ja auch die andere gute Nachricht ... Nur herein, kommen Sie!«

Eine dunkelhaarige junge Frau schlüpfte in den Raum. Alle Blicke hatten sich ihr zugewandt, und trotz ihrer gleichmütigen Miene war zu erkennen, wie unwohl sie sich fühlte, ihre Schultern waren angespannt. Alex erschien das völlig normal für eine Jugendliche, doch dann stellte Blondeau sie als den Neuzugang für die Abteilung Internetkriminalität vor. Die junge Frau war also keine Schülerin, die bei einem Praktikum mal reinschnuppern wollte, sondern offenbar eine Art Informatikgenie und gekommen, um den unfreiwillig Däumchen drehenden Perreira abzulösen. Seit wann sahen Vierundzwanzigjährige aus wie Teenies?

»Ausnahmsweise und dank der Beharrlichkeit des Herrn Präfekten hat Julie Armyanski, die ich Ihnen hiermit vorstelle, sich bereiterklärt, einen Tag früher aufs Kommissariat zu kommen und ein wenig für uns zu arbeiten. Ein Kennenlerntag gewissermaßen, bevor sie den Platz einnimmt, der sie bei Moreau erwartet.«

Aha, also doch eine Art Schnupperpraktikum, dachte Alex.

»Dueso, Cantera«, fuhr Blondeau fort, »ich zähle auf Sie. Instruieren Sie sie, so gut es geht, und erklären Sie ihr, was wir brauchen.«

Als Marco und Alex ihr dargelegt hatten, worum es ging und wie die Dinge standen, überlegte Julie Armyanski eine Sekunde. Dann formulierte sie ihre Einschätzung:

»Okay.«

Sie zog ein mit Stickern beklebtes Notebook aus ihrem Rucksack.

»Okay?«, fragte Alex.

»Ja, okay, ich denke, ich kann Ihnen helfen. Aber dafür brauche ich ein bisschen mehr als das da«, sagte sie und deutete auf die Mappe mit den Namen der privaten Männergruppen.

Alex wunderte sich nicht: Die Liste, um die sie sich wochenlang händeringend bemüht hatten, war völlig uninteressant, wenn man sie mit nichts abgleichen konnte.

»Könnte mir einer von Ihnen vielleicht seine Log-in-Daten für die Sexual- und Gewaltstraftäterdatei geben? Ich habe meine noch nicht erhalten.«

Marco warf Alex einen fragenden Blick zu.

»Gib ihr deine«, antwortete sie.

Marco zögerte, nickte dann und sagte, während Julie die Felder ausfüllte:

»Cantera ... Marco. Kennziffer 2409. Und ... das Passwort: alexandra. Kleingeschrieben.«

Alex musste lachen.

»Im Ernst?«

»Ob du es glaubst oder nicht, aber da ich dich das ganze Jahr vor der Nase habe, laufe ich wenigstens nicht Gefahr, es zu vergessen. Wieso, wie lautet denn deins?«

»Gutentag1.«

»Mal davon abgesehen, dass ich nicht ›Gutentag1‹ sage, wenn du morgens kommst: An dem Tag, an dem man dir einen über den Schädel zieht und du alles vergisst, steckst du ganz schön in der Scheiße.«

Julie wartete höflich das Geplänkel ab.

»Also, die registrierten Namen haben wir. Idealerweise müsste ich die Liste exportieren und nach bestimmten Kriterien sortieren.«

»Nur zu«, meinte Alex.

»Wirklich?« Julie schaute zu ihr auf.

»Ähm ...«

Diesmal war es Alex, die Marco einen fragenden Blick zuwarf.

»Ich glaube, Daten aus dem Strafregister dürfen wir nicht herunterladen«, sagte er.

Julie nickte.

»Aber ...«, sagte Alex, »wir brauchen wirklich Unterstützung.«

»Ich weiß«, sagte Julie leise. »Aber ... ich habe ja mit den Zugangsdaten von Inspektor Cantera darauf zugegriffen.«

»Marco«, korrigierte er. »Wir können uns ruhig duzen.«

»Okay ... Marco, ja. Meine bekomme ich nicht vor dem ersten offiziellen Arbeitstag. Morgen.«

Es wurde kurz still.

»Ich arbeite von meinem eigenen Rechner aus«, erklärte Julie. »Der ist geschützt. Und ich benutze das WLAN der Privatschule hier in der Straße.«

Wieder Stille.

»Dann ... bist du gar nicht hier bei uns?«

»Aber ich habe die Log-in-Daten von einem von euch. Wenn es Ärger gibt, habt ihr den.«

»Von mir aus«, entschied Marco. »Einverstanden.«

»Dann los.«

Julie drückte zwei Tasten, und die Eingangsseite des Strafregisters verschwand. Dafür war der Bildschirm jetzt voller Zahlen und Wörter.

»Was ist das?«

»Der Quellcode der Seite.«

»Ich verbringe die Hälfte meiner Abende im Internet, aber so eine Seite habe ich noch nie gesehen.«

»Dafür ist sie auch nicht da. Das ist ein Code. Die Rückseite der Ansicht. Der Code zeigt mir, was der Computer liest. Alles, was ihr seht, Text, Farben, Spalten und so weiter, wurde zuerst geschrieben, damit der Computer es übersetzen kann«, erklärte Julie.

»Warte, du veränderst doch nicht den Code, oder?«, fragte Marco.

»Nein, ich suche nur einen direkten Zugang zur Datenbank. Hier.«

Julie startete ein Programm namens F1d0 und drückte verschiedene Tasten.

»Der Export dauert ein paar Minuten. In der Zwischenzeit kann ich euch was Lustiges zeigen.«

Die junge Frau loggte sich bei Facebook ein.

»Du hast auch ein Profil mit falschem Namen, ja?«, sagte Alex. Sie war ziemlich stolz darauf, im selben Boot zu sitzen wie das Cybergenie vor ihr oder wie immer man diese kaum Volljährigen nannte, die schon bei der Geburt wussten, was ein Quellcode war.

»Ich habe sechzehn«, antwortete Julie, ohne den Bildschirm aus den Augen zu lassen.

Alex wurde rot, nichts da mit »Wir Experten unter uns«, sie verkniff sich diesen Ton sofort.

»Sechzehn? Warum so viele?«

»Zu Testzwecken. Unter anderem. Was die Sicherheitsparameter betrifft, zum Beispiel, das macht mich immer ein bisschen nervös«, erklärte Julie und deutete auf den Bildschirm, wo das blaue Logo mit dem »f« prangte.

»Ein männliches Profil?«

Julie war nun Julien Berthot. Sie zuckte nur mit der Schulter, was Alex vage an jemanden erinnerte.

»Manchmal muss es einfach schnell gehen, und für eine Frau ist das nicht immer einfach.«

»Aha ...«

»Sagen wir, wenn ich in einem Forum für Entwickler eine Frage stelle, bekomme ich als Mann schneller eine Antwort. Sonst verliere ich nur meine Zeit und darf mir anhören, ich soll in die Küche gehen und Sandwichs machen. Oder ich kriege sexistische Beleidigungen, bis hin zur angedrohten Vergewaltigung. Das Internet ist wie draußen, nur im Schutz der Anonymität. Es gibt Leute, die finden das erregend.«

Julie warf einen Blick auf die Liste und gab den Namen einer Gruppe ein. Sie klickte auf eines der Mitglieder.

»Hier, seht mal ...«

Sie änderte ein paar Zeichen in der Navigationsleiste und landete auf dem Profil eines gewissen Gauthier Saglier.

Alex hatte nicht die geringste Vorstellung davon, was Julie da wie manipuliert hatte. Marco glotzte nur.

»Ich dachte, das wäre supergeschützt!«

»Beim letzten Update der Seite wurden Ports geöffnet. Das war gestern. Bald werden die Leute es merken, und dann gibt es überall Warnungen, die Sicherheitsparameter werden aktualisiert. Aber noch ist Open Bar. Deshalb wollte ich unbedingt heute kommen.«

Julie hatte die Sicherheitseinstellungen des Accounts geöffnet.

»Ich muss mir nur das Passwort merken, dann können wir jederzeit wieder reingehen. Damit habe ich jetzt auch Zugang zu Gruppen, denen dieser Herr angehört. *Die Raubtiere* ...« Sie überflog den Diskussionsverlauf, Alex und Marco schauten ihr über die Schulter. »Gute Nachricht für unsere Mitbürger: Die einzigen Lebewesen, die sich vor den *Raubtieren* in Acht nehmen müssen, sind die Rebhühner oder so. Das ist eine Gruppe von Jägern.«

Im Hintergrund der Facebook-Seite flackerte es.

»Ah! Jetzt aber. Wir sind in eurer Datenbank. Ich schlage vor, wir schließen alle aus, die ... zurzeit inhaftiert sind. Alle, die älter sind als ... siebzig Jahre?«

»Fünfundsiebzig«, sagte Alex.

»Die Verstorbenen«, ergänzte Julie ungerührt.

»Ja, das wäre wirklich besser ...«, meinte Marco.

»Und ich lasse mir erst mal die anzeigen, die festgenommen wurden wegen sexueller Gewalttaten gegen Männer. Aber gegen erwachsene Männer scheint es nicht viele zu geben. Geografische Kriterien?«

Marco und Alex schauten einander fragend an.

»Dazu«, sagte Marco schließlich, »können wir im Grunde wenig sagen.«

»Okay.«

Julie drückte die Returntaste, und ein neues Fenster öffnete sich. Eine lange Liste baute sich auf.

»Wenn das geladen ist, gleiche ich die Liste mit der Liste der Gruppenmitglieder ab, die ihr von Facebook bekommen habt.«

»Dauert das lange?«

»Ja, schon. Mindestens fünf Minuten.«

Alex stieß einen merkwürdigen Laut aus, und als Marco und Julie sich zu ihr umdrehten, prustete sie in den Ärmel ihres Pullovers.

»Nichts, nur ... seit fast fünf Monaten sind wir dran, und jetzt fünf Minuten, das ist schon in Ordnung, das kriegen wir hin, denke ich.«

Marco funkelte sie an.

»Tut mir leid, die Anspannung«, hickste sie.

»Und danach müssen wir alle Gruppendiskussionen darauf scannen, ob man sich dort tatsächlich zu Überfällen austauscht«, erklärte Julie.

»Und wie stellst du das an?«, fragte Marco.

»Na ja, wir können sie auf bestimmte Schlüsselbegriffe absuchen, oder auch nach immer wiederkehrenden Wörtern, falls sie Codewörter benutzen.«

»Verstehe«, sagte er. »Und wie lange dauert das?«

»Das? Echt lange. Ich denke mal, eine gute Stunde.«

Alex, hinter ihr, brach wieder in Lachen aus.

Um ein Uhr schlug Alex vor, essen zu gehen. Sie verließen den Raum und sahen, wie der Rest der Truppe im Gemeinschaftsbüro die Köpfe zusammensteckte.

»Ist irgendwas?«, fragte Alex.

»Wir haben Hunger«, erklärte Martin. »Und wir dachten, dass wir heute vielleicht mal auf die Kantine verzichten.«

»Genau«, griff Alex den Gedanken auf, »wir wollten euch nämlich Julie vorstellen. Setzen wir uns irgendwo draußen hin?« Ihre Kollegen starrten sie an. »Was ist?«

»Nehmen Sie es uns nicht übel«, sagte nach ein paar Sekunden Stille Daumet, der sich als der Neuling vom Dienst opferte. »Aber Sie ... du warst nicht gerade in bester Laune in letzter Zeit. Wir wundern uns nur ein bisschen. Aber klar, gute Idee!«, schob er rasch hinterher, als hätte er Alex auf schändliche Weise beleidigt.

Alex fragte sich, wann sie angefangen hatte, sich so gehenzulassen. Seit Jahren zog sie jeden Morgen eine Maske freundlicher Neutralität über, so selbstverständlich, wie andere ein Parfüm auflegen. Jeden Morgen streifte sie sich, so wie sie in ihre Jeans schlüpfte, ein Gesicht übers Gesicht, damit sie ihre Tochter anlächeln, mit ihren Kollegen scherzen und darauf verzichten konnte, unterwegs all die Idioten zurechtzustauchen, die hupten, weil sie so unverschämt war, Fußgängern am Überweg den Vortritt zu lassen. Aber sie hatte so viel Energie darauf verwandt, auf Facebook den Frauen zu helfen, dass sie sich kaum noch auf anderes konzentrieren konnte. Und die bierfreien Abende spürte sie auch am Morgen noch. Wirklich präsent zu sein war anstrengend.

»Du hast recht, Daumet.« Sie sah, wie er beruhigt ausatmete. »Das sind die ganzen ergebnislosen Ermittlungen, die haben an mir gezehrt. Aber ich denke, es wird nicht mehr lange dauern, dank ...«

Sie streckte den Arm aus wie ein Zirkusdirektor, der eine besonders eindrucksvolle Akrobatin vorstellt:

»Seit heute bei uns: Julie! Wir erklären es euch gleich, dieses Mä... diese junge Frau ist ein Wunder. Gehen wir? Wenn wir trödeln, gibt es in ganz Paris keinen einzigen freien Terrassenplatz mehr.«

Um Viertel nach zwei fasste Blondeau die Anweisungen zusammen.

»Also, dank Julie haben wir die Listen, sortiert nach den zuletzt bekannten Wohnadressen. Jeder von Ihnen hat eine Liste. Rufen Sie die zuständigen Reviere an, geben Sie die Namen der Personen durch, die wir gerne vernommen hätten. Versichern Sie sich, dass genügend Leute dafür bereitstehen. Sollte das nicht der Fall sein, sollten die Kollegen sich auf fehlendes Personal berufen, machen Sie ihnen klar, dass es Vorrang hat. Und falls Sie den Eindruck haben, dass die Botschaft nicht ankommt, bitten Sie um ein Gespräch mit dem Kommissar und rufen mich. Hier auf dem Tisch sind die übrigen Listen, die leiten Sie bitte den Kollegen in den anderen Präfekturen weiter. Und vermerken Sie, zu wem Sie die örtlichen Dienststellen haben kontaktieren können und wer bereits vernommen wurde. In der Zwischenzeit versucht Julie, die Adressen unserer eigenen Kunden herauszufinden.« Er ließ den Blick über seine Leute schweifen. »Wenn ich es richtig sehe, waren Sie noch nie so glücklich, dass Sie Ihren Nachmittag am Telefon verbringen dürfen!«

Alex sandte ihm ein breites Lächeln. Die anderen antworteten reihum mit einem fröhlichen:

»Endlich geht es voran!«

»Schönes Wetter!«

»Selten so gut gegessen!«

Blondeau lächelte: »Schon gut, schon gut.« Auch er fühlte sich ein wenig leichter und atmete tief die laue Luft ein, die durchs geöffnete Fenster drang. »Also, auf geht's.«

Um halb fünf hatten die Ermittler es geschafft, der Polizei im ganzen Land Arbeit aufzugeben, und sie selber konnten losziehen, ihre erste Ladung Verdächtige einzusammeln. Um halb sechs waren alle Vernehmungsräume besetzt. Auf dem Flur stand Polaski und strahlte. Nichts behagte ihm mehr, als Sexualtäter zu schnappen. Ein gemeinsamer Nenner fand sich also immer. Eben hatte er einen zweiten Schub zum Vorgaren in die Zellen gesteckt.

»Endlich was zu tun!«, sagte er zu Alex und rieb sich die Hände.

Er sah so glücklich aus wie ein kleiner Junge am Weihnachtsmorgen.

Am Abend riss Alex die Fenster auf, damit der Frühlingsduft noch in den letzten Winkel ihrer Wohnung drang. Sie setzte sich aufs Sofa, Laptop auf den Beinen. Eine neue Gruppe erschien in der Liste ihrer Benachrichtigungen, und wie jeden Tag warteten mehrere Freundschaftsanfragen auf Antwort. Fast jede Frau, die sie informierte, beriet oder zu trösten versuchte, schickte ihr eine Freundschaftsanfrage. Wahrlich nicht wenige.

Sie hatte auch eine neue Nachricht von Jeanne, dazu eine Einladung zu ihrer privaten Gruppe. Die Gruppe hieß *Die Geschundenen.* Na super. Neben dem Gruppennamen das Symbol eines kleinen Vorhängeschlosses. Aus Neugier fuhr Alex mit der Maus darauf, und ein Infofenster erschien: *Nur Mitglieder können Beiträge sehen.* Alex klickte auf »Beitreten«.

Sie begann zu lesen.

... ich habe an einem Schreibtisch gesessen und gewartet. Eine Dreiviertelstunde. Zwei Polizisten waren in der Nähe,

nur ein paar Meter entfernt, sie haben zu mir geguckt. Einer meinte zu seinem Kollegen, der Mann, der das mit mir gemacht hätte, hätte keinen Geschmack, ich wäre »nicht gerade umwerfend«.

Alex schluckte.

Ein Bier. Ich habe solche Lust auf ein Bier.

XXXII

Freitag, 19. April

»Zehn Tage lang Perverse vernehmen, also echt, dafür werde ich langsam zu alt.« Marco sank auf seinen Stuhl. »Und die Stapel hier?«

»Das Ergebnis von zehn Tage lang Perverse vernehmen.«

Alex deutete auf die drei Aktenberge: »Mit Alibi«, »Ohne Alibi«, »Sofort Anwalt angerufen«.

»Läuft nicht gut?«

»Hier, sieh selbst«, sagte Alex und zeigte auf den Stapel mit den Verdächtigen ohne Alibi. »Die einzigen Männer, die schon mal andere Männer sexuell angegriffen haben, sind Pädophile. Pädophile, Marco. Polaski hat seine Freude daran, Pädos einzukassieren, und nicht nur er, aber für unsere Ermittlungen ist das vertane Zeit. Wir suchen nicht nach Pädophilen.«

Sie massierte sich die Schläfen. An der Tür klopfte es zweimal, ganz leise.

»Julie! Wie läuft's im Fünften?«

»Die Rechner sind älter als ich. Aber es läuft gut. Sie sind wirklich froh über ein bisschen frischen Wind, glaube ich. Es gibt viel zu tun.«

»Und Moreau lässt dich gehen?«

»Ich habe zehn Minuten Pause genommen.«

Sie ging zum Tisch und stellte eine Leinentasche darauf ab.

»Was ist da drin?«

»Weiß ich nicht. Das könnte, aber wirklich nur *könnte* eine weitere Liste sein. Vielleicht hat da jemand die sexuellen Gewalttaten der letzten achtzehn Monate abgeglichen mit den Inhalten der Diskussionen anderer Gruppen.«

»Anderer Gruppen? War denn die erste Liste nicht komplett?«

»Doch. Aber sie hätte verfeinert und ergänzt werden können, und man hätte sich die Datenbank mal richtig vornehmen müssen.«

»Wann hast du das gemacht? Moreau hat dir dafür Zeit gelassen?«

Julie pfiff nur vor sich hin.

»Hattest du denn schon deine Zugangsdaten fürs Strafregister?«

»...«

»Julie, wirklich toll, dass du das gemacht hast«, sagte Marco, »aber wie ...?«

»Sie haben ... du hast dasselbe Passwort für alle deine Accounts«, antwortete Julie ein wenig verlegen. »Das ist nicht sehr vorsichtig, wenn ich mir die Bemerkung erlauben darf.«

»Hast du was gefunden?«

»Ich konnte die Inhalte der Diskussionen herunterladen, die mir verdächtig erschienen, dazu die Liste der Teilnehmer mit ihren Passwörtern. Die Beiträge sind nach Datum sortiert, vom jüngsten bis zum ältesten«, erklärte sie, während Alex schon anfing, den dicken Stoß A4-Blätter durchzugehen. »Das hier«, sagte Julie noch und zog ein weiteres, gefaltetes Blatt hervor, »das ist die Liste mit den Schlüsselbegriffen, die ich erst mal eingegeben habe, aber meine Suchmaschine hat auch auf Begriffe reagiert, die immer wieder vorkommen. ›Nutte‹, ›Fotze‹, ›Schwanz‹, ›Jagd‹, ›abschneiden‹, ›abspritzen‹, ›Schlampe‹, ›Fleisch‹, ›Rehlein‹, ›Arsch‹, ›aufreißen‹, ›Stück‹ … Ich habe sie hier notiert, damit ihr wisst, wonach ihr in den Diskussionen suchen könnt. Dann lasse ich euch mal einen Blick hineinwerfen«, schloss sie und gab Alex die Liste.

»Ich weiß nicht, ob das zulässig ist …«, murmelte Alex und fing an, in den Blättern zu wühlen.

»Augenblick«, sagte Julie, ganz Pädagogin, als sie sah, wie Alex sich abplagte.

Sie nahm ihr den Stoß aus der Hand, ging in die Hocke und breitete die Blätter um sich herum auf dem abgelaufenen Linoleumboden aus.

»Gruppe 1. *Die SexyBoys.*«

»Im Ernst?«

»Im Ernst. Tut mir leid, wenn ich ein bisschen schnell mache, aber ich habe bloß zehn Minuten.«

»Bitte, nur zu.«

»Hier, der Teil mit den Diskussionen. Die Schlüsselbegriffe, die die Suchmaschine herausgefiltert hat, sind fett gedruckt und grau unterlegt. *Herzchen.* Ja, ich weiß«, sagte sie, als Alex und Marco keinen Ton sagten. »Klingt süß, man könnte meinen, das wären Omis, die sich zu einem Teekränzchen verabreden. Aber wenn du es in Verbindung bringst mit den gemeinschaftlich begangenen Gewalttaten der letzten achtzehn Monate, dann siehst du, dass jedes ›Herzchentreffen‹ zusammenfällt mit der Gruppenvergewaltigung einer Frau in einem Vorort von Lille.«

Sie stand wieder auf und legte den Rest des Papierstoßes auf den Tisch.

»Nicht alle Beteiligten sind bei euch registriert. Bisher

haben wir siebzehn französische Gruppen, deren Mitglieder möglicherweise einer solchen Tat schuldig sind. Die Namen stehen dort am Ende, danach kommt die nächste Gruppe.«

»Verdächtig. Hier sagen wir ›verdächtig‹«, verbesserte sie Marco.

»Bin ja gerade erst gekommen«, sagte Julie mit einem entschuldigenden Lächeln.

Auf ihrer glatten Haut, unter den großen, schokoladenbraunen Augen sah Alex die tiefen Schatten. Sie hatten Julie ins Schwimmerbecken geschubst. Ohne Flügelchen.

»Danke, Julie. Vielen Dank.«

»Ich geh dann hoch zu meiner Mannschaft!« Wieder lächelte Julie, diesmal begeistert.

Sie warf noch einen Blick auf die am Boden ausgebreiteten Blätter.

»Ich weiß nicht, wer euch das alles gegeben hat, aber da ist eine Menge zu überprüfen. Viel Erfolg.«

Danach hat er auf mich draufgetreten, auf den Hintern, aufs Gesicht. Nicht um mir wehzutun. Nur um meinen Kopf auf den Boden zu drücken. Mit seinem Schuh. Um die Sohle an mir abzuwischen. Nur um auf mir rumzutrampeln, damit ich ein Stück Scheiße auf der Straße bin.

Alex landete ein weiteres Mal auf Chloés Sprachbox.

»Mist.«

Schon seit über drei Monaten ging Chloé ihr aus dem Weg. Keine Chance. Alex ärgerte dieses Schweigen, sie verstand es nicht. Aber sie wollte wissen, inwieweit es zulässig war, Julies Daten zu verwerten, und eine solche Frage konnte sie nicht irgendwem stellen.

»Chloé, ich versuche dich heute schon zum vierten Mal zu erreichen. Ruf mich bitte zurück, ich muss dich etwas Wichtiges fragen. Inoffiziell, aber wichtig.«

Sie zögerte, dann sagte sie noch:

»Ich hoffe, es ist alles in Ordnung.«

Egal. Bevor sie irgendeinen Beweis zu irgendwelchen nicht vorhandenen Akten legte, hatten Marco und sie noch ein paar Stunden Arbeit vor sich. Chloé schmollt. Ja, sie muss eingeschnappt sein.

»Alex, ich nehme den Stapel *BeautyBoys* bis ... *Lümmelchen*, nein ... *NayLovers*. Und du von ... *Netsexmaniacs* bis ... *SwagLove75*. Also ehrlich, diese Namen.«

»Lass rüberwachsen.«

»Wie sagen wir's Blondeau?«

»Schauen wir erst mal, ob wir überhaupt etwas finden, womit wir diese *Lümmelchen* und ihre Freunde einkassieren können.«

»Er wird uns fragen, woher wir das alles haben.«

»Bestimmt.«

»Sollen wir ihm sagen, was Julie da zusammengetrickst hat?«

»Nein.« Alex überlegte einen Moment. »Ich denke, wir brauchen Polaski als Unterstützung.«

»Das heißt?«

»Er ist ein Klotz. Ein Macho. Und er hat eine Glatze.«

Sofort fasste sich Marco an den Kopf und erinnerte Alex daran, dass es sich um ein sensibles Thema handelte.

»Du hast noch Haare genug«, beruhigte sie ihn. »Und keine Sorge, Polaski ist zwar ein bedauernswerter passivaggressiver Typ, aber ein guter Polizist, und gegenüber Sexualtätern zeigt er weniger als null Toleranz. Hast du mal gesehen, wie er mit einem Vergewaltigungsopfer umgeht?«

»Nein.«

»Erstaunlich. Man könnte denken, da wäre er genau so eine Dumpfbacke. Aber ganz und gar nicht. Er geht immer gleich auf die Opfer ein, spricht leise mit ihnen, zieht ihr Wort nie in Zweifel. Er fragt, ob sie lieber mit einer Frau sprechen möchten, und setzt alles in Bewegung, damit die Untersuchungen so schnell wie möglich durchgeführt werden und sie sich waschen können. Einmal habe ich gesehen, wie er einer Frau sein Ersatzhemd gegeben hat, ihr Oberteil hing in Fetzen.«

»Ich sehe immer nur, wie er die Sau rauslässt.«

»Weil du so glatt funktionierst, also steht er in Konkurrenz zu dir. Wenn du mit einer Kugel im Bein ankommst, wird er sich rührend um dich kümmern. Er hat diese seltsame Manie der echten Machos. Irgendwo ist er fest davon überzeugt, dass die Frauen und im weiteren Sinne die Opfer schwächere Wesen sind und Schutz brauchen, deswegen ist er so zuvorkommend zu ihnen.«

»Du und Polaski ...«

»Blondeau meinte das mal. Dass es bei ihm keinen Platz gibt für Zwischentöne.«

»Du sprichst mit Blondeau über Polaski?«

»An meinem ersten Tag hier hätte ich ihm beinahe eins aufs Maul gegeben. Blondeau hat mir dann ein bisschen erklärt, was für ein Mensch er ist.«

»Du hättest Polaski beinahe eins aufs Maul gegeben?«

»Längere Geschichte. Was ich sagen wollte: Profitieren wir von ihm. Wenn wir ihn bitten, uns zu den Leuten auf dieser Liste zu begleiten, um sie ... zu einem Gespräch einzuladen, sind sie gleich in der Defensive, meinst du nicht?«

»Nach dem wenigen zu urteilen, was ich bisher gelesen habe, stehen die Chancen nicht schlecht.«

»Und was macht Polaski, wenn er vor jemandem steht, der einer sexuellen Gewalttat verdächtig ist und in der Defensive?«

»Er wird aggressiv.«

»Und der Typ ihm gegenüber?«

»Zu 95 Prozent auch.«

»Und wenn unser Verdächtiger meint, er müsse der Polizei Widerstand leisten, was passiert dann?«

»Dann wird er eingelocht. Du bist echt ein Genie des Bösen.«

»Ach, weißt du, das alles wäre unmöglich, hätten die Männer nicht meine bevorzugte Charaktereigenschaft.«

»Die Fähigkeit, schamlos zu manipulieren?«

»Ich meine das, was einen Macho ausmacht.«

An dem Tag war das Musikfestival, auf dem Revier waren jede Menge Betrunkene, ich musste drei Stunden warten. Ich habe gespürt, wie das Sperma aus mir rausgeflossen ist. Als ich dann für die Anzeigenaufnahme gerufen wurde, habe ich einen Fleck auf dem Stuhl hinterlassen. Der Polizist, der mich holen kam, hat den Fleck gesehen und angewidert hingeschaut. Ich habe mich so geschämt. Wegen diesem Fleck.

XXXIII

Dienstag, 30. April

»Ich sehe sehr wohl, dass Sie gute Gründe haben, die Staatsanwaltschaft einzuschalten und sechs zusätzliche Ermittlungsverfahren wegen Sexualdelikten einzuleiten.«

Blondeaus Ton war geduldig. Doch wie der Frühling, der in Form von dicken kalten Tropfen über die Fensterscheiben seines Büros lief, zog er ein Gesicht.

»Dueso, Cantera, schon seit über einer Woche vernehmen Sie einen Bürger nach dem anderen. Sie haben mich gebeten, Ihnen Zeit zu lassen. Ich habe Ihnen Zeit gelassen. Ich vertraue Ihnen. Sie haben Polaski bei mir angefordert, was mich überrascht hat, vor allem was Sie betrifft, Dueso, aber warum nicht. Ich vertraue Ihnen. Sie haben Eliès und Daumet angefordert, damit sie Ihnen helfen, Dutzende von Vorvernehmungen durchzuführen. Ich vertraue Ihnen. Sie sagen mir, Sie haben Ergebnisse, das freut mich, und ich vertraue Ihnen. Aber Sie bringen mir Kundschaft, die in keinerlei Beziehung zu unseren laufenden Ermittlungen steht. Warum? Auf welcher Grundlage haben Sie die Männer überhaupt hergebracht?«

»Widerstand gegen die Staatsgewalt.«

Blondeau sah Marco an, ohne eine Miene zu verziehen. Alex kam es vor, als würde ihr Partner unter dem Blick des Kommissars buchstäblich zusammenschrumpfen.

»Ich stelle die Frage noch einmal ...«

»Wir würden gerne überprüfen, wo die betreffenden Personen zum Zeitpunkt mehrerer in den letzten Monaten gemeldeter Überfälle waren«, sagte Alex brav auf.

»Ja rede ich denn gegen eine Wand?«, brummte Blondeau. »Ich. Muss. Wissen. Warum. Genau. Diese. Leute.«

»Entschuldigen Sie, Herr Kommissar, aber ... nein.«

»Könnten Sie das bitte wiederholen, Dueso?«

»Sie müssen ...« Auch Alex fühlte sich, als würde sie unter Blondeaus stechendem Blick ganz klein. »Ich denke, Sie müssen das *nicht* wissen.«

Eine schwere Stille schob sich zwischen den Kommissar und seine Inspektoren. Ganz ruhig ergriff Blondeau wieder das Wort.

»Ich habe nicht gefragt, wie Julie Armyanski an die Liste der Sexualstraftäter gekommen ist. Debreuil wollte, dass wir einen echten Fang machen. Offiziell war die junge Frau noch nicht mal im Haus. Klar, das Problem liegt beim Präfekten, nicht bei meinen Leuten. Aber Sie tun sich keinen Gefallen. Er hat uns im Visier, und was machen wir? Schlagen uns mit ganz gewöhnlichen Bürgern herum, die nie auch nur einen Strafzettel bekommen haben, denen man nicht mal den Wagen abgeschleppt hat. Wenn die Polizei im Privatleben unschuldiger Bürger stochert, und sei es im virtuellen, um so vielleicht zufällig ...«

»Gemeinschaftlich begangene Vergewaltigung. Unter unschuldig verstehe ich etwas anderes.«

»Also wirklich, Dueso. Dass ich Ihnen das sagen muss! So arbeiten wir nun mal nicht.«

»Herr Kommissar, ich verstehe Ihre Vorbehalte. Aber vielleicht ist genau jetzt der Moment. Vielleicht schaffen wir so einen Präzedenzfall, und es wäre eine große Hilfe für alle Opfer von ...«

»Einen Präzedenzfall, das kann man wohl sagen, Dueso. Und was für einen. Sechzig Einstellungen des Verfahrens, die Vereine zum Schutz der Privatsphäre auf dem

Hals und keine Chance mehr, uns an die Kollegen von der Internetkriminalität zu wenden, wenn wir sie das nächste Mal brauchen. Und eine kleine Untersuchung durch die Generalinspektion der Nationalpolizei kriegen wir auch, oder? Die haben Sie schon seit drei Monaten nicht gesehen, Dueso, die vermissen Sie bestimmt. Ah, und Julie Armyanski? Das war's, adieu.«

»Nicht sie hat uns die Informationen zu den Personen besorgt, die wir vernommen haben«, sagte Marco.

»Ach, nicht?«

»Nein«, beteuerte Marco.

»Wer dann?«

Beide blieben stumm.

»Ich vertraue Ihnen«, sagte Blondeau. »Aber Sie machen es mir nicht leicht.«

... Ich dachte, wenn er mich in den Arsch fickt, kann ich wenigsten weiter »normal« mit meinem Mann schlafen. Das war natürlich falsch. Ich ertrage es nicht mehr, dass jemand mich anfasst. Mein Mann hält das nicht aus. Wir lassen uns scheiden.

XXXIV

Mittwoch, 1. Mai

Alex stellte seufzend die Heizung an. Es war noch nicht mal zwei Uhr, aber der Himmel hing tief und schwer über der Stadt. Sie knipste das Licht an. Na gut, es ist Mai, aber wo es Nacht wird, wird es Nacht.

Sie hoffte, dass Samuel an Regensachen für Ana gedacht hatte. Sie wollten den Tag in Thoiry verbringen. Da die Tochter den Zoo wegen der eingesperrten Tiere nicht mochte, hatte er sich gesagt, dass sie es vielleicht andersrum probieren und sich Tiere in freier Wildbahn ansehen sollten, die Besucher eingesperrt. Alex musste schaudern bei dem Gedanken an ihre Tochter als Zwischenmahlzeit für die Löwen.

»Und die Giraffen«, hatte Alex' Vater gesagt, als sie ihn besorgt anrief. »Vergiss nicht die Giraffen.«

»Das sind Pflanzenfresser.«

»Nicht in diesem Tierpark! Die sind bekannt für ihre Grausamkeit. Sie greifen die Autos an und ernähren sich von den Besuchern, mit einer klaren Vorliebe für kleine Mädchen mit Helikoptermüttern.«

»Klar doch, genau deshalb rufe ich an, damit du mich verarschst. Toll, danke für deine Unterstützung.«

»Liebes, du weißt genau, dass Samuel auf eure Tochter aufpasst und sie wie seinen Augapfel hütet. Was ist los mit dir? Normalerweise machst du dir weniger Sorgen. Warte, deine Mutter möchte dich sprechen.«

»In Ordnung, Küss…«

»Die Welt wird ihr noch oft genug zeigen, dass sie in Angst leben muss, bloß weil sie als Mädchen geboren wurde. Deine Rolle ist es, ihr das Gegenteil zu beweisen.«

»Guten Tag, Mama.«

»Das ist dieses eklige Wetter, einfach deprimierend. Willst du nicht zu uns kommen? Ben hat gesagt, er kommt am Nachmittag auf eine Kleinigkeit vorbei, er wird gegen vier Uhr da sein. Wie es aussieht, hat er eine Überraschung.«

»Nett von dir, aber ich habe jede Menge Arbeit.«

... Ich bin schwanger geworden. Mein Frauenarzt ist gegen die Abtreibung, er wollte mir keine Überweisung geben. Später habe ich dann zum Glück eine Beratungsstelle gefunden, die mir geholfen hat, und ich konnte am letzten Tag der gesetzlichen Frist noch abtreiben. Aber zwei Monate lang habe ich die Hölle durchgemacht, mit der Brut eines Ungeheuers in mir drin. Ich habe gespürt, wie es jeden Tag größer wurde. Und die ganze Zeit haben die Ärzte, bei denen ich war, mich zu überreden versucht und gesagt, ich soll dem Leben eine Chance geben. Eine Ärztin meinte sogar, für mich wäre das ein Glück im Unglück. Ich hätte sie umbringen können.

Alex seufzte und schaute einen Moment in den Regen, der lustlos gegen die Scheiben schlug. Schließlich klappte sie den Laptop zu und griff nach ihrer Jacke.

»Papa? Okay, ich komme. Wenn kein Stau ist, bin ich in einer Stunde bei euch.«

»Ah, toll, unser Herzchen kommt. Bis gleich!«

»Bitte, nenn mich nicht …«

Aber ihr Vater hatte schon aufgelegt, bestimmt, um noch einen zweiten Nachtisch zuzubereiten.

… Als er fertig war, hat er auf mich draufgepinkelt. Ein bisschen wie eine Zugabe, um das Ganze zu krönen, als hätte er mich nicht schon genug beschmutzt. Meine Augenbraue war aufgeplatzt. Ich rate niemandem, sich auf eine offene Wunde pinkeln zu lassen. Das tut nicht gut.

Bens Überraschung hatte kupferfarbene Haut, schwarze Kulleraugen, einen anmutigen Hals und ein geblümtes Kleid. Alex und ihre Eltern schauten etwas verdutzt, als sie sie aus dem Auto steigen sahen, stießen aber die üblichen Freudenschreie aus. Sie neigten zu einer gewissen Zurückhaltung beim Anblick von jungen Frauen mit anmutigem Hals und geblümtem Kleid. Als sich dann alle an den Tisch setzten, führte Ben Sarah mit beseligter Miene zu ihrem Stuhl.

»Was für ein hübsches Kleid Sie haben«, versuchte sich Alex an einem Kompliment. Sie hätte sich gern etwas anderes ausgedacht, aber viel zu gebannt starrte sie auf das zarte Veilchenmuster.

Ihre Mutter räusperte sich, so wie immer, wenn sie sagen wollte: »Kinder, streitet doch nicht.«

Der Ausdruck »verhinderter Junge« war in der Familie tabu, denn »ein Mädchen, das sich den Geschlechterstereotypen entzieht, bedeutet keineswegs ein Versagen oder einen Irrtum«. In ihrer Kindheit hatte Alex immer wieder hören dürfen, wie die Mutter ihre Tochter in belehrendem Ton verteidigte, wenn sie Fußball spielte oder auf Bäume kletterte und mit aufgeschürften Knien und Matsch in den Haaren nach Hause kam. So waren die Mädchen im Blümchenkleid nach und nach zum Feindbild geworden. Tja, niemand ist perfekt.

Sarah zog sanft ihre Hand aus Bens Umklammerung, wie um diskret zu bedeuten, dass sie sich alleine setzen konnte, und strich sich das Kleid über den bloßen Knien glatt.

»Danke. Duzen wir uns? Früher war ich mehr so Jeans und Turnschuhe, aber jetzt trage ich die ganze Woche Arbeitshose und Sicherheitsstiefel. Komisch, seit ich angefangen habe zu arbeiten, ziehe ich in der Freizeit gerne Kleider an.«

»Stiefel?«

»Ich bin Bauleiterin, Tiefbau.«

Tatsächlich trog der Blümchenschein, denn Sarah hatte nicht viel gemein mit einem zarten Veilchen. Bei zwölf Grad in Sandalen und Baumwollkleid rumzulaufen erforderte definitiv eine gestählte Psyche. Und bei einem Familientreffen der Duesos zu Wort zu kommen ebenfalls. Die neue Freundin meisterte die Situation bravourös.

Als Alex aufstand, um die Teller in die Küche zu bringen, ging Ben ihr gleich zur Hand. Eigentlich nichts Ungewöhnliches, denn ihr hünenhafter Bruder war einer der hilfsbereitesten Menschen der Welt. Aber während sie die Spülmaschine einräumte, spürte sie seinen Blick im Nacken.

»Bleibt ihr noch zum Abendessen?«, fragte sie und machte die Maschine zu. »Ich glaube, wir sind noch nicht ganz abgefüllt mit Fett. Papa spricht davon, eine Lammschulter aufzutauen.«

»Nein, wir gehen bald. Ist mir im Moment lieber, wenn ich abends nicht mehr draußen bin. Und Sarah …?«

Alex schaute auf und sah, wie ihr jüngerer Bruder sie forschend, fast ein bisschen ängstlich unter die Lupe nahm.

»Du willst wissen, was ich von ihr denke, ja?«

»Denkst du denn irgendwas?«

»Sie hat das letzte Stück Kuchen genommen.«

»Oh … aber … wieso hast du nicht gesagt, dass du es haben wolltest? Sie kann ordentlich reinhauen, aber sie hätte es niemals gegessen, wenn sie gewusst hätte …«

»Scherzkeks. Dauernd kriegen wir von unseren Eltern zu hören, dass wir niemanden diskriminieren sollen. Aber kannst du dir Papas Gesicht vorstellen, wenn du ein Mädel mitgebracht hättest, das stumm wie ein Fisch ist und nur an zwei Salatblättern kaut?«

»Hier läuft die Diskriminierung übers Fett. Das ist was anderes.«

… Ich habe es keinem gesagt. Mein Vater lädt ihn weiter zum Aperitif ein. Wenn er zu meinen Eltern kommt, zwinkert er mir jedes Mal zu, als hätten wir etwas miteinander.

XXXV

Donnerstag, 16. Mai

»Brauchen die uns wirklich alle? Die ganze Einheit?«, fragte Daumet.

»Offenbar ja. Mit einem Einsatz bei einem Marathon können wir unser Image aufpolieren«, antwortete Eliès.

Die Stimmung im Raum war eher trübe.

»Wo wir schon als unfähig gelten wegen all der Fälle, mit denen es nicht vorangeht«, meinte Wantz.

»Dabei haben wir in den letzten Monaten erheblich mehr als sonst aufgeklärt«, bemerkte Alex.

»Nur betrifft das nicht unsere eigentlichen Ermittlungen«, brummte Marco.

»Wenn das so weitergeht, haben wir bald nichts mehr zu tun«, sagte Fatia erfreut. »Du siehst doch, wie die Statistiken runtergehen.«

»Um wie viel?«, wollte Daumet wissen.

»Wir hatten im Durchschnitt sechzehn Fälle pro Woche«, antwortete Alex. »Dabei entsprachen im letzten halben Jahr 50 bis 75 Prozent dem Überfallschema, von dem Debreuil wünscht, dass wir es vorrangig bearbeiten. Weniger als ein Drittel davon hat sich bestätigt.«

»Und insgesamt?«

»Die letzten Zahlen hat Blondeau. Aber die Gewalttaten gegen Frauen sind um 95 Prozent gesunken.«

»Es tut sich was.«

»Man gewöhnt sich an alles«, meinte Fatia.

»Das mag für dich gelten«, erwiderte Marco. »Mir ist eher unwohl, wenn ich spätabends noch draußen bin.«

»Das ist nicht dein Ernst, oder?«, sagte Alex.

Marco verzog das Gesicht. Er scherzte nicht. Alex musste an ihren Bruder denken, der Ähnliches gesagt hatte. Sie war nicht darauf eingegangen, aber auch er hatte bestimmt nicht gescherzt. Die Straße fürchten, den öffentlichen Raum. Ob ein Riesenkerl oder nicht, rauszugehen mit dem Gedanken, der nächstbeste Passant könnte einem ans Leder wollen, davon träumte keiner. Und für die Männer war das neu.

»Genau das meinte ich«, sagte Fatia. »Man gewöhnt sich.«

»Kann ich gut drauf verzichten«, antwortete Marco.

»Ich habe es mein Leben lang nicht anders gekannt, und das ist allerdings ein Skandal, aber man gewöhnt sich«, sagte Fatia noch einmal.

Blondeau kam für die Morgenbesprechung herein und schloss die Tür hinter sich.

»Ein historisches Ereignis«, verkündete er und schwenkte einen Ausdruck. »Die Hinweise und Anzeigen in Verbindung mit sexuellen Übergriffen und Vergewaltigungen sind auf dem niedrigsten Stand seit … wahrscheinlich seit Einführung einer entsprechenden Zentraldatei. Was Frauen betrifft.«

»Auch bei Vergewaltigungen, bei denen die Täter den Opfern bekannt waren?«

»Eine Dunkelziffer bleibt immer, aber im ganzen Monat April hat sich nicht eine einzige Frau in Paris wegen eines Falls von sexueller Gewalt an die Polizei gewandt. Das hat es noch nie gegeben.«

Schweigen.

»Die Kerle zu verprügeln hat gereicht«, kommentierte Fatia mit einem spitzen Lächeln.

»Sehr witzig«, grummelte Marco.

»Komm schon, Cantera, hast du dich je über den Lauf der Welt empört, solange es fast ausschließlich Frauen waren, die wir aufgesammelt haben?«, fragte Audain bissig. »Zugerichtet von ihren Exmännern, zusammengeschlagen im Hauseingang, ausgezogen und verprügelt im Aufzug? Das ist eine ausgezeichnete Neuigkeit, ich schlage vor, wir freuen uns.«

»Ich bitte Sie …«, rief Blondeau beschwichtigend.

»Nein, wir sollten wirklich nicht allzu stolz auf uns sein«, sagte Marco. »Mit uns hat das nichts zu tun. Es sind einfach weniger Männer auf der Straße. Sie haben Angst, auf einmal allein in einer dunklen Ecke zu stehen.«

»Tja, Jungs, willkommen in unserer Welt«, ätzte Élise Wantz.

»Élise …«

»Ah, unser Martin. Du bist jetzt mal ruhig! Soll ich dir was sagen? Das tut euch ganz gut, wenn wir mal für eine Weile die Plätze tauschen.«

»Aber was habe ich denn …« Der Riese Martin schnappte nach Luft.

»Nichts! Du hast nichts getan und nichts damit am Hut. Weil du Eier hast und die Statur eines Rhinozeros. Bist du um drei Uhr nachts draußen? Klar doch, so eine schöne Stadt, was kann dir schon passieren. Schlimmstenfalls klaut man dir dein Handy. Und ich? Wenn ich Pech habe, fickt man mich wie einen Sack und wirft mich in die Seine.«

»Aber ihr seid doch bei der Polizei, ihr wisst euch zu verteidigen …«, schaltete Daumet sich unvorsichtigerweise ein.

»Verteidigen? Aber sicher, der Herr! Zehn Jahre

Kampfsport und eine Dienstwaffe, und du glaubst, ich könnte seelenruhig über die Quais spazieren?«

Élise war rot vor Wut. Der fassungslose Daumet war so klug zu schweigen. Blondeau verschränkte die Arme. Vielleicht musste das einfach mal raus, danach würde man weiterarbeiten und überlegen, wie man es doch noch schaffen könnte. Nicht dass die Ermittlungen in einem Fiasko endeten.

»Wir sollten gar nicht erst wissen müssen, wie wir uns *verteidigen*«, sagte Audain. »Wieso dürfen Frauen sich immer anhören, passt auf, dass ihr nicht vergewaltigt werdet, hm? Es ist an euch, die Frauen nicht zu vergewaltigen!«

Marco hatte Mühe, ein Wort herauszubringen:

»Was redest du! Ich habe noch nie jemanden vergewaltigt, verdammte Scheiße, tickt ihr noch richtig?«

»Ihr seid doch alle gleich, alle«, zischte Fatia. »Und soll ich dir was sagen? Jetzt, wo ihr wisst, was es heißt, Angst um den eigenen Arsch zu haben, da können wir endlich in Ruhe leben. Ich wette, es gibt keine einzige Frau in ganz Frankreich, die nicht aufatmet.«

»Nimm nur diesen dämlichen Marathon heute Abend. Unsere Aufgabe? Bloß ein bisschen Kommunikation. Sie brauchen uns nicht mehr, um sich zu verteidigen!«, jubelte Wantz. »Zweihundert Frauen in Shorts und Sport-BHs, die nachts durch Paris laufen? Und danach zu Fuß nach Hause gehen, ohne sich ständig umgucken zu müssen? So was haben wir schon lange nicht erlebt, eine echte Revolution!«

»Ich sage dir, ich habe Angst, und du freust dich?« Marco konnte es nicht fassen. »Ist das für dich die Lösung?«

»Wenn Angst das Einzige ist, was euch dazu bringt,

den Schwanz in der Hose zu lassen, dann kann man das wohl eine Lösung nennen«, blaffte Favier.

»Bitte, wir kommen vom Thema ab«, sagte Eliès.

»Richtig, beruhigen wir uns«, knirschte Wantz. »Und in aller Ruhe sage ich euch: umso besser. Alles, was gerade geschieht: umso besser. Tut mir leid für die armen Jungs, denen das passiert ist. Aber umso besser.«

»Das kannst du doch nicht ernst meinen«, versuchte Marco es ein weiteres Mal.

»Dueso«, erscholl die Stimme des Kommissars. »Kein Beitrag Ihrerseits?«

Alex setzte sich gerade.

»Ich habe mich gefragt, um wie viel Uhr mit dem Zieleinlauf zu rechnen ist.«

»Ist das alles?«

»Ähm … ja.«

Blondeau verschränkte wieder die Arme:

»Nein, das ist nicht alles. Wissen Sie, was es noch gibt?«

»…?«

»Es gibt noch Andréa Carrout. Und Rafik Faradji. Und Rachid Allaoui. Jonathan Creuset wahrscheinlich auch. Und Dutzende andere. Die hier.«

Der Kommissar deutete auf die Liste der nicht vorbestraften Opfer. Männer, deren Frauen, Töchter, Mütter oder Schwestern in den Krankenhäusern auf die Polizei gewartet hatten, in Tränen aufgelöst.

»Es gibt Männer, die die Frauen achten, die in bestem Einvernehmen mit ihnen zusammenleben«, sprach er weiter. »Männer, die überfallen, vergewaltigt, geschlagen wurden, einige getötet. Sollten Sie jedoch Ihre Arbeit auf einmal so verstehen, dass Sie willkürlich entscheiden, wer unschuldig ist und wer schuldig, wer es verdient, in

Angst zu leben, und wer sich frei bewegen darf, dann hätte auch ich noch ein paar Argumente. Argumente, die Namen tragen. Diese Fälle sind noch nicht aufgeklärt, Dueso, weil Sie gar nicht da sind. Weil die Aufklärung Sie nicht interessiert.«

Sein Blick wanderte durch den Raum, dann fixierte er wieder Alex, die angespannt auf ihrem Stuhl saß, in Alarmbereitschaft.

»Die Leute um Sie herum streiten sich, und nicht mal das veranlasst Sie zu einer Reaktion. Ich frage mich, wo Sie überhaupt sind, Dueso. Im Grunde ist es mir aber auch egal.« Blondeaus Stimme wurde nun lauter. »Reißen Sie sich zusammen und machen Sie sich an die Arbeit. Denn ...«, er schrie jetzt fast, »der nächste Junge, den wir mit blutendem Arsch aufsammeln, und schreiben Sie sich das hinter die Ohren, den haben Sie zu verantworten!«

Er verschnaufte, allerdings nur, was Alex nicht erwartet hatte, um noch lauter zu werden.

»Sie alle hier, Sie alle haben sich dafür entschieden, den Opfern zu helfen und diejenigen zu verhaften, die ihnen das angetan haben! Haben sich entschieden, die Täter vor Gericht zu bringen, damit man sie ins Gefängnis steckt. Das eine ergibt sich aus dem anderen, so kompliziert dürfte das nicht sein. Ich erwarte nicht von Ihnen, dass Sie perfekt sind. Ich erwarte nicht von Ihnen, dass Sie zu Maschinen werden und nichts mehr empfinden. ABER ICH ERWARTE VON IHNEN, DASS SIE IHRE VERDAMMTE ARBEIT TUN!«

Es war das erste Mal, dass der Kommissar derart brüllte, und auch das erste Mal, dass er einen seiner Ermittler vor anderen namentlich kritisierte. Alex spürte, wie sie glühte. Daumet war vor Schreck erstarrt. Alle schauten auf ihre Knie, wie ertappte Kinder. Ertappt bei was? Es stimmte ja. Er hatte recht. Die Frauen wollten nicht, dass die Fälle aufgeklärt wurden, noch nicht. Sie wollten ein wenig Zeit haben, Zeit zum Durchatmen. Wollten noch ein paar friedliche Abende genießen und durch die Straßen schlendern, ohne dass jemand sie überfiel. Wollten Röcke tragen, die sie in die hinterste Ecke des Schranks geräumt und noch nie angezogen hatten, um nicht als Nutte beschimpft zu werden – als rechtfertige ihre Kleidung die grapschenden Hände und anzüglichen Bemerkungen. Und die Männer hatten Angst. Eine Angst, die sie, die Frauen, gut kannten, die ihnen vertraut war, eine Angst, die sie immer begleitete, von Kindesbeinen an, seit dem ersten »Geh mit keinem Fremden mit«, seit der ersten anonymen Hand, die sie in einer überfüllten U-Bahn betatschte, seit dem ersten schmierigen Blick eines entfernten Onkels bei einem Familientreffen. Diese hingenommene, unterdrückte Angst, die sie immer wieder erleichtert, aber mit gemischten Gefühlen hinunterschluckt hatten, wenn sie endlich an der Haustür ankamen. Und jetzt hatten sie genau das getan, was sie der Welt dort draußen immer vorwarfen: Sie hatten die neue Freiheit gebilligt, und sie genossen sie.

Aus den Augenwinkeln sah Alex, wie Élise Wantz ihre schmale Hand auf Martins breite Schulter legte. Ja, auch die Guten mussten einstecken.

»Na schön. Ich will hoffen, dass Sie nach dieser Klarstellung morgen alle auf Ihrem Posten sind, motiviert und fest entschlossen, diese für uns so blamablen Fälle aufzuklären. Persönliche Erwägungen spielen keine Rolle. Bis dahin sind Sie beauftragt mit dem Einsatz beim ersten Frauen-Nachtmarathon. Die Beamten, die Ihnen zur Verfügung stehen, stoßen in zehn Minuten zu uns. Noch Fragen?«

... Das Erste, was sie mich gefragt haben, war, was ich um diese Uhrzeit alleine auf der Straße zu suchen hätte.

... Ich hatte solche Angst, dass er mich umbringt.

Auf der Place de la République wartete eine dichtgedrängte Menge auf den Startschuss. In der anbrechenden Dämmerung erkannte Alex ein bekanntes Gesicht.

»Magali!«

Die Kamerafrau kam auf sie zu:

»Caroline macht noch eine kleine Erkundungstour. Freut mich sehr, Sie zu sehen.«

»Uns auch. Sagen Sie, wir haben nie erfahren, was wirklich hinter der Reportage steckte. Wann soll sie noch mal gezeigt werden?«

»Oh ... Cyril ist mit dem Schnitt noch nicht fertig. Er ist schon länger krankgeschrieben.«

»Aha?«

Durch die Menge hindurch sah Alex, wie Caroline sich einen Weg zu ihnen bahnte. Sie gaben einander die Hand.

»Ihr sprecht von Cyril?«

»Ja. Magali sagte, er hätte gesundheitliche Probleme?«

Caroline setzte den Stab ihres riesigen Mikros auf dem Boden ab.

»Nicht ganz. Er hat beschlossen, die Fälle, in denen Sie

ermitteln, selber zu lösen. Er sagte, er hätte eine Idee, auf die wäre noch niemand gekommen.«

»Und … welche?«

Caroline warf Magali einen fragenden Blick zu, aber die senkte nur den Kopf.

»Er denkt, es sind Frauen. Frauen, die in Banden angreifen.«

Ohne auch nur zu überlegen, sagte Alex:

»Statistisch ist das nicht …«

Sie klappte den Mund gleich wieder zu. Klar doch. Wie konnten sie nur so blöd sein. Rein statistisch wurden Vergewaltigungen von Männern begangen. In Ihrer Einheit waren sie es einfach gewohnt, dass Frauen ihnen als Opfer begegneten, nicht als Schänder. Und geleitet von ihren unfehlbaren Statistiken hatte niemand auch nur daran gedacht, dass Frauen demselben barbarischen Muster folgen konnten.

Trotzdem hatte es sie gegeben. Frauen als Schlepper. Frauen, die illegale Fixerstuben überwachten, wo Mädchen aus Osteuropa, gerade mal in der Pubertät, heroinsüchtig gemacht wurden. Inzestuöse Frauen. Schlagende Mütter und Banden weiblicher Jugendlicher, die für einen Handyklau vor keiner Gewalt zurückschreckten. Aber Frauen, die sich zusammentaten, um wahllos zuzuschlagen und Männer sexuell zu misshandeln? Das erklärte die Gruppentat, denn eine Frau, die nicht darauf trainiert war, zu kämpfen und ihren Gegner niederzuringen, war rein körperlich einfach nicht in der Lage, einen Mann zu überwältigen. Das erklärte auch die Benutzung von Gegenständen und das Fehlen von Sperma, so sorgfältig man nach Spuren gesucht hatte. Und vor allem erklärte es das Schweigen der Opfer. Kein einziger Mann hatte ihnen irgendeine Personenbeschreibung an die Hand gegeben, nicht mal eine Stimme, einen Duft. *Kein einziger.* Das konnte nicht sein. Zwar waren mehrere zum Zeitpunkt der Tat schwer betrunken gewesen, und die Schläge, die manche erhalten hatten, erklärten ihren partiellen Gedächtnisverlust. Aber die anderen hatten geschwiegen, weil sie sich schämten. Eine tiefsitzende, unüberwindliche Scham.

Wir haben es verkackt, dachte Alex. Und verbesserte sich: Ich habe es verkackt.

»Was ist denn passiert?«, fragte Marco die Tonfrau.

»Er hatte sich vorgenommen, nachts in Paris durch dunkle Ecken zu spazieren und die Schuldigen zu finden.«

»Und?«

»Angesichts der Tatsache, dass er zehn Tage im Krankenhaus gelegen hat, nehme ich an, dass sie ihn gefunden haben.«

»Die Frauen«, präzisierte Magali. »Nach Cyrils Theorie.«

»Und Sie?«, fragte Alex Caroline. »Was halten Sie davon?«

»Ich würde sagen, da ist was dran«, sagte sie. »Ich glaube, der Wahnsinn kennt keine Grenzen. Egal ob Männer oder Frauen.«

»Er hat das Krankenhaus verlassen?«

»Ja.«

»Geht es ihm gut?«

»Wie es scheint, ist er weiterhin fest entschlossen, die Sache an Ihrer Stelle zu erledigen. Also wird er sich ein wenig erholt haben.«

»Das ist nicht seine Arbeit.«

»Sie haben ihn wochenlang ignoriert. Haben ihm gesagt, der Raum, in dem Sie beide sich den ganzen Tag verschanzt haben, würde für Archivarbeiten dienen. Dachten Sie, er wäre so dumm? Und als Sie sich auf Anordnung Ihres Kommissars zu dem Interview herabgelassen haben«, Caroline deutete jetzt auf Alex, »haben Sie ihn lächerlich gemacht.«

»Caroline, woher wissen Sie das alles? Als ich interviewt wurde, waren Sie doch gar nicht mehr ...«

»Das war ich«, gestand Magali. »Aber die Welt ist klein, und unsere Branche erst recht ...«

»Winzig, wohl wahr, sonst hätten Sie solche Details ja nicht kennen können«, bemerkte Marco lächelnd.

Es war dieses Lächeln, das Marco Frauen schenkte, wenn er etwas von ihnen erfahren wollte. Seine haselnussbraunen Augen funkelten, und er stand leicht zu Caroline vorgebeugt, ohne sich jedoch aufzudrängen, so als wollte er ihr etwas Vertrauliches mitteilen. Wie der sich ranschmeißt, diese Nutte, dachte Alex. Und die Stimme ihrer Mutter flüsterte ihr ins Ohr: »Warum gibt es für Frauen nur so viele Schimpfwörter? Nutte, Hure, Flittchen, Schnepfe ... also ehrlich, du solltest aufpassen, welche Wörter du in den Mund nimmst.« Ja, klar, aber wenn ich ihn als Nutte bezeichne, stelle ich das Gleichgewicht wieder her, oder?

Magali lächelte zurück:

»Ihre Charmenummer brauchen Sie gar nicht abzuziehen, Inspektor Cantera«, sagte sie und musste lachen, als sie Marcos verdutzte Miene sah. »Wir hatten wochenlang Umgang mit Ihnen. Unsere Aufgabe war es, Sie zu beobachten, vergessen Sie das nicht. Mein Freund arbeitet mit seinem Freund zusammen.«

»Mit wessen Freund?«

»Mit Vignes Freund. Seinem Lebensgefährten. Er arbeitet für *ActuParis*, Sie wissen schon, die kostenlose Zeitung.«

»Bruno Karjat?«, tippte Alex, als sich die Puzzleteile schließlich fügten. Richtig, das war der Journalist, der die ersten Exklusivmeldungen zu den Überfällen auf Camille und Andréa verkauft hatte.

»Sie sagen es, Sie haben auch was drauf«, beglückwünschte sie Magali.

»Zumindest die mysteriöse Verbindung zwischen unserem Kommissariat und *ActuParis* hätten wir damit geklärt«, schloss Alex.

Inzwischen war es dunkel geworden, aber man hätte meinen können, es sei mitten am Tag. Die Straßenlaternen, die mächtigen Scheinwerfer neben den Übertragungswagen und die phosphoreszierenden Armbänder tauchten den Platz in eine fröhliche Atmosphäre. Frauen jeden Alters und mit den unterschiedlichsten Staturen standen mit Startnummern auf dem Rücken bereit. Zwei rundliche Damen in den Siebzigern saßen ein paar Meter von Alex entfernt auf kleinen Klappstühlen. Ein Stück weiter war eine Gruppe noch sehr junger, spindeldürrer Mädchen, sie lachten, und eine Frau auf Krücken winkte irgendwem zu. Nein, hier ging es nicht um den Marathon an sich, wurde Alex klar, es ging darum, dabei zu sein, draußen. Den Ort zu besetzen, der Frauen sonst unausgesprochen verboten war. Es ging darum, einen Raum für sich zu erobern, der ihnen nicht gehörte, einen mit unsichtbaren Minen abgesteckten Raum, in den sie sich nur auf eigenes Risiko wagen konnten: die Stadt, die Nacht.

... Sie haben mir gesagt, mit meinem Minirock und den hohen Absätzen hätte ich es darauf angelegt.

»Guten Abend! Seid alle herzlich willkommen!«

Auf einer Bühne von ein paar Quadratmetern stand eine dunkelhaarige Frau mit einem Mikro in der Hand, das ihrer Stimme einen scheppernden Ton verlieh.

»Und vielen Dank, dass ihr so zahlreich gekommen seid zum ersten Frauen-Nachtmarathon! Unsere Webadresse findet ihr auf den Startnummern, später werden wir auch im Parc de la Villette sein und euch mit warmen Getränken und einem Siegerinnenfrühstück empfangen. Schon seit längerem hatte der Verein *Wir füreinander* dieses Projekt im Kopf ...« Sie deutete auf drei weitere Frauen, die hinter ihr auf der Bühne standen und nun die Menge grüßten. »Und dieses Jahr ist es endlich möglich. Ich will keine langen Reden halten ...«

»Das erinnert mich an Debreuil«, tuschelte Marco Alex ins Ohr.

»... und gebe auch gleich den Startschuss. Aber wenn ihr nachher dann so richtig schön die Beine spürt und beim Frühstück sitzt, erzählen wir euch mehr von unserem Verein. Wir warten auf euch!«

Die Menge lachte.

»... im Ernst, wir hoffen, dass ihr heute Abend euren Spaß habt und Lust bekommt, euch uns anzuschließen. Denn wir haben noch viel vor, alle zusammen! Genug der Worte, los geht's. Auf die Plätze, fertig ...«

Eine der Frauen hinter ihr ließ einen schrillen Pfiff ertönen. Die Rede hatte keine zwei Minuten gedauert.

»Nein, doch nicht wie Debreuil«, musste Marco zugeben.

... Danach hat er sich bei mir bedankt.

Bei dem Pfiff setzte sich der Tross in Bewegung und strömte von der Place de la République auf den Boulevard du Temple, wie eine langsame, unter den leuchtenden Reflexen schillernde Flüssigkeit.

Nicht weit von Alex entfernt klappten die beiden älteren Damen ihre Stühlchen zusammen und brachen auf, kräftig ausschreitend, Arm in Arm. Die Schülerinnen liefen mit kleinen Schritten los, ihre ungeschickten langen Beine erinnerten Alex an neugeborene Fohlen. Andere Läuferinnen, ganz leichtfüßig, hatten sie rasch überholt. Die Energie, die die Menge erfasste wie eine wohlige Wärme, war fast zu greifen.

... Ich gehe nicht mehr draußen laufen. Nie wieder. Ich habe es versucht. Habe die Schuhe weggeworfen, die ich an dem Morgen anhatte, den Sport-BH, den er zerrissen hat. Ich habe eine andere Strecke genommen. Aber es ging nicht, jedes Mal war mir, als wäre er hinter mir her. Ich bin nicht gelaufen, ich bin geflüchtet. Ich habe mich bei einem Studio angemeldet, das Stunden nur für Frauen anbietet. Das Draußensein fehlt mir so sehr. Ich bin eingesperrt in meiner Angst. Dieser Dreckskerl hat mich zu einer Gefangenen gemacht.

XXXVI

Freitag, 17. Mai

Den ganzen Tag hatten sie sich die Videos aus der Region Paris angesehen. Aufnahmen von Überwachungskameras, die die Staatsanwaltschaft für sie bei Ämtern, Banken und Geschäften in der Nähe der Tatorte angefordert hatte. Schon unzählige Male hatten sie die Bilder gesehen, aber jetzt suchten sie nach Frauen.

Und sie fanden welche. Dutzende. Die sich den Orten, wo die Überfälle stattgefunden hatten, zu zweit oder zu dritt näherten, oft in Sportsachen, dazu mit Kapuzen, Mützen und Schals. Nichts Außergewöhnliches für Frauen, die mitten im Winter zum Laufen gingen. Ja, sie kamen zu zweit, ja, sie kamen in unförmigen Jogginghosen, ja, sie verbargen ihr Haar. Reflexe einer Stadtjoggerin, einer typischen Beute. Aber betrachtete man sie erst mal als zur Klasse der Jäger gehörig, fiel etwas anderes auf. Selbst auf den jüngsten Videos, als es schon später dunkel wurde und die milderen Temperaturen es nicht mehr rechtfertigten, sich bis zur Nase in Schals einzuwickeln, schafften sie es, im richtigen Moment den Kopf abzuwenden. Sie wussten genau, wo die Kameras hingen, und entkamen ihnen prompt jedes Mal.

Außerdem kamen sie aus den Parks oder Unterführungen nie wieder heraus, wie Favier verwundert feststellte. Dann zeigte Daumet auf den Bildschirm:

»Doch, hier. Das ist eine Stunde später. Dieselben Turnschuhe, derselbe Gang, dieselben X-Beine. Und so unscharf das Bild ist, man könnte meinen, dieselbe Uhr ...«

»Warte, in den Park hineingegangen ist sie um … 18 Uhr 30. Weite Jogginghose, dunkle Windjacke. Und das soll dieselbe sein, die anderthalb Stunden später rauskommt, in kurzen Leggings und mit einer hellen Jacke?«

»Beidseitig tragbar«, erklärte Daumet. »Ich habe auch so eine.«

… Mein Chef hatte eine dicke Uhr und ein dickes Auto. Und ein hübscher Kerl war er auch. Der Polizist hat mir einfach nicht glauben wollen. Ein hässlicher Klops wie ich, die Sekretärin, das war ja klar, bei einem so gutaussehenden Mann konnte sie nicht Nein sagen. Aber ich habe es gesagt, habe Nein gesagt, die ganze Zeit. Ich habe geschrien. Niemand hat mich gehört. Seine dicke Karre war absolut schalldicht, kein Ton ist herausgedrungen. Oder der Wächter hat so getan, als würde er nichts hören.

Auf den Aufnahmen aus Paris konnten sie deutlich sechs Frauen ausmachen. Sechs Frauen, die nacheinander an den Tatorten gewesen waren. Und mit roten Augen von all den Stunden vorm Bildschirm erstatteten sie Kommissar Blondeau Bericht. Alle außer Martin, der weiter angestrengt auf seinen Computer starrte.

»Sechs Frauen also, die der Reihe nach auf den Aufnahmen zu erkennen sind. Und die übrigen Frauen, die man dort sieht?«

»Immer andere. Gut möglich, dass es nur sechs Frauen sind, und die anderen waren bloß zufällig dort. Bei manchen Fällen haben wir auch kein einziges Bild, da sind wir weiter an einem toten Punkt«, erklärte Alex.

»Es gibt auch welche ohne eine einzige Frau. Selbst wenn wir uns den ganzen Tag vor dem Überfall und die Nacht danach ansehen, keine Frau.«

Mit einem Mausklick wandte sich Martin endlich von seinem Bildschirm ab. Er rieb sich die Augen.

»Dafür haben wir auf diesen Aufnahmen einen größeren Wagen, einen Kombi.«

»Den Wagen«, sagte Alex und massierte sich die Schläfen, »den wir nach Creusets Entführung überall gesucht haben.«

»Immer derselbe?«, fragte Blondeau.

»Auf sämtlichen Aufnahmen, die ich mir angesehen habe«, antwortete Martin. »Das Kennzeichen ist gefälscht, die Nummer gibt es nicht. Mal parkt er nicht weit entfernt, mal fährt er auf der Straße vorbei. Oder er kommt einfach durchs Tor rausgefahren.«

»Wie meinen Sie das?«

»Durch die Zufahrt für die Fahrzeuge des Parkpersonals«, erklärte Martin, »die Leute, die die Spritzen aufsammeln, die Beete düngen, den Rasen mähen ... Nicht alle Pariser Parks haben dieselben Mittel zur Verfügung, aber alle haben ein zweiflügeliges Tor, durch das ein Auto locker hindurchpasst. Wenn man den Schlüssel hat, klar.«

»Also haben sie den Schlüssel«, sagte Audain.

»Ich werde mich mit den anderen Revieren in Verbindung setzen und ihnen empfehlen, sich ihre Fälle noch mal vorzunehmen, unter dem Gesichtspunkt, dass unsere Verdächtigen nun Frauen sind«, schloss Blondeau.

... Ich konnte nichts tun, ich hatte solche Angst, ich dachte die ganze Zeit nur: »Sieh ihn bloß nicht an, wenn er denkt, du könntest ihn wiedererkennen, bringt er dich um.«

Als Daumet vorschlug, zusammen auf einen Schluck ins Balto zu gehen, erntete er nur spärliche Begeisterung.

»Aber ... das ist der Durchbruch, ist doch gut, oder?«, versuchte er es noch einmal. »Das sollten wir feiern, wieso nicht?«

»Tut mir leid, Daumet. Festzustellen, dass die Frauen genauso barbarische Idioten sind wie die Männer, ist für mich kein Grund zum Feiern«, erklärte Favier.

»Meine Frau wartet auf mich«, sagte Audain nur.

»Mir ist eher nach frischer Luft zumute«, entschuldigte sich Wantz und griff nach ihrer Tasche. »Allen noch einen schönen Abend.«

Martin sagte nichts, folgte ihr aber langsam hinaus. Daumet war fassungslos.

»Komm, Sébastien, gehn wir schon mal vor, dann bekommen die anderen bestimmt Durst«, sagte Eliès wie zum Trost.

Alex und Marco sahen zu, wie ihre Kollegen einer nach dem anderen den Raum verließen, mit tristen Mienen und schwerem Gang, einschließlich Daumet, er konnte es einfach nicht begreifen. Monatelang gearbeitet, und kaum ging es zum ersten Mal wirklich voran, war die Stimmung der anderen am Boden. Alex hörte, wie Eliès etwas sagte, undeutlich nur, aber der Ton war beruhigend. Bestimmt versuchte er, für seinen Partner die Welt wieder zurechtzurücken, ihm Mut zu machen.

»Glaubst du, dass das stimmt mit Wantz und Martin?«, fragte Marco unvermittelt.

Alex hob überrascht eine Braue:

»Seit wann interessierst du dich für Gerüchte?«

»Schon immer. Vor allem für solche. Das tröstet mich über den Rest hinweg. Also?«

»Also, ich wünsche es ihnen nicht.«

»Wieso?«

»Das ist keine gute Idee. Eine Beziehung unter Kollegen.«

»Ach, tatsächlich?«

»Zu gefährlich«, sagte Alex, während Marco schon aufstand.

Er nahm seine Jacke, verabschiedete sich mit einem »Schönen Abend noch« und ging zur Tür.

»Du gehst nicht ins Balto?«, fragte Alex.

»Pauline«, sagte er nur.

… Ich dachte, meine anderen Freunde würden sich ihn vornehmen, aber sie haben mich überhaupt nicht unterstützt. Sie haben zu ihm gehalten und mich als Nutte beschimpft. Nur meine Eltern haben mir geglaubt, aber sie wollten nicht, dass ich Anzeige erstatte. Schon seit Jahren wollen sie mich dem Sohn von Freunden von ihnen vorstellen. Sie haben Angst, dass alles aus ist, wenn er erfährt, dass ich keine Jungfrau mehr bin.

Alex stieß die Wagentür auf. Die Luft, die sie draußen empfing, war warm, fast schwül, und ihr drehte sich der Magen um. Beim Gittertor vor ihrem Haus standen drei Frauen, lachten und unterhielten sich auf Arabisch. Ihre Töchter, Teenager, gingen die kleine Straße auf und ab, lächelten und machten hier und da eine Bemerkung, ihre Blicke stur aufs Handy gerichtet.

Alex wurde wehmütig ums Herz. Die ersten Sommergerüche erinnerten sie jedes Mal an eine Zeit, als die

Dinge noch irgendwie ... einfach waren. Sich langweilen, Spaß haben. Hunger haben, keinen Hunger. Sich mit dem Bruder verkrachen, froh sein, dass er da ist. Verliebt sein, nicht verliebt sein. Wach sein, schlafen. Entweder oder. Schwarz oder weiß.

Sie bedauerte nicht, dass sie aufgehört hatte zu trinken. Es musste sein. Aber diese Benommenheit, dieser wattige Zustand, wenn nichts mehr wirklich schlimm oder schmerzhaft war, er fehlte ihr in jeder Minute. Und dann die Abende ohne Ana, wenn sie in den Bierdusel hätte hineingleiten können wie in einen alten, warmen, kuscheligen Pullover, die waren noch härter. Der schrecklichste Gedanke aber war, dass es jetzt für immer so sein würde. Sie schloss die Wagentür und ging auf das Tor zu. Als sie sah, wie die Mädchen einfach nur froh waren, draußen zu sein an diesem lauen Abend, gab es ihr einen heftigen Stich. Sie war neidisch. Glücklich zu sein über die milde Luft, mehr brauchte es nicht.

Alex trat in den Aufzug. Tief in ihrem Bauch spürte sie eine fürchterliche Leere, die mit jedem Stockwerk größer zu werden schien.

... Er war mein Freund, und der Polizist hat gesagt, das wüssten doch alle, dass »Nein« manchmal »Ja« heißt.

Alex hängte ihre Jacke auf. Es war zu warm, um dauernd eine Lederjacke mitzuschleppen, sie musste irgendwo eine aus Leinen oder so haben. Sie öffnete den Schrank in der Diele. Ein Schuhkarton flog ein paar Zentimeter an ihrem Kopf vorbei und schlug zu ihren Füßen auf. Dosen mit Schuhcreme und alte Lappen verstreuten sich auf dem Boden. Eine Spraydose mit einem Imprägniermittel rollte bis in die Küche.

Okay, verstanden. Ich räume auf.

... Ich hatte solche Angst, dass er mich umbringt.

Eine Stunde lang sortierte sie Mäntel und Winterjacken aus. Als sie sah, wie klein manche Kindersachen waren, wurde ihr bewusst, wie groß Ana geworden war. Sie holte aus dem Schrank heraus, was weder ihre Tochter noch sie selber jemals trugen, ließ zwei gefütterte Parkas hängen, zwei Übergangsmäntel, die Jacken, die ihre Großmutter mit der Hand gestrickt hatte, und die leichteren Jacken, nach denen sie gesucht hatte. Sie nahm eine davon, aus schwarzer Baumwolle, schnupperte daran. Der Stoff roch nach Staub und Dunkelheit.

Alex ging in die Küche und steckte die Jacke in die Waschmaschine. Als sie sich zu dem Schränkchen unter dem Spülbecken umdrehte, um das Waschmittel herauszuholen, stieß sie mit dem Fuß gegen etwas, und bei dem Geräusch fiel ihr das Imprägnierspray wieder ein.

Sie ging auf alle viere und warf einen Blick unter das Schränkchen. Zwanzig Zentimeter vor ihrer Nase lag das Spray. In vierzig Zentimeter Entfernung, bedeckt von Staubflocken, schimmerte der matte Glanz einer großen Bierdose.

Alex verharrte einen Moment reglos in dieser Stellung, mit der Wange am Boden. Dann streckte sie die Hand aus.

... Die ganze Zeit habe ich mir immer wieder gesagt, dass er mich bestimmt umbringt.

Ohne weiter nachzudenken, hatte Alex die Spraydose in den Schuhkarton und das Bier in den Kühlschrank geräumt. Hatte die Wäsche von zehn Tagen sortiert und eine weitere Maschine laufen lassen. Hatte die Konserven mit abgelaufenem Haltbarkeitsdatum in den Müll geworfen – Ana hatte von Lebensmittelvergiftung gehört und die Augen entsetzt aufgerissen, als Alex meinte, sie sei sich nicht absolut sicher, dass alle Vorräte noch gut seien. Hatte einen ganzen Sack mit leeren Shampooflaschen gefüllt und noch zwei Döschen mit einer Creme hinterhergeworfen, die viel zu süß roch, ein Geschenk ihrer Tante, ihr zuliebe geöffnet und ausprobiert und dann gewissenhaft ignoriert. Hatte das ganze fürchterliche, zu Beginn der Ermittlungen zusammenrecherchierte Zeug eingesammelt, einen Moment gezögert und den Inhalt der Mappen in den Sack für wiederverwertbaren Müll gekippt. Hatte ihr Bettzeug und das von Ana gewechselt. Alles ordentlich. Sauber. Neu.

Den Laptop auf dem Couchtisch hatte sie nicht angesehen.

Halb zehn.

Sie hatte sich geduscht.

Hatte mit der Hand auf dem knurrenden Magen langsam einen Teller Dosenravioli gegessen, ohne Vergiftung und geriebenen Käse (womit das eine geklärt war, das andere hatte sie vergessen nachzukaufen), während sie zugleich die Prospekte und Hefte von Weihnachten in den Papierkorb warf.

Dann hatte sie sich noch mal die Hand auf den Bauch gelegt, etwas höher jetzt, in der Mitte, fast auf Höhe des Herzens, dort, wo der Durst sie quälte. Wo die Lust an ihr nagte.

Sie hatte zum Handy gegriffen und eine Nummer gewählt. Es klingeln lassen. Aufgelegt. Das Handy erneut genommen und eine Nachricht geschickt, dann das Geschirr gespült, ein Auge immer auf dem Display.

Zwanzig Minuten waren vergangen, aber das Handy blieb stumm. Sie musste an die Zeit denken, als sie noch klein gewesen war und vor dem alten Kabeltelefon ihrer Eltern auf einen Anruf gewartet hatte, die Einladung zu einem Geburtstag. Stundenlang hatte sie reglos vor dem Apparat gehockt, wie versteinert. Hatte sich nur gerührt, um den Hörer abzunehmen und sich zu vergewissern, dass das Freizeichen auch wirklich ertönte.

Zwölf Minuten. Dreizehn. Sie ging sich die Zähne putzen.

Zwanzig Minuten. Sie war es leid. Sie zuckte die Schultern, alle beide, und holte das Bier aus dem Kühlschrank. Stellte es auf die Arbeitsplatte. Stellte es zurück in den Kühlschrank. Holte es wieder raus.

Zupfte ihren Bademantel zurecht. Stellte das Bier zurück. Nahm das Handy. Löste die Tastensperre. Legte das Handy ab, holte das Bier wieder raus. Brummte ein »Verdammte Scheiße!«. Stellte das Bier zurück. Wählte die Nummer.

... Er hat mich mit Aids angesteckt.

Es klingelte, einmal, zweimal. Alex öffnete den Kühlschrank, das Handy am Ohr. Dreimal. Viermal.

Gleich würde die Sprachbox anspringen. Sie nahm das Handy herunter, der Daumen wanderte in Richtung »Auflegen«.

»Jaa.«

Die Stimme klang fern.

Alex hielt das Handy wieder ans Ohr, spielte mit der Kühlschranktür, bewegte sie in den Angeln.

»Hast du meine Nachricht nicht bekommen?«

»Doch.«

»Und?«

»Weiß nich. Ich bin ... bin grade ...«

»Bist du betrunken?«

Hinter der Männerstimme hörte Alex eine Frauenstimme, undeutlich, fragend.

»Nee, alles okay. Aber ich komme, wenn du willst, dass ich komme.«

»Von mir aus komm vorbei.«

»Nee, das is nich, was ich hören wollte.«

»Du kannst kommen. Wenn du willst.«

»Ich bin mit jemand zusammen. Die will mich hier haben, jetzt.«

»Komm, wenn du willst. Was soll ich noch sagen?«

»Du weißt, was ich will. Scheiße.«

»Okay. Du hast getrunken. Schönen Abend noch.«

Alex legte das Handy auf der Arbeitsplatte ab. Schloss die Kühlschranktür. Gute Nacht.

... Ich habe mich selber gesehen, wie aus der Ferne. Und ich habe mir gesagt: »Tja, die hat einfach Pech.«

Alex schreckte im selben Moment aus dem Schlaf, als es klingelte. Sie setzte sich im Bett auf, ihr Herz schlug mit zweihundert Sachen. Panik. Alleine. Nacht.

»Ja?«, sagte sie in die Sprechanlage.

»Mach auf. Ich bin's.«

»Was willst du?«

»Was ich will ... Was ich will? Mach auf.«

»Was gibt's?«

»Mach auf.«

»Bist du betrunken?«

»Nicht mehr. Mach auf. Bitte.«

Wie ein Tollpatsch stand er in der Tür, wild entschlossen, ängstlich zögernd. Er hob ein Bein. Das linke. Beide schauten sie auf dieses Bein. Er schob es vor, in der Schwebe über dem Teppichboden.

»Darf ich?«

»Willst du reinkommen?«

»Nein, Alex, ich will die ganze Nacht hier stehen bleiben, verdammt noch mal, auf einem Bein, vielleicht erfahre ich ja irgendwann, ob ich in deine Wohnung reinkommen darf.«

»Das würdest du, ja?«

»Ja. Das könnte ich. Du hast es hingekriegt, dass ich das schaffe. Scheiße. Dass ich es schaffe, die ganze Nacht auf einem Bein zu stehen. Und darauf zu warten, dass du mir erlaubst, zu dir reinzukommen.«

»Komm rein.«

»Nein.«

»Komm schon.«

»Nein. Ich will nicht zu dir reinkommen. Mir reicht's.

Ich kann nicht mehr. Ich halte das nicht aus, nur am Rand zu stehen. Und nichts zu haben. Ein Niemand zu sein. Ich kann nicht mehr zu dir nach Hause kommen. Ich will drin sein. In deinem Leben.«

Alex schaute auf und sah ihn an. Sah seine Augen, seinen Mund, seine Nase. Ließ ihren Blick bis hinab zu seinen Händen gleiten, den Fingern. Wieder hoch bis zu den Armen. Erinnerte sich an ihre Form, an die Adern, die unter der Oberfläche hervortraten, an die so präzise sich abzeichnenden Muskeln, an die so sanfte Haut, die sie auswendig kannte und die sie immer noch überraschte, jedes Mal. Sie wollte, dass all das unversehrt blieb. Wollte, dass seine Haut glatt blieb, wollte ihn weiter lächeln sehen, geschützt wissen. Geschützt vor der Welt. Vor den Sorgen. Vor ihr, Alex, verschanzt mit ihrer Tochter hinter hohen Mauern. Sie wollte, dass niemand leiden musste. Erst recht nicht Ana. Erst recht nicht er. Alex holte tief Luft, rang nach dem nötigen Mut, um ihm zu sagen, dass er gehen solle. Ein Hauch seines Geruchs fand den Weg zu ihr. Altes Leder, wilde Gräser, Sonne, Winterfeuer, Regentage. Zu ihrer eigenen Überraschung ließ Alex die Maske und auch ihre Schultern fallen.

»Na gut.«

Er schaute sie an, unsicher noch.

»Na gut«, sagte sie noch einmal. »Komm rein.«

Schließlich setzte er den Fuß in die Wohnung.

»Komm.«

Sie nahm seine Hand, schlang ihre Finger um die seinen.

»Gehn wir ins Bett.«

Sie schloss die Tür und nahm Marco in die Arme.

XXXVII

Samstag, 18. Mai

Die Lichtstrahlen auf dem Boden wurden länger. In der kuscheligen Wärme ihres Doppelbettes, einer Wärme, die sie schon lange nicht mehr gekannt hatte, döste Alex stundenlang vor sich hin, gewiegt von diesem anderen Atem, der, wie ihr schien, die Wände des Schlafzimmers zum Schwingen brachte. Bis sie Hunger hatte.

Sie zog sich an, ging hinunter zum Lebensmittelladen und bog, kaum hatte sie das kleine Geschäft mit der niedrigen Decke und den vollgestopften Regalen betreten, gleich nach links ab, hin zu den Eiern, dem Gemüse, den Obstsäften und den Brioches. Auf dem Weg zur Kasse vermied sie es, einen Blick in den rechten Gang zu werfen, wo sich die alkoholischen Getränke aneinanderreihten.

... Er hat mir die Faust so heftig in den Mund gerammt, dass sieben Zähne abgebrochen sind. Zu unserem ersten Hochzeitstag hat er mir Kronen geschenkt.

Als Alex die Wohnungstür öffnete, kam Marco gerade in Unterhose aus dem Wohnzimmer und stürzte sich auf sie, umarmte sie ganz fest.

»...arco ... kriege keine ...uft ...«

»Entschuldige bitte, entschuldige ...« Er ließ sie los. »Ich dachte, du wärst abgehauen.«

»Das ist mein Zuhause hier, ja? Wenn ich dich nicht mehr sehen will, sage ich es dir, und dann haust *du* ab, ich überlasse dir doch nicht meine Wohnung. Wo ich gestern erst alle alten Sachen aussortiert habe und im Küchenschrank nur noch Konservendosen mit frischem Haltbarkeitsdatum stehen.«

»Du meinst, ich soll gehen?«

»Nein.«

... Das erste Mal, als ich Nein gesagt habe, hat er gelacht. Er meinte: »Wir sind doch jetzt verheiratet. ›Nein‹? Das gibt's nicht mehr.« Ich habe geschrien. Er hat weitergelacht.

Als Marco aus der Dusche kam, saß Alex vor ihrem Laptop. Sie hatte wieder die Kraft, auf die Fragen bei Facebook und die Nachrichten der *Geschundenen* zu antworten. Im Grunde hatte sie Kraft für alles. So konnte sie die Leute langsam an sich heranlassen. Ein bisschen. Die Mauern würden nicht gleich mit der ersten offenen Tür einstürzen. Weshalb sie auch Jeannes Einladung angenommen hatte, noch am selben Abend an einem Treffen der Gruppe teilzunehmen.

»Gehn wir heute Abend was essen?«

»Es ist bereits Abend.«

»Ach ja, stimmt. Gehn wir also essen?«

»Nö. Habe eben gesehen, dass ich eine Verabredung habe.«

Ein Chatfenster blinkte auf dem Bildschirm. Jeanne bat sie, ihr zu bestätigen, dass sie da war.

Worum geht es denn genau?

Ein Treffen mit Teilnehmerinnen, die besonders engagiert sind, so wie du.

Muss ich mir was Bestimmtes anziehen?

Jeans + Turnschuhe. Wir gehen nicht auf den Laufsteg. Bequem soll es sein, keine Absätze.

Und was machen wir?

Wir machen weiter mit dem, was wir in der Gruppe machen: einander und anderen Frauen helfen. Deine Teilnahme ist sehr wertvoll, deshalb wollte ich dich einladen, aber kein Druck, keine Verpflichtung.

OK.

Aber wenn du kommst, dann weil du der Gruppe vertraust.

OK.

Vergiss nicht, den Südeingang zu nehmen, das ist praktischer, dort finden wir uns gleich.

Vertrauen. Bitte sehr, Alex würde Türen öffnen und ein wenig Vertrauen schenken.

»Soll ich dich begleiten?«

»Wieso?«

»Alex, ich kann nicht sagen, dass ich mir keine Sorgen mache, wenn du nach Einbruch der Dunkelheit noch draußen rumläufst ...«

»Du vergisst, dass die Anzahl der Überfälle auf Frauen in Paris noch nie so niedrig war«, sagte sie und notierte sich die Adresse des Parks.

»Ich würde lieber mitkommen.«

»Nein. Ich treffe mich mit Frauen, mit denen ich seit Monaten in Kontakt bin. Außerdem ist das eine ausschließlich weibliche Gruppe, und wenn ich dort hingehe, dann bestimmt nicht mit meinem ...«

»Deinem was?«

»Mit einem Mann, egal mit wem.«

»Du wirst rot?«

Alex warf ein Kissen nach ihm, Marco wich aus. Er beugte sich vor, um sie zu küssen.

»Ich würde dich wirklich gerne begleiten, Alex.«

»Und ich will wirklich nicht, dass du mitkommst. Dieses Beschützerding, mir überallhin zu folgen, damit brauchst du gar nicht erst anzufangen.«

»Immer noch so paranoid. Für dich soll sich erst mal nichts ändern, erst recht nicht bei der Arbeit, oder?«

»Doch.«

»Du bist meine Teamkollegin, ich schlage dir also vor, dich zu begleiten.«

»Hm ... Nein, ich vertraue den Frauen.«

»Ich bleibe im Wagen sitzen. Und lasse mich nicht blicken, es sei denn, du rufst mich. Versprochen.«

»Nein. Lass einfach dein Handy an, wenn dir so sehr daran liegt.«

»Na gut. Dann geh ich nach Hause, mich umziehen, und vielleicht noch auf einen Schluck raus, ein paar Kumpels von mir treffen sich in einem Pub im 17. zum Fußballgucken. Aber versprich mir, dass du mich anrufst, wenn du mich brauchst. Ich halte das Handy griffbereit.«

»Genau, geh in die Kneipe und bagger die Studentinnen an.«

»Lass gut sein. Mit dir habe ich schon alle Hände voll zu tun.«

... Ich hatte nicht mehr daran gedacht. Hatte mich geweigert, daran zu denken. Ich wollte nicht daran zerbrechen. Wenn wir uns im Aufzug begegnet sind, habe ich ihn nicht beach-

tet. Er hatte gesagt, er würde mich umbringen, wenn ich etwas sage. Ich habe immer versucht, keine Angst zu haben. Und dann hat er dasselbe mit meiner Schwester gemacht. Sie ist dreizehn.

Alex fand den Südeingang des Wilson-Parks und ging auf eine kleine Gruppe von Frauen zu, die eng im Kreis beieinanderstanden. Sie stellte sich als Nathalie Saint Armand vor, und im abnehmenden Licht sah sie sich reihum die Gesichter an. Eine der Frauen lächelte sie offen an und gab ihr die Hand.

»Nathalie? Ich bin Jeanne. Schön, dass du gekommen bist. Deine Beitrage waren sehr wichtig für die Gruppe.«

»Freut mich, dich persönlich kennenzulernen, aber … ich hatte nicht damit gerechnet, dass wir joggen gehen«, entschuldigte sich Alex, als sie sah, dass Jeanne Laufschuhe trug, Leggings und ein Sweatshirt mit Kapuze.

Eine weitere Frau gab Alex die Hand und beruhigte sie:

»Ich auch nicht. Schön, dich zu sehen, Nathalie. Ich heiße Clara … Bist du die Nathalie, die mir Ende April den Tipp mit der vorbeugenden Dreifachtherapie gegeben hat?«

Alex bejahte, aber sie hatte diese Ratschläge so oft gegeben, dass ihr Gedächtnis nicht mehr hinterherkam. Claras Haar war aschblond, fast silbern. Sie war vielleicht gerade mal dreißig.

Die vier anderen stellten sich vor. Naïma war eine kleine Dunkelhaarige mit muskulösen Armen, Alex schätzte sie auf etwa fünfzig. Carole, um die sechzig, hatte eine leicht rundliche Figur, einen festen, aufrichtigen Händedruck und einen energischen Blick.

»Ich bin Claras Mutter«, erklärte sie.

Emmanuelle war klein und zierlich, fast zerbrechlich, aber das war bestimmt nur Fassade, mit ihren lebhaften Bewegungen erinnerte sie Alex an Élise Wantz. Die Letzte hieß Charlie. Ein Tattoo ragte aus ihrem Ausschnitt hervor, und als sie ihr die Hand gab, sah Alex, dass das Handgelenk ebenfalls mit Motiven bedeckt war. Charlie biss sich die ganze Zeit auf die Unterlippe, und Alex fragte sich, ob sie wohl ein Piercing in der Zunge oder sonst wo im Mund trug. Eine bunte Mischung, sagte sie sich beim Anblick der Gruppe.

Alle machten irgendeine Bemerkung zu den Antworten, die Nathalie auf ein Problem oder eine Frage gegeben hatte. Dank der Einzelheiten konnte Alex sie nach und nach zuordnen. Keine der Frauen ähnelte ihrem Profilbild, aber auch auf ihrem eigenen erschien sie im Gegenlicht, das Haar gelöst, das Foto war mindestens zehn Jahre alt. Die Schatten wurden länger, und die Frauen erzählten sich Anekdoten aus der Gruppe – eine Frau hatte sich als Mann entpuppt, eine andere musste am Ende zugeben, dass sie selber nie Opfer von sexueller Gewalt gewesen war, und wenn sie unter etwas litt, dann unter ihrer Lügensucht.

»Trotzdem, Jeanne macht den Türsteherjob sehr gut!«, sagte Clara.

Alex beobachtete Jeanne, wühlte in ihren Erinnerungen.

»Entschuldige, aber mir kommt es so vor, als hätte ich dich schon mal ›in echt‹ gesehen. Ach ja! Du warst bei dem Frauen-Nachtmarathon, nicht wahr?«

Jeanne lächelte.

»Ja, ich bin die Vorsitzende des Vereins *Wir füreinander*. Und du, bist du mitgelaufen?«

»Nein, ich war … als Zuschauerin dort. Hat unser Treffen etwas mit dem Verein zu tun?«

»Nein. Würde ich nicht sagen.«

Im grauen Licht der letzten Minuten des Tages sah Alex, wie Jeanne lächelte, dann hinüberschaute und das Aufleuchten der ersten Straßenlaternen ein paar Meter weiter registrierte. Die Laternen an der Allee, die vom Südeingang aus in den Park führte, blieben dunkel.

»Meine Damen …« Jeanne deutete auf eine große Rosskastanie.

Der Stamm hatte einen Durchmesser von mehr als drei Metern, und für einen Moment glaubte Alex, er würde sich auftun und eine geheime Passage oder ähnlich Aufregendes freigeben, aber die Frauen gingen lediglich um ihn herum und drangen ein in das Dunkel der Büsche.

… Mir wäre es lieber gewesen, er hätte mich getötet.

Kaum hatten sie ein paar Meter zurückgelegt, rief Jeanne den Namen der Frau, die die Gruppe anführte. Naïma blieb stehen. Jeanne hielt den Finger an die Lippen.

Ein Stück weiter links waren Schritte zu hören, schnelle Schritte, begleitet von rhythmischen Atemzügen und Musikfetzen aus einem Kopfhörer.

Ein paar Sekunden war alles still, dann folgten zwei weitere Schrittgeräusche, schwerer diesmal, und Schnaufen, unterbrochen von Männerstimmen und ordinärem Lachen:

»Ehrlich gesagt, ich stehe mehr, hhh-hhh, auf dicke Ärsche, du kennst mich.«

»Auf alle, Junge, auf alle Ärsche, aber ehrlich, hhh-hhh, guck dir die Schenkel an, wie aus Titan … hhh-hhh, wenn die überall so ist, das wär was, oder?«

»Eine kleine Muschi, schön eng und pitschnass, hhh-hhh …«

Die zierliche Emmanuelle erschauerte. Das sind zwei Männer, die keine Angst haben rauszugehen, dachte Alex. Die Stimmen entfernten sich. Carole zog eine angewiderte Miene, und Alex glaubte schon, sie würde sich übergeben. Aber Clara nahm ihre Mutter bei der Hand, und die machte, nachdem sie einmal geschluckt hatte, wieder ein normales Gesicht. Die anderen Frauen hatten mit zusammengebissenen Zähnen dagestanden und sich kein bisschen gerührt.

Jeanne schaute auf die Uhr.

»Tut mir leid, aber ich verstehe gar nichts«, sagte Alex zu Jeanne. »Wird das hier ein Marathonlauf? Eine Schnitzeljagd?«

Clara lachte, ein frisches, beschwingtes Lachen. Alex zog sich das Herz zusammen, und sie fragte sich, ob sie, wäre sie an der Stelle der jungen Frau, noch lachen könnte – zweimal missbraucht von ihrem ehemaligen Lebensgefährten, trotz Hinweis an die Polizei und förmlicher Anzeige, einem Lebensgefährten, der sie auch noch angesteckt hatte, seither war Clara HIV-positiv. Alex hätte sie am liebsten in die Arme geschlossen, so überwältigt war sie von diesem Gefühl der Nähe, einer umso tiefer empfundenen Nähe, als ihr immer weitere persönliche Details der Frauen einfielen.

Erneut legte Jeanne den Finger auf die Lippen, bat um Ruhe. Nur wenig später wiederholten sich die Geräusche von vorher: ein lockerer, rhythmischer Schritt, gefolgt von zwei tiefen Stimmen und einem obszönen Keuchen. Carole bebte, aber diesmal blieb ihre Miene gefasst.

Jeanne warf wieder einen raschen Blick auf die Uhr und griff nach den Händen der beiden Frauen, die links und rechts neben ihr standen. Die machten es genauso, und bald war der Kreis geschlossen.

»Ein Selbstverteidigungskurs?«, versuchte Alex es noch einmal.

»Heiß!«, rief Clara, und ihre Stimme hatte diesmal etwas Fiebriges.

»Nicht ganz, Nathalie«, sagte Jeanne in aller Ruhe. »Was wir tun, ist ein bisschen ... radikaler.«

Schatten tanzten auf den Gesichtern, hoben die Ringe unter den Augen und die Fältchen in den Winkeln hervor, streiften ein paar weiße Haare. Die Frauen sahen erschöpft aus und zugleich unbeugsam, ein fernes Ziel im Blick, von dem nichts sie jemals würde abbringen können. Beseelte Schatten, dachte Alex.

»Wir sind hier, um unsere Freiheit wiederzugewinnen.« Jeanne sah reihum eine jede im Kreis fest an, warmherzig auch. »Wir sind hier, um uns zurückzuholen, was uns gehört. Den Raum. Die Luft. Die Außenwelt. Die Sonne. Den Mond. Die Nacht. Nathalie, wir sind hier für uns, aber auch für unsere Schwestern. Damit keine einzige von ihnen je mehr Angst haben muss, damit keine einzige es sich je mehr versagen muss, hinauszugehen, zu joggen, zu tanzen, zu lieben.«

Emmanuelle zitterte. Alex, neben ihr, legte ihr die Hand auf die Schulter, sie war hart, angespannt.

»Alles in Ordnung?«, fragte Alex leise.

»Ja, ja. Ich ... alles bestens«, antwortete die junge Frau mit einem Seufzer, aber das Zittern hörte nicht auf.

Alex ließ die verkrampfte Schulter los und nahm wieder ihre Hand. Emmanuelle drückte sie, und ein Gefühl von Einzigartigkeit, von unendlichem Vertrauen erfasste Alex wie eine elektrische Entladung.

»Carole, Emmanuelle, ihr alle! Vergesst nicht, dass ihr jetzt frei seid, dass niemand euch je wieder zu etwas zwingen kann. Aber wenn ihr heute Abend hier seid, dann um zu lernen. Du hattest recht, Nathalie, das ist fast wie ein Selbstverteidigungskurs. Nur gehen wir einen Schritt weiter. Es geht nicht mehr um Verteidigung. Es ist Zeit, anzugreifen. Schluss mit dem Leben als Opfer, Schluss mit dem Warten auf den Angriff, der Angst vor dem eigenen Schatten.«

»Schluss damit«, wiederholte Clara.

»Wir sind Kriegerinnen«, sprach Jeanne weiter. »Ihr seid Kriegerinnen. Ihr seid die Macht, ihr seid der Schatten, ihr seid die Bestrafung. Ihr seid der Schmerz. Der Schmerz, den man euch zugefügt hat.«

»Ja«, sagte Naïma unter heftigem Schluchzen.

»Ihr seid die, denen man alles genommen hat, die man gequält, misshandelt hat. Ihr seid die Geschundenen.«

»Ja«, sagte Charlie mit tonloser Stimme.

»Aber ihr seid auch die, die wieder aufgestanden sind. Ihr lebt.«

»Ja«, echote Alex.

»Ihr steht aufrecht.«

Ein weiteres »Ja« ertönte.

»Es ist Zeit, eure Angst auszuspucken. Es ist Zeit, den Männern eurerseits alles zu nehmen. Jetzt ist es an ihnen, das Fürchten zu lernen.«

»Ja«, murmelte Carole.

»Ja!«, erscholl es von Clara.

»Heute werdet ihr ihnen eine Lektion erteilen.«

»Ja!«, rief auch Emmanuelle, und dieses schlichte Wort kam mit überraschender Wucht aus ihrem schmächtigen Körper geschossen.

»Heute ist es an euch, es denjenigen zu zeigen, die noch immer die Nacht und unser Leben beherrschen. Ihnen zu zeigen, dass von jetzt an sie die Beute sind.«

Alex durchzuckte es, sie schüttelte sich. Die Rede hatte sie vollkommen hypnotisiert, aber Scheiße, was sollte das – die *Beute*?

»Heute!«

»Heute!«, wiederholten die Frauen.

»Heute Abend!«

»Heute Abend!«, riefen sie im Chor.

»Jetzt!«

Jeanne durchbrach den Kreis und rannte durch die Büsche auf den Joggingweg zu, gefolgt vom Rest der Gruppe. Bevor Alex auch nur einen Gedanken fassen konnte, hatte auch sie die Lichtung verlassen. Rechts von ihr entfernte sich bereits die Joggerin mit den Kopfhörern. Links von ihr, im zartvioletten Beginn der Nacht, stürzten Jeanne und die anderen Frauen auf die beiden verschwitzten Männer los.

Die blieben stehen, blickten erstaunt, dann machte einer kehrt und rannte davon. Jeanne folgte ihm. Der andere Mann versuchte ebenfalls umzudrehen, aber er stolperte und fiel hin.

Alex rannte weiter, versuchte Jeanne einzuholen. Für ein paar Sekunden tat sie nichts anderes, als zu laufen, der Kopf wie in Flammen, das Hirn leer, vor sich Jeannes Gestalt und die des Mannes mit dem klatschnassen Rücken, seine Schultern schaukelten hin und her, links-rechts-links-rechts, und sie rannte, gepackt von einer Kraft, die größer war als sie selbst, einer überquellenden Energie, links-rechts-links-rechts, rannte, gepackt von der Lust, zuzuschlagen, in Stücke zu reißen, die ganze Welt zu besitzen, links-rechts-links-rechts, der Mann, auf einmal Beute, blieb in seinem Rhythmus, Jeanne dicht hinter ihm.

Und plötzlich sah Alex die bleichen Schultern von Jonathan Creuset, aufgeweicht, bedeckt von bläulichen Malen, sah Mouna Mrahi, wie sie vor ihr stand, die Augen verweint.

»POLIZEI!«, rief sie.

Sie war schon außer Atem, aber Jeanne machte den Fehler, sich umzuschauen, und Alex holte ein paar hundertstel Sekunden auf. Sie streckte die Hand aus, packte Jeanne am Ellenbogen.

Beide Frauen fielen hin, Alex knallte auf den Boden, klammerte sich aber weiter an Jeannes Arm. Als sie wieder wusste, wo oben und unten war und wo sich ihre Gliedmaßen befanden, schlug sie die Augen auf. Jeanne lag ausgestreckt da, apathisch.

»Keine ... Bewegung ...«, keuchte Alex, »bleiben ... Sie liegen.«

»HAUT AB!«, schrie Jeanne. »HAUT AB!«

Dann sagte sie nichts mehr. Keinen Ton. Blieb stumm, während Alex sie auf den Bauch drehte und in den Haltegriff nahm, und als sie einen Blick zurückwarf, sah sie, wie die anderen den zweiten Jogger losließen. Der stand auf, schwankend. Sein Freund war weitergerannt, auf und davon. Jeder für sich.

Alex glaubte Gestalten im nahen Gebüsch zu erkennen, aber die Nacht wurde immer dunkler, und als wenige Minuten später die Verstärkung kam, legte sie den Beamten nicht einmal nahe, die Umgebung zu durchsuchen.

... Jede Nacht, siebzehn Jahre lang. Jede Nacht. Ich habe mich nie getraut, meinen Freundinnen davon zu erzählen. Sie sagten immer: »Mein Mann berührt mich nicht mehr, das ist hart«, und ich dachte: Was für ein Glück!

»Ja, ich war beteiligt an einigen der Überfälle, die in den letzten Monaten in den Schlagzeilen waren«, gestand Jeanne in aller Ruhe, als sie auf dem Kommissariat in einem der Vernehmungsräume saß.

Sie sah seltsam gelassen aus.

»Es hat nicht den Anschein, als würde Sie das sonderlich bekümmern«, bemerkte Alex.

»Ich habe Brustkrebs«, sagte Jeanne. »In meinem Alter kriegen manche noch Kinder, ich kriege Metastasen.«

»Das tut mir leid.«

»Muss dir nicht leidtun, Nathalie. Oder wie immer du heißt. Ich hatte bereits Gelegenheit festzustellen, wie schnell die Verfahren in Frankreich laufen, ich komme bestimmt nicht mehr ins Gefängnis. Und selbst wenn, dort würde man mich als Held feiern. Als Heldin, genauer gesagt. Eine Studie hat ergeben, dass fast 80 Prozent der weiblichen Häftlinge vorher sexuell missbraucht oder misshandelt wurden, wusstest du das?«

»Ich habe ähnliche Zahlen gelesen.«

»Ja, mit Zahlen kennst du dich aus, das habe ich gesehen. Polizistin ...« Jeanne lächelte. »Das hätte ich nie gedacht, komisch, was? Du bist nicht auf den Gedanken gekommen, dass Frauen vergewaltigen können, und ich hätte nicht gedacht, dass eine Frau, die ständig den Umgang mit Vergewaltigungsfällen kritisiert, von der Polizei sein könnte. Ich meine, zumindest hätte ich nicht gedacht, dass sie sich ausgerechnet in einem so ... unpassenden Moment auf ihre Berufsehre besinnt.«

Marco, der hereingekommen war, stellte ein Glas Wasser vor Jeanne auf den Tisch:

»Und Sie selber, sind Sie Opfer einer Vergewaltigung geworden? Geht es hier um Rache?«

»Nennen Sie mich nicht so.«

»Nicht wie?«

»Nennen Sie mich bitte nicht so. Ich bin kein Opfer mehr. Was ich tue, dazu waren Sie als Polizist nicht in der Lage, und als Mann hätten Sie es auch nicht geschafft. Ich bin wieder aufgestanden, und ich habe gekämpft. Ich habe mir mein Leben zurückerobert. Habe mir meine Stadt zurückerobert. Der Marathon ist genau das. Draußen sein. Ohne Angst.«

Marco antwortete nichts.

»Ich verstehe das nicht«, ließ Alex nicht locker. »Dass Sie sich jemanden wie Rousseau vornehmen, das kann ich zur Not gerade noch ...«

»Wen?«

»Den mit dem Tribaltattoo auf der Schulter«, erklärte sie. »Mittelgroß, braunes Haar.«

Jeanne schien in ihrem Gedächtnis zu stöbern.

»Hat Au-pair-Mädchen vergewaltigt. Nachtwächter in einem Gewerbegebiet nicht weit von Aulnay ...«

»Ja, da war ich dabei. Jetzt fällt es mir wieder ein.«

»Sie hatten das *vergessen*?«, fragte Alex.

»Nein, ich erinnere mich sehr gut an das, was ich getan habe. Ich wusste nur nicht, wie er hieß.«

»Das war also reiner Zufall?«

»Zu manchen Männern hatten wir Hinweise. Den jedenfalls haben wir mit Vergnügen auf die Liste gesetzt. In der Gruppe hatten einige auch eine Rechnung zu begleichen, sie wussten, um wen es ging. Ich selber weiß nicht, wer sich an mir vergriffen hat. Er hat mich von hinten attackiert, hat mich von hinten vergewaltigt, und da er mich an der Mauer halb totgeschlagen hat, ist der Knochen über dem Auge hier gebrochen. Meine Nase auch. Die Augen waren voller Blut. Ich gehöre zu denen, die beschlossen haben, wahllos zuzuschlagen. Einfach weil ich es *konnte*. Wie auch immer, so war's bei mir.«

»Und die es aus Rache getan haben?«

»Ich werde keine Namen nennen. Außerdem kenne ich nicht alle. Es waren nicht immer dieselben Personen. Wir haben ... Sympathisantinnen. Es gibt auch Frauen, die vergewaltigt wurden, sich aber nicht für diese Taten rächen. Sie rächen Freundinnen, Schwestern. Sie rächen Frauen. Nicht alle von uns liegen am Boden. Würden alle Frauen, die einmal belästigt, angegriffen oder vergewaltigt wurden, sich einigeln und nicht mehr auf die Füße kommen, gäbe es nicht mehr viele, die aufrecht stehen. Um uns zu organisieren, kommunizieren wir ausschließlich per Facebook, ich habe weder Telefonnummern noch Adressen. Ich weiß nicht mal, ob die Namen stimmen – meiner nicht, so viel kann ich Ihnen verraten.«

»Jeanne Cilian ist nicht Ihr richtiger Name?«, hakte Marco nach. »Sie sind verpflichtet, Ihre Personalien anzugeben, das wissen Sie bestimmt.«

»Ach kommen Sie, Sie sind ja lustig.« Jeanne ließ ein fröhliches Lachen erschallen. »Jetzt verstehe ich, warum sie Sie so mag.«

Marco warf Alex einen verwunderten Blick zu. Die schüttelte den Kopf. Ist doch sinnlos.

»Danke für das Glas Wasser«, sagte Jeanne.

Sie trank, sprach dann weiter:

»Manchmal bringen Frauen Freundinnen mit, die ebenfalls ihre Erfahrungen gemacht haben. Wir sind wirklich viele. Und dir ist nie was passiert?«, fragte sie Alex.

»Ich bin hier die Polizistin, ich stelle Ihnen die Fragen.«

»Na schön, dann siezen wir uns, wenn du dich dann wohler fühlst. Haben Sie Kinder?«

»Wir sind hier nicht im Film. Ich werde Ihnen bestimmt nicht recht geben und sagen, das haben Sie aber gut gemacht, bloß weil ich Angst um meine Tochter habe und sie dank Ihnen endlich draußen sicher ist.«

»Also haben Sie eine Tochter, und Sie denken, dass sie draußen nicht sicher ist.«

Alex schwieg. Jeanne schaute sie an, eine unendliche Müdigkeit lag in ihrem Blick:

»Sind Sie es nicht leid? Leid, sich die ganze Zeit fragen zu müssen, ob Ihnen vielleicht etwas passiert? Auf eine Party zu gehen und Angst zu haben vor dem Moment, wenn Sie nach Hause gehen? Bis spät zu arbeiten und zu zittern, wenn Sie auf die Straße treten, auf einen Parkplatz kommen, einen Aufzug nehmen? In den öffentlichen Verkehrsmitteln angegrapscht zu werden, an der Fußgängerampel? Und das sind nur die Sachen, die zufällig passieren. Persönliches Pech. Kannst du dir die Frauen vorstellen, die in noch viel größerer Gefahr sind, kaum dass ihr trautes Heim sie empfängt? Du weißt so gut wie ich, dass drei Viertel der Vergewaltigungen von einem Bekannten der Opfer begangen werden. *Drei Viertel.* Ein Ex. Ein Cousin. Ein Nachbar. Der Typ, der dich am Ende eines Abends nach Hause begleitet, ›aus Nettigkeit‹, und denkt, eine Belohnung versteht sich von selbst. Bist du es nicht leid? Nach meiner Vergewaltigung habe ich vierzig Kilo zugenommen. Ich bin nur noch in einer unförmigen Jogginghose vor die Tür gegangen, versteckt unter riesigen Pullovern, ungeschminkt, schmutzig. Ich dachte, wenn ich dick bin, hässlich, *stinke*, lässt man mich in Ruhe. Aber von wegen. Niemals. Einmal, ich war schon vier Monate krankgeschrieben, wollte ich bloß rausgehen, um Zigaretten zu kaufen, der Laden ist nur ein paar Meter vom Haus entfernt, auf der anderen Straßenseite. Auf dem Zebrastreifen kam mir ein Kerl entgegen, und als er auf meiner Höhe war, sagte er: ›Ich werde dich vergewaltigen.‹ Einfach so. Ganz ruhig. Und ging weiter.«

Jeanne trank noch einen Schluck Wasser.

»Da hat etwas in mir angefangen zu schreien, hat in meinem Kopf widergehallt, hat gebrüllt: ›Nein, *ich* werde dich vergewaltigen! Scheiße, es reicht, ich werde dich auf den Boden werfen, dich ficken und zusehen, wie du weinst, und dann spucke ich auf dich!‹ Und die Scham, der Schmutz, all das, was sich auf dem Grund von mir abgesetzt hatte, hat sich in Wut verwandelt.« Jeanne atmete schwer. »Ich bin zornig geworden. Und wenn diese Typen dann auf dem Boden lagen und ich ihnen wehgetan habe, hat mich das ein wenig beruhigt. Aber ich bin immer noch wütend.« Ihre Stimme brach ab, doch gleich hatte sie sich wieder im Griff. »Ich habe nur noch das. Ich hätte gern einen Verehrer gehabt, Kinder, ein Leben mit schönen Dingen. Aber ich habe nur noch die Wut.«

»Wie sind Sie im Einzelnen vorgegangen?«, begann Alex. »Haben Sie …«

Plötzlich war die Tür zu hören, und Chloé kam herein, in eine blutrote Stola gehüllt.

»Inspektorin Dueso, gehen Sie bitte.«
Jeanne blickte lächelnd zur Staatsanwältin auf.
Für Alex war es ein Schlag in den Bauch.
»Ihr kennt euch?«
Weder Chloé noch Jeanne antworteten, aber sie sahen sich weiter an, als stünden sie einander nahe. Eine eindeutige Antwort konnte Alex dem Ganzen nicht entnehmen, aber die bekäme sie sicher bald, und so versuchte sie, Chloés Blick auf sich zu lenken.
»Chloé, das ist ›Jeanne‹, vermutlich ein falscher Name, Familienstand unbekannt, festgenommen bei einer … versuchten Vergewaltigung. Sie hat gestanden, ebenfalls mitverantwortlich zu sein für mehrere gemeinschaftlich begangene Vergewaltigungen, schwere Körperverletzung, vorsätzliche Tötung …«
Chloé nahm ihre Stola ab und legte sie Jeanne über die Schulter.
Alex gab nicht auf:
»Ihr kennt euch, ja?«
Chloé wich ihrem Blick aus.
»Ich bin nur gekommen, um Sie zu informieren, dass die Anwältin von Frau …«
»Cilian«, flüsterte Jeanne mit einem erschöpften Lächeln.
»… Cilian auf dem Weg ist.«
Alex war, als würde ihr der Boden unter den Füßen weggerissen. Stockend fragte sie:
»Aber … du kommst nie hierher … Woher weißt du …?«
»Ich rate Ihnen ab, Frau Cilian anzusprechen, solange die Frau Rechtsanwältin noch nicht da ist. Sie kennen Bragant, die schenkt einem nichts.«
Okay, jetzt reicht's. Alex wies Chloé die Tür und folgte

ihr auf den Gang. Sie schlug die PVC-Platte hinter sich zu und baute sich vor ihrer Freundin auf. Exfreundin, wie es schien, jetzt, wo sie seit Weihnachten nicht mehr miteinander gesprochen hatten und Chloé ihr Wohlwollen offenbar den Serienvergewaltigerinnen schenkte.

»Was ist los, Chloé? Seit Monaten höre ich nichts von dir, und dann platzt du mitten in eine Vernehmung, in einer Sache, die dich nicht betrifft.«

»Von wegen, und wie sie mich betrifft. Und du? Fühlst du dich nicht betroffen, Alex? Überhaupt nicht? Stellt das, was gerade passiert, deine Vorstellung von Gut und Böse nicht ein klitzekleines bisschen infrage? Kann nichts deine tollen Schutzmauern einreißen?«

Alex war sprachlos.

»Chloé, ich verstehe nichts mehr ... Und Bragant? Hast du sie verständigt?«

»Ich weiß nicht, wer ihr Bescheid gesagt hat, ich gebe es lediglich weiter. Aus Solidarität. Falls du weißt, was das Wort bedeutet.«

Die beiden Frauen musterten einander. Alex spürte, wie Chloés Verachtung in wütenden Wellen auf sie einschlug. Schließlich wandte Chloé sich ab.

»Ich muss nach Hause. Mein Sohn ist bei mir. Er wartet auf mich. Nicht zu glauben, aber im Moment bleibt er lieber zu Hause. Wir beide haben einiges nachzuholen.«

Chloé kehrte ihr den Rücken zu und ging siegessicheren Schrittes über den Flur davon, ihr Haar glühte im grellen Licht der Neonlampen. Alex sah, wie ihr eine etwa vierzigjährige Frau mit gerader Nase entgegenkam, ihr Schritt nicht weniger kriegerisch: Bragant, die bekannteste Strafverteidigerin Frankreichs, die sich aufmachte, eine Beschuldigte, einst Vergewaltigungsopfer und mittlerweile mit Krebs im fortgeschrittenen Stadium, persönlich zu verteidigen. Alex wischte sich über die Stirn. Großartig, da stand ihnen ja was bevor.

Bragant grüßte sie unterkühlt höflich, fragte knapp: »Jeanne Cilian?«, und wartete nicht mal Alex' Nicken ab, ehe sie den Vernehmungsraum betrat.

Ein paar Sekunden später war Marco bei Alex auf dem Flur.

»Ohne uns.«

»Schon klar.«

Eine Stunde später kam Bragant ins Büro von Kommissar Blondeau, wo auch Alex und Marco saßen.

»Ich würde gerne die Verlegung meiner Mandantin in das nächstgelegene Krankenhaus in die Wege leiten. Außerdem will ich nicht verschweigen, wie empört ich bin, dass man sie so brutal verhaftet und mehrere Stunden in einem Vernehmungsraum festgehalten hat, trotz ihres problematischen Gesundheitszustands, worauf sie Ihre Inspektoren deutlich hingewiesen hat.«

»Aber das war ja gar nicht ...«, begann Alex.

Bragant unterbrach sie mit erhobener Hand.

»Dies vorausgeschickt, wünscht meine Mandantin vorerst nicht, polizeiliche Gewalt ins Spiel zu bringen. Natürlich behalte ich mir vor, es ihr im weiteren Verfahren gegebenenfalls erneut nahezulegen.«

»Wir werden unser Bestmögliches tun«, sagte Blondeau. Und zu Alex und Marco gewandt: »Sie können nach Hause gehen. Wir besprechen uns am Montagmorgen.«

Am Ende des Flurs kamen sie an Polaski vorbei, der zusammengesunken auf einem Stuhl saß.

»Alles in Ordnung?«, fragte Alex.

Mit stumpfem Blick schaute er zu ihnen auf:

»Ich verstehe das nicht ... Frauen ... ich verstehe das nicht.«

Alex und Marco standen allein in dem menschenleeren Flur.

»Du ziehst nicht mehr die Schultern hoch?«, fragte Marco.

»Nein.«

»Willst du einen Kaffee?«

»Nein.«

»Was willst du dann?«

»Nach Hause.«

»Na schön.«

»Mit dir.«

»Oh, eine gute Idee, ja.«

»Und ich will meine Tochter abholen. Und sie umarmen.«

»Am Montag?«

»Ja, am Montag. Bis dahin will ich schlafen. Ausschlafen.«

»Na schön.«

»Widerspruch ist nicht dein Ding, was?«

»Ich weiß schließlich, mit wem ich es zu tun habe.«

Marco steuerte auf den Wagen zu. Die Nacht war warm, es roch nach Gewitter. Alex spürte, wie sich ihr Mund mit dem Geschmack der Luft füllte.

»Ich gehe lieber zu Fuß.«

»Zu Fuß?«

»Ja, ich brauche wirklich frische Luft. Komm ruhig mit.«

»Sehr gern, aber zu Fuß? Es ist schon spät.«

»Ich weiß. Mach dir nichts draus.« Alex rang sich zu einem Lächeln durch. »Wenn es zu einer unschönen Begegnung kommt: Ich bin ja bei dir.«

Tausend Dank:

Claude, dem Unentbehrlichen.

Robin und Gigi, den ersten Testpersonen, für ihre Ermutigung.

Romain für fast alles.

Marie L. für ihre Zeit, trotz ungünstiger Bedingungen (ich glaube, sie hatte eine Messe oder so was, richtig?).

Garance und Victoria für ihre Ratschläge außerhalb der Arbeitszeiten.

Steph, Chloé und Marie S. (immer).

Und auch:

Valérie für ihr Vertrauen.

Marie E. für ihre Rührigkeit, ihre Geduld und ihre nie erlahmende Begeisterung.